论伍尔夫非个人化创作理念及其实践

A Study of Virginia Woolf's
Poetics of Impersonality

黄重凤 著

图书在版编目(CIP)数据

论伍尔夫非个人化创作理念及其实践/黄重凤著.—北京：北京大学出版社，2022.9
ISBN 978-7-301-33296-2

Ⅰ.①论… Ⅱ.①黄… Ⅲ.①伍尔夫(Woolf, Virginia 1882–1941) – 散文 – 创作方法 – 研究 Ⅳ.① I561.076

中国版本图书馆 CIP 数据核字 (2022) 第 154694 号

书　　名	论伍尔夫非个人化创作理念及其实践
	LUN WU'ERFU FEIGERENHUA CHUANGZUO LINIAN JIQI SHIJIAN
著作责任者	黄重凤　著
责任编辑	初艳红
标准书号	ISBN 978-7-301-33296-2
出版发行	北京大学出版社
地　　址	北京市海淀区成府路 205 号　100871
网　　址	http://www.pup.cn　　新浪微博：@北京大学出版社
电子信箱	alicechu2008@126.com
电　　话	邮购部 010-62752015　发行部 010-62750672　编辑部 010-62769634
印刷者	北京溢漾印刷有限公司
经销者	新华书店
	720 毫米 × 1020 毫米　16 开本　14.5 印张　290 千字
	2022 年 9 月第 1 版　2022 年 9 月第 1 次印刷
定　　价	58.00 元

未经许可，不得以任何方式复制或抄袭本书之部分或全部内容。
版权所有，侵权必究
举报电话：010-62752024　电子信箱：fd@pup.pku.edu.cn
图书如有印装质量问题，请与出版部联系，电话：010-62756370

《国家社科基金后期资助项目》
出版说明

后期资助项目是国家社科基金设立的一类重要项目,旨在鼓励广大社科研究者潜心治学,支持基础研究多出优秀成果。它是经过严格评审,从接近完成的科研成果中遴选立项的。为扩大后期资助项目的影响,更好地推动学术发展,促进成果转化,全国哲学社会科学工作办公室按照"统一设计、统一标识、统一版式、形成系列"的总体要求,组织出版国家社科基金后期资助项目成果。

全国哲学社会科学工作办公室

目 录

前言 1

第一章　伍尔夫与非个人化诗学 1
　一、伍尔夫非个人化诗学批评传统 8
　二、对伍尔夫非个人化诗学的剖析 16
　三、伍尔夫与艾略特非个人化诗学 21
　四、本书的研究内容和意义 26

第二章　创作主体：雌雄同体 28
　一、对雌雄同体的解剖 31
　二、伍尔夫提议雌雄同体的背景 34
　三、伍尔夫和雌雄同体 39
　四、莎士比亚的白炽状态与伍尔夫 43
　五、柯勒律治对伍尔夫雌雄同体观的影响 47
　六、伍尔夫作品中的雌雄同体典范 56
　七、《奥兰多》和雌雄同体 60

第三章　创作主题：普遍性 70
　一、作者隐身 75
　二、反对艺术政治化 93
　三、诗意精神 101
　四、伍尔夫与希腊文学的非个人化 106
　五、《到灯塔去》和普遍性 121

第四章　叙述语式：意识流 134
　一、意识流小说 135
　二、伍尔夫与意识流小说 138
　三、伍尔夫与自由间接引语 146

四、《达洛维夫人》和意识流 …………………………………… 151

第五章　女性语句 …………………………………………………… 162
　　一、男性语句 ………………………………………………………… 163
　　二、女性语句 ………………………………………………………… 166
　　三、西方女性主义与伍尔夫的女性语句 …………………………… 175

第六章　伍尔夫非个人化诗学与中国当代作家陈染 ……………… 186
　　一、伍尔夫《一间自己的房间》和陈染的"一间自己的屋子" ……… 188
　　二、伍尔夫的雌雄同体观和陈染的超性别意识 …………………… 190
　　三、伍尔夫的书写女性观与陈染的"姐妹情谊"及"超性别意识" …… 193

结　语 ……………………………………………………………………… 202
参考书目 ………………………………………………………………… 203

前　言

　　1934年,52岁的弗吉尼亚·伍尔夫(Virginia Woolf,1882—1941)已经发表了七部小说、五百余篇评论和散文,此时她已在文学圈建立了最著名的现代主义作家之一的地位,她带着强烈的好奇心在10月11日的日记中写道:"我是否想过在我去世后,我是否会成为英国小说家之一? 我几乎没有想到它。"①很显然,这个问题的提出显示出伍尔夫很关心她的死后声誉,虔诚地希望她的名字与文学经典能紧密而持久地联系在一起。伍尔夫的问题和答案似乎自相矛盾。一方面,伍尔夫承认她没有认真考虑过她在文学圈的地位,这表明她对已经取得的文学成就的谦逊。另一方面,这个问题的提出本身就彰显了伍尔夫对自己作为小说家的卓越表现的信心,以及她对于被公认为著名小说家的渴望。"几乎没有"这句话并不排除"对自己声誉有着浓厚兴趣"②的伍尔夫也时常思考这个问题。除此之外,值得注意的是,伍尔夫对她作为小说家,而不是散文家、短篇小说家、女性主义者或出版家的角色更为自信和乐观。但是伍尔夫对自己在小说创作艺术方面的独特贡献的自信却并不是她自负或虚荣的表现。伍尔夫的想法与约翰·济慈(John Keats)在写给弟弟乔治·济慈(George Keats)信中的想法不谋而合。在信中,济慈自信地写道:"我想我死后将名列英国诗人之列"(1818年10月14日、16日、24日、31日)。③ 济慈预言他的诗将得到后人的认可。事实上,伍尔夫在日记中引用了济慈的这句话后才道出自己的心声。很显然,伍尔夫在思考自己在文学界的地位时想到了济慈,尤其是后者在创作过程中隐去诗人个人身份这一点深深影响了伍尔夫的非个人化诗学。

　　"非个人化"是现代主义文学的核心概念,也是理解现代主义文学特征的

---

① Virginia Woolf, *The Diary of Virginia Woolf*, vol. 4, ed. Anne Olivier Bell, assisted by Andrew McNeillie (New York and London: Harcourt Brace Jovanovich, 1977—1984), p. 251.
② Ibid., p. viii.
③ John Keats, *Selected Letters*, ed. Robert Gittings. Revised with a new Introduction and Notes by Jon Mee (Oxford: Oxford University Press, 2002), p. 151.

关键概念。非个人化被视为"现代主义作家的一个伟大主题"①。同样,伊丽莎白·波德尼克斯(Elizabeth Podnieks)认为"非个人化"是"现代作家最严格的法则之一"。②亚当·麦克宝(Adam McKible)进一步提出非个人化是"两个最重要的诗学理念之一"③。莫德·埃尔曼(Maud Ellmann)在其专著《非个人化诗学:艾略特和庞德》(*The Poetics of Impersonality: T. S. Eliot and Ezra Pound*)中也提出类似观点,即"非个人化的概念对现代主义美学起到了至关重要的作用"④。

简而言之,非个人化是现代主义作家,如伍尔夫、罗杰·弗莱(Roger Fry)、庞德(Ezra Pound),尤其是 T. S. 艾略特所倡导的一个至关重要的创作原则。艾略特的著名文章《传统与个人天赋》("Tradition and the Individual Talent", 1919)已成为非个人化最为强烈的宣言。但是,虽然现代主义作家是非个人化的拥护者,每个作家对此的理解却因人而异。莎伦·卡梅隆(Sharon Cameron)⑤和帕特里夏·沃(Patricia Waugh)⑥等评论家明智地指出,"非个人化"对每个独立的作家而言具有截然不同的含义。对弗莱来说,非个人化强调形式以及艺术家与艺术对象之间的距离。⑦ 庞德和乔伊斯则倡导不同版本的福楼拜式非个人化。在休·肯纳(Hugh Kenner)看来,庞德的非个人化"为了准确记录当代风俗而隐去感知介质(the perceiving media)的个人轶事"⑧。乔伊斯的非个人化描述了一个冷漠的艺术家,他"和创造万物的上帝一样,永远停留在他的艺术作品之内或

---

① A. Walton Litz, Louis Menand and Lawrence Rainey eds., *The Cambridge History of Literary Criticism*. vol. 7: *Modernism and the New Criticism* (Cambridge and New York: Cambridge University Press, 2000), p. 404.
② Elizabeth Podnieks, *Daily Modernism: The Literary Diaries of Virginia Woolf, Antonia White, Elizabeth Smart, and Anaïs Nin* (Montreal: McGill-Queen's University Press, 2000), p. 133.
③ Adam McKible, *The Space and Place of Modernism: The Russian Revolution, Little Magazines, and New York* (London and New York: Routledge, 2002), p. 1.
④ Maud Ellmann, *The Poetics of Impersonality: T. S. Eliot and Ezra Pound* (Sussex: The Harvester Press, 1987), p. 3.
⑤ Sharon Cameron, *Impersonality: Seven Essays* (Chicago and London: The University of Chicago Press, 2007), p. ix.
⑥ Patricia Waugh, *Feminine Fictions: Revisiting the Postmodern* (London and New York: Routledge, 1989), p. 19.
⑦ Virginia Woolf, *Roger Fry: A Biography* (New York: A Harvest/HBJ Book, 1968), pp. 230, 214.
⑧ Hugh Kenner, *The Poetry of Ezra Pound* (Lincoln, NE: University of Nebraska Press, 1985), p. 166.

之外,人们看不见他,他已使自己升华而失去了存在,毫不在意,在一旁修剪自己的指甲"①。艾略特将非个人化等同于"人格的逐渐泯灭"②或"人格的逃避"③。伍尔夫的女性主义意识将其与同时代其他男性作家区分开,这与她试图建立或更确切地说加强女性主义文学传统密切相关。

虽然现代主义艺术家热情地倡导非个人化,但目前存在直接将这个艺术理念等同于艾略特本人的非个人化诗学的倾向。艾略特在散文《传统与个人天赋》中宣扬的非个人化诗学得到了学界的广泛研究。相比之下,伍尔夫散文中的非个人化诗学却常常被忽视。值得一提的是,在本书中,"诗学"一词并非狭义地指代对诗歌创作规律的研究,而是指代有关文学创作一般规律的理解与阐释。具体而言,"伍尔夫非个人化诗学"指代伍尔夫关于非个人化小说创作与非个人化艺术创作一般规律和原则的系统观点。

虽然伯纳德·布莱克斯通(Bernard Blackstone)、丽莎·洛(Lisa Low)和卡特琳娜·科特桑托尼(Katerina Koutsantoni)等伍尔夫学者探索了伍尔夫的非个人化诗学,但他们并没有彻底或全面地研究她的非个人化。相反,他们将注意力集中在伍尔夫非个人化理念的某一个方面,而不是将其与伍尔夫非个人化的全景图联系起来。虽然他们密切关注伍尔夫雌雄同体(androgyny)这个独立的概念,但没有确立雌雄同体与非个人化之间的关联,也没有研究伍尔夫的雌雄同体概念是如何受到柯勒律治的启发。伍尔夫早在 1917 年《完美的语言》("The Perfect Language")中就已经提到希腊文学具有的"无瑕品质"(flawless quality),并明确指出这是"一种似非个人化的品质"(a quality which has the likeness of impersonality)④。换言之,伍尔夫先于艾略特两年就明确提出了非个人化这个重要的文学创作理念。

此外,学界也缺少对伍尔夫非个人化诗学另一个必不可少的组成部分,即普遍性的关注。它又包含三个相互关联的部分,即作者的隐身、反对艺术政治化和诗意精神。除了意识形态上作为艺术家创造最佳状态的雌雄同体和主题上的普遍性以外,伍尔夫在意识流小说上的创新以及自由间接引语的叙事技巧也与其非个人化诗学密切相关。

---

① James Joyce, *A Portrait of the Artist as a Young Man*, ed. John Paul Riquelme (New York and London: Norton, 2007), p.189.
② T. S. Eliot., "Tradition and the Individual Talent," in *The Norton Anthology of English Literature*. 8th ed., eds. Stephen Greenblatt et al. (New York and London: Norton, 2006), p.2322.
③ Ibid., p.2324.
④ Virginia Woolf, "The Perfect Language," in *The Essays of Virginia Woolf*, vol. 2 (1912—1918), ed. Andrew McNeillie (London: The Hogarth Press, 1987), pp.117—118.

除此之外,很少有批评家将艾略特与伍尔夫的非个人化诗学进行对比研究并指出其不同的侧重点,他们也未探究伍尔夫非个人化诗学与她倡导的"女性语句"之间的关系。总之,伍尔夫的非个人化有三个显著特征:伍尔夫强烈的性别意识、其女性主义色彩及其非个人化的辩证性。鲜有评论家明确指出伍尔夫的小说是其非个人化诗学的显著体现。

伍尔夫也是我国学术界广泛关注和深入研究的焦点作家之一,瞿世镜(1989)、杨莉馨(2005)、李维屏(2010)、潘建(2013)、高奋(2016)、朱海峰(2017)、张楠(2018)等学者从意识流、女性主义诗学、情感与理性之间的关系、小说艺术变革、性别差异与女性写作、生命诗学、历史观、伍尔夫与布鲁姆斯伯里文化团体的关系等角度,研究了伍尔夫的小说创作理论,但学界尚未对伍尔夫非个人化诗学进行全面系统的研究,仅对男性作家的非个人化,尤其是艾略特诗歌的非个人化研究颇多。

张松建(1999)探索了艾略特"非个性化"理论与济慈的"消极能力说",以巴那斯派、福楼拜和左拉为代表的"客观性美学",以及波德莱尔的"契合论"、庞德的"意象说"和白璧德的"克制原则"等近代西方文论的渊源关系,还提出艾略特的"非个性化"系统由"非个性化""情感逃避"和"客观对应物"三个相互依存、相互渗透制约的核心概念组成。冯文坤(2003)认为艾略特的非个人化诗学理论强调了个人感知与人类传统之间的关联,促使个人在创作过程中产生深刻的历史意识,弱化个人主体意识,并对创作主体加以消解。王钦峰(2005)提出,"非个人化"原则是福楼拜整体思想不可分割的一部分,源于作为福楼拜生存态度之核心价值观的斯宾诺莎主义,而其哲学基础则是福楼拜所信仰的泛神论。王钦峰进一步阐释道,福楼拜的非个人化原则要求作为创作主体的作者像上帝那样隐藏在自然和人物之后,最后的结果是读者看不到作者,而作者又无处不在,实现客观化和主观化的融合。黄强(2020)认为林德尔·戈登(Lyndall Gordon)的传记《T. S. 艾略特传:不完美的一生》(*The Imperfect Life of T. S. Eliot*)展现了艾略特诗歌与其个人生活的微妙联系,并引用戈登的观点,提出艾略特在去个人化理论的隐藏之下如实重构了他的个人经历,实现了诗歌中去个人化和个人化的统一。

伍尔夫非个人化诗学是一个亟待开拓的新视角,其研究空间很大。本书以伍尔夫的散文体小说《一间自己的房间》(*A Room of One's Own*, 1929)及其手稿《妇女与小说:〈一间自己的房间〉手稿版本》(*Women & Fiction: The Manuscript Versions of A Room of One's Own*, 1992)、六卷散文集《弗吉尼亚·伍尔夫随笔》(*The Essays of Virginia Woolf*, 1986—2011)、六卷书信集《伍尔夫书信》(*The Letters of Virginia Woolf*, 1975—1980)、六卷日记《伍尔

夫日记》(The Diary of Virginia Woolf,1977—1984)、《伍尔夫读书笔记》(Virginia Woolf's Reading Notebooks,1983)和三部小说《到灯塔去》(To the Lighthouse,1927)、《达洛维夫人》(Mrs. Dalloway,1925)、《奥兰多》(Orlando: A Biography,1928)等作品的原创性研读为突破口,列举伍尔夫对非个人化诗学的相关论述,并对这一概念予以剖析,总结其关键性要素及其相互关联,探究伍尔夫非个人化诗学对莎士比亚和济慈等人非个人化诗学的继承和创新,挖掘其与同时代作家如艾略特和乔伊斯等人非个人化诗学的区别,探讨伍尔夫非个人化诗学对陈染等当代中国女作家的深刻影响,力求为伍尔夫研究打开一个新的窗口。

第一章　伍尔夫与非个人化诗学

本书将从伍尔夫的散文、书评文章、小说、书信和日记等作品中重建伍尔夫非个人化诗学在意识形态、主题、文体和形式上的创新,重点是她用女性主义语调构建非个人化的核心要素,以增强伍尔夫作为一个开创性作家的重要地位及其作为女性主义作家的魅力。更具体地说,本章将简要分析伍尔夫非个人化诗学中三个相互关联的成分:意识形态上的雌雄同体观、主题上的普遍性(包括三方面:作者隐身、反对艺术政治化和诗意精神)以及文体上的意识流。在界定非个人化这个术语之后,本章将探讨伍尔夫非个人化与个人化概念之间的辩证关系,因为她提出并赞美了"女性语句"(以及"男性语句")以强调写作中性别差异的重要性。本书认为伍尔夫的非个人化诗学具有辩证性的特点,它并不完全排除个人化。相反,非个人化和个人化是连续的。伍尔夫辩证性的非个人化诗学为男性和女性作家提供了平等创造富有艺术家性别和个性特征的机会。

伍尔夫对非个人化诗学的兴趣贯穿了她的整个人生。与许多其他作家相比,伍尔夫散文家的身份给予了她特殊的优势。早在1905年,即伍尔夫踏上创作之旅一年后,她就开始关注卡尔·贝德克尔(Karl Baedeker)的《西班牙之旅》(*Journeys in Spain*),称该书的非个人化品质使该书成为"最非个人化的图书"①。1918年9月10日,伍尔夫在日记中记录了弥尔顿《失乐园》(*Paradise Lost*)的非个人化品质给她留下的深刻印象:"这首诗与其他诗歌之间的极端差异震惊了我。这主要体现在其崇高的超然和情感的非个人化之中(the sublime aloofness & impersonality of the emotions)。"②20世纪20年代见证了伍尔夫对非个人化诗学的浓厚兴趣。1920年1月26日,伍尔夫评论道:"这该死的自我,毁坏了[詹姆斯·]乔伊斯和[多萝西·]查德森。"③

在散文《论不懂希腊文》("On Not Knowing Greek",1925)中,伍尔夫重

---

① Virginia Woolf, *Contemporary Writers*, with a preface by Jean Guiguet (New York and London: A Harvest Book, 1965), p. 39.
② Woolf, *The Diary of Virginia Woolf*, vol. 1, p. 192.
③ Ibid., vol. 2, p. 14.

申了她的观点,即"希腊文学是非个人化文学"①。同一年,伍尔夫在散文《简·奥斯丁》("Jane Austen",1925)中特别关注了该小说家的非个人化。② 她在长篇散文《一间自己的房间》中对莎士比亚的非个人化进行了分析,提出莎士比亚的创造性大脑并没有受到个人恩怨或怨恨、仇恨、痛苦、恐惧或抗议等情绪③的阻碍。莎士比亚雌雄同体的大脑在创造那些非个人化的剧本中产生了至关重要的作用。伍尔夫在散文《个性》("Personalities",1947)中围绕非个人化问题进行探讨时坚称:"我们最钦佩的作家有一些难以捉摸、似谜一样的、非个人化的品质(something elusive, enigmatic, impersonal)。"④伍尔夫坚定了莎士比亚就是非个人化典范的信念,因其作品的主要特点之一是作者的隐身⑤。

与奥斯丁和莎士比亚形成鲜明对比的是,夏洛蒂·勃朗特(Charlotte Brontë)处于非个人化的另一极端,因为《简·爱》(*Jane Eyre*)充满了勃朗特的个性,即整个小说通过"我爱""我恨""我受苦"等声音表达了她"愤慨""不满"等情绪⑥。个人的抗议阻碍了"对待生活的哲学态度",因为"以自我为中心,自我限制的作家缺少宽宏大量和宽容的人所具有的力量。他们的印象密集堆积,死死地夹在他们狭窄的墙壁之间。从他们大脑里发出的东西全都印有他们的印记"⑦。

伍尔夫将自负与开明的作家进行对比,她赞美非个人化大脑的重要性,因为它被赋予了看待生活的毫无偏见的视野。正如"狭窄的墙壁"这个词所暗示的一样,勃朗特强烈的个性使她的作品视野变得狭窄。受到强烈个人主义的限制,勃朗特的个性在她和读者之间形成了障碍,因为读者感受不到共鸣。勃朗特没有试图"解决人类生活的问题",她也没有意识到"这样的问题存在"。⑧ 对伍尔夫而言,《简·爱》最根本的缺陷在于它没有给予普通读者鼓舞和帮助。此外,伍尔夫认为勃朗特忽略了人类问题的存在。

事实上,《一间自己的房间》在一定程度上也印证了伍尔夫的非个人化诗

---

① Virginia Woolf, *The Collected Essays*, vol. 1, pp. 1, 12.
② Ibid., vol. 1, pp. 145–146.
③ Virginia Woolf, *A Room of One's Own/Three Guineas*, ed. Morag Shiach (Oxford: Oxford University Press, 2008), pp. 73, 88.
④ Woolf, *The Collected Essays*, vol. 2, p. 275.
⑤ Ibid., vol. 2, p. 276.
⑥ Virginia Woolf, *The Collected Essays*, vol. 1, pp. 186–187; *A Room of One's Own/Three Guineas*, p. 95.
⑦ Ibid., pp. 187–188.
⑧ Woolf, *The Collected Essays*, vol. 1, p. 187.

学理念,这可以从她创作《一间自己的房间》时避免使用个人化的技巧这一点得到证明(8 June 1933)。① 五年之后,在小说《幕间》(Between the Acts, 1941)的写作过程中,伍尔夫在1938年4月13日的日记里明确表达了她对具有共同属性的"我们"而非具有个人属性的"我"②的偏爱。伍尔夫的这些尝试都表明她在作品中努力追求非个人化诗学的理念。

虽然伍尔夫对非个人化诗学的终身追求毋庸置疑,但是她从未就此概念给出过一个清晰的定义。在丽莎·洛看来,伍尔夫的非个人化是一个动态的概念,伍尔夫避免界定她的非个人化事出有因:"最后,伍尔夫不会为我们或为她自己清晰界定非个人化和个人化的含义,因为它们对她而言有着多重含义。伍尔夫认为,正如对女人的定义一样,意义是不断发展的,有着特定的语境,总是处于被探索之中……是流动的、灵活的、不稳定的、难以维持现状的——就像是无法控制的水银一样。"③

伍尔夫对非个人化的提及散见于她的小说、散文、日记和信件中。借用评论家帕梅拉·J. 特兰斯(Pamela J. Transue)的精辟论点来说,伍尔夫的回避是她"风格上的一个显著特点",这将发展成为一种明显的、充满巨大暗示力的"艺术力量"。④

伍尔夫回避的特点在《一间自己的房间》一开始就很引人注目。伍尔夫避开了对女人的本质以及小说的本质进行明确界定:"我推卸了对这两个问题得出结论的责任。"⑤另一个例证是当伍尔夫被问到如何界定女人时,她拒绝给出一个明确的答案:"啊,但什么是她'自己'?我的意思是,什么是女人?我向你保证,我不知道。我不相信你知道。我不相信任何人会知道什么是女人,直到她在所有向人类开放的艺术和职业中展现了自己。"⑥伍尔夫不仅推卸了给出现成答案的责任,她还巧妙地拒绝了任何给出这样定义的企图。

伍尔夫拒绝界定非个人化的另一个原因还跟这个词本身的不可界定性有关。"非个人化"不是一个常见的词。相比之下,"非个人的"(impersonal)

---

① Virginia Woolf, *The Letters of Virginia Woolf*, 6 vols, ed. Nigel Nicolson, assisted by Joanne Trautmann (New York: Harcourt Brace Javanovich, 1975—1980), vol. 5, p. 195.
② Woolf, *The Diary of Virginia Woolf*, vol. 5, p. 135.
③ Lisa Low, "Refusing to Hit Back: Virginia Woolf and the Impersonality Question," in *Virginia Woolf and the Essay*, eds. Carole Rosenbery and Jeanne Dubino (London: MacMillan, 1997), p. 269.
④ Pamela J. Transue, *Virginia Woolf and the Politics of Style* (Albany: State University of New York Press, 1986), p. 182.
⑤ Woolf, *A Room of One's Own/Three Guineas*, p. 4.
⑥ Woolf, *The Collected Essays*, vol. 2, p. 286.

是一个更为常见的词。根据《牛津英语大辞典》(Oxford English Dictionary)的定义,非个人化主要指的是"个性的缺失"①。因此,当非个人化被界定为个性的反面时,非个人化似乎并不是一个独立存在的词。伍尔夫不赞同这种狭窄的定义。

总而言之,伍尔夫在作品中至少十次提到"非个人化"这个词,并无数次提及"非个人化的",这些都为我们理解她的非个人化诗学提供了线索。对这个词的细致探究将揭示伍尔夫对该词的运用与其字典定义存在着巨大差异。

尽管伍尔夫从未试图界定"非个人化",她却对这个词的含义提出了一些有用的暗示。其中一个例子是在伍尔夫的小说《远航》(The Voyage Out,1915)中,泰伦斯·休伊特(Terence Hewet)采用了"非个人化"这个词来形容蕾切尔·温雷克(Rachel Vinrace)全神贯注于钢琴演奏时的心态:"她在那里,热情地掌控着音乐,完全遗忘了他的存在——但他喜欢她的那种品质。他喜欢音乐在她身上产生的**自我遗忘**。"②(黑体为笔者后加)蕾切尔如此专注于音乐,以至于她已经忘记了未婚夫的存在。

蕾切尔完全融入"非个人化"的钢琴演奏中。这时,非个人化的特点是个人的全神贯注、冷静和与艺术保持距离。最后的结果就是她完全遗忘了自己的环境和个性。另外一个例子是当钢琴完全占据蕾切尔的思绪时:"在三分钟内,她深深地沉浸在一首艰难的古典赋格曲 A 中,脸上掠过一丝奇怪的、遥远的、**非个人化的**专注和充满焦虑的满足。"③(黑体为笔者后加)在这两种情况中,非个人化都以专注、克己和一个人对艺术对象的强烈感受为标志。换句话说,艺术家如此沉浸在自己的艺术中,以至于强烈的艺术感受没有为个人情感留下空间。

伍尔夫在小说《夜与日》(Night and Day,1919)里也提及了非个人化。当女主人公凯瑟琳·希尔伯利(Katherine Hilbery)表达她对数学而不是文学的偏好时说道:"她不会不肯承认她多么无限地偏爱数字的精确性、似星星一般的**非个人化**,而不是最美散文引起的困惑、躁动和模糊。"④(黑体为笔者后加)在这里,数学和文学被看作是截然相反的两个学科。数字强调的是科学

---

① John Simpson ed., Oxford English Dictionary (Oxford: Oxford University Press, 2010). http://www.oed.com,访问日期 2012-01-10。
② Virginia Woolf, The Voyage Out, ed. Pagan Harleman (New York: Barnes & Noble, 2004), p.284.
③ Ibid., p.53.
④ Virginia Woolf, Night and Day, ed. Suzanne Raitt (Oxford: Oxford University Press, 2009), p.42.

的精确性和准确性,不涉及个人情感。同样,遥不可及的星星也没有任何情感。相反,文学对凯瑟琳而言,缺乏数学的清晰度和准确性。文学不是完全非个人化的,它包含了个人大量的情感。

此外,非个人化还被用来描述从凯瑟琳的角度看到的拉尔夫·德纳姆(Ralph Denham)的眼睛:"他的眼睛表现出通常男性化的**非个人化**特征和权威,在有利的情况下可能会表现出更微妙的情感,因为它们很大,带着清澈的棕色。"①(黑体为笔者后加)我们应该记得拉尔夫第一次拜访凯瑟琳时后者还带有偏见和误解,认为拉尔夫对她的显赫家世持有敌意。"通常男性化的非个人化"是典型的伍尔夫词语。通过使用"通常"和"男性化"来修饰"非个人化",伍尔夫似乎在暗示男性比女性更容易控制自己的情感,表现出冷静和公正。仔细观察引文使会发现,在凯瑟琳眼里,德纳姆的非个人化是宣告他男性立场和权力的一种策略。同时,它还巧妙地隐藏了他的微妙情绪。因此,非个人化证明了具有该种品质的人有能力抑制自己最强烈的情感并保持冷静和超然。

显而易见,对伍尔夫而言,字面上的非个人化意味着对艺术对象的专注、克己、客观、超然、作者隐身、公正和情感的抑制。很显然,伍尔夫对该词的使用与词典定义不同。基于对这些基本含义的了解,本书将阐释伍尔夫非个人化诗学的基本构成。

正如伍尔夫坦承的那样,《一间自己的房间》中最核心的问题之一是"小说创作和性别对小说家的影响"②,简言之,即"文本与性别"。伍尔夫坚信,为了创作伟大的作品,男性和女性作家都应该避免过度自我意识的不利影响。换句话说,强烈的性别意识会削弱作家的创造力,阻碍他们施展才华。女性作家更容易受到这种负面影响,因为她们仍在努力摆脱因性别而强加在她们身上的弱势物质环境。夏洛蒂·勃朗特就是一个天赋受到其强烈性别意识和阶级意识阻碍的典型例子。因此,伍尔夫认为《简·爱》存在较大缺陷,即"变形和扭曲"。因为勃朗特个人的不满和愤怒的存在,该小说变成了勃朗特倾泻个人艰辛和痛苦情绪的垃圾场,这阻碍了她的天才被"全面和完整地"表达。③

与勃朗特被火热情绪占据的大脑形成鲜明对比的是莎士比亚处于白炽

---

① Virginia Woolf, *Night and Day*, ed. Suzanne Raitt (Oxford: Oxford University Press, 2009), p. 11.
② Woolf, *A Room of One's Own/Three Guineas*, p. 92.
③ Ibid., p. 90.

状态的大脑,因为"没有任何阻碍,没有任何外来物质未被消耗"①。伍尔夫进一步提出"困难或冤屈从他身上脱离出来并被消耗掉",让他的诗歌"自由地、不受阻碍地从他那里流淌出来"。因此,莎士比亚"完全地表达了他的作品"。② 由此可见,从伍尔夫将勃朗特和莎士比亚当作两个极端的案例来看,她憎恶与性别相连的强烈的个人主义和个人情感,她强烈赞同并倡导性别无意识或雌雄同体思想。

因此,对伍尔夫而言,雌雄同体可被界定为艺术家的一种精神状态,即艺术家大脑被当作同时包含传统意义上男女双方不同品质的容器,以便达到最佳创造性的精神状态。雌雄同体并不意味着女性屈服于男性,也并不意味着男性和女性作家一样。相反,伍尔夫使用"男性—女性地"和"女性—男性地"这样的词语来强调保持作家原来的性别特征,并同时吸收来自异性大脑的相关品质的必要性和重要性③。

女性更易从雌雄同体的状态中获益,因为性别无意识使其忘记了自己的性别,能专注于艺术对象,从而展现出她们深刻而又复杂的性别特征。正如伍尔夫明确宣称的那样:"她以一个女人的身份写作,但却是作为一个忘记了自己女性性别的女人,因此她的书写充满了只有当性别处于无意识状态才会出现的神奇的性别属性。"④性别无意识的实现为作家性别属性,也即作家个性的展现铺平了道路。因此,非个人化和个人化的双重目标也就实现了。

伍尔夫坚持认为雌雄同体是非个人化艺术家的理想状态,普遍性则成为其主题。也就是说,艺术作品不应该属于某一个特定的年代,而应同时属于所有的年代。伍尔夫认为小说不应该关乎作者个人的愤怒或不满等情感。但这并不意味着个人的东西不能出现在小说中。相反,在散文《现代散文》(1925)中,伍尔夫宣称自我"在文学中至关重要",但同时它也是"最危险的对手"。⑤ 在伍尔夫逝世后一年发表的文章《乔治·摩尔》("George Moore",1942)中,伍尔夫也表述了类似的观点。在那篇文章中,伍尔夫通过一个修辞问题来表明小说不可避免地与作家的自我相关:"但我们可能会问,并不是所有的长篇小说都是关于作家的自我?"⑥如何正确地解决个人素材与非个人化小说之间,或是生活与艺术之间的矛盾,成为一个困扰伍尔夫一生的问题。

---

① Woolf, *A Room of One's Own/Three Guineas*, p. 73.
② Ibid., p. 74.
③ Ibid., p. 128.
④ Ibid., p. 121.
⑤ Woolf, *The Collected Essays*, vol. 2, p. 46.
⑥ Ibid., vol. 1, p. 338.

伍尔夫对这个问题的答案是明确有力的：个人生活应该被提炼成非个人化的艺术以达到普遍性。要实现这个目标必须满足三个最重要也相互关联的标准：作者的隐身、反对艺术政治化和诗意精神。

伍尔夫对小说中作者的存在感到遗憾。对她而言，有强烈自我意识和存在感的小说是个人的、徒劳的，缺乏持久的艺术价值。因此，读者不会认真对待渗透了过多作者自我的作品，因为没有人会喜欢作者的个性和自我主义。很显然，在伍尔夫眼里，作者的特殊经历应该被模糊化处理，以便最后完成的作品不是关于某一个体，而是关于每一个人。因此，在伍尔夫1933年6月8日写给埃塞尔·斯密斯(Ethel Smyth)的信中透露了《一间自己的房间》将成为非个人化的一个很有说服力的例子：

> 好吧，即便你也会承认我写《一间自己的房间》时带有较多个人情感，我在这个问题上无法冷静。我迫使自己虚构自己的形象，将其做传奇化的处理。如果我说，看这里，我没有受过教育，因为我的哥哥们用尽了家庭资金，这是事实——好吧，他们[读者们]会说：她[伍尔夫]很生气；虽然我承认我拥有很多错误类型的读者，没有人会认真对待我；谁会阅读你[的作品]？[读者]散去后会为你的个性欢欣鼓舞，并不是因为你的作品很活泼易懂，而是因为它们再一次证实你是多么自负和自我，所以读者们还会高兴地搓着手说，女人总是那样的；我在写作的过程中听到了那样的声音。①

以上引文有力地说明了伍尔夫成功地将个人素材转变为非个人化艺术。她坦诚地承认在写作《一间自己的房间》的过程中面对女性缺乏教育所导致的社会偏见时，她无法保持内心平静。她感到怨恨和愤慨，因为她的哥哥索比(Thoby)和弟弟艾德里安(Adrian)可以利用家庭资金接受教育，而她没有受过大学教育。然而，与勃朗特不同的是，伍尔夫并没被她的痛苦和抱怨的情绪压倒。她没给人留下她写作《一间自己的房间》的唯一动机是为了倾诉个人的不满和愤怒情绪的印象。伍尔夫坚定地认为读者们厌恶以自我为中心的写作。尤其是她想象如果她在《一间自己的房间》中被个人负面情绪打败，读者们会坚定地抓住她的"女性弱点"，无情地攻击女性的虚荣心。伍尔夫不得不伪装自己，虚构她的存在。

小说中明确的作者"我"的一个缺点在于它将阻碍小说的视野，并在很大程度上限制读者的解读。伍尔夫比较了简·奥斯丁(Jane Austen)的《傲慢与

---

① Woolf, *The Letters of Virginia Woolf*, vol. 5, p. 195.

偏见》(*Pride and Prejudice*)和乔治·艾略特的《织工马南》(*Silas Marner*)后得出结论,奥斯丁在小说中是隐身的,而艾略特的角色总是变成作者本人的喉舌,替艾略特发声。因此,读者们"不会理解人物之间的关系,但只能得到'我'给大家展示的生活的景象。'我'将尽自己最大的努力来阐明这些男性女性们的例子,提供'我'所能做到的所有反思"①。很显然,从"我"出发的这样的观点是狭窄并带有偏见的,因为它不能处理人与人之间更广泛的关系。当然,这样局限的观点与普遍性的方向相反。

简而言之,伍尔夫并不反对小说中的自我,但小说家在处理与个人相关的素材时,需过滤掉个人因素,这样作者的身份就不会在小说中被立马认出来且被等同于小说中的某一个角色。换句话说,作者的隐身或屈服是通向非个人化的必经之路。用伍尔夫的话来说,伟大的艺术家"能将自己融入他们的作品中,并设法将他们的身份普遍化"②。为了达到这个目标,小说家需要将他们的身份普遍化,而不是自我揭示,这样才能使其创作的小说是关于每个人的。莎伦·卡梅隆的评论一语中的,她认为小说应该剥离作者经验中的个人身份,这样"展现出来的特殊化经验并不会被认定为是某一个特定个人的"③。只有这样,非个人化和持久的艺术才能超越作者自我的狭隘界限。

一、伍尔夫非个人化诗学批评传统

伍尔夫的同时代朋友和竞争对手艾略特在其文章《传统与个人天赋》中探讨了非个人化诗学。该文章的影响力如此之大,以至于人们一般将其认为是"艾略特的现代主义宣言"④。或用迈克尔·惠特沃思(Michael H. Whitworth)的话来说,这是"现代主义艺术的间接宣言"⑤。因此,艾略特也成为现代主义非个人化诗学的代言人。

在艾略特的评论家中,莎伦·卡梅隆等认为艾略特创造了"非个人化"这个文学术语,因此是非个人化诗学的创始人。在她编辑的《非个人化诗学:七篇论文》(*Impersonality: Seven Essays*, 2007)中,卡梅隆坚称"非个人化"这个词是艾略特的独创,同时也是"艾略特使其变成一个常规学术术语"⑥。卡

---

① Woolf, *The Collected Essays*, vol. 2, p. 78.
② Ibid., vol. 2, p. 275.
③ Cameron, *Impersonality*, p. 149.
④ Giovanni Cianci and Jason Harding eds., *T. S. Eliot and the Concept of Tradition* (Cambridge: Cambridge University Press, 2007), p. 2.
⑤ Michael H. Whitworth, *Virginia Woolf* (Oxford and New York: Oxford University Press, 2005), p. 32.
⑥ Cameron, *Impersonality: Seven Essays*, p. viii.

梅隆的言辞有一些夸张。事实上,伍尔夫比艾略特还要早四年,早在《远航》(1915)中就使用了这个术语。此外,虽然"非个人化"这个术语是一个现代主义概念,但这个想法其实并不新颖。正如伍尔夫观察到的那样,从希腊文学到莎士比亚、奥斯丁、济慈,再到伍尔夫同时代的普鲁斯特,都存在着非个人化的文学传统。只不过,人们对艾略特非个人化诗学的研究很全面,尤其是对其诗歌《荒原》和《四重奏》中的人物进行了深入研究。

与艾略特非个人化诗学受到的巨大关注形成鲜明对比的是,伍尔夫的非个人化诗学在很大程度上被忽视和遗忘了。在大多数情形下,"非个人化"这个术语还未被列入伍尔夫批评的索引中。到目前为止,还没有学者就伍尔夫非个人化诗学进行全面系统的研究。

在伍尔夫研究中出现这个研究空白可能有几个原因。首先,伍尔夫认为"理论是危险的东西"①。她不会坚定地相信或坚持某一种理论,因为这会破坏批评家试图确定她非个人化的内涵。其次,伍尔夫是一个高度灵活且容易引起歧义的作家。与艾略特不同的是,伍尔夫从不明确界定小说创作的原则。尽管以上这两个原因在一定程度上解释了这一困难,但也有评论家努力尝试从伍尔夫的评论、散文和小说里与小说相关的论述中复原她的非个人化诗学。

目前主要存在三种阐释伍尔夫非个人化诗学的趋势。以伯纳德·布莱克斯通和塔日莱恩·吉塔·艾伦(Tuzyline Jita Allan)为代表的学者认为伍尔夫的非个人化可被界定为"超然"或"作者的隐身"。布莱克斯通的《弗吉尼亚·伍尔夫:评论》(*Virginia Woolf: A Commentary*, 1949)就注意到伍尔夫的非个人化诗学品质或"超然"的开创性著作:"'超然是艺术家的终极追求',她写道。她的意思并不是说艺术要脱离生活、男性和女性。她的意思是艺术家要从个人偏见、个人的终极追求以及违背艺术家设定的创作精神的时代精神中脱离出来。"②事实上值得一提的是布莱克斯通在这个引用中将伍尔夫认定为其引用的作者是不准确的。"超然是艺术家的终极追求"的说法出现在伍尔夫为自己的密友罗杰·弗莱撰写的传记中。原文写道:"他一直坚持超然是艺术家的终极追求。"③很明显,这句引语的作者是罗杰·弗莱,而不是伍尔夫。尽管如此,布莱克斯通对伍尔夫非个人化的阐释的确是朝着正确的方向。他坚持认为超然对伍尔夫而言并不是说艺术家应该远离事实,而是

---

① Woolf, *The Collected Essays*, vol. 2, p. 163.
② Bernard Blackstone, *Virginia Woolf: A Commentary* (London: The Hogarth Press, 1949), p. 245.
③ Woolf, *Roger Fry: A Biography*, p. 214.

要远离个人偏见、自私的目的以及不利的气氛。所有这些原则都被恰当地运用到伍尔夫的《一间自己的房间》中。

布莱克斯通将伍尔夫的超然当作她作品的试金石,得出的结论是,伍尔夫的超然状态对其作为一个成功的艺术家做出了相当大的贡献:"从一开始我们就感觉她写作是为了完成存在于她大脑中的一个理想:她写作并不是为了发泄个人的抱怨、狂热或是为了取悦某一部分人,或是形成自己的学派,或致富,或成就声名。她的作品是个人愿景的纯粹表达。"① 很明显,布莱克斯通将超然视为伍尔夫创作过程中现成的原则。她的超然体现在其作品中教条或是说教态度的缺失和对理论化的避免。此外,伍尔夫只为自己写作,不为金钱或名利。她的写作是她视野和想象力的表达。她所做的只是展示自己的才华,毫无政治偏见和理论框架等外部障碍,也无须迎合主流价值。

布莱克斯通的研究指出伍尔夫的"超然"是她非个人化诗学的重要组成部分,这一发现是重要且有原创性的,但同时也是有限的,因为它并没有在非个人化诗学这一更大的框架内讨论超然。此外,布莱克斯通也没有指出非个人化诗学的其他重要组成部分。

艾伦则将我们的注意力转移到伍尔夫散文中的非个人化思想上。艾伦的文章标题《一个自己的声音:非个人化在伍尔夫和艾丽斯·沃克散文中的含义》("A Voice of One's Own: Implications of Impersonality in the Essays of Virginia Woolf and Alice Walker",1993)很引人注目,揭示了伍尔夫非个人化概念的奥秘。但是除了标题外,艾伦在文章中没再提及"非个人化"这个关键术语。艾伦将重心放在伍尔夫的散文《现代小说》上,指出伍尔夫的非个人化体现在她使用了"自我隐藏的修辞"和"逃避个人的"的策略,即优先采用"第一人称复数的'我们'",而不是"我"作为"主观性的标志"。② 艾伦又着重讨论了伍尔夫的散文《〈简·爱〉和〈呼啸山庄〉》,她简单地将伍尔夫的非个人化等同于作者的隐身。以勃朗特的个性对《简·爱》的艺术价值产生了严重影响为经典案例,艾伦认为伍尔夫坚决反对女性作家在作品中的存在,因为这会"验证其自传性倾向,因此加深其不是严肃作家的刻板印象"③。换言之,女性作家在其作品中的出现会证实她正在书写自己的偏见,从而不被认

---

① Blackstone, *Virginia Woolf*, p. 245.
② Tuzyline Jita Allan, "A Voice of One's Own: Implications of Impersonality in the Essays of Virginia Woolf and Alice Walker," in *The Politics of the Essay: Feminist Perspectives*, eds. Ruth-Ellen Boetcher Joeres and Elizabeth Mittman (Bloomington and Indianapolis: Indiana University Press, 1993), pp. 134—136.
③ Ibid., p. 139.

真对待。

与伍尔夫不同,艾伦对勃朗特表示同情。她引用了伍尔夫在一封信中对于"一个有性别的主体"在创作《一间自己的房间》中如何压制愤怒和个人情绪的忏悔,认为伍尔夫的非个人化或"克己审美起源于一种自我保护的冲动:她怨恨并抵制吹毛求疵的女性这种带有侮辱性的标签"①。因此,对艾伦来说,伍尔夫的自我隐身的非个人化技巧源于她想保护自己,以免遭到其他女性反对的本能。此外,根据艾伦的说法,伍尔夫未能给予勃朗特"写作自己和在愤怒中写作"的宣言足够的价值,而这可能是女性主义事业中一个强大而有力的声音。②在这里,艾伦似乎误解了伍尔夫倡导非个人化作为一种创作模式的关键点。伍尔夫并不反对女性主义事业,因为她自己就是一个很热情的支持者。但她强烈反对将小说转变为女性备受压抑的情感的"垃圾场",因为这会毫无疑问地阻碍作家的创造性并玷污作品的艺术价值。

另一派主要的批评是将伍尔夫的非个人化等同于她的雌雄同体概念。玛丽莲·R. 法韦尔(Marilyn R. Farwell)、艾莉森·布斯(Alison Booth)和丽莎·洛等评论家赞同这种解释。20世纪70年代见证了大量从女性主义视角欣赏伍尔夫作品的尝试。法韦尔就是其中一个对伍尔夫雌雄同体概念很感兴趣的女性主义批评者。在她1975年的文章《伍尔夫与雌雄同体》("Virginia Woolf and Androgyny")中,法韦尔声称:"伍尔夫采用客观性和非个人化作为《一间自己的房间》里雌雄同体的基础,伍尔夫与艾略特非常接近。然后雌雄同体攻克了主观性这个魔鬼,变成客观性。"③法韦尔认为伍尔夫的雌雄同体观是她客观性和非个人化策略的自然结果,从而造成雌雄同体与艾略特科学化的非个人化之间的相似性。换句话说,将雌雄同体作为审美目标,将客观性和非个人化作为方式,伍尔夫和艾略特对非个人化的观点是相似的。结果,雌雄同体等同于客观性,变成了主观性的敌人。本书很难认同法韦尔的观点。在本书看来,法韦尔点到了雌雄同体和非个人化之间的关系。但与她的观点相反,本书认为雌雄同体才是伍尔夫非个人化诗学的关键组成部分。换言之,雌雄同体是非个人化的必要基础和审美工具。伍尔夫鼓励作家在创造非个人化艺术之前和其过程中获得雌雄同

---

① Tuzyline Jita Allan, "A Voice of One's Own: Implications of Impersonality in the Essays of Virginia Woolf and Alice Walker," in *The Politics of the Essay: Feminist Perspectives*, eds. Ruth-Ellen Boetcher Joeres and Elizabeth Mittman (Bloomington and Indianapolis: Indiana University Press, 1993), p. 139.

② Ibid., pp. 139–140.

③ Marilyn R. Farwell, "Virginia Woolf and Androgyny," *Contemporary Literature* 16. 4 (Autumn 1975): 448.

体的思想。

同样专注于伍尔夫非个人化研究的还有布斯。她的专著《伟大的产生：乔治·艾略特与弗吉尼亚·伍尔夫》(*Greatness Engendered: George Eliot and Virginia Woolf*, 1992)比较考察了这两位女性作家。布斯提出了关于伍尔夫非个人化思想的两个要点。首先，她解释说伍尔夫的非个人化深深植根于她共同的和"超越个性的进步生活"①的叙述中。其次，她与评论家马吉科·米诺-品可奈(Makiko Minow-Pinkney)一样，认为伍尔夫大脑中的权威个性是男性的，而且"超越自我意识和个性的写作可能被视为'作为一个女人'或是雌雄同体的，像莎士比亚一样的大脑(具有讽刺意味的是作为民族英雄的莎士比亚被视为非个人化的完美化身)在写作"②。布斯还错误地提出，非个人化写作只能由女性的或雌雄同体的作家创作出来。换句话说，在布斯眼里，女性作家比男性作家更易实现非个人化的目标。因为莎士比亚是一位男性，所以不宜将其当成雌雄同体和非个人化的杰出典范。

布斯继续提出："伍尔夫雌雄同体的自我无意识的叙事理想……是女性个性的屏障。"③布斯认为雌雄同体作为自我意识的否定，对淡化女性作家的个性是有效的。因此，女性作家通过雌雄同体达到非个人化的努力和尝试是有效果的。

在本书看来，当布斯将非个人化作为一种女性特质并粗略地将其等同于雌雄同体时，她实际上误读了伍尔夫。伍尔夫并没有提出女性作家比男性作家更易实现非个人化。至少在伍尔夫列举的八位雌雄同体的例子中，只有简·奥斯丁是女性，其他几位为莎士比亚、济慈、斯特恩、科伯、兰姆、柯勒律治和普鲁斯特。相反，本书认为在伍尔夫看来，女性作家的小说更有可能受到其不利的物质环境的影响。与之形成鲜明对比的是，当所有的障碍物被清除之后，莎士比亚成为雌雄同体和非个人化的优秀典范。

丽莎·洛在《拒绝回击：弗吉尼亚·伍尔夫和非个人化问题》("Refusing to Hit Back: Virginia Woolf and the Impersonality Question", 1997)一文中对伍尔夫的非个人化提出了建设性和全面性的批评。丽莎·洛考察了伍尔夫时代非个人化的起源和背景，并明智地观察到伍尔夫很大程度上受到了同时代布鲁姆斯伯里团体罗杰·弗莱和艾略特的影响，但两者与伍尔夫的非个人化观点不同。女性主义评论家伊莱恩·肖瓦尔特(Elaine Showalter)认为伍

---

① Alison Booth, *Greatness Engendered: George Eliot and Virginia Woolf* (Ithaca and London: Cornell University Press, 1992), p. 6.
② Ibid., p. 12.
③ Ibid., p. 78.

尔夫的雌雄同体观是对女性主义冲动的背叛。① 与肖瓦尔特不同的是,丽莎·洛有趣地提出伍尔夫的非个人化并非符合男性标准,其对男性和女性作家而言都具有平等主义和包容性精神:"伍尔夫运用非个人化来破除男性和女性作家之间的历史分歧,将道德写作与两性联系起来,并倡导非个人化写作——并非因为艾略特所提出的它的专制潜力,而是因为非个人化的移情和民主特征。"②

丽莎·洛提出伍尔夫的反权威立场标志着她与同时代的艾略特的分歧,后者提出非个人化理论针对的是"权威主义"的前景。更具体地说,伍尔夫的非个人化概念试图打破女性和男性写作之间的障碍。丽莎·洛坚持认为伍尔夫支持非个人化是因为她对专制主义和自我中心主义的强烈憎恨,这些情绪以男性作家的"愤怒"或女性作家的"怨恨"的形式出现③。

丽莎·洛对伍尔夫的批评也存在局限。她强调伍尔夫倡导将非个人化作为应对男性和女性作家的强烈自我主义的策略,实际上她是将非个人化等同于雌雄同体,后者的目的是消除个人主义并激发创造力。在本书看来,这种观点在很大程度上淡化了伍尔夫非个人化诗学的重要性。非个人化比雌雄同体要复杂得多。同时,她只关注到伍尔夫的雌雄同体观,而完全忽略了伍尔夫对个性的强调,比如伍尔夫"女性语句"的提出。这也是构成伍尔夫非个人化诗学不可分割的组成部分。

很有趣的是,伊丽莎白·波德涅克斯(Elizabeth Podnieks)并不属于前文所述的伍尔夫批评学派。她的批评更为全面,是伍尔夫非个人化诗学批评中必不可少的。虽然她的专著名为《日常的现代主义:弗吉尼亚·伍尔夫、安东妮娅·怀特、伊丽莎白·斯玛特和阿娜伊丝·宁的文学日记》(*Daily Modernism: the Literary Diaries of Virginia Woolf, Antonia White, Elizabeth Smart, and Anaïs Nin*, 2000),但波德涅克斯并没有仅仅专注于伍尔夫的日记。相反,她还分析了伍尔夫的小说和散文中的非个人化思想。她引用了邦尼·凯姆·斯科特(Bonnie Kime Scott)的说法,即非个人化是一个宣言,促进了"审美的、单一的"现代主义的发展,这对"女性作家而言有着重要含义":

> 如果现代主义者必须建立一个以驱逐女性为目标的兄弟会的话,那么还有什么能比"非个人化"这个术语更好地排斥历史上就完全由其反

---

① Elaine Showalter, *A Literature of Their Own: British Women Novelists from Brontë to Lessing* (Princeton: Princeton University Press, 1977), p.264.
② Low, "Refusing to Hit Back," p.259.
③ Ibid., pp.262—263.

面来定义的性别吗？如果女性是关系型的，也就是从他人的角度来看待自己，从个人的角度来书写自己的生活，那么还有比超然美学更好地将女性排除于文学权威之外的方法吗？①

很显然，波德涅克斯认为非个人化是现代主义男性作家所采用的欺骗性策略，以排除被界定为他们对立面和与之平等的女性作家，因为女性作家倾向于沉迷书写自己的自传细节。如果非个人化或"超然的美学"变成了现代主义写作的标准，那带有女性不可磨灭和不可避免的个性化书写将不会对现代主义评论家产生多重的影响。波德涅克斯连续使用了两个反义疑问句，旨在引发读者的信任，并同时质疑这一策略的初衷，因为男性和女性作家对于自我与他人的关系有不同的理解。波德涅克斯认为对于男性作家而言，自我和他人之间存在着明显的界限，而女性作家认为自己与他人关联着。因此，女性作家更难达到由艾略特和乔伊斯等现代主义者所建立和称赞的非个人化标准。由此可见，伍尔夫非个人化的提出是具有开拓性和反权威的。

艾略特的非个人化是一种伪装，让他可以自由地书写自己。② 与之相比，伍尔夫的非个人化的内涵不同。波德涅克斯认为："对伍尔夫而言，非个人化与雌雄同体相近。"③她因此得出结论，认为伍尔夫的非个人化仅仅是对艾略特非个人化的阐释，旨在"在不泄露自己的情况下讲述自己的真相"④。

对波德涅克斯来说，现代主义的非个人化概念在本质上是男性化和自传的。她完全承认伍尔夫不同的非个人化概念的重要性，认为虽然伍尔夫的非个人化是对艾略特非个人化的改编，且与雌雄同体等同，但是伍尔夫的女性主义冲动威胁着由艾略特和乔伊斯提出的男性非个人化："她挑战了其他作家宣扬的非个人化，因为他们将其男性气概或男性的普遍性编进他们的作品。"⑤波德涅克斯将雌雄同体视为打破将男性标准设立为普遍规范的传统模式。与她相似的是，波德涅克斯对伍尔夫非个人化的批评局限在于她的分析没有超越雌雄同体的狭窄边界。

卡特琳娜·科特桑托尼是第三位也是最新的批评走向代言人。她将对话性关系或互动关系的维度添加到伍尔夫非个人化研究中。她的《弗吉尼亚·伍尔夫的普通读者》(*Virginia Woolf's Common Reader*, 2009)对伍尔夫的非个人化策略进行了全面的考察。该书的核心论点是"非个人化不能等同

---

① Podnieks, *Daily Modernism*, pp. 81–82.
② Ibid., p. 86.
③ Ibid., p. 134.
④ Ibid., p. 136.
⑤ Ibid., p. 138.

于作者的隐身,而包含了主观的和对话的含义",这涉及"读者角色和权威的问题"。① 科特桑托尼专注于伍尔夫的两卷本《普通读者》,提出非个人化实现了两种相互依赖的效果。它可以唤起读者的信任,这在很大程度上增加了作者的权威。读者与作者通过这种方式建立了富有成效的对话关系。该书第四章"忘记自己尖锐的、荒谬的、微不足道的个性,……并实践匿名"("To forget one's own sharp absurd little personality... & practice anonymity")分析了伍尔夫的非个人化诗学,提出这是一种提高作者信誉和权威的策略。科特桑托尼选择伍尔夫的散文《论不懂希腊文》为出发点,提出希腊文学的非个人化对伍尔夫而言意味着它为读者留下了自由联想和想象空间,而不是让他们完全专注于关于作者的细节。然而,与此同时,非个人化不能等同于作者的完全隐身,因为作者与文本是不可分割的。因此科特桑托尼巧妙地借用了评论家布莱恩·李(Brian Lee)的短语"个人化—非个人化"②来描述个人化和非个人化之间不可分割的联系,这是一个富有洞察力的观点。

科特桑托尼接下来将我们的注意力引向了伍尔夫的散文《简·奥斯丁》和《〈简·爱〉和〈呼啸山庄〉》。她对夏洛蒂·勃朗特表示了极大的同情,因为她因个人强大的个性而受到了来自批评家的不公正批评。科特桑托尼肯定了勃朗特在《简·爱》里无比勇敢地面对和扰乱"男性普遍主义"的强大力量的重要性。③ 在分析女性愤怒和个人情绪对写作质量的不利影响时,科特桑托尼评论道,伍尔夫《普通读者》的目标是"促进一个男女平等且不受性别差异影响的无性世界"④。在本书看来,科特桑托尼的评论扭曲了伍尔夫的非个人化诗学。与科特桑托尼的观点相反,本书认为伍尔夫的非个人化诗学旨在促进和提升作家的个性,并宣扬男性和女性作家之间的性别差异。

很显然,科特桑托尼对伍尔夫的非个人化的批评在两个层面上有局限。她的中心论文是围绕作者和读者之间的对话性关系,更具体地说,是作为散文家的伍尔夫与其《普通读者》的读者之间的对话性关系。她提出伍尔夫的非个人化体现在散文家伍尔夫与读者之间的互动式交流和联系。然而,她的大部分讨论却被悄悄转移到伍尔夫对小说家非个人化的考察中。因此,科特桑托尼的核心论点和她的论证过程存在较大差异。

科特桑托尼的批评的另外一个不足是她坚持认为伍尔夫从散文中发展

---

① Katerina Koutsantoni, *Virginia Woolf's Common Reader* (Farnham and Burlington: Ashgate, 2009), p. 101.
② Ibid., p. 97.
③ Ibid., p. 106.
④ Ibid.

而来的非个人化策略鼓励一个"无性"的世界。实际上,伍尔夫多次强调了女性与男性之间巨大差异的必要性和至关重要性,尤其是女性作家与男性作家的差异书写。在本书看来,伍尔夫小说创作最富有成果的阶段与她编辑两本散文集的时期重合并非巧合,伍尔夫是将两卷本《普通读者》视为她探索女性独特小说书写方法的练兵场。

二、对伍尔夫非个人化诗学的剖析

伍尔夫建议小说家不要直截了当地在小说中书写自己。那什么才能成为小说的写作材料呢?伍尔夫在《到灯塔去》中对非个人化的指涉能为我们提供破译她非个人化主题的有用信息:"它[卡迈克尔的诗]是经验丰富和成熟的。是关于沙漠和骆驼的。是关于棕榈树和日落的。非常地非个人化,是关于死亡的,很少关于爱。他[卡迈克尔]处于一种超然的状态中。"[①]在这里,画家莉丽·布里斯科(Lily Briscoe),或更确切地说,叙述者在谈论诗人奥古斯都·卡迈克尔(Augustus Carmichael)所提及的主题。叙述者列举了卡迈克尔感兴趣的主题:沙漠、骆驼、棕榈树、日落和死亡,这些都是非个人化的主题,而爱情是属于更个人化的领域。诗人的"事实""个人关系"和"微小细节"有助于建立其诗歌的非个人化品质。可以得出结论,卡迈克尔的诗歌不是关于某一个特定的人,但同时也是关于每一个人。在伍尔夫看来,诗歌比小说更容易实现非个人化。

有趣的是,英国版和美国版的《到灯塔去》中"疏远"(aloofness)一词的措辞略有不同。1927年霍加斯出版社(The Hogarth Press)的第一版采用了"疏远"[②]这个词。在同一年美国哈考特-布雷斯(Harcourt Brace)出版社版本中,"疏远"一词被换成"非个人化"[③]。在1938年人人文库(Everyman's Library)版中,"疏远"一词得以保留[④]。在2008年牛津大学出版社的版本中也同样是"疏远"[⑤]。看起来伍尔夫对英国和美国版本进行了区分:前者采用"疏远",后者采用"非个人化"。

到目前为止,我们遇到了非个人化的两个同义词:超然和疏远。两者之间偶尔的替换并不意味着两个词之间不存在差异。相反,本书认为两者之间

[①] Virginia Woolf, *To the Lighthouse*, ed. David Bradshaw (Oxford: Oxford University Press, 2008), p.159.
[②] Virginia Woolf, *To the Lighthouse* (London: The Hogarth Press, 1927), p.299.
[③] Virginia Woolf, *To the Lighthouse* (New York: Harcourt Brace, 1927), p.290.
[④] Virginia Woolf, *To the Lighthouse* (London: Everyman Library, 1938), p.226.
[⑤] Virginia Woolf, *To the Lighthouse*, ed. David Bradshaw (Oxford: Oxford University Press, 2008), p.159.本书以下部分对《到灯塔去》的引用均出自该版本。

存在着较大差异。字典定义可以为两者之间的差别提供富有启发性的线索。根据《牛津英语大辞典》的定义,"疏远"指的是"与物体或环境隔开或保持冷漠"或"脱离与周围事物的联系的状态"。"超然"强调"艺术家与艺术对象或物质环境之间的分离,意味着没有利益之争,无偏见"①。因此,它可以用来描绘女性作家与自己弱势处境分离的情形。

如果"超然"强调艺术家与不利个人环境之间的脱节的话,那么"疏远"则描述了从"共同的行动或情感"中脱离出来或"缺乏同情心"。"疏远"强调人与物体之间的物理或心理距离。换言之,"疏远"并不意味着艺术家拥有情感或情绪。因此,"超然"与"疏远"之间微妙但也显著的差异在于,前者涉及艺术家努力保持与艺术作品之间的距离,或者转化个人情感和情绪,而后者与情感和情绪无关。

相比之下,非个人化是三个术语中最具包容性的词。《牛津英语大辞典》将非个人化界定为"个性的缺失"。与"超然"一词类似的是,个性的缺失并不排除个性的存在。相反,本书认为"缺失"一词意味着人格的存在先于艺术家主动和自愿地对其进行隐藏的尝试。除此之外,"个性"被赋予了一个人所特有的更为全面的品质和条件。与本书的论点相关的是,它不仅包含了个人的情感和情绪,也包含了作为一个女人或男人的独特心理特征。对伍尔夫而言,自我意识或性别意识是一个人个性的重要指标。这与本书的论点一致,即伍尔夫的非个人化诗学并不是一个排斥艺术家个性的问题,而是如何压制艺术家的自我以便将其个性转化为非个人化艺术的问题。

回到伍尔夫的非个人化主题上,我们将引用另外一个例子。《日与夜》中凯瑟琳将自己与拉尔夫的爱情和友谊对立起来时,她认为她更适应他们之间基于如"穷人的房子,或对土地价值征税"等这些非个人化话题兴趣之上的朋友关系,因为对穷人和土地税的关心属于"人生的问题"②,即关于一群人。因此,它们是非个人化的。在此,需要强调的是,非个人化话题不排除个人的观点或意见。

然后一个问题自然而然地出现了:小说非个人化主题的标准是什么?伍尔夫并没有立即给出确定答案,但她提出的小说的诗意精神为我们提供了一些线索。她在其著名散文《女性与小说》("Women and Fiction",1929)中揭示了关于诗意精神,尤其是关于女性作家的更多细节。

伍尔夫坚信,诗歌涉及的问题往往比小说涉及的问题更加非个人化。她

---

① John Simpson ed., *Oxford English Dictionary* (Oxford: Oxford University Press, 2010). http://www.oed.com,访问日期:2011-07-07。
② Woolf, *The Collected Essays*, vol. 1, p. 187.

提出小说家应该追随诗人,努力重构生活和经历以便解决人类一直面临着的问题。简而言之,伍尔夫为小说家建立了一个非个人化的规则。也就是说,一方面,小说家应该尽可能多地解决生活和经历的问题;另一方面,小说家应该与这些生活和经历尽量保持距离,以便将其转化为非个人化和持久的艺术。

除了作者隐身和诗意精神外,伍尔夫强调艺术家应该避免作品的政治化倾向。伍尔夫强烈反对小说家高度参与政治,她的观点并非毫无根据。在她看来,艺术家在政治漩涡面前难以保持中立立场。他们必须做出选择并宣布其政治立场,这将导致他们把注意力从小说人物上转移到带有偏见的政治观点上:"显然,作家与人类生活是如此紧密联系以至于他主题中的任何纷扰必然会改变他的视野。"①归根结底,伍尔夫对艺术家政治偏见的反对在于,她观察到,一旦艺术家深深地关注政治学说或讲到政治,他们就难以保持冷静和超然。结果,艺术家的心理扰动将对他们原本无私和公正的思想产生严重的负面影响。

除此之外,在伍尔夫看来,政治与男性坚持己见的这种品质相关。因此,男性气质在政治中的主导地位与雌雄同体的目标大相径庭。结果是,这些作品将大大偏离普遍性的目标。简而言之,伍尔夫拒绝小说的政治化。她毫不动摇地认为政治化和教条主义思想会破坏文学作品的艺术价值。我们不得不承认伍尔夫对于什么是政治化写作的观点是不一致的,因为她的作品所传达出的强烈的性别意识就是一个高度政治化的问题。

除了雌雄同体和普遍性,伍尔夫在意识流小说方面的创新构成了她非个人化诗学的第三个重要组成部分。伊恩·乌斯比(Ian Ousby)在《剑桥英国文学指南》(*The Cambridge Guide to Literature in English*)中指出,伍尔夫长期以来因其意识流叙事被认为是"20世纪最富有创新精神的小说家之一"②。在伍尔夫成为文字工作者的四年前,她就预测她将对小说的形式进行改革:"我将如何塑造小说"③(1908年8月19日)。伍尔夫的自信并非毫无根据。她的知名短篇小说《墙上的斑点》(*The Mark on the Wall*, 1917)就因其"间接引语"④这个创新形式——或用她自己的话来说是"oratio obliqua"(indirect

---

① Woolf, *The Collected Essays*, vol. 2, p. 230.
② Ian Ousby ed., *The Cambridge Guide to Literature in English* (Cambridge: Cambridge University Press, 1993), p. 1038.
③ Woolf, *The Letters of Virginia Woolf*, vol. 1, p. 356.
④ Woolf, *To the Lighthouse*, p. xliv.

speech,间接引语)①——而闻名。1922年,伍尔夫在《雅各的房间》(*Jacob's Room*,1922)里就开始尝试这种显著偏离传统人物刻画方法的现代主义叙事方法。伍尔夫后来的作品《达洛维夫人》(*Mrs. Dalloway*,1925)和《到灯塔去》(1927)在使用意识流叙事方面变得更为成熟。但最著名的例子是她的小说《海浪》(*The Waves*,1931)。

"意识流"一词与美国著名心理学家威廉·詹姆斯(William James,1842—1910),也就是美国知名作家亨利·詹姆斯(Henry James)的哥哥密切相关。后来,现代主义小说家如多萝西·理查森(Dorothy Richardson)、马塞尔·普鲁斯特(Marcel Proust)、詹姆斯·乔伊斯、伍尔夫和福克纳等均采用这种叙事方法。简而言之,意识流是一种虚构的叙事策略,它将人物意识、多重印象、思索和记忆等连贯地展现出来,就好像读者们能像图片一样直接读取角色的思考,就好像没有作者或叙事介入一样。②

意识流小说的一个显著特点是叙事通常发生在一天内。在此期间,角色的记忆碎片、想法之间的自由联想、印象、倒叙和记忆等,像溪流一样呈现出来,这些都是传统叙事中的角色可能需要一生才能完成的。过去、现在和未来交织在一起。对现代主义作家最重要的不是对事件和经历的生动描述,而是对它们的印象。安东尼·多美斯蒂科(Anthony Domestico)明智地强调了印象主义和现代主义之间密切的关联。③ 他对福特·马多克斯·福特(Ford Madox Ford)进行阐释时正确地指出,对于现代艺术家来说,"真正的客观是不可能的,所有的感知都不可磨灭地标记着感知主体的意识"④。因此,现代主义小说家对时间流逝、生死和其他主题颇感兴趣。

此外,在意识流小说中,全知叙述由自由间接引语完成。它直接记录了人物的深层思考和思想,而不需要"他说""他想"和"他记得"等短语引导。自由间接引语中的过去时表明叙述者的存在,因此这意味着叙述者必须与角色等同才能将他们私下和个人的想法和实践展现出来。

在简要分析了意识流的叙事技巧后,人们不禁要问一个问题:现代主义

---

① Woolf, *The Diary of Virginia Woolf*, vol. 3, p. 106.
② 但是,对一些评论家而言,意识流可以同时作为主题和方法这一点让人感到困惑和不安。他们认为"内心独白"是一个揭示角色内心想法的更恰当的方法。[Randall Stevenson, *Modernist Fiction*: *An Introduction*, pp. 54—55. David Lodge, *After Bakhtin*: *Essays on Fiction and Criticism* (London and New York: Routledge, 1990), p. 40.]本书第四章将详细讨论这一点。
③ Anthony Domestico, "On Impressionism," http://modernism.research.yale.edu/wiki/index.php/On_Impressionism,访问日期:2011—07—07。
④ Ibid.

意识流叙事与伍尔夫非个人化诗学之间是什么关系？梅·辛克莱（May Sinclair）的评论《多萝西·理查森的小说》("The Novels of Dorothy Richardson", 1918)启发了我们对意识流与非个人化关系的理解。在该文中，辛克莱指出多萝西·理查森开创了意识流小说叙事，这种方法"捕捉活生生的现实。这种捕捉[大脑]的强烈速度使你无法区分客观和主观"①。辛克莱的观点主要围绕主观意识的强度和微妙性，这使读者无法确定那些被展现的外在的思索是客观还是主观的。

在本书看来，虽然意识本身是高度主观、私人和个人的，但思考的对象却可以被赋予非个人化的品质。在伍尔夫的意识流小说中经常出现这种情况。例如，《达洛维夫人》中的女主角经常被描绘为在冥想中迷失自我。她经常思索一些非个人化的主题，如时间的流逝、生死的意义等。换句话说，个人意识的主观性质并不违背角色大脑里的思绪的本质。而且，第三人称叙事恰当地避免了自我主张和自我主义的"我"。所有这些努力都服务于非个人化诗学这个审美目标。

除了非个人化的三个主要特征，即雌雄同体、普遍性和意识流叙事外，艺术家还需要遵守其他规则才能使他们的作品更接近非个人化美学。小说家不仅需要从个人的经历和偏见中脱离出来，他们还需要同时保持对金钱、主流观点和主题的无私态度。简言之，他们不应该为了金钱或迎合权威而创作，因为这会破坏他们独特的艺术视野。小说应该成为小说家自由意识和才能的体现，而不是对来自外界的限制和压力的回应。

非个人化诗学在伍尔夫的作品中随着时间的推移而发展，成为一个含义丰富的美学概念。非个人化诗学主要包含雌雄同体、普遍性和意识流。在意识形态上，小说家的雌雄同体消除了高度性别意识带来的压力，为他们创造性才能的发挥铺平了道路。在主题上，小说家应该参与共同的人类问题，而不是个人问题。换言之，小说家应该净化个人的经历、移除个人元素，才能讨论非个人化主题。只有这样他们的小说才能宣扬普遍和持久的艺术价值。在风格上，意识流和自由间接引语使作者与人物保持了距离，从而产生非个人化的效果。

这里需要强调的是"非个人化"(impersonality)这个英文单词中的"im"并非否定个性的前缀，这与伍尔夫认为的非个人化并非排除个人化的看法一

---

① May Sinclair, "The Novels of Dorothy Richardson," *The Egotist* 5 (April 1918): 57–59. Rpt. in *The Stream-of-Consciousness Technique in the Modern Novel*, ed. Erwin R. Steinberg (Port Washington: National University Publications; Kennikat Press, 1979), p. 96.

致。伍尔夫提出,只有实现了非个人化才能充分展示出作者的个人化。在伍尔夫看来,小说家的个人化由其性别特点、写作才能、技巧、独特的句子结构和其他特征组成。因此,可以得出结论说伍尔夫的非个人化同时包含了非个人化和个人化,而且个人化是先于非个人化的。只有拥有个人化的作者知道如何实现非个人化。正如 A. 沃尔顿·利兹(A. Walton Litz)有针对性地指出:"非个人化并不是通过逃避个人化实现的。"①伍尔夫的非个人化诗学强调了非个人化和个人化两者之间相互关联的重要性。

"女性语句"(也暗示"男性语句"的存在)是揭示伍尔夫非个人化诗学中的个人化富有启迪的案例。在伍尔夫看来,男性创造的句子不适合女性作家,因为女性和男性差异如此之大,所以女性需要建构一个能表达自己思想的女性语句。首先,女性的经历与男性的经历截然不同。接着,女性的观点与男性的观点不同。② 所以,女性作家与男性作家的关注也将不同。③ 最重要的是,伍尔夫认为女性作家不应该追随男性作家,而应该构建女性语句以标记她们与男性的不同。因此,伍尔夫鼓励女性作家撰写可以"符合她们思想而不破坏或扭曲它们"④的女性语句,并且"毫无恐惧地公开表达与男性的不同"⑤,这强调了女性小说家能够创作不同于男性作家的作品的巨大潜力和能力。因此,女性语句是构成女性个人化的一个独特女性标记。

虽然其他评论家专注于伍尔夫的小说或散文,本书将第一次全面研究伍尔夫在散文、书信、日记和小说中的非个人化,提出伍尔夫的非个人化同时包含了现代主义和女性主义思想,强调了非个人化与个人化之间的互动和辩证关系是男性和女性作家客观书写的指南。伍尔夫鼓励男性和女性作家保持非个人化的写作状态,以便他们的个性和性别特征得以充分体现。

三、伍尔夫与艾略特非个人化诗学

现代主义非个人化诗学似乎被定义为浪漫主义诗歌中诗人易感性、情感和个性的公开展示的对立面。正如非个人化最强代言人艾略特在《传统与个人天赋》中有力的知名论述:"诗歌不是放纵情感,而是逃避情感;不是表现个性,而是逃避个性。但是,当然,只有那些拥有个性和情感的人才知道逃避这

---

① A. Walton Litz, Louis Menand and Lawrence Rainey eds., *The Cambridge History of Literary Criticism*, p. 404.
② Woolf, *A Room of One's Own/Three Guineas*, p. 96.
③ Woolf, *Contemporary Writers*, pp. 26-27.
④ Woolf, *The Collected Essays*, vol. 2, p. 145.
⑤ Virginia Woolf, "The Intellectual Status of Women," in *The Diary of Virginia Woolf*, vol. 2, ed. Anne Olivier Bell (New York: Harcourt Brace Jovanovich, 1978), p. 342.

些事情意味着什么。"①很显然,艾略特将非个人化定义为个性的根除,视其为伟大艺术的基本特性。尽管转折连词"但是"意味着艾略特对他在非个人化上的强硬姿态的一个修正,意味着个性"对艾略特的非个人化概念必不可少,因为情感先于情感的'逃避'"②,但这并不改变他断言的中心论点。在同一篇文章中,艾略特将"逃避情感"与"持续的自我牺牲、个性的持续消亡"等同。③

对艾略特而言,艺术创作是一个"去个性化的过程"④。诗人的大脑成为一个被动的"捕捉和储存无数情感、短语和图像的容器"⑤,这些情感、短语和图像被合成并转化为艺术情感,而没有留下诗人的个性。因此,诗人的责任不在于发现新的情感,而是以新的形式来表达已经存在的情感。艾略特将诗人比作催化剂的知名化学反应很好地说明了这种关系,其化学反应方程式可以简化为以下公式:

$$\underset{(\text{氧气}+\text{二氧化硫})}{\text{情感}+\text{感受}} \xrightarrow[\text{在反应中不发生改变}]{\text{诗人的大脑作为催化剂(铂)}} \underset{(\text{亚硫酸})}{\text{去个人化的诗}}$$

很显然,对艾略特而言,诗人的大脑在将情感和感受转化为艺术的整个"化学反应"过程中不发生任何变化。诗人仅仅是一个艺术表达的去个人化的媒介或渠道。诗歌应该赞扬普通大众平凡的感受,而不是诗人自己的个人情感。换言之,伟大的诗歌独立于诗人。伍尔夫的非个人化诗学与诗人作为催化剂的这种科学隐喻相关,但不同于"科学客观性"。正如批评家指出的那样,艾略特的科学式非个人化理论等于"以自我的消灭和消除为前提的客观性"⑥。艾略特非个人化信条的科学根据在他的以下说法中也很明显:"正是在去个人化的过程中艺术可以说接近科学的状态。"⑦

值得注意的是,艾略特的非个人化诗学的特点是彻底消除诗人的个性和自我身份。诸如朱厄尔·斯皮尔斯·布鲁克(Jewel Spears Brooker)等评论家指出,艾略特在其科学式非个人化诗学的立场上并非一致。他们认为艾略

---

① Eliot, "Tradition and the Individual Talent," p. 2324.
② Li Ou, *Keats and Negative Capability* (London and New York: Continuum, 2009), p. 171.
③ Eliot, "Tradition and the Individual Talent," p. 2322.
④ Ibid.
⑤ Ibid., p. 2323.
⑥ Cameron, *Impersonality*, p. viii. Koutsantoni, *Virginia Woolf's Common Reader*, p. 114.
⑦ Eliot, "Tradition and the Individual Talent," p. 2322.

特在年老时不再坚持其非个人诗学的坚定立场。① 他们从艾略特1963年（离他去世不到两年）为1964年出版的《诗歌的用途和批评的用途》(*The Use of Poetry and the Use of Criticism*)序言中找到了证据。在该序言中，艾略特认为他的知名论文《传统与非个人化才能》"也许最幼稚"②。本书不同意这些批评家的说法。他们没有给予副词"也许"足够的关注，这个副词表明艾略特方面存在的一定程度的不确定性、模糊性和保留性。但更重要的是，他们完全忽略了艾略特在同一个序言中的另外一句话："我最早的评论文章……在本书看来似乎是不成熟的产物——尽管我不否定《传统与非个人化才能》。"③尽管艾略特坦率地承认在那篇散文中有一些需要澄清或发展的论点，但他仍然对那篇文章提出的非个人化学说抱有坚定信念。因此，本书宁愿认为艾略特关于非个人化的想法是一致的。

除此之外，艾略特在散文《哈姆雷特和他的问题》("Hamlet and His Problems"，1920)中提出的著名的"客观对应物"(Objective Correlative)原则也能部分证明他在非个人化诗学上的一致态度。艾略特对"客观对应物"的定义是："以艺术形式表达情感的唯一途径是找到一种'客观对应物'；换言之，一组客观物体、一个场景、一连串事件，他们将成为构成某种**特定**情感的配方；这样，一旦这些最终将落实到感觉经验上的外在事实给定，就会立即召唤出那种情感。"④(黑体字在原文中为斜体)与他将创造过程比喻为一个化学反应相似，艾略特在此也在文学批评中建立了另一个严格的公式：只有外部事件、动作或特定物体或对象的组合才能唤起并客观化特定的情感。换言之，艾略特的严格公式规定只有正确的客观对应物才能帮助诗人或剧作家在读者中激发正确的情感反应。以莎士比亚《哈姆雷特》为例，艾略特证明了没有足够的相关事件和动作来唤起与标题同名的主人公的情感动荡。哈姆雷特高涨的情绪与缺乏源于外部世界的合适的支持性事件之间的差异或失衡使哈姆雷特成为"一个艺术失败"⑤。

本书不会重点着墨于艾略特在《哈姆雷特》中的大胆主张是否合理。本

---

① Jewel Spears Brooker, "Writing the Self: Dialectic and Impersonality in T. S. Eliot," in *T. S. Eliot and the Concept of Tradition*, eds. Giovanni Cianci and Jason Harding (Cambridge: Cambridge University Press, 2007), pp. 54–55.

② T. S. Eliot, *The Use of Poetry and the Use of Criticism* (London: Faber and Faber, 1964), p. 9.

③ Ibid., p. 10.

④ T. S. Eliot, "Hamlet and His Problems," in *The Sacred Wood: Essays on Poetry and Criticism* (London: Methuen; New York: Barnes & Noble, 1960), p. 100.

⑤ Ibid., p. 98.

书感兴趣的是"客观对应物"如何与艾略特的非个人化诗学相关。诸如"客观""公式""特定"和"立即"等词表明了艾略特科学式公式的严格性和客观性。它们展示了外部世界和内部世界一对一的对应关系。更重要的是,在整个创作过程中,诗人或剧作家被拒绝进行任何情感干预,因为人物的情感被客观化了(艾略特使用"客观化"一词①)或被投射到外部事实上。诗人或剧作家的工作是找到合适的客观对应物。诗人只是一个必须与角色保持距离的工匠人物。艾略特的用语暗示着存在一种表达角色特定感情的通用方法,而完全忽略和否认了创作者自己的偏见、经验或独特观点的存在。简言之,艾略特强调艺术家角色找到合适的客观对应物的重要性,这与《传统与非个人才能》是一致的。两篇散文的共同主旨是,诗人或作家都是非个人化的工具,其主要作用是通过外部事物或动作的累积作用来充分表达角色的相关情感或个性,而无须涉及创作者自己的情感或个性。

伍尔夫对艾略特科学式非个人化信条的强烈不满表现在三方面:艾略特对非个人化的界定、他提出非个人化的语气以及目的。对艾略特而言,诗人没有个性可以表达,正如他明确强调的那样:"诗人,没有'个性'可以表达,但是他是一种特定的媒介,仅仅是一种媒介,而不是个性。"②艾略特在同一句话中两次重申诗歌应该拒绝表达诗人的个性,而其仅仅是一种手段。伍尔夫对作家的个性采取了完全不同的态度。在伍尔夫看来,只有当艺术家是非个人化时他们的作品才会充满他们独特的个性和性别特征。当艾略特将非个人化与个性的完全消灭等同时,伍尔夫关于非个人化的观点则暗示个性的有效性。从这个意义上来说,伍尔夫不会同意艾略特将诗人比作化学反应中的催化剂,也不会同意艾略特将诗人比作机械容器,而将诗人的大脑比作"容器"③。

除了伍尔夫非个人化的辩证性将其与艾略特的非个人化诗学区分开来外,伍尔夫与艾略特关于非个人化的不同在于她强烈的性别意识。对艾略特而言,男性和女性创作的诗歌中不应该存在性别差异。或者说,性别对艾略特根本不重要。相比而言,性别因素是伍尔夫辩证性非个人化构建中的关键问题,因为她认为只有当男性和女性作家达到非个人化时,他们才能如实在创作中保留性别差异。伍尔夫大力鼓励女性以不同的方式书写不同的主题,并创建"女性语句"以充分表达她们与男性截然不同的个性、情感、经历和

---

① T. S. Eliot, "Hamlet and His Problems," in *The Sacred Wood: Essays on Poetry and Criticism* (London: Methuen; New York: Barnes & Noble, 1960), p. 101.
② Eliot, "Tradition and the Individual Talent," p. 2323.
③ Ibid., p. 2322.

观点。

他们在非个人化定义上的差异标志着他们提出非个人化目的的差异。艾略特将非个人化视为终极美学目标,而伍尔夫则认为非个人化和个人化都是令人称赞的艺术成就。

尽管伍尔夫和艾略特的非个人化观点之间存在明显差异,但他们两者之间也存在明显的相似之处。首先,两位艺术家在构建非个人化诗学概念时都坚信艺术家应该有两个自我:生活自我和艺术自我。对艾略特和伍尔夫而言,在创作过程中应该仅有艺术自我的参与,应抛弃生活自我。艾略特宣称:"艺术家越完美,这个感受的人与创造的心灵在他身上分离得越彻底。"①这意味着伟大艺术家仅由诗人的艺术自我创造。同样,正如本书第二章所讨论的那样,伍尔夫也特别强调了作家在世俗自我与艺术自我之间做出清晰区分的重要性。

除此之外,值得注意的是,艾略特和伍尔夫对于作为非个人化完美化身的莎士比亚所取得的无与伦比的成就持有相似观点。艾略特在散文《莎士比亚与塞涅卡的斯多葛主义》("Shakespeare and the Stoicism of Seneca", 1927)中声称,莎士比亚"忙于……将个人和私人痛苦转化为……具有普遍性和非个人化的事物的斗争"②,这与本书第二章中所讨论的伍尔夫对莎士比亚的评价非常相似。

此外,艾略特和伍尔夫都设想了两种非个人化模式。艾略特从爱尔兰诗人叶芝(W. B. Yeats)的特例中得出结论,认为在诗歌《叶芝》("Yeats", 1940)中"有两种形式的非个人化:其中对熟练的工匠来说是自然而然的,而另外一种越来越多地被成熟艺术家实现。第一种是我所说的'选集',……第二种非个人化是诗人的非个人化,将强烈的个人经历创造为一种普遍性象征"③。第一种以"形式的完美"为终点的非个人化通过"精通的技艺"而获得④。这种技艺比诗人的自我表达更重要。而第二种非个人化涉及诗人自己强烈个人情感向更具有普遍性和代表性的象征的转化。

有趣的是,伍尔夫的非个人化概念似乎也与两种非个人化相关。就作者和文本之间的关系而言,这是作者的非个人化:作家应该如何避免在写作中提及自己的特定个人情感和经历;另一种是关于角色的非个人化:如何将角

---

① Eliot, "Tradition and the Individual Talent," p. 2322.
② T. S. Eliot, "Shakespeare and the Stoicism of Seneca," in *Selected Essays* (London: Faber and Faber, 1951), p. 137.
③ T. S. Eliot, "Yeats," in *On Poetry and Poets* (London: Faber and Faber, 1957), p. 255.
④ Brooker, "Writing the Self: Dialectic and Impersonality in T. S. Eliot," p. 54.

色转变为具有普遍性和非个人化的人类代表。这两个方面密切相关,有时很难区分开来。因为两者都具有非个人化的相同目标,本书并未对两者进行严格区分。

我们已经讨论了伍尔夫与艾略特在构建非个人化观点方面的异同。实际上,有明显证据表明伍尔夫熟知艾略特关于非个人化的散文《传统与非个人化才能》,这篇散文被收录在 1920 年由霍加斯出版社出版的文集《圣木》(*The Sacred Wood*)中。此外,布兰德·西尔韦(Brenda Silver)在未出版的蒙克之屋文档(Monk's House Paper)中也发现了伍尔夫笔记中有一页题为"艾略特批评",该条目的注释为"圣木"[①]。也就是说,伍尔夫熟悉艾略特关于非个人化的论点。但正如我们所讨论的,她并不是艾略特非个人化的门徒。如果说艾略特曾对伍尔夫的非个人化产生任何影响的话,那么他只会激发伍尔夫对这一现代主义概念进行更为彻底和全面的思考。

四、本书的研究内容和意义

目前对伍尔夫非个人化的研究主要存在三方面的不足:一、缺乏完整的体系,特别是对伍尔夫非个人化诗学的构成要素缺乏深入研究。二、未能凸显伍尔夫非个人化诗学的性别主义特色,也没有充分比较伍尔夫非个人化诗学与莎士比亚、济慈、艾略特等人非个人化诗学的区别。三、没有揭示出伍尔夫非个人化诗学对中国当代女性文学创作的启发。虽然中国当代女作家陈染等视伍尔夫为她们的"文学之母",但尚未有学者就伍尔夫非个人化诗学对中国当代女作家的深刻影响进行全面系统的研究。

本书第二章将重点讨论"雌雄同体"这一概念。作为非个人化的一个主要属性和艺术工具,此概念旨在解决男、女作家在其作品中表现出的干扰到作品艺术价值的个人愤恨情绪以及过度的性别意识。第二章还将探讨伍尔夫是如何受到柯勒律治的影响而创造了该术语。另外第二章还会分析伍尔夫的雌雄同体思想与其小说《奥兰多》之间的呼应性,说明雌雄同体的大脑有助于创造非个人化艺术。

如果说第二章强调的是非个人化的意识方面,第三章将分析伍尔夫非个人化思想中的主题普遍性原则,指出作家应当将个人的、独特的和特定的指代以及经历提炼并转化为具有更大包含性的共同经历以及非个人化艺术。具体而言,在处理艺术家和艺术对象的过程中,伍尔夫强调了三方面,即作者隐身、反对艺术政治化和诗意精神,以达到普遍性。第三章最后将以伍尔夫

---

① Silver ed., *Virginia Woolf's Reading Notebooks*, p.192.

的小说《到灯塔去》为例,阐释伍尔夫小说主题的普遍性。

第四章将分析非个人化的文体特征,提出伍尔夫对意识流小说的原创性贡献在于,其自由间接引语这种叙事手法的创新有助于非个人化思想更全面的表述。第四章还将讨论《达洛维夫人》的内容和自由间接引语叙事技巧,以体现伍尔夫对非个人化形式上的关注。

续前三章分析了伍尔夫非个人化美学思想中紧密相连的三个组成部分之后,第五章将探究伍尔夫非个人化美学观中非个人化和作家个性特质紧密相连的辩证关系,指出伍尔夫所提出的"女性语句"强调了男、女作家在创作过程中对其性别差异以及个性特色有所体现的重要性,并坚称只有当作家达到非个人化状态后,他们的作品才能全面地体现其个性特色。

第六章将探讨伍尔夫的作品,尤其是她的女性主义文学宣言《一间自己的房间》如何影响到中国当代前卫的女性主义作家和散文家陈染(1962—)。陈染的作品从一个女性知识分子的角度描述了女性的主观和内省经历及其性欲。作为中国最受赞誉的开拓性女性作家和知识分子之一,陈染与伍尔夫之间有着密切关联,前者明确地将后者称为文学之母。第六章重点讨论两位女性作家对性别和女性书写的相似观点,认为伍尔夫对陈染的影响可以从三方面来理解。首先,伍尔夫"一间自己的房间"的想法为陈染的作品奠定了理论和女性主义的隐喻基础。其次,伍尔夫的雌雄同体观启发了陈染的"超性别意识"概念。第三,伍尔夫呼吁女性书写,尤其是她的表达"克洛伊喜欢奥利维亚"成为陈染"姐妹情谊"概念的文学来源和灵感,事实证明这是"超性别意识"很好的例子。同时,陈染对女性主观和内省经历,尤其是她们的身份和性欲的详细而生动的描写,与伍尔夫对女性书写的呼吁相呼应。前两种观点构成了陈染作品的女性主义理论基础,而后者为前两种观点的例证。简而言之,在伍尔夫的强烈影响下,陈染创造了许多具有深刻洞见的叛逆的中国女性形象,例如《破开》中的殒楠和《私人生活》中的倪拗拗。这一章研究陈染的作品,如《破开》和《私人生活》,如何例证了她的前卫概念"超性别意识"和"姐妹情谊",而这些概念主要源于伍尔夫《一间自己的房间》。

结论部分讨论了伍尔夫和艾略特在非个人化诗学观点上的分歧和相似之处,并重申本书的中心论点,即伍尔夫的辩证式非个人化小说创作美学思想同时包含了作家非个人化的和个性的特色,且具有明显的性别意识。伍尔夫倡导非个人化诗学的最终目的是为了强调建立女性作家独特文学传统的重要性。

第二章　创作主体:雌雄同体

在写给英国历史学家和哲学家 G. L. 狄金森(G. L. Dickinson)的一封信中,伍尔夫透露《一间自己的房间》解决的中心问题是"双灵魂"("double soul"),即雌雄同体的比喻。正如伍尔夫书信集的编辑奈杰尔·尼克尔森(Nigel Nicolson)明确阐释的那样,"双灵魂"包含了"大脑的男性和女性部分,艺术家充分发挥创造力之前必须将两部分气质联合起来"①。介词"之前"意味着这两种相反气质的结合是创造性行为发生的必备条件。这种头脑的状态可以有效激发艺术家的创造力。显然,尼克尔森将雌雄同体视为一个围绕着艺术家最具创造力的头脑状态且与性别相关的概念。雌雄同体是非个人化的基本组成部分之一,具有深刻的性别意识。

《一间自己的房间》堪称雌雄同体的宣言。此概念一经发表就引起了批评家的极大关注,而伍尔夫也一直被广泛认为是雌雄同体的代言人。早在1932年,在伍尔夫的早期批判研究中,温尼弗雷德·霍尔比(Winifred Holtby)就指出,虽然雌雄同体在伍尔夫的年代并不是一个新颖的主意,但"也许没有人能如此有效地夸大该词,也没有如此自信地阐释该词"②。很显然,霍尔比相信伍尔夫主动严肃讨论雌雄同体的自信极大地促使该词变得流行和重要。

迄今为止,批评家将雌雄同体作为一个独立的研究领域。20 世纪 70 年代,女性主义批评家就伍尔夫的雌雄同体观进行了激烈的争辩。很有趣的是,这些批评家分为两个阵营:那些支持伍尔夫雌雄同体观的人和那些抨击它的人。在其常被引用的《走向雌雄同体的认识》(*Toward a Recognition of Androgyny*, 1974)中,卡洛琳·海尔布伦(Carolyn Heilbrun)对伍尔夫雌雄同体这个富有启迪的观点表示欢迎,提出伍尔夫的这一观念偏离父权规范。同时,她认为男性和女性素质的适当平衡在"人性的表达"中起着至关重要的作用③,因为该术语的流动性和灵活性赋予了妇女更大的视野以及更多人类

---

① Woolf, *The Letters of Virginia Woolf*, vol. 4, p. 106.
② Winifred Holtby, *Virginia Woolf* (London: Wishart & Co, 1932), p. 184.
③ Carolyn Heilbrun, *Toward a Recognition of Androgyny* (New York: Harper Colophon Books, 1974), p. 30.

经验。因此,雌雄同体的个体可以更好地被称呼为"具备完全人性的男人和女人"①。南希·托平·巴辛(Nancy Topping Bazin)认为雌雄同体既是"超越二元文化和性别角色"的必要术语,也是男性与女性生活在"雌雄同体社会"②的"理想"。

　　本书认为,海尔布伦和巴辛都错过了伍尔夫雌雄同体的一个要点:伍尔夫密切关心艺术家及其创造的精神状态。她并不鼓励非艺术家过雌雄同体的生活,也对雌雄同体的社会或行为不感兴趣。此外,她的雌雄同体一词超越了性别角色的二元划分,是建立在性别角色之间根深蒂固的区别之上的。

　　1975 年,以玛丽莲·法韦尔为代表的评论家们仔细研究了伍尔夫的雌雄同体概念后,认为伍尔夫的雌雄同体概念是一个将雌雄同体等同于男性的融合,而非一种暗示男性、女性特质有效运作的平衡。③ 它拥护父权制价值观,要求女性牺牲自己的独特品质并像男性一样。④ 这种观点得到了丹尼尔·A. 哈里斯(Daniel A. Harris)和芭芭拉·格尔皮(Barbara Gelpi)等批评家的支持,他们同样将雌雄同体视为"由男性创造,以女性的选择、结合或征服为目的"的"神话"⑤。显然,哈里斯认为雌雄同体这一概念是男性为了维持其统治地位而提出的。此外,雌雄同体的男性本质暗示着对妇女的同化和压制,而非解放。

　　同样,伊莱恩·肖瓦尔特和艾德里安娜·里奇(Adrienne Rich)对这个词也没有同情,因此也攻击了该词。与法韦尔不同的是,肖瓦尔特将雌雄同体界定为"包含男性、女性元素的情绪范围的平衡和控制"⑥。正如她的文章标题《逃向雌雄同体》("The Flight into Androgyny", 1977)所表明的那样,肖瓦尔特抨击伍尔夫,提出伍尔夫雌雄同体的文学概念"帮助她逃避面对她自己痛苦的女性特征,使她能抑制自己的愤怒和雄心"⑦。对肖瓦尔特而言,伍尔夫的雌雄同体是一种逃避,而非积极面对女性主义事业。具有讽刺意味的

---

① Carolyn Heilbrun, "Further Notes toward a Recognition of Androgyny," *Women's Studies* 2 (1974): 146.
② Nancy Topping Bazin, "The Concept of Androgyny: A Working Bibliography," *Women's Studies* 2 (1974): 217.
③ Farwell, "Virginia Woolf and Androgyny," p. 437.
④ Ibid., pp. 437, 444.
⑤ Daniel A. Harris, "Androgyny: The Sexist Myth in Disguise," *Women's Studies* 2 (1974): 172.
⑥ Showalter, *A Literature of Their Own*, p. 263.
⑦ Ibid., p. 264.

是,肖瓦尔特对伍尔夫的雌雄同体概念提出严厉批评的同时也表现出了愤怒,而她本可以向伍尔夫学习抑制愤怒的方法。

同样,里奇认为伍尔夫对雌雄同体的追求仅仅是为了迎合权威主义和男性规范,以便她的作品"听起来像简·奥斯丁那样酷,像莎士比亚一样超凡,因为这就是文化人认可的作家方式"[①]。对于肖瓦尔特和里奇而言,伍尔夫与她试图建立或加强女性写作的文学传统的事业背道而驰,因为她的雌雄同体大脑完全符合父权制传统。

现代评论家对伍尔夫雌雄同体观的重新评估很大程度上源自之前的批评。马吉科·米诺品-可奈(1987)与海尔布伦观点相似,她对伍尔夫的雌雄同体观深表同情。她将雌雄同体视为"拒绝相同",其目的是"在个体层面上培养差异"[②]。同时,她强调说,"妇女拥有——或是被迫具有——获得雌雄同体地位的特权",因为她们同时是主导社会秩序的局外人和局内人的模糊地位导致了其观点的不断变化[③]。

十年后,丽莎·雷达(Lisa Rado)(1997)将我们的注意力从女性主义的争论引向了文化视角,并大胆地宣称伍尔夫的观点对理解雌雄同体具有如此重大的意义,以至于这个概念"实际上已经成为'弗吉尼亚·伍尔夫'的代名词"[④]。同时,她认为:"作为她自己的、艺术创造力的文化特定模型,雌雄同体的幻想是一个争议不断,但可能强大的比喻,是她试图授权和稳定自己作为女性和作家双重身份的手段。"[⑤]换句话说,雌雄同体为伍尔夫"赋权"以"产生创造灵感和艺术权威",但同时能帮助她克服其"女性主体地位的感知脆弱性"[⑥]。

2003年,托里·莫以(Toril Moi)仔细研究了肖瓦尔特对伍尔夫雌雄同体概念的著名解读。她认为肖瓦尔特对雌雄同体概念的愤怒是由《一间自己的房间》的"形式和问题特征"而非其内容引起的。接着她明智地提议对伍尔夫的文本进行"解构式"阅读,对伍尔夫拒绝"父权制意识形态下的形而上本

---

① Adrienne Rich, "When We Dead Awaken: Writing as Re-Vision," in *Feminist Literary Theory and Criticism: A Norton Reader*, eds. Sandra M. Gilbert and Susan Gubar (New York and London: Norton, 2007), pp. 191–192.

② Makiko Minow-Pinkney, *Virginia Woolf and the Problem of the Subject: Feminine Writing in the Major Novels* (Sussex: The Harvester Press, 1987), p. 9.

③ Ibid., p. 10.

④ Lisa Rado, "Would the Real Virginia Woolf Please Stand Up? Feminist Criticism, the Androgyny Debates, and *Orlando*," *Women's Studies* 26 (1997): 147.

⑤ Ibid., p. 149.

⑥ Ibid., p. 150.

质论"表示欢迎。① 换句话说,莫以对伍尔夫在"对话的双重性质"上的积极参与表现出浓厚兴趣。②

为什么雌雄同体在伍尔夫研究中如此重要? 一个值得注意的原因是它不仅是《一间自己的房间》的中心主题之一,而且还是构成伍尔夫非个人化诗学的关键组成部分。伊丽莎白·波德涅克斯就这一点甚至有力地断言"非个人化于伍尔夫是雌雄同体的代名词"③。在本书看来,伍尔夫的非个人化还包含其他重要的组成部分。

可惜的是很少有评论家研究雌雄同体与非个人化之间的紧密联系,而这对理解伍尔夫倡导男性和女性作家采用雌雄同体大脑创作的目的至关重要。此外,在定义伍尔夫雌雄同体的概念时,评论家们没有准确界定伍尔夫倡导雌雄同体的历史和政治背景,也没有仔细研究柯勒律治是如何影响伍尔夫的雌雄同体观的。更重要的是,评论家们忽略了伍尔夫雌雄同体观的真实本质。本书认为这并不是对作者个人情感依附或个性的完全拒绝。相反,它为男性和女性作家提供了充分发挥自己艺术才能的平等和公正的机会。

本章将研究伍尔夫的雌雄同体观作为其非个人化诗学的必要条件,重点是雌雄同体观对非个人化和个人化的相互关联性或中心性。本章从对文学中雌雄同体这个概念的剖析开始,全面研究以下问题:雌雄同体对伍尔夫意味着什么? 伍尔夫雌雄同体观的历史和政治背景是什么? 她是如何从柯勒律治那儿发展出雌雄同体观的? 为什么伍尔夫提出雌雄同体观作为男性和女性作家都应该拥护的美学原则? 最后,在解决这些问题之后,本书提出,伍尔夫的雌雄同体观是其更广泛的非个人化诗学的一个重要方面。伍尔夫的雌雄同体观并不意味着作家个性的抹杀,或如上述一些评论家提及的女性向男性的完全屈服,相反,其目的在于激发作家的创造力和才华,同时展现作家的性别特色。因此,作为伍尔夫非个人化诗学的关键组成部分,雌雄同体观是伍尔夫非个人化诗学最鲜明的特征之一。

一、对雌雄同体的解剖

《牛津英语大辞典》将雌雄同体界定为一个生物术语,指的是"一个人身

---

① Toril Moi, *Sexual/Textual Politics: Feminist Literary Theory*, 2nd ed. (London and New York: Routledge, Taylor & Francis Group, 2003), p. 9.
② Ibid.
③ Podnieks, *Daily Modernism*, p. 134.

上的两性联盟"，或简单地将其等同于"两性畸形"①。同样，根据《牛津世界神话指南》(*The Oxford Companion to World Mythology*)，"雌雄同体"一词源自古希腊语词根"andros"(男人)和"gune"(女人)。② 字面上，雌雄同体表示一半是男性，一半是女性，且经常以两性畸形的形式出现，神话里的雌雄同体经常具有女性的乳房和男性的生殖器。"hermaphrodite"这个词发源于"Hermaphroditus"。根据奥维德(Ovid)的说法，赫尔玛弗洛狄托斯(Hermaphroditus)原本是赫尔墨斯(Hermes)和阿弗洛狄忒(Aphrodite)的帅气儿子，但在15岁时被转变为他自己和水仙女神萨耳玛西斯(Salmacis)的混合物。③ 因此，他也是一个雌雄同体的象征，同时具有女性的形象和男性的生殖器。④

毫无疑问，雌雄同体和神话创造之间存在着紧密关联。甚至有人提出，由于所有的原始造物主都是无中生有或从他们自己创造出新东西，他们是雌雄同体的。在《旧约》里，神创造了男人和女人："神就照着自己的形象造人，乃是照着他的形象造男造女。"⑤另一个对该词的著名引用出现在柏拉图(Plato)的《会饮篇》中，其中剧作家阿里斯托芬(Aristophanes)以神话的形式描述了三个分裂的存在：男性、女性以及两者的结合，或雌雄同体，他们分别来自太阳、地球和月球⑥。雌雄同体由两部分构成：一半具有男性的全部生物学特征，而另一半具有女性的全部生物学特征。伍尔夫在《希腊笔记》中详细记录了源自柏拉图《会饮篇》的雌雄同体故事的摘要：

> 阿里斯托芬讲述，并创造了人类的神话。人类有三种性别，在太阳上诞生的男人，在地球上诞生的女人，以及在月球上诞生的两者的混合物。(他们试图消灭神灵，)他们是圆形的，旋转着，是人类的两倍大。他们试图消灭众神，结果被切断为两半，去寻求他们的另一半。曾经是好

---

① John Simpson ed., *Oxford English Dictionary* (Oxford: Oxford University Press, 2010). http:www.oed.com，访问日期：2011-09-20。
② David Leeming, *The Oxford Companion to World Mythology* (Oxford: Oxford University Press, 2010). http://www.oxfordreference.com，访问日期：2011-09-20。
③ Ovid, *Metamorphoses*, trans. A. D. Melville (Oxford and New York: Oxford University Press, 1986), pp. 83-85。
④ 奥维德(Ovid)《变形记》(*Metamorphoses*)中《萨耳玛西斯和赫尔玛弗洛狄托斯》("Salmacis and Hermaphroditus")这个故事详细讲述了赫尔玛弗洛狄托斯的变形(《变形记》第4部，第285-388行，第83-85页)。
⑤ *The New English Bible: The Old Testament* (Cambridge: Oxford University Press and Cambridge University Press, 1970), p. 27。
⑥ Plato, *The Symposium*, eds. M. C. Howatson and Frisbee C. C. Sheffield, trans. M. C. Howatson (Cambridge and New York: Cambridge University Press, 2008), pp. 22-23。

男人的寻求男人，而纯洁的女人也一样；具有女性气质的男性（man-woman）寻求女人，以及具有男性气质的女性（woman-man）寻求男人。要不是宙斯使男人让女人生下孩子，他们就会死去。他们总是渴望找到整体，并总是渴望获得比他们所能获得的更多的东西，除非他们能确实融为一体。①

从以上引文可以看出，伍尔夫的雌雄同体观深受柏拉图的影响。她不仅从柏拉图那里读到了雌雄同体的神话传说，为她的雌雄同体观奠定了基础，而且她还将具有女性气质的男人（man-woman）和具有男性气质的女人（woman-man）这两个重要词汇引入她对雌雄同体的阐释中。

渐渐地，两性畸形与雌雄同体的含义出现了分歧。由于两性畸形主要是指雌雄两性生物学特征的结合，雌雄同体的认识也发生了巨大变化，远远超越神话和身体意义上的双性。随着时间的流逝，这个术语的焦点已经从两个性别的生物结合转移到一个融合了男性和女性特征的个体上。社会意义上雌雄同体的人出现在文学中。在莎士比亚的戏剧中，以异装者为代表的雌雄同体现象在描绘动态的个人身份时发挥了重要作用，比如巧妙地伪装成男律师的波西亚（Portia），以及同样巧妙地将自己伪装成男性的薇奥拉（Viola）。在20世纪，艾略特的诗《荒原》（"The Waste Land"，1922）使我们熟悉了古希腊明智的盲人先知——雌雄同体的忒瑞西阿斯（Tiresias），他是"有着布满皱纹的女性的乳房的年老的男子"，"在两次生命中颤动"。②

然而，杰里米·霍桑（Jeremy Hawthorn）坚信，伍尔夫极大地推动了雌雄同体这个术语从"生物学决定"的特征到"文化上获得"的特征。③ 换句话说，在伍尔夫将雌雄同体的大脑详细阐释为在**心理和头脑意义上**（黑体为笔者后加）男性和女性气质的和谐之前，雌雄同体主要指代的是女性身体与男性性器官结合在同一个生命体上的生物学特征。更具体地说，伍尔夫在《一间自己的房间》里详细地探索了雌雄同体。同时，在很大程度上，她的小说《奥兰多》的同名主角普及了心理和社会意义上对雌雄同体的认识。

---

① Virginia Woolf, "Virginia Woolf's 'Greek Notebook' (VS Greek and Latin studies)： An Annotated Transcription," *Virginia Woolf Studies Annual* 25 (2019), p. 52.
② T. S. Eliot, "The Waste Land," in *The Norton Anthology of English Literature*, 8th ed., eds. Stephen Greenblatt et al. (New York and London： Norton, 2006), p. 2302. 忒瑞西阿斯的雌雄同体完全是艾略特自己的创造。根据奥维德《变形记》的描述，忒瑞西阿斯转变为一个女人并保持了七年，这是作为他拍打正在交配的两条蛇的惩罚。详见《变形记》第三部（Ovid, 60-61）。
③ Jeremy Hawthorn, *A Glossary of Contemporary Literary Theory*, 4th ed. (London： Arnold, 2000), p. 13.

值得一提的是伍尔夫的竞争对手、同时代的凯瑟琳·曼斯菲尔德(Katherine Mansfield)在其日记中也表达了对雌雄同体比喻义的类似观点："我们既不是男性也不是女性。我们是两个的复合体。我选择会发展并扩大我内心的雄性；他选择可以扩大他内心的雌性。被塑造成'整体'，是的，但那是一个过程。"① 不过，与伍尔夫对雌雄同体的详细探索相比，曼斯菲尔德的表述比较受限，因为正如她本人指出的那样，她的论点主要基于恋人之间的关系。

二、伍尔夫提议雌雄同体的背景

伍尔夫明确指出她在《一间自己的房间》里努力解决的一个核心问题就是"小说写作与性别对小说家的影响的问题"②。伍尔夫认为，女性作家过分的性别意识会严重地阻碍其创造性的发挥，因此，最终影响到其作品的艺术价值。伍尔夫对女性文学史进行调查后得出结论，女性需要钱财和一间自己的房间才能创造出伟大的小说。③ 换句话说，稳定财务和隐私的缺乏阻碍了女性作家创造伟大小说。没有私人空间，女性会经常受到打扰，因而无法专注于艺术创作。由于经济上的匮乏，女性很容易受到强烈性别意识的不良影响，继而引发干扰艺术大脑的痛苦情绪。最明显和最具代表性的痛苦情绪是愤怒和抱怨。

在"男权统治"下，这些在经济上和空间上都处于弱势地位的女性作家经常陷入困境，因为男性在权力、金钱和影响力上都处于统治地位。④ 由于女性的才能和能力只能在家庭领域内发挥作用，而社会、经济和政治领域中出现了不平等现象，于是女性作家在作品中表达了深刻的不满和怨恨。结果，她们的作品深深印上了她们悲苦情绪的烙印。伍尔夫追溯了成功女性的历史，发现她们的大脑都一致受到了性别不平等带来的过度自我关注、愤怒和恐惧等不利影响，这阻碍了她们创造性才能的发挥，使她们无法超然和饱满地表达艺术对象。伍尔夫坚决反对强烈的性别意识引起的愤怒，她将其比喻为"黑蛇"⑤，它的有毒物质生动地暗示了女性作家悲苦情绪的有害影响。

伍尔夫认为与同龄男性作家相比，女性作家的性别使其社会、经济和政

---

① Katherine Mansfield, *Journal of Katherine Mansfield*, ed. J. Middleton Murry (London: Constable, 1954), p.259.
② Woolf, *A Room of One's Own/Three Guineas*, p.90.
③ Ibid., pp.4, 123, 137, 141, 149.
④ Ibid., p.43.
⑤ Ibid., p.40.

治状况处于劣势地位,因此更容易受到性别意识的负面影响。对伍尔夫而言,这在很大程度上解释了伟大女性作家缺失的原因。伍尔夫提供的雌雄同体的例子主要是来自男性文学传统的莎士比亚、柯勒律治、济慈、斯特恩、柯珀和兰姆。①

伍尔夫坚信在女性文学史上,温奇尔西夫人(Lady Winchilsea)是强烈性别意识的受害者的典型实例。她的大脑因受父权控制而被"仇恨和抱怨""恐惧"与"苦涩和怨恨烦扰和分心"②,这妨碍她创作出伟大的诗歌。如果她的大脑中没有这些苦涩情绪,那她将在文学史上占有重要地位。

伍尔夫对女性写作中愤怒情绪的反对和强烈不满在夏洛蒂·勃朗特那儿得到了印证。很可惜的是,勃朗特不能摆脱她痛苦经历和物质贫乏的负面影响。她不可避免地遭受"侮辱"和"个人不满"的折磨。③ 她受到烦扰的大脑屈服于其不愉快的经历。结果,勃朗特创作《简·爱》的动力似乎在很大程度上源于她想发泄真实生活中的困顿和痛苦的强烈愿望。

为了佐证勃朗特强烈的愤怒和个性削弱了她作为作家的技艺,伍尔夫引用了《简·爱》第十二章中简·爱在桑菲尔德庄园(Thornfield)山顶的著名独白:

> 然后,我渴望拥有超越那个极限的愿景;那个愿景可能到达我曾经听说过,但从未见过的充满生机的繁忙世界、城镇和地区:那时,我期望拥有更多实际的经验,更多与我同类的人的交往,与超过我目前范围的各种性格的人相识……我将被认为是不满现状。我无法控制自己:不安是我的本性;有时候它让我感到痛苦……④

简抨击自己在桑菲尔德庄园生活的不满和局限性。强烈的愤怒就是她对自己命运不满的标志。她渴望拥有更加丰富的社交生活,到那时她不再受到物质环境的束缚,并拥有获得渴望的愿景的自由。当她成为女教师的现实阻碍了她对更广阔的生活和经历的渴望时,或仅仅因为她的性别,简·爱就不再保持镇定。她表达了对不公平社会制度的抵制、沮丧、不满和愤慨,这种制度剥夺了仅向男性开放的机会和经验。她发誓要"采取行动",并夺回她应有的幸福和自由。

伍尔夫坚信简·爱是勃朗特的代言人。简在表达因其女性身份而无法

---

① Woolf, *A Room of One's Own / Three Guineas*, p. 135.
② Ibid., pp. 76—77.
③ Ibid., p. 95.
④ Ibid., p. 98.

实现自己期望的不满和愤怒时,她实际上是在表达勃朗特的挫败感和埋怨。勃朗特的个性占了主导地位,她"用手牵着我们,迫使我们沿着她的路,让我们看到她所看到的,一刻也不离开我们,或是让我们忘记她。最后,我们沉浸于夏洛蒂·勃朗特的天才、她的热烈和愤慨"①。勃朗特发泄个人愤怒和委屈的坚定态度在读者心中留下了不可磨灭的印象,并导致了勃朗特写作中的"尴尬的断裂"和"抽搐",使得她的小说"变形和扭曲"。②

在伍尔夫看来,勃朗特可能"比简·奥斯丁具有更多的天才",但勃朗特对不利处境的愤慨阻挡了她作为小说家的才能和天赋。③ 勃朗特"应该冷静地写作时她却在愤怒中写作。当她应该明智地写作时,她却愚蠢地写作。她会在应该书写角色的时候书写自己"④。简·爱似乎成为作家夏洛蒂·勃朗特本人。她的"强烈的自我主义"⑤阻挡了她拥有清晰的视野和对艺术对象的专注。正是出于这个原因,伍尔夫预言未来女性创作的小说"将不再是个人情感的垃圾场"⑥。简而言之,勃朗特受到不利社会处境的不健康困扰对其小说的艺术价值造成过灾难性的影响。值得注意的是,伍尔夫对勃朗特强烈愤怒的批判与《一间自己的房间》的主题一致,那就是,只有当女人有了空闲和金钱后,她们才能超然地观察和思考。

与温奇尔西夫人和夏洛蒂·勃朗特不同的是,乔治·艾略特采用了父权制文学传统,使用男性笔名,强调历史和其他女性不熟悉的主题,像男性一样写作。虽然伍尔夫赞扬了她对人类价值普遍真理的同情和关注,但不幸的是,她"显著的""自我意识"阻碍了她的思想"白炽化"⑦。

在所有女作家中,伍尔夫高度赞美简·奥斯丁是"最完美的艺术家"⑧,因为奥斯丁冷静的大脑"消耗了所有障碍"以及源于性别的痛苦情绪⑨。伍尔夫坚信"简·奥斯丁和艾米莉·勃朗特的天才最有说服力地体现在他们忽略这些主张和恳求,不受嘲笑或指责干扰的能力"⑩。简而言之,在伍尔夫看来,奥斯丁作为小说家的伟大之处之一在于她摆脱"个性的束缚和限制"的非

---

① Woolf, *The Collected Essays*, vol. 1, p. 186.
② Woolf, *A Room of One's Own/Three Guineas*, p. 90.
③ Ibid.
④ Ibid.
⑤ Virginia Woolf, *The Collected Essays*, vol. 1, p. 200.
⑥ Ibid., vol. 2, p. 148.
⑦ Ibid., vol. 1, p. 202.
⑧ Ibid., vol. 1, pp. 153—154.
⑨ Woolf, *A Room of One's Own/Three Guineas*, p. 88.
⑩ Woolf, *The Collected Essays*, vol. 2, p. 144.

凡勇气和能力①。在散文《简·奥斯丁》(1925)中,伍尔夫举例说明了奥斯丁作为神职人员的女儿和作为作家的分离。尽管格雷维尔夫人(Greville)冷落作为神职人员女儿的奥斯丁,但当作家奥斯丁对这位夫人的谈话进行素描时,她"没有一丝愤怒"②。她已经完全消除了愤怒。这个角色没有自传的指向,已经不再是作家奥斯丁本人。一切都已被伪装和转化。

值得一提的是,女性作家并非被禁止对她们无比痛苦的个人经历和情感打击发声,而是这种情感应该被适当地提炼并转化为角色而非作家自己的情感。因此,奥斯丁为其他女作家树立了榜样。然而,可惜的是,无法控制的"生活的狭窄"阻止了她的作品变得真正伟大。③

仔细检查可以发现伍尔夫一贯坚决反对愤怒不仅仅是出于对女性写作的浓厚兴趣。这在她对男性愤怒的探索中得到了证明。伍尔夫解释说,男性愤怒的原因不同于女性愤怒的原因。如果女性的愤怒主要源于父权制社会施加给她们的压迫人的社会环境,那男性的愤怒在很大程度上源于这样的事实,即他们超越作为他们"放大镜"的女性的优越感受到了女性的挑战:"在所有这些世纪中,妇女都是具有奇妙和微妙能力的放大镜,以男性实际大小的两倍来反映他们。"④

从心理上讲,男人从他们男尊女卑的信念中获得自信。因此,当女人变得强大时,男人对自己的统治地位感到不安全。因此,男人和女人的愤怒都与性别有关。而且,两性的愤怒都归因于父权制。正如米里亚姆·瓦尔拉文(Miriam Wallraven)指出的那样,男性和女性的愤怒都是"父权制的典型特征"⑤。毋庸置疑,男性作家的愤怒与女性作家愤怒的情形相似,在很大程度上会损害他们对艺术对象的控制。伍尔夫在研究一位男性教授歧视女性的作品《女性的头脑、道德和身体劣势》(*The Mental, Moral, and Physical Inferiority of the Female Sex*)时,伍尔夫坚信他"伪装和复杂的"愤怒使他的作品"在科学上毫无价值",因为该作品是"在愤怒的情感中"完成的。⑥ 这与毫无偏见、超然和创造性的创作形成了鲜明的对比。

在现代,女性物质和经济状况的巨大进步并未阻止女性性别意识对其小

---

① Woolf, *The Collected Essays*, vol. 2, p. 159.
② Ibid., vol. 1, p. 146.
③ Woolf, *A Room of One's Own/Three Guineas*, p. 88.
④ Ibid., p. 45.
⑤ Miriam Wallraven, *A Writing Half Way between Theory and Fiction: Mediating Feminism from the Seventeenth to the Twentieth Century* (Würzburg: Königshausen & Neumann, 2007), p. 168.
⑥ Woolf, *A Room of One's Own/Three Guineas*, pp. 41—42.

说产生负面影响,因为敏感的政治选举权运动使女性小说家具有性别意识。因此,伍尔夫宣称"没有任何一个时代比我们这个时代更强烈地意识到性别问题"①。因此,伍尔夫时代的女性作家迫切需要一个有肚量的大脑才能摆脱强烈性别意识对她们创造性的破坏性影响。

不幸的是,现代男性小说也无法摆脱性别意识的限制。选举权运动立即带来了巨大挑战,现在男性亟须自我肯定,霸气十足的"I"就是最好的例证。在表达男性和自信的"I"的优越感时,女性的声音被完全忽略和淹没了。在伍尔夫看来,男性小说家强大的"I"仍然是他们多产性不可克服的障碍,同时使他们的创造力来源枯竭②。

因此,对于女性和男性作家来说,他们与性别相关的愤怒毫无疑问会对他们写作的艺术价值产生强大的破坏作用,因为这种情绪很可能削弱他们对艺术对象的控制,夺走他们的客观真相。无论如何,伍尔夫声称:"所有造成性别意识状态的人都应受到指责。"③尽管没有明确说明,但伍尔夫仍然为我们提供了两个相互关联的理由来阐释她为何强烈反对与性别相关的个人愤怒。对伍尔夫而言,这种对性别意识的强烈依恋很容易使作家的思想变得自我中心主义,并使其失去创造性和公正性,从而明显地剥夺了他们"真理的本质"④,因此在很大程度上破坏艺术对象的审美价值。从读者的角度来看,他们的注意力将无意中明显地从写作内容转移到谁在写作上⑤,从艺术对象转移到艺术家身上,尤其是当这种写作带有明显的性别特征时。换句话说,读者的注意力将被转移到作者的性别上,而非写作的质量上。

鉴于此,伍尔夫提出雌雄同体作为一种解决男性和女性作家强烈愤怒和性别意识的方案。她强烈厌恶性别意识带来的个人愤怒出现在写作中,这对艺术家的创造力构成了致命威胁。伍尔夫坚决主张:"做一个单纯的男人或女人是致命的,一个人必须女性—男性化或男性—女性化。"⑥换句话说,为了不受个人愤慨和偏见的影响,并保持超然和富有创造力的展望,作家应该采取一种灵魂上雌雄同体的思想进行创作。

值得注意的是,伍尔夫坚决反对小说中的个人痛苦和愤怒,但不完全反对小说中的个人依恋,正如她的自传体小说《到灯塔去》所展示的那样。更重

---

① Woolf, *A Room of One's Own/Three Guineas*, p. 129.
② Ibid., p. 131.
③ Ibid., p. 135.
④ Ibid., pp. 32, 35.
⑤ Ibid., p. 43.
⑥ Ibid., p. 136.

要的是,伍尔夫对性别无意识或性别健忘的热烈支持并不是要忘记艺术家的性别的身体,而是因为社会的不公正判断或处理会引发个性或愤懑的强烈印记,这与非个人化美学原则背道而驰。换句话说,辩证地看,只有当作家忘记了自己的性别或不受性别所致的偏见或愤怒干扰时,他们的作品才能成为他们性别特征和非个人化的表达。最终的结果就是:"她以一个女性的身份书写,但是一个忘记了自己是女性的女性,因此她的书中充满了只有当性别处于无意识状态才会有的性别特征。"①

归根到底,性别意识是男性和女性作家愤怒的主要缘由,这极大地损害了艺术家的创造力和其对艺术对象的控制。因此,伍尔夫的雌雄同体观是作家克服自己性别化自我和强烈自我中心主义的必要但不充分的工具。这是实现非个人化的最为重要的步骤。

三、伍尔夫和雌雄同体

伍尔夫没有明确地定义雌雄同体的概念。为了更好地阐释雌雄同体的工作机制,伍尔夫使用了一男一女同时进入一辆出租车这个形象生动的比喻:"出租车停了下来;那个年轻女人和那个年轻男子停了下来;他们上了出租车;然后出租车悄悄地开走了,就好像被水流冲到别的地方一样。"②虽然一对男女同时进入出租车的情景很平常,但却给了伍尔夫很多思绪,因为她将此场景与头脑的统一性联系在一起:"也许把一种性别看得与另外一种性别不同是一件费力的事。因为这妨碍了头脑的和谐。"③在伍尔夫看来,强烈的性别意识会导致"头脑的分裂和对抗"以及"压抑",尤其是对常常作为"局外人"或"外星人"的女人而言,会感受到"意识的一种突然分裂"。④ 而雌雄同体头脑的性别无意识状态能帮忙消除强烈的性别意识带来的压力。在这种状态下工作的头脑会像河流一样毫无阻力地将头脑里的才华传输出来。

在出租车的比喻中,女人和男人分别代表着女性和男性气质,出租车象征着头脑。同时进入一辆出租车内意味着在我们的头脑这个统一体内,两种分别来自女性和男性的、看似互不相容但实际上又互补的特质,能和谐共处。作为能容纳相反气质的一个媒介,出租车象征着作家有能包容相反性别特质的能力和潜质。虽然来自不同的地方,女人和男人同时进入出租车内且驶往同样的目的地,这象征着男、女作家都应极力达到在精神上雌雄同体的创作

---

① Woolf, *A Room of One's Own/Three Guineas*, p. 121.
② Ibid., p. 125.
③ Ibid., p. 126.
④ Ibid., pp. 126—127.

状态。

为了实现来自不同性别的相反气质象征性地联合在一起以便"获得十足的满足和幸福感"①,伍尔夫

> 接着外行地素描了一张能同时容纳男性和女性两种力量的灵魂图案;在男性的头脑里男性气质支配着女性气质,在女性的头脑里女性气质统辖着男性气质。正常且舒适的存在状态是两种气质和谐地共存,从精神气质上进行合作。如果一个人是男性,那么他头脑中的女性气质仍然能发挥作用;而一个女人头脑中的男性气质也同样会与她的女性气质有交流和沟通。②

这段引言中的两个关键词,即"灵魂"与"精神气质上"值得我们注意。这意味着伍尔夫运用的是雌雄同体的比喻义,亦即"双灵魂"(double soul),并非其物理或生理意义。在以上引用中,伍尔夫将雌雄同体界定为作家头脑里的男性和女性气质在精神或灵魂层面上和谐地联合在一起,但同时与其思维或其生理意义上占主导的性别保持一致的状态。伍尔夫断言:"也许一个纯男性的头脑不能进行创作,正如一个纯女性的头脑不能进行创作一样。"③因此,在一个女性作家雌雄同体的头脑里,一部分男性气质也会发生作用。但从占主导地位的女性气质来看,女性作家仍然会被认定为女性。对于男性作家而言,其头脑中的女性气质也应该是有效的。原文中的介词"在……之前"(before)意味着雌雄同体是一种创作前就应该达到的精神状态。

仔细观察可以发现,"男性大脑中的女性气质"和"女性大脑中的男性气质"这两个短语暗示了伍尔夫相信每个人的大脑中都有来自男性和女性的两种相反力量潜在的共存。形容词"正常的"与伍尔夫所说的"两性之间的合作是一件很自然的事"④相呼应。在这两种情形下,"正常的"与"自然的"这两个词增强了雌雄同体大脑的潜在和令人向往的本质,而"舒适的"和"和谐"两词则体现了雌雄同体大脑的优势和远见。除此之外,正如介词"before"一词所示,重要的是,这种雌雄同体的姿势是完成创造性作品最基本的前提。

伍尔夫在讨论雌雄同体的工作机制时故意选择了诸如"性交""对立面的婚姻""圆房"和"已受精的"⑤等富有生育力和繁殖力内涵的词汇。在伍尔夫

---

① Woolf, *A Room of One's Own/Three Guineas*, pp. 127-128.
② Ibid., p. 128.
③ Ibid.
④ Ibid., p. 127.
⑤ Ibid., pp. 128, 136.

看来,一个头脑中两种相反气质的结合就像男女之间的婚姻一样"自然"和正常。这种"联姻",即雌雄同体,会产生以艺术创作形式存在的"孩子"。《三枚金币》出版后三天,伍尔夫在日记里写道:"这[《三枚金币》]是我有史以来最温和的分娩。跟[《岁月》]相比至少如此!我醒来后就知道狂吠会开始,不过这不会打搅到我。"(5 June 1938)①

从上面的讨论可以看出,伍尔夫雌雄同体观的蓝图并非旨在彻底改变男性和女性的思想。相反,她强调将女性气质融入男性主导的大脑中的重要性,反之亦然。其唯一的目的是在两性不同精神方面达成和谐关系。伍尔夫通过使用短语"男性—女性地"或"女性—男性地"来重申雌雄同体大脑的重要性。②

因此,伍尔夫对雌雄同体观的热烈呼吁并没有改变人们思想的基本框架,原始性别的迹象仍然存在。对伍尔夫而言,传统意义上的男性和女性气质是相辅相成的,并且来自两种性别的气质的组合使一个人的思维"完整"或"完全具有人性的"③。换句话说,雌雄同体的大脑对男性和女性的经历都具有开放性。因此,海尔布伦被经常引用的定义与伍尔夫对该术语的使用较为接近:"一种性别的特征和男性、女性所表达的欲望未被严格界定的状态"④。海尔布伦引起了人们对伍尔夫雌雄同体观灵活性和流动性的关注。然而,我们必须承认的是男性和女性气质之间缺乏明确的定义和划分,这也是理解雌雄同体的一个难题。

在讨论了伍尔夫雌雄同体概念的背景和定义,及其在艺术家身上如何得以实现之后,下一步有必要分析一下雌雄同体大脑的特征,或者说雌雄同体大脑的优势与艺术创作之间的关系。有一个重要段落将为我们理解伍尔夫倡导雌雄同体的目的提供参考:

> 任何带有这种有意识偏见的作品注定要失败。这样的作品变得贫瘠。虽然它可能会短暂地看起来精彩而有效、强大且熟练,但在黄昏时就会凋谢;它在别人的大脑中不会成长。因此,在艺术创作完成之前,大脑里的男性、女性气质必须进行合作。对立面的合作必须完成。大脑必须全部处于开放状态才能让我们感受到作家以完美的姿态与我们进行交流。必须有自由和宁静。⑤

---

① Woolf, *The Diary of Virginia Woolf*, vol. 5, p. 148.
② Woolf, *A Room of One's Own/Three Guineas*, pp. 128, 136.
③ Heilbrun, "Further Notes toward a Recognition of Androgyny," p. 146.
④ Heilbrun, *Toward a Recognition of Androgyny*, p. x.
⑤ Woolf, *A Room of One's Own/Three Guineas*, p. 136.

在这个重要的引用中,伍尔夫揭示了雌雄同体大脑的长处:它给予艺术家创造性和多产能力。从生理上讲,男女的结合暗示着新生命,这象征着生育力和生产力。从科学的角度来看,人们普遍认为"雌雄同体的个体通常具有更高的创造能力"①。因此,这两种思想的和谐合作为创造力提供了最宜人的环境,并能够充分表达各种复杂的人类感受和经历。

此外,生产力与艺术作品对读者的影响紧密相关。雌雄同体大脑创造的作品不带有性别偏见,可以在读者中引起新的想法。伍尔夫明确区分了是否是雌雄同体大脑创造出来的写作。她断言具有性别意识的写作是致命的,原因有两个。第一,对强烈性别意识的痴迷会引起激动不安和愤怒的情绪,从而阻碍作家的创造力和才能,剥夺他们展示清晰视野的空间。第二,无论说服力和技巧有多强,非雌雄同体大脑的创作只会给读者留下暂时的印象,不会激发读者的想象力,也不会激起读者新的想法。换句话说,读者只能是被动的信息接收者,而这些信息很快就掠过他们的大脑,不会留下太深的痕迹。值得注意的是,雌雄同体的写作是具有启发性和渗透性的。伍尔夫通过宣称"它[雌雄同体]的大脑会爆炸并催生各种其他思想"②来强调这一点。读者的大脑被激发了,不断产生新主意、新思想。

雌雄同体与作家的创造力和生产力相关,能给予作家"最大的释放",即"自由思考事物"③。不再受到性别意识束缚的男女性作家能够完整而又逼真地表达人类丰富的经历和能力。拥有雌雄同体大脑的艺术家的"自由"和"宁静"能给予他们"广阔天空的视野"④,"就像一个人走到了世界顶峰并看到世界雄伟地展现在眼前"⑤。他们能将大脑里的思想转换成文字,或关注"真理的精油"⑥。只有在这种情况下作为"作家支柱"的完整性才能得以突出显示。⑦

大脑的"自由"和"表达的完整性"是紧密相连的,被伍尔夫称为"艺术的本质"⑧。伍尔夫的术语"表达的完整性"指代的是什么?伍尔夫提出雌雄同体观的另外一个重要原因是每个作家在一定程度上都是受限的,因为"一些

---

① Rado, "Would the Real Virginia Woolf Please Stand Up?," p. 150.
② Ibid., p. 132.
③ Ibid., p. 50.
④ Ibid., pp. 50, 136.
⑤ Ibid., p. 122.
⑥ Ibid., p. 32.
⑦ Ibid., p. 95.
⑧ Woolf, *A Room of One's Own/Three Guineas*, p. 100.

创造性的力量只有在异性身上才能重新启用"①。伍尔夫进一步说:"每个人脑后都有一个如先令大小、自己永远无法看见的一个斑点。"因此,伍尔夫得出结论:"只有当一个女性将[男人脑后]先令大小的斑点描述清楚了,人类真实的图画才能最终被描绘出来。"②也只有男人才能将女性脑后的这个自己无法看见的盲点描写清楚。换言之,人类包容性的视野和对人性的认知必须由男性和女性合作才能完成。没有两性在头脑里的合作,作家只能得到一幅受限的视野。雌雄同体的头脑能让作家变得完整和完全,能够和谐处理作家头脑与其性别之间的关系。雌雄同体最后的目的是赋予作家"宁静"(peace)与"自由"(freedom),为其提供创造出伟大作品所需的最富创造性的环境。③

四、莎士比亚的白炽状态(incandescence)与伍尔夫

伍尔夫在《一间自己的房间》中四次提及了"白炽的"(incandescent)这个词,并经常将其与雌雄同体交替使用。在《一间自己的房间》第三章结尾处,伍尔夫两次使用"白炽的"来描述莎士比亚的创造状态,其特点就是没有"怨恨、恶意和反感",因此他的作品得以充分表达。④ 伍尔夫在讨论"创造的最佳心境"时说道:"要想将自己心中的作品完整地全部释放出来,艺术家的头脑必须是白炽的,……他头脑里的阻碍或杂质必须被清除干净。"⑤莎士比亚的头脑不受"怨恨、恶意和反感"等情绪的影响,其"苦难或不满的情绪都被烧尽或消耗掉",因此其作品和才华像河水一样"不受阻碍地从他头脑里流淌出来",莎士比亚的作品"得到了完全的表达",其创造性从而能得到充分的表达。⑥ 在关于《阿侬》("Anon")的笔记里,伍尔夫也使用了类似的表述来讨论莎士比亚:"关于莎士比亚:这个人被消耗了(consumed)……我们也不想了解他:[他的作品]已经得到了完全的表达(completely expressed)。"⑦"消耗"和"得到完全的表达"与伍尔夫在《一间自己的房间》中讨论莎士比亚雌雄同体头脑时的用语一样。⑧ 与其他头脑里明显充斥着愤怒情绪的作家相比,莎士

---

① Woolf, *A Room of One's Own/Three Guineas*, p. 112.
② Ibid., p. 118.
③ Ibid., pp. 50, 82, 136, 149.
④ Ibid., p. 73.
⑤ Ibid.
⑥ Ibid., pp. 73—74.
⑦ Silver, "'Anon' and 'The Reader': Virginia Woolf's Last Essays," p. 375.
⑧ 伍尔夫还记录下两个重要的词语:"关于创造的萌芽"(the germ of creation)和"创造性本能的普遍性"(the universality of the creative instinct)。Silver, "'Anon' and 'The Reader': Virginia Woolf's Last Essays," p. 376.

比亚头脑最显著的特点是其"白炽"状态,这是受到个人情绪束缚的艺术家解放头脑的必经之路。

伍尔夫接着评论莎士比亚的白炽大脑:"如果曾经有一个大脑是白炽的、不受阻碍的,……那就是莎士比亚的大脑。"①伍尔夫几乎是重复了第一次对"白炽的"的指涉,并再次强调了莎士比亚是一个模范艺术家,因为他的大脑是白炽的,不受情感障碍和外部不利因素的束缚。

很快,伍尔夫又一次提及"白炽"这个词:"很显然她[夏洛蒂·勃朗特]的头脑并未'消耗所有的阻碍而变得白炽'。相反,她的头脑受到了干扰,受到了怨恨和抱怨的烦扰"②,成为伍尔夫眼中与莎士比亚的头脑相反的典型。伍尔夫认为,勃朗特由于受到男权社会不公正的对待而产生的愤怒情绪,在很大程度上影响了其才能的发挥。因此,读者在本应该读到角色简·爱的地方,却读到了勃朗特本人的过去。

在《一间自己的房间》最后一章,伍尔夫引用柯勒律治"伟大的头脑是雌雄同体的"这句宣言时,再次交替着使用"雌雄同体的"与"白炽的"两个词:"他[柯勒律治]可能指的是雌雄同体的头脑能引起共鸣,具有渗透性;能毫无阻碍地表达情感;它天生具有创造性,是白炽的且完整的。"③伍尔夫在这句话中表达了两个观点:"雌雄同体的"与"白炽的"都与作家富有创造性这一特点以及全神贯注于创作对象紧密相连;此外,"雌雄同体的"与"白炽的"头脑并不是没有情感,而是不受痛苦情绪的干扰,从而使得作家的个人情感能被全面地表达出来。换言之,痛苦情绪的缺失是为了其他情绪得以更好地表达。雌雄同体的创作状态下产生的作品将是这样的:"身为女性的她写作时,忘记了自己是女人,因此她的书里出现了只有当性别处于无意识状态时,才能描绘出的其他性别特征。"④换言之,辩证地看,只有当作家在创作时忘记了自己的性别属性而不受其带来的偏见、愤怒等情绪的干扰时,其作品才能充分展现作家的性别属性和非个人化特色。

为了更好地理解"白炽的"这个词在描述莎士比亚雌雄同体头脑时的深刻含义,我们来看一下这个词的词源和定义。根据《牛津词源词典》(*Oxford Dictionary of Word Origins*),"白炽的"这个词最开始是源于拉丁语"发光的"(incandescere),而这个词又是基于拉丁语"白色的"(candidus)这个词,"发

---

① Silver, "'Anon' and 'The Reader': Virginia Woolf's Last Essays," p.376.
② Woolf, *A Room of One's Own/Three Guineas*, p.76.
③ Ibid., p.128.
④ Ibid., p.121.

光的"这个词的前缀部分(in-)是为了加强"白色的"这个意思。① 根据《牛津英语大辞典》(Oxford English Dictionary),这个词首次于1794年出现,表示"由于高温而发光;发光和热的"。1859年,该词逐渐被赋予了比喻义"情感、表达等变得或处于温暖或强烈的状态;热烈的、火爆的;'燃烧'"。本义上,"白炽的"与由于受热而发出光芒相关。比喻义上,一个"白炽的"物体具有,而非缺少强烈的情感。

《女性与小说:〈一间自己的房间〉的手稿》(Women & Fiction: The Manuscript Version of A Room of One's Own)中具有启发性的一段话值得我们注意:

> 莎士比亚的头脑燃烧了所有这些阻力:〈他们被[消耗了?]〉它像熔态金属;其滚烫的液体能够被铸成任何形状;能铸造出克利奥帕特拉或恺撒或安东尼的模子;从不固态化、起皱、起脊状;总是给我们一种如此熔化的又炽热的感觉;我们都能看见一个想法溅进他头脑的池子里且在一瞬间完成遣词造句;这些句子的意思与他的思想浑然一体……要达到这一点,我总结出他必须得消耗所有存在于他身上的无益的阻碍:他必须清除所有通向他天才的障碍物。他做到了,就像人类曾经做到了一样,他将作品毫发无损地展现出来。②

在以上这段引言中,伍尔夫使用的词汇如"燃烧"(burnt up)、"固态化"(hardening)、"冷却"(cooling)、"熔化"(molten)以及"炽热"(red hot)等都与"白炽的"这个词的本义与比喻义,亦即强烈的光或情感产生共鸣。伍尔夫在此将莎士比亚创作的过程比作燃尽诗人情感杂质的化学过程。莎士比亚白炽的头脑被比作可以被制作成任何形状的"熔态金属"(molten metal)。伍尔夫在日记里也有类似对莎士比亚的描述:"很显然他的头脑如此柔软和完整,他能将任何思想很好地展现出来。……可以说莎士比亚超越了文学。"③更为重要的是,莎士比亚的想象力能被毫无保留且准确地转化为文字。换言之,这种类型的头脑可以让艺术家的才能免于受到其愤怒或抱怨的破坏。这种状态下产生的艺术成果是诗人头脑或其天赋和才能的最佳体现。伍尔夫多次强调了雌雄同体的或白炽的头脑的流动性和灵活性。

---

① Julia Cresswell ed., *Oxford Dictionary of Word Origins*, 2nd ed. (Oxford: Oxford University Press, 2011). http://www.oxfordreference.com,访问日期:2011-10-30。
② Woolf, *Women & Fiction: The Manuscript Versions of A Room of One's Own*, ed. S. P. Rosenbaum (Oxford: Blackwell, 1992), p. 91.
③ Woolf, *The Diary of Virginia Woolf*, vol. 3, ed. Anne Olivier Bell, assisted by Andrew McNeillie (New York and London: Harcourt Brace Jovanovich, 1980), p. 301.

伍尔夫交替使用"白炽的"和"雌雄同体"这两个术语，尤其是当她在讨论莎士比亚的创造力和生产力这个问题时，这清楚地表明这两个术语的含义相差不大。两者大脑具有的无动于衷、超然的、不带有偏见的、多产的、富有创造力等特点赋予作家表达自己思想的宁静和自由。当所有外部和内部的障碍都被彻底清除后，雌雄同体自然显现出白炽的大脑的鲜明特征。换句话说，作家的思想此刻被赋予了创造出伟大和创造性作品所必需的宁静和自由。只有在这种情况下艺术对象才能完整和平静地展现出来。

虽然伍尔夫几乎差别甚微地交替使用"白炽的"与"雌雄同体的"这两个词语，但两个词还是稍有区别的，因为其强调的重点不同。① 当气温上升时，头脑（或金属）就会发出光芒。首先是红色，到达炽热的状态后逐渐变成白色。因此，火红的热量代表的是情感（包括愤怒）、自我主义和个性；当被转化为白光后代表客观性、理性和真理。当艺术家的情感被激发到最强烈的状态，且不留下情感中任何愤怒或抱怨的痕迹时，头脑就能达到白炽的状态。当然，艺术家必须首先拥有强烈的情感，才能谈得上逃避这种愤怒或抱怨情绪的危害。简言之，"白炽的"强调的是天才的火光将与艺术家性别相关的情感杂质燃尽后，将其激烈的、强烈的以及精彩的情感和创造性展现出来。相比之下，"雌雄同体"强调的则是艺术家头脑里性别处于无意识状态且两种相反的特质在精神层面的合作。因此，我们可以得出结论，"雌雄同体"是为了获得"白炽"这个结果的过程。辩证地看，作家只有通过雌雄同体达到白炽的状态，才能将其非个人化和个人化特点全面地展现出来。

值得一提的是艾略特在《四个四重奏》(*Four Quartets*)《小吉丁》("Little Gidding")一诗中也提及了这个词："鸽子喷吐着炽烈的恐怖的火焰/划破夜空，掠飞而下/烈焰的火舌昭告世间（flame of incandescent terror）/它免除了死者的过错和罪愆。"② 艾略特强调了炼狱之火将人性的弱点和罪孽都净化的重要性。相比之下，伍尔夫赞赏的白炽的头脑强调了艺术家强烈情感的净化和升华。

---

① "白炽的"这个词与伍尔夫使用的其他比喻一致，如"光"和"火"以及"情感的红光"（the red light of emotion）、"真理的白光"（the white light of truth）等（Woolf, *A Room of One's Own / Three Guineas*, p. 42），还有"心灵之火红和间歇式之光"（red and fitful glow of the heart's fire）[Woolf, *The Collected Essays*, vol. 1 (London: The Hogarth Press, 1966), p. 187]，"愤怒的红光"（the red light of anger）以及"理性的白光"（the white light of reason）（Woolf, *Women & Fiction: The Manuscript Versions of A Room of One's Own*, p. 47）。
② 参见艾略特:《情歌·荒原·四重奏》，汤永宽译，上海：上海译文出版社，1994年，第133页。

五、柯勒律治对伍尔夫雌雄同体观的影响

柯勒律治对伍尔夫雌雄同体观的深远影响得到了伍尔夫的清晰认可。在《一间自己的房间》中,伍尔夫指明雌雄同体这个富有争议性的概念源于柯勒律治。此外,伍尔夫还简称在浪漫主义诗人中,柯勒律治是雌雄同体作家的典范。到目前为止,虽然伍尔夫的雌雄同体观受到了柯勒律治的启发,还未有学者就柯勒律治的雌雄同体概念进行研究,也没有学者全面探究伍尔夫对柯勒律治的借用。2008年牛津出版社版本的《一间自己的房间》的编辑莫拉格·希亚奇(Morag Shiach)以及另外一位学者苏珊·沃夫森(Susan Wolfson)是为数不多的在评论伍尔夫的评论文章《作为评论家的柯勒律治》("Coleridge as Critic")时,简要提及伍尔夫在《一间自己的房间》中对柯勒律治雌雄同体概念的引用,源于后者的《席间漫谈》(*The Table Talk*)①的学者。

这一节将关注伍尔夫的评论文章《作为评论家的柯勒律治》("Coleridge as Critic",1918),提出柯勒律治从三个方面对伍尔夫的雌雄同体观产生了深刻影响:雌雄同体的界定、性别与灵魂之间的对应性以及具有雌雄同体特质的典范作家。

柯勒律治对伍尔夫的影响从伍尔夫在《一间自己的房间》的描述中可见一斑。在《一间自己的房间》里伍尔夫明确提出雌雄同体这个概念首先源自柯勒律治。在伍尔夫简要解释了"双重灵魂"(the double soul)的工作机制,即来自男性和女性看似相反的性质融于艺术家一身,但其主导的性别特征却依然清晰可辨后,伍尔夫引用了柯勒律治的观点作为支撑:"柯勒律治说伟大的头脑是雌雄同体的,他的意思大概如此。"②该引文中的"大概"(perhaps)一词的运用,体现了伍尔夫典型的避免武断与强势的行文特点。显而易见,从整句话看来,伍尔夫非常熟知柯勒律治在《席间漫谈》中对雌雄同体的论述③。相关段落如下:

> 我所熟知的强壮头脑有着强势、毫不迟疑、像科伯特(Cobbett)那样

---

① Woolf, *A Room of One's Own/Three Guineas*, p. 421. Susan Wolfson, "Gendering the Soul," in *Romantic Women Writers: Voices and Countervoices*, eds. Paula R. Feldman and Theresa M. Kelley (Hanover: University Press of New England, 1995), p. 273.
② Woolf, *A Room of One's Own/Three Guineas*, p. 128.
③ 柯勒律治是一位著名且多产的席间漫谈者。他富有生气的席间漫谈由他的侄子、同时也是他的女婿亨利·柯勒律治(Henry Nelson Coleridge)记录下来并编辑出版成 *The Table Talk and Omniana of Samuel Taylor Coleridge*,本书译成《席间漫谈》。本书中引用的版本恰好也是伍尔夫发表书评的版本。

的风格,但我从未见过一个伟大的头脑具有以上特质。在前一类型的人中,他们时错时对。事实是,伟大的头脑定是雌雄同体的。伟大的头脑——如史威登堡(Swedenborg)的——从不会出错,只是在正确性上并不完美。①

在这段来自《席间漫谈》关于雌雄同体最重要的宣言中,让我们感到毫无疑问的是柯勒律治对强壮的头脑及伟大的头脑(即雌雄同体的头脑)的区别了如指掌。伍尔夫将强壮的头脑与伟大的头脑进行比较,得出的结论是强壮的头脑容易咄咄逼人、确定无疑,但他们时对时错。与强壮的头脑不同的是,伟大的头脑都是雌雄同体的,且他们从不会咄咄逼人或毫无疑问。除此之外,伟大的头脑不出错。他们总会含有一点真理。因此,威廉·科伯特(William Cobbet)强势的、好斗的、自信的头脑与雌雄同体的头脑相反。借用伍尔夫的话来说就是科伯特的头脑太大男子主义了。

关于这点,浪漫主义诗人济慈对同辈戴尔克(Charles Wentworth Dilke)拥有一个强壮头脑的评价与柯勒律治对强壮头脑的界定有异曲同工之处。在写给他弟弟的一封信中,济慈写道:"他们想把钉子钉进你的脑袋,即便你有所改变,他们仍然认为你是错的。"②这句引语揭示了济慈关于富有诗意的头脑(poetic mind)在应对外界的影响时应具备灵活性和接受性(flexibility and receptiveness)这样的观点。如此看来,戴尔克固执地反对他人的思想,这间接地使他成了一个雌雄同体的反面教材。

作为科伯特的同辈,柯勒律治非常熟悉科伯特撰写的政治宣传小册子,但他并不赞同科伯特毫不退让的语气:"科伯特的作品确定无疑地具有很强的抨击性……更别忘了他严厉批评的刺耳声!"③因此,《国家传记词典》(*The Dictionary of National Biography*)在第四卷中提道:"科伯特毫无边际的好战、自尊以及他用语的狠毒损坏了他的形象;他的反复无常非常显眼,且他的正直有时值得怀疑。"④很显然,柯勒律治对科伯特的政治写作持批评态度,因为后者的作品展示了其独断的、带有攻击性的、恶意的品质。

如果科伯特的头脑过于大男子主义且与雌雄同体的头脑相悖的话,瑞典神学家与神秘主义者史威登堡的头脑则是一个雌雄同体的典范。史威登堡

---

① Samuel Taylor Coleridge, *The Table Talk and Omniana of Samuel Taylor Coleridge*, with a note on Coleridge by Coventry Patmore (Humphrey Milford: Oxford University Press, 1917), p. 201.

② Keats, *Selected Letters*, p. 303.

③ Coleridge, *The Table Talk and Omniana of Samuel Taylor Coleridge*, pp. 429—430.

④ Ibid., p. 600.

以其"对应性学说"(the Doctrine of Correspondences)而闻名,该学说指出:"所有外在的和可见的事物都有着内在的和精神层面的原因。"①柯勒律治在一封写于1820年的信中高度赞扬了史威登堡,且说他将自己很多宝贵的时间和精力都投放在史威登堡的作品中。柯勒律治更称呼史威登堡为"富有启发性的作者"②。

总而言之,柯勒律治在其关于雌雄同体的这段引文中提出了三个要点:伟大的头脑必然是雌雄同体的,雌雄同体的头脑从不盛气凌人或确定无疑,且雌雄同体的头脑与真理紧密相连。

伍尔夫对柯勒律治这段关于雌雄同体的宣言印象深刻,她在笔记中记录道:"伟大的头脑是雌雄同体的。"③这句话最初在伍尔夫的评论文章《作为评论家的柯勒律治》中出现;在《一间自己的房间》里,伍尔夫进一步对此做出了阐释。在该评论文章中,伍尔夫并未直接引用全段话。相反,她首先分析了柯勒律治为何将博克(Edmund Burke)与约翰逊(Samuel Johnson)不同的席间漫谈风格相比而只字未提他自己也是一个席间漫谈者。在伍尔夫看来,这是因为柯勒律治的谦逊。接着伍尔夫指出:"本着同样为了证实和保护同类人的欲望,柯勒律治感到'伟大的头脑必然是雌雄同体的……我所熟知的是盛气凌人且确定无疑的、举止行为像科伯特那样的头脑,但我从未遇见过具有这些特质的伟大头脑'。"④有趣的是伍尔夫并未按照原文的顺序引用这句话。以省略号为区分的前后两部分顺序正好相反。究其原因,伍尔夫可能记忆出错,或她故意颠倒顺序以便强调关于雌雄同体的内容。但无论如何,伍尔夫显然对柯勒律治的表述深信不疑。

除了对雌雄同体的界定外,伍尔夫还在关于性别与灵魂之间的对应关系上受到了柯勒律治的影响。在《席间漫谈》中,柯勒律治写道:"灵魂之间没有性别之区分,这是经常被验证了的事实——我对此表示怀疑,极度怀疑。"⑤柯勒律治坚信在性别与灵魂之间有着对应关系。不到两年,柯勒律治在写给罗宾逊(Henry Crabb Robinson)的信中再次提到这个话题:"身体是什么? 不就是头脑的物质载体吗? ……难道灵魂不都有性别吗?"⑥通过反诘,柯勒律

---

① G. Trobridge, *Swedenborg: Life and Teaching* (London: Swedenborg Society, 1935), p. 174.
② Ibid., p. 329.
③ Woolf, *The Essays of Virginia Woolf*, vol. 2, p. 355.
④ Ibid., vol. 2, pp. 221—222.
⑤ Coleridge, *The Table Talk and Omniana of Samuel Taylor Coleridge*, p. 66.
⑥ Samuel Taylor Coleridge, *Collected Letters of Samuel Taylor Coleridge*, vol. 3, ed. Earl Leslie Griggs (Oxford: Clarendon Press, 1959), p. 305.

治强调了性别与灵魂之间的对应关系。相似地,柯勒律治对伍尔夫的影响也引导她思考"灵魂是否有两个与身体对应的性别"①。我们可以很清楚地看到,从伍尔夫的定义来看,她相信在女性与女性气质之间以及男性与男性气质之间存在着对应关系。只有灵魂间两性的合作才能达到雌雄同体的精神境界,身体上两性的结合只会导致双性同体。

在写给迪金森(G. L. Dickenson)的信中,伍尔夫以"双重灵魂"(the double soul)替代了"雌雄同体",这可能是因为受到了柯勒律治影响的结果。第一,伍尔夫对"灵魂"一词的运用明显与柯勒律治讨论性别与灵魂之间的对照关系相呼应。换句话说,伍尔夫很可能从柯勒律治那儿借用了灵魂一词。第二,"灵魂"一词的运用旨在体现伍尔夫对雌雄同体的引申义而非生理学意义感兴趣。

就这一点,詹姆斯·马盖文(James Holt McGavran Jr.)与伍尔夫达成了一致。马盖文指出,柯勒律治的"灵性/心理上雌雄同体的理想……来源于一种相反但互补的变革性综合——因此是象征性的男性与女性元素"②。马盖文认为柯勒律治的雌雄同体观过于理想化。除此之外,马盖文指出柯勒律治强调的雌雄同体是两个看似相反实际上互补的因素的综合。

在伍尔夫引用柯勒律治的表述后,她接着思考来自柯勒律治的同一引用:

> 当柯勒律治说伟大的头脑是雌雄同体的,他的意思并不是说这样的头脑对女性怀有特别的同情心;并不是说这样的头脑会从事属于女性的事业或是致力于对女人进行阐释。很可能雌雄同体的头脑比单性的头脑更不善于做出这样的区分。③

如伍尔夫所指,男性吸收女性气质并不意味着柯勒律治对女性怀有特别的偏爱,而是艺术家达到雌雄同体状态的必然要求。一方面柯勒律治支持女性享有平等的政治权利:"女人跟男人一样享有选举的权利。"④伍尔夫对此思想印象深刻,因此在她的笔记中记录道:"柯勒律治支持普选权。"⑤另一方面,在柯勒律治看来,除了女性艺术家,其他所有女性都应毫无例外地被限制

---

① Woolf, *A Room of One's Own/Three Guineas*, p.127.
② James Holt McGavran Jr., "Coleridge, the Wordsworths, and Androgyny: A Reading of 'The Nightingale'," *South Atlantic Review* 53.4 (Nov. 1988): 59.
③ Woolf, *A Room of One's Own/Three Guineas*, p.128.
④ Coleridge, *The Table Talk and Omniana of Samuel Taylor Coleridge*, p.135.
⑤ Woolf, *The Essays of Virginia Woolf*, vol.2, p.355.

在传统的"母亲、姐姐、妻子"的角色中。① 显而易见,柯勒律治只对雌雄同体的男性头脑感兴趣,他从未在文中提及女性也应具有雌雄同体的头脑。但联系到当时的社会背景,我们并不能对柯勒律治求全责备。

伍尔夫认定柯勒律治对女性并非怀有特殊的同情心,这与柯勒律治在《席间漫谈》中的另外一个条目极度相似。这个条目早于雌雄同体的表述半年,但却与其密切相关:"所有天才的脸上都有着清晰可见的女性气质(feminine),而非阴柔的气质(effeminate),但某某某的脸是我见过的唯一例外。"②在此,柯勒律治指出对于所有的男性天才来说,他们雌雄同体的外部特征与其头脑上的雌雄同体相呼应。柯勒律治特别说明了女性与阴柔之间的区别,因为前者主要指代女性典型的气质,而后者含有负面的、非男人的气质。由此可见,柯勒律治认为所有男性天才在外貌和头脑上都有着男性和女性的气质,两者的融合才能使头脑变得完整、雌雄同体且富有创造力。

柯勒律治的模糊条目对我们区分女性与阴柔气质毫无帮助。他几乎将斯宾塞(Edmund Spenser)"组织上脆弱与纤细"的头脑等同于一个阴柔的头脑。具有女性气质的头脑的一个显著特点就是很难在其身上"找到一丝易怒性的痕迹"。③ 在发表自传作品《文学生涯》(*Literaria Biographia*,1817)后,柯勒律治在准备关于斯宾塞的讲座中又一次重申了斯宾塞的头脑里存在着女性气质:"斯宾塞具有伟大性格的头脑……有着女性的脆弱与近乎少女般的纯洁。"④

从以上两处引文可见,柯勒律治认为,如果忽略那条界限模糊的条目,一个女性的头脑主要在于其微妙、敏锐、柔和、冷静、镇定以及内心的宁静。可以看出,在所有柯勒律治熟知的作家中,斯宾塞是一个雌雄同体的典范。但柯勒律治没有就这一点展开阐释。更重要的是柯勒律治对雌雄同体头脑的非易怒性的讨论,明显与伍尔夫坚定地否定或反对男性和女性作品中的愤怒相呼应。但一个明显的区别是伍尔夫强调了男性和女性作家的愤怒根源于其所受到的与其身体或是性别意识息息相关的偏见、歧视、恐惧以及挑战。相比之下,柯勒律治从未将女性作家雌雄同体的头脑加入考虑范围之内。在

---

① Samuel Taylor Coleridge, *The Complete Poetical Works of Samuel Taylor Coleridge: Including Poems and Versions of Poems Now Published for the First Time*, vol. 1, ed. Ernest Hartley Coleridge (Oxford: Clarendon Press, 1957), p. 162.
② Coleridge, *The Table Talk and Omniana of Samuel Taylor Coleridge*, p. 168.
③ Samuel Taylor Coleridge, *Biographia Literaria*, 2nd ed., vol. 1, ed. J. Shawcross (Oxford: Oxford University Press, 1958), p. 23.
④ Samuel Taylor Coleridge, *The Notebooks of Samuel Taylor Coleridge*, vol. 3, ed. Kathleen Coburn (Princeton: Princeton University Press, 1973), p. 4501.

这方面,伍尔夫大大地丰富和发展了柯勒律治雌雄同体的概念。

很巧合的是伍尔夫的父亲莱斯利·斯蒂芬(Leslie Stephen)关于具有女性气质或阴柔气质的男人的表述与柯勒律治的言语相似。伍尔夫按理说应该熟知父亲的观点。斯蒂芬在一封信中通过区分女性气质与阴柔气质对《席间漫谈》的编辑考文垂·巴特摩尔(Coventry Patmore)评价道:"我确实认为考·巴(C.P.)有着阴柔的气质。每个男人都应该这样,即有灵敏的反应以及纤细的情感;但不是每个男人都应该阴柔,即让他的情感超越其理智之上并由此产生对生活和世界的懦弱观点。"①斯蒂芬对这两种品质的区分简单明晰。在斯蒂芬看来,男性头脑应该容纳的女性气质是敏感与柔弱,但同时应该杜绝女性气质中懦弱的阴柔气质。斯蒂芬的评论——"每个男人都应该具有女性气质"与柯勒律治以及伍尔夫关于雌雄同体的观点相呼应。

由此可见,"具有男子气概的"(masculine)与"具有女子气概的"(feminine)是界定雌雄同体的两个关键词。对这两个词的理解将大大提升我们对伍尔夫雌雄同体思想的理解。在《一间自己的房间》里,伍尔夫指出:"很可能一个纯粹男性的头脑跟一个纯粹女性的头脑一样难于创作。"②伍尔夫的论点在于一个纯粹男性的或是女性的头脑不利于创造艺术作品。只有"具有女性气质的男性"(man-womanly)或"具有男性气质的女性"(woman-manly)的头脑,或简言之,一个雌雄同体的头脑,才能创造出伟大的艺术作品。由此可见,伍尔夫坚信雌雄同体是具有创造性的男女作家的必备条件之一。

值得一提的是伍尔夫故意避开对诸如"具有男子气概的"与"具有女子气概的"这些传统意义上认可的但从未清晰界定的概念做出阐释。我们也只能从她的其他作品中找到一点线索。在一篇名为《大卫·科波菲尔》("David Copperfield",1925)的文章中,伍尔夫对狄更斯(Charles Dickens)在其作品中表现出来的大男子主义不满:"……在所有伟大的作家中,狄更斯是……最没有个人魅力的……他具有传统意义上的男子的品德;他孤行独断、自力更生、旁若无人,精力极其旺盛。"③很明显,对伍尔夫而言,以上这些品质在一个男人身上是值得赞美的,但是过多这样的品质则会损害其作品的艺术价值。伍尔夫对过度大男子主义的厌恶也间接由与其维持浪漫主义关系的朋友维塔·塞克维勒-韦斯特(Vita Sackville-West)所证实:"她不喜欢男人的占有

---

① 转引自 Noel Gilroy Annan, *Leslie Stephen: His Thought and Character in Relation to His Time* (London: Macgibbon & Kee, 1951), pp. 274−275.

② Woolf, *A Room of One's Own/Three Guineas*, p. 128.

③ Woolf, *The Collected Essays*, vol. 1, p. 192.

欲望以及在爱情中的主导地位。实际上她讨厌男性气概。"①再者,伍尔夫将男性气概与战争联系在一起。在她看来,战争是"荒谬的男性谎言"(preposterous masculine fiction)②,她指出战争是"男人沙文主义的必然结果"(an inevitable outcome of male chauvinism)③。伍尔夫对男性气概的厌恶也被其在《三个基尼金币》(Three Guineas,1938)中对战争的辩论所证实:"如果你坚持通过战争来保护我,或是'我们的'国家,请冷静并理智地记住,你参与战争完全是为了满足你个人的性本能,以及获得我还没有也不太会分享的利益。"④伍尔夫在这里表明了两点:第一,她强调了战争是以男性为中心的,其目的是为了展示男性气概。第二,女人并没有像男人许诺的那样从战争中获益。伍尔夫对战争的假证强化了她对显著的男性气质的反感。

伍尔夫对大男子主义的仇恨并不意味着她对女性主义怀有好感。至少伍尔夫本人拒绝被认为是女性主义者。在其发表《一间自己的房间》后,她担心自己的作品过于女性主义,指出:"我怀疑我的知己们不会喜欢该作品表现出来的尖锐的女性主义语气……我将作为一个女性主义者受到攻击。"⑤接着,她指出出现在《三个基尼金币》中的"女性主义"一词已经腐化:"有什么比摧毁一个在其时代造成了很多损害但现在已遭废弃的、邪恶的、堕落的词更合适吗?'女性主义的'就是所指的词。"⑥之后,她重申了对女性主义的观点,即"我们不得不摧毁'女性主义'这个词"⑦。伍尔夫对"女性主义的"以及"女性主义者"这两个词的憎恶在一定程度上体现了她对女性主义运动有效性的不赞同或不信任。此外,很可能伍尔夫对这些词的憎恶导致了她与女性主义者,如肖瓦尔特等人之间的紧张气氛,因为这些词对后者来说有着极其重要的意义。

尽管如此,就女性气概而言,伍尔夫拒绝对其做出一个明晰的界定,这也体现了她模棱两可的特点:"我不知道""何为女人"以及"我不相信任何人会知道……"⑧她不仅证明了自己拒绝对女性气概做出界定的合理性,更使得其他试图对女性气概做出界定的人感到气馁。同样,在《一间自己的房间》一开始,伍尔夫宣称:"我逃避了对这两个问题——女性的真实本质以及小说的

---

① 转引自 Hermione Lee, *Virginia Woolf* (New York: Vintage, 1999), p. 510.
② Woolf, *The Letters of Virginia Woolf*, vol. 2, p. 76.
③ Ibid., vol. 2, p. xvii.
④ Woolf, *A Room of One's Own/Three Guineas*, p. 313.
⑤ Woolf, *The Diary of Virginia Woolf*, vol. 3, p. 212.
⑥ Woolf, *A Room of One's Own/Three Guineas*, p. 302.
⑦ Ibid., p. 356.
⑧ Woolf, *The Collected Essays*, vol. 2, p. 286.

真实本质做出总结的责任。"①

柯勒律治不仅在对雌雄同体的界定上、在性别与灵魂之间的对应关系上影响了伍尔夫,他还在雌雄同体典型作家的举例上对其产生了影响。两人就柯勒律治本人是雌雄同体的这一点达成了一致。柯勒律治在一封写给托马斯·普尔(Thomas Poole)的信中说:"我的精神比你的更加女性化。"②十六年之后,柯勒律治为他自己拥有雌雄同体的头脑而感到骄傲,他坚信只有桂冠诗人罗伯特·骚赛(Robert Southey)才拥有同样的头脑:"我知道只有两个人结合了两者,即淑女般的完整性且在特定的形式上富有创造力的喜悦(creative delight),这两人是桂冠诗人罗伯特·骚赛以及塞缪尔·泰勒·柯勒律治……"③在柯勒律治看来,雌雄同体对男性作家而言意味着将女性气质吸收到他们的创造力中去。伍尔夫对此很赞同。不仅柯勒律治认为自己是雌雄同体的,伍尔夫也持同一观点:"莎士比亚是雌雄同体的;柯勒律治……也是雌雄同体的。"④

除了雌雄同体的例子外,伍尔夫和柯勒律治就华兹华斯(William Wordsworth)的头脑是否是雌雄同体的也达成了一致。在柯勒律治看来,华兹华斯具有太多的男子气概,认为华兹华斯是"当今非常纯粹的男性化作家"⑤。由于对华兹华斯男性化的头脑印象深刻,柯勒律治重申:"在我认识的所有男人中,华兹华斯的头脑具有最少的女性风度(femineity)。他是纯粹的男人。"⑥伍尔夫在笔记中也支持了柯勒律治的观点:"华兹华斯(是)纯粹的(all)男人;在其头脑里具有最少量的女性特质(femininity)。"⑦显而易见的是伍尔夫将"女性风度"(femineity)一词改为了"女性特质"(femininity)。根据《牛津英语大辞典》的释义,两词的意思几乎一样,且两者都强调了女性特有的品质或本性,简言之,两者都拥有"女性气质"(womanliness)。很有趣的是,这个条目还告诉我们,"femineity"这个词是柯勒律治在1820年最早创造并开始使用的。⑧ 追溯到伍尔夫的笔记中,她尤其强调了"纯粹的"(all),这体现了华兹华斯女性特质的完全缺失。同样的道理,伍尔夫在《一间自己的

---

① Woolf, *A Room of One's Own/Three Guineas*, p. 4.
② Coleridge, *Collected Letters of Samuel Taylor Coleridge*, vol. 1, p. 430.
③ Coleridge, *The Notebooks of Samuel Taylor Coleridge*, vol. 3, p. 4250.
④ Woolf, *A Room of One's Own/Three Guineas*, p. 135.
⑤ Coleridge, *The Table Talk and Omniana of Samuel Taylor Coleridge*, p. 295.
⑥ Ibid., p. 263.
⑦ Woolf, *The Essays of Virginia Woolf*, vol. 2, p. 356.
⑧ John Simpson ed., *Oxford English Dictionary* (Oxford: Oxford University Press, 2010). http://www.oed.com,访问日期:2011-09-20。

房间》里评价华兹华斯时说他有"过多的男性特质"①,这也让我们联想到柯勒律治的类似观察。

在伍尔夫熟悉的同辈作家中,虽然普鲁斯特"可能带有一些过多的女性气质",但只有他是"完全地雌雄同体"。② 与普鲁斯特形成鲜明对比的是高尔斯华绥(Galsworthy)和吉卜林(Kipling),因为他们的头脑彻底地男性化:"事实上,无论是高尔斯华绥还是吉卜林,他们的身上都没有一丝女性气质。因此,我们可以得出一个推断,他们的品质在女人看来是很粗糙和不成熟的。他们缺乏暗示性的力量(suggestive power)。当一本书缺乏这种能力时,无论它如何撞击头脑的表层,它都无法渗透到头脑里面"。③ 对于伍尔夫而言,只有雌雄同体的头脑创造的作品才能被男女读者理解。过于阳刚的头脑是令人费解的,对女性来说也不容易读懂。

伍尔夫在《一间自己的房间》里讨论"男性语句"(a man's sentence)和"女性语句"(a woman's sentence)时给出了一些女性读者很难理解的作品的例子。伍尔夫指出"没有公共的语句"供女性作家使用,因为男性作家,如斯特恩(Lawrence Sterne)所创作的句子都是他们大男子主义头脑的反映,他们头脑的"重量、步伐和步幅"都与女性作家的不符合。④ 这句评论让我们想起了伍尔夫读完柯勒律治的《席间漫谈》后的笔记之一:"鲜有女人能读懂《项狄传》(Tristram Shandy)。"⑤其他晦涩难懂的作家还有历史学家吉本(Edward Gibbon)。伍尔夫指出吉本的句子是男性语句,其背后隐藏着一个男人的形象。⑥ 就这一点,柯勒律治在其笔记中也记录了阅读吉本的相似经历。他用了"透过明亮的阴霾或薄雾"⑦这个比喻来形容吉本作品的僵化和扭曲。因此,柯勒律治与伍尔夫就吉本作品达成了一致,这也从伍尔夫阅读完柯勒律治对吉本的评价后所作的笔记得到了间接的印证。⑧

雌雄同体观与女性语句的并存并不矛盾。雌雄同体要求女性和男性抑制他们强烈的愤怒和性别意识,并将异性的特质融入他们的大脑中,以便他们的大脑变得"白炽的"和具有创造性的,而女性语句要求女性忠于自己的经历并无所畏惧地表达她们与男性的不同。

---

① Woolf, *A Room of One's Own/Three Guineas*, p. 135.
② Ibid.
③ Ibid., pp. 133—134.
④ Ibid., p. 99.
⑤ Woolf, *The Essays of Virginia Woolf*, vol. 2, p. 335.
⑥ Woolf, *A Room of One's Own/Three Guineas*, pp. 99—100.
⑦ Coleridge, *The Table Talk and Omniana of Samuel Taylor Coleridge*, p. 470.
⑧ Woolf, *The Essays of Virginia Woolf*, vol. 2, p. 355.

伍尔夫坚信女性与男性在"价值观"和"观点"①上有着较大差异。关于小说的素材,她觉得女性作家通常需要"改变既定的价值观——使对男性无关紧要的事变得严肃,使对男性无比重要的事变得微不足道"②。更为重要的是,与男性观点相比,女性观点被认为是"无力、或琐碎、或伤感的"③,因为男性是决定事情重要性的最终仲裁者。

简而言之,雌雄同体与性别相关,是伍尔夫非个人化的基石,毫无疑问是作家非个人化的一个重要组成部分和基础。只有当作家消除了强烈的性别意识,避免了不利的外部因素后他们才能充分和客观地专注于艺术对象,并真实展现人类的经历,而读者们才能专注于书写的内容而非谁在书写的问题。虽然伍尔夫讨论的是女性作家过度强势的个人化问题,但她实际上也是在指出什么是构成男性和女性作家非个人化的关键部分:只有当作家拥有雌雄同体的大脑并平心静气地书写时,他们的作品才会是他们思想的创造性和公正的表达。因此,雌雄同体是创造性艺术家的主要指导原则,因为男性和女性艺术家都享有平等的艺术家创造的机会。

在伍尔夫看来,由过于男性化或是过于女性化的或非雌雄同体的头脑创造出来的作品都缺少暗示性的力量。其父亲斯蒂芬的头脑过于男性化,远非雌雄同体的头脑。在《存在的瞬间》(Moments of Being)中,伍尔夫指出斯蒂芬的头脑不具有批判性:他的头脑既不"敏锐",也不具有"暗示性"。他的头脑是"一个很强壮的头脑;一个在室外很健硕,在荒野里大步行走的头脑;一个缺乏耐心的、有限度的头脑;一个传统的且只能接受自己定下的关于何为诚实、何为有道德的标准的头脑,且能斩钉截铁地判定好人与坏人的头脑"④。斯蒂芬的确定无疑和强壮的头脑与柯勒律治对确定无疑的头脑的界定吻合,两个都是强壮的但都非雌雄同体的头脑。斯蒂芬男性化的、缺乏暗示性的头脑可从伍尔夫最具自传性质的小说《到灯塔去》中拉姆齐先生(Mr. Ramsay)这一角色得到印证。斯蒂芬与拉姆齐先生之间的相似也由伍尔夫的话语所证实:"(这部小说的)中心是父亲的性格。"⑤

六、伍尔夫作品中的雌雄同体典范

伍尔夫的同时代艺术家和好友邓肯·格兰特(Duncan Grant)被认为是

---

① Woolf, *The Collected Essays*, vol. 2, p. 146.
② Ibid.
③ Ibid.
④ Virginia Woolf, *Moments of Being*, 2nd ed., ed. Jeanne Schulkind (San Diego, New York, London: Harvester, Harcourt, 1985), p. 115.
⑤ Woolf, *The Diary of Virginia Woolf*, vol. 3, p. 18.

"像所有伟大艺术家一样,是雌雄同体的"(22 May 1927)①。可见,伍尔夫将雌雄同体视为所有伟大艺术家的一个共同特征。这与柯勒律治关于所有天才男性都具有女性特质的主张一致。然后,我们面对一个相关的关键问题:既然伍尔夫热情呼吁作家达到雌雄同体,那她自己或她是否认为自己在写作时也具有雌雄同体的大脑呢?鲜有学者讨论这个问题。取而代之的是,有很多学者研究认为伍尔夫小说《奥兰多》的同名主角是一个雌雄同体的形象。海尔布伦就是其中少数伍尔夫其他小说中雌雄同体形象的研究者之一。她认为《到灯塔去》是伍尔夫"雌雄同体的最佳小说"②,同时它也将"灯塔"和"蜗牛"两个意象视为雌雄同体的符号③。此外,《海浪》中的伯纳德这个角色也是雌雄同体的。④ 奈杰尔·尼克尔森认为《奥兰多》是伍尔夫"最精致的情书",使她的情人维塔·塞克维勒-韦斯特变得"雌雄同体和不朽"⑤。在本书看来,海尔布伦误解了伍尔夫雌雄同体观的实质:伍尔夫仅使用了雌雄同体的比喻义,而海尔布伦将该概念的宽泛词义运用于动物和无生命的物体上。相比之下,奈杰尔·尼克尔森的解读更接近于伍尔夫本人使用该概念的意图。

伍尔夫一次次强调雌雄同体应该成为创造性艺术家创作的主导原则。换句话说,伍尔夫雌雄同体的概念主要强调了作家的精神状态。因此,她的雌雄同体观不能被运用于非艺术家的头上,而且她也不关心生理上的雌雄同体。在伍尔夫看来,莎士比亚是一个雌雄同体艺术家的典范,此外浪漫主义诗人济慈与柯勒律治也都是雌雄同体的,而华兹华斯过于男性化。⑥

以柯勒律治为灵感来源,伍尔夫宣称,雌雄同体的头脑是"能引起共鸣的、有渗透力的"(resonant and porous);"这样的头脑天生具有创造力、炉火纯青且不可分割",而且能"毫无障碍地传递情感"。⑦ 这样的"炉火纯青"的(incandescent)头脑是一个自由的和开放的头脑,能"完整地传达个人经历"。⑧ 她进一步以柯勒律治为例阐释了雌雄同体观,因为他的作品是真正意义上富有创造力和生产性的,更确切地说这些作品能在读者的头脑里衍生

---

① Woolf, *The Letters of Virginia Woolf*, vol. 3, p. 381.
② Heilbrun, *Toward a Recognition of Androgyny*, p. 156.
③ Ibid., p. 154.
④ Ibid., p. 156.
⑤ Woolf, *The Letters of Virginia Woolf*, vol. 3, p. xxii.
⑥ Woolf, *A Room of One's Own/Three Guineas*, p. 135.
⑦ Ibid., p. 128.
⑧ Ibid., p. 136.

各种不同的思想。① 伍尔夫在其文章《作为评论家的柯勒律治》中也指出："柯勒律治的头脑是如此的肥沃（fertile）……大量的思想直接从其作品中涌现出来，但几乎每个话题都有马上形成一个思想的能力且能分散成无数其他新鲜的思想。"② 伍尔夫所指的富有多产性和创造性在这里的意思是指柯勒律治对一些思想的简明综合能启发读者去思考，并像火花一样点燃他们头脑的种子。伍尔夫接着给出了几个柯勒律治富有创造力和多产性的思想的例子，其中一个是"荷马的诗作不含有主观性"③。伍尔夫受到柯勒律治关于荷马诗歌的这句评论的影响较深，她在笔记中也记录了这个说法。④ 六年后，这句话再次出现在伍尔夫的文章《论不懂希腊文》中："很明显，希腊文学是非个人化文学。"⑤在伍尔夫看来，希腊文学不可比拟的价值在于其非个人化的品质，其中最重要的一个体现是希腊作家从不在其作品中留下个人的身份或生活信息。

总而言之，伍尔夫的雌雄同体概念源自柯勒律治。虽然深受其影响且有着很多相似之处，但伍尔夫的雌雄同体观与柯勒律治的存在着较大差异。在本书看来，后者的局限在于其只强调了男性作家应当吸收女性气质，而完全忽略了女性作家也应当吸收一些男性气质。相比之下，伍尔夫对雌雄同体观的发展和壮大更加人性化，而且它为男女作家都提供了平等的机会和前景。更为重要的一点是，他们提出并发展雌雄同体观的目的也不一样。柯勒律治对雌雄同体的讨论非常简短，我们很难推测出他的真正意图，但伍尔夫对同一话题的讨论与其试图加强女性主义写作传统息息相关。

总而言之，对伍尔夫而言，雌雄同体是灵感和创造性的源泉，为男性和女性作家提供了创作艺术而不带有强烈的性别意识的平等机会。因此，非雌雄同体大脑创作的作品很难成为伟大的作品。更进一步说，只有当作家吸收来自异性的特质时他们才能忘记自己的性别，并在写作之前和写作之时富有创造性。只有这样作家才能消除与他们身体密切相关的歧视和偏见。因此，读者的注意力将从作者的性别转移到作品的质量上来。简言之，只有雌雄同体的大脑才能产生伟大的和非个人化的艺术。

从理论上讲，伍尔夫的雌雄同体观非常简单和诱人，但正如批评家指出

---

① Woolf, *A Room of One's Own/Three Guineas*, p. 132.
② Woolf, *The Essays of Virginia Woolf*, vol. 2, p. 223.
③ Ibid.
④ Ibid., vol. 2, p. 354.
⑤ Woolf, *The Collected Essays*, vol. 1, p. 1.

的那样,它过于乌托邦式①。他们表现出来的痛苦与失望体现在其评论——"雌雄同体是一条没有任何指南的目标"②上。即便是伍尔夫本人也清楚地意识到将这个理论付诸实践的难处。结果,她意识到很难明确区分男性和女性思维的界限,并且认为"将一种性别思考成不同于另外一种性别需要很多努力。这干扰了思想这个统一体"③。正如佩里·梅瑟尔(Perry Meisel)正确评论的那样,这个理想是"对纯粹形式上的和谐的持续渴望,是从运动、政治或其他方面幡然醒悟过来,并且能够简单地感悟世界,正如伍尔夫所说的那样,'更加热烈地'④"⑤。

在本书看来,伍尔夫的雌雄同体观并非一个狭义的女性主义术语,也不与呼吁独特的女性主义文学传统相矛盾。实际上,雌雄同体并不是为了同化或牺牲女性特征以符合男性规范,也不是为了针对女性和男性作家的相同性。这种主张并没有为了迎合父权制文学传统而无视女性的情感或消除写作的性别特征,相反,这样的一种观点表明了伍尔夫承认父权制文学传统以及女性和男性不同写作的可能性和可行性。并且伍尔夫呼吁一种符合作家性别和经历的书写。最后,雌雄同体给予女性和男性艺术家一种思考自己是谁的方式。由于没有了社会强加的与性别相关的不公或歧视,作家们能充分专注于艺术创造,这些艺术品将成为他们天才和才能的充分体现。此外,雌雄同体有助于将男性和女性作家从狭义的性别意识中解放出来,从而不让其影响到他们艺术创造的艺术价值。

对伍尔夫而言,雌雄同体远非克己或自焚。这一点在伍尔夫对雌雄同体艺术家占主导的特征与其生理性别一致的强调上得到了印证。同时,雌雄同体的最后目的是艺术家的无限创造力和思想自由。在这种情形下,雌雄同体艺术家的性别品质将在女性语句和男性语句中得到突出显示。因此,雌雄同体是迈向非个人化的重要第一步,它同时包含了非自我主义和个人化——艺术家需要雌雄同体才能同时达到非个人化和个人化。

对伍尔夫而言,非个人化和个人化并非两个排他的术语。它们并不完全相反,而是相互依存和互补。它们连续存在。非个人化并不意味着否定个人化,尤其是作家的性别差异。恰恰相反,非个人化并不努力消除女性和男性

---

① Showalter, *A Literature of Their Own*, p.263. Minow-Pinkney, *Virginia Woolf and the Problem of the Subject*, p.10.
② Cynthia Secor, "Androgyny: An Early Reappraisal," *Women's Studies* 2 (1974): 165.
③ Woolf, *A Room of One's Own/Three Guineas*, p.126.
④ Ibid., p.144.
⑤ Perry Meisel, *The Absent Father: Virginia Woolf and Walter Pater* (New Haven and London: Yale University Press, 1980), p.102.

作家之间的差异。非个人化努力揭示作为个人的作家,而不是他们不同的性别身份。简言之,只有当作家变得非个人化后,他们的艺术品才能被赋予其个性和普遍真理。

可能伍尔夫过于乐观,没有考虑到其中的一些问题,如男性和女性气质的区别是什么?如何在与异性特质相融合的过程中保持原始的自我?如何公平处理艺术家的身体自我与他们创造的非个人化艺术品之间的关系,尤其是对于在父权制艺术创作传统中创作的女性作家而言?伍尔夫所示的吸收来自异性的大脑特质是指男性作家也需要变得更加敏感和具有同情心,而女性作家变得更加雄心勃勃和自信吗?这些问题需要进一步研究。

七、《奥兰多》和雌雄同体

"雌雄同体"毫无疑问是用来描述伍尔夫的第六部小说《奥兰多》中标题人物最多的形容词之一。詹姆斯·J.米拉奇认为奥兰多是"雌雄同体及其与文学创作的关系的一种表征"[①]。玛德琳·摩尔(Madeline Moore)断言,这个同名人物"无疑是伍尔夫描绘的完全雌雄同体的人"[②]。黛博拉·帕森斯也声称,无论是男人还是女人,奥兰多都是雌雄同体的。[③]

正如许多批评家,例如米拉奇和温尼弗雷德·霍尔比坚信的那样,奥兰多雌雄同体的本质与伍尔夫的雌雄同体观有着紧密联系,而后者在一年之后出版的《一间自己的房间》中得到了更清晰的表述。米拉奇坚信通过追踪奥兰多三个多世纪为完成《橡树》("The Oak Tree")这首诗所做的不懈努力,这部小说"成为一个虚构的实验室,对伍尔夫关于性别与艺术创造之间关系的理论进行了阐述和研究",最后奥兰多达成"雌雄同体大脑中两性之间的和解"。[④] 尽管米拉奇在这一点上没有详细说明,但本书相信他的观点有些道理。霍尔比也观察到了《奥兰多》与《一间自己的房间》之间的互动:"这两本书是相辅相成的。奥兰多将散文中阐述得很清楚的理论进行了戏剧化的处理。散文阐明了寓言的含义。"[⑤]

在本书看来,奥兰多的雌雄同体本质启发了伍尔夫对雌雄同体的界定,即雌雄同体是来自两性的性别特征集中在一个人的大脑,但本书怀疑奥兰多

---

① Miracky, *Regenerating the Novel*, p. 7.
② Madeline Moore, *The Short Season between Two Silences: The Mystical and the Political in the Novels of Virginia Woolf* (Boston: George Allen & Unwin, 1984), p. 100.
③ Deborah L. Parsons, *Theorists of the Modernist Novel*, p. 106.
④ Miracky, *Regenerating the Novel*, p. 9.
⑤ Holtby, *Virginia Woolf*, p. 161.

是否具备作为完美阐释《一间自己的房间》中雌雄同体艺术家的资历。本书的观点是,对奥兰多性格的分析可以大致说明伍尔夫雌雄同体观的本意,但没有足够的证据表明奥兰多雌雄同体的大脑与他/她的艺术创造力之间存在密切关系,这在伍尔夫看来,应该相互说明彼此。换言之,由于小说没有提供源自奥兰多的诗《橡树》足够多的诗句,因此无法断定这首诗与众不同或具有多产的特征,而这是雌雄同体艺术家作品的主要共有特征之一。

因此,本节对第二章进行补充,尝试根据伍尔夫在《一间自己的房间》中雌雄同体的概念分析奥兰多的性格:首先作为一个男性—女性化的男人,然后是一个女性—男性化的女人。本书认为,奥兰多在精神上是雌雄同体的,他/她在性别改变之后与伍尔夫在《一间自己的房间》中倡导的雌雄同体理念更加接近,这使她能够从男女两个性别的视角接受多样化的经历和看法。本书还认为奥兰多性别改变之后的雌雄同体观点提升了她作为女性作家的视野,这为其创作诗歌《橡树》做出了微妙贡献。

(一)男性—女性化的奥兰多

要了解作为雌雄同体人物的奥兰多,我们首先有必要简要概述伍尔夫在《一间自己的房间》中的雌雄同体思想。伍尔夫将雌雄同体定义为艺术家的一种精神状态,即其大脑中来自两性的特征和谐地结合在一起,但通常具有其主导的生物性别相关的性别特征。雌雄同体艺术家高效地创造富有创意的作品,而不会受到性别意识的阻碍。这种不分割的精神状态使艺术家能够包含更广泛的人类经验和视角,并在艺术中表达他们的独特情感和视野,而不受他们性别的阻碍和扭曲。伍尔夫认为,精神上的雌雄同体是艺术家潜在的和最自然的状态。由雌雄同体大脑创造的作品的突出特点是具有创造力和多产的。纯粹男性或女性的大脑无法创造。只有"女性—男性化或男性—女性化的"艺术家才具有最理想的创作状态。

奥兰多的主要关注点是《奥兰多》标题角色作为女性作家的成长。小说的第一句话首先确认了奥兰多的性别:"他—他的性别毫无疑问"[1]。这种看似多余的表述强调了奥兰多的性别在小说中的关键作用。同一句话继续描述了奥兰多具有的男子气概的行为——"在荒野的上方切片"[2],这似乎证明了奥兰多作为男子的说法。16岁的奥兰多发誓要像他的父辈和祖先一样在非洲或法国探险。尽管奥兰多怀有雄心勃勃的野心,但他立即被描述为拥有女性化的长相:"红色"的脸颊,"精致似杏仁的白色"牙齿,"匀称的双腿"和

---

[1] Woolf, *Orlando: A Biography*, p.13.
[2] Ibid.

"像沾满露水的紫罗兰一样的眼睛",这些描述展示了他的"年轻美丽"形象。①

奥兰多的女性外貌不过是他某些女性气质的外在表现。奥兰多害羞,多愁善感和情绪化,这些通常被认为是女性特质的刻板印象。在小说的第一章中,奥兰多曾经凝视着坐在仆人餐桌的一位诗人,对他的诗歌进行深思。当诗人发现了奥兰多的存在后,奥兰多"满是羞愧",并"飞快地走开"。② 奥兰多此时的胆怯立即与前几段所描述的男子气概和勇敢形成鲜明对比。

在小说的第二章中,奥兰多的敏感性与他的忧郁情绪密切相关。看到一个老妇人"徒劳地劈开冰块以汲满一桶水或收集一些可以生火的树枝或枯叶",激起了奥兰多对该妇女的深切同情,让他"想到死亡",并感到阴郁。③ 另一个证明奥兰多具有多愁善感的女性气质的时刻发生在奥兰多和他的情人莎莎欣赏一场戏剧的过程中。当剧中主角在床上杀死妻子时,奥兰多同情主角,并与其充分等同。结果,奥兰多的"眼泪从脸上流了下来"④。人们通常认为男儿有泪不轻弹,眼泪是女性情感的一种体现。

因此,尽管从生物学意义上来说,奥兰多是一个男人,但他具有一些传统上归因于女性的属性,例如害羞、敏感和情绪化。换言之,男性奥兰多身上兼有男性和女性特质。因此,在一定程度上,奥兰多具有接受两种性别特质的能力使他变得雌雄同体。但是没有明显的证据表明他的男性自我与女性自我部分互相配合和互动。换句话说,尽管奥兰多可能是雌雄同体的,但没有迹象表明他足够雌雄同体到可以积极地运用自己大脑里的两性气质进行艺术创造。奥兰多的雌雄同体状态与《一间自己的房间》中伍尔夫颂扬的雌雄同体理念仍然存在差异。结果,奥兰多作为一个男人并没有达到最富有创造力的精神状态,这可以通过奥兰多创作诗歌《橡树》的有限进展得到间接证明。

小说的第二章一共三次提及《橡树》。当奥兰多在 25 岁首次尝试创作这首诗时,他的大脑因情人莎莎的背叛而受到焦躁不安和"毒液"一样的想法的不悦骚扰。奥兰多又因诗歌对永生的沉思而感到不安。在这两种情况下,奥兰多的思想都被外部障碍烦扰,要么是他的情感失败,要么是他获得永生的

---

① Woolf, *Orlando: A Biography*, pp. 14—15. 在某种程度上,伍尔夫对奥兰多的描述与拜伦对唐璜的描述相似,唐璜有"白色和红润的""肤色"和"一口好牙"。详见 George Gordon Byron, *Don Juan*. Eds. E. Steffan, T. G. Steffan and W. W. Pratt (London: Penguin, 1986), p. 221.

② Woolf, *Orlando: A Biography*, p. 21.

③ Ibid., pp. 42—44.

④ Ibid., p. 55.

野心,这剥夺了他的大脑获得最佳艺术创造状态所需的宁静和自由。奥兰多一次次停顿下来。最后,没有创造性的诗句诞生。

在17世纪诗人尼克·格林(Nick Greene)嘲笑奥兰多之后,《橡树》被第二次提及。奥兰多烧毁了除《橡树》之外的其他诗歌手稿,《橡树》见证了他的成长,因此对他具有特殊意义。在第二章中,奥兰多第三次提及《橡树》的创作进展缓慢。正如叙述者观察到的,尽管奥兰多的文体不华丽,但他却被人描述为"很费力地"为《橡树》"增添一两行诗句"①。因此,奥兰多在性别改变之前三次尝试创作《橡树》,但并没有取得任何成果。奥兰多还没有达到最具创造力的白炽状态,即雌雄同体状态。

(二) 女性—男性化的奥兰多

如果前两章中奥兰多仍然是男性—女性化的男人,那么奥兰多在其余四章中会经历女性—男性化的心态。第三章标志着奥兰多生活的重大转折,因为30岁的奥兰多从长达7天的昏迷中醒来后发现自己转变成生物学意义上的女人。叙述者指出,除了奥兰多的性别外,其他每一方面,包括他的外表都"与他以前一样"②。这种变化在奥兰多看来很自然,以至于她毫不费力地接受了这一重大变化。奥兰多从男人变为女人后完全没有"不安的迹象"③。这完全是同一个人,只是性别不同。值得注意的是性别变化这一幕发生在异国的君士坦丁堡和18世纪,即倡导自由原则的启蒙运动时期。

奥兰多成为女人后并没有立即受到社会期望符合自己性别的压制。奥兰多穿着"与性别无关的随意的"④土耳其服饰。然后,她带着吉卜赛人拉斯特姆(Rustum)离开了君士坦丁堡,并到达"布鲁萨(Broussa)外的高地"⑤。奥兰多与吉卜赛人部落融为一体,并很快被认为是他们的成员之一,直到她完全沉浸在美丽的自然环境中激怒了吉卜赛人,因为他们的价值观和世界观与奥兰多的完全不同。奥兰多对自己的热爱激发了她对自然的"美和真理"的沉思,然后将其转移到她的诗《橡树》中。⑥

在发生性别转移之后,女性奥兰多经历了逐渐内化社会对女性气质的认知的过程,这涉及奥兰多逐渐失去男子气概并获得女性气质的努力。女性化的渐进过程使奥兰多意识到男女之间的巨大差异,并从两性中获得新的经验

---

① Woolf, *Orlando: A Biography*, p. 109.
② Ibid., p. 133.
③ Ibid.
④ Ibid., p. 134.
⑤ Ibid., p. 135.
⑥ Ibid., p. 140.

和观点,本书认为这使得奥兰多更接近伍尔夫所说的白炽化的雌雄同体大脑的状态。

小说的第四章从奥兰多回到她的家乡英格兰开始,那里的人民,尤其是女性,必须严格遵守社会规定的与她们性别一致的规范和准则。奥兰多屈服于女性的社会期望的第一步是穿上女性服装。在此刻之前,奥兰多"几乎没有考虑过她的性别"①。换言之,男性奥兰多不需要意识到自己的性别,但一旦转变为女人,她就会被不断地提醒她是女性。奥兰多别无选择,只有屈从于刻板化的女性角色。

在回家的旅途中,当海上船长尼古拉斯·本尼迪克特·巴托鲁斯(Nicholas Benedict Bartolus)为她切牛肉时,奥兰多经历了"美妙的震颤",回想起她曾以男人的身份追求莎莎时"难以言喻的愉悦感"②。作为女性的奥兰多第一次感到被男人保护的特权和乐趣。作为女性获得的这些新鲜经历促使奥兰多想起希腊神话中雌雄同体的忒瑞西阿斯曾被问及的一个著名问题:"哪个的狂喜更大?男人的还是女人的?"③与忒瑞西阿斯类似,奥兰多经过一番思考后认为,女性的性快感比男性更好。

经历女性生活不久,奥兰多开始反思当她还是一个男人时他对理想女性气质的思考:他曾经希望女性要"顺从的、贞洁、香气十足,并且精致地装扮",她现在发现作为一个女人要符合这些标准太难。④ 在这里,奥兰多采用女性和男性两种视角来研究同一个问题,但得出不同结论。这样的做法使奥兰多对男女两个性别都拥有更多的知识和理解。

奥兰多暂时与女性性别保持一致,她震惊地意识到,她对男性不屑一顾,并将男性当成"另一种性别"⑤。此时此刻,由于奥兰多仍对自己的性别认同感到困惑:"她在平等地谴责两性,好像她不属于任何一个;事实上,就目前而言,她似乎动摇了;她是男人;她是女人;她知道秘密,分享每一个性别的弱点。"⑥她发现良心"都充满了最可悲的弱点"⑦,仍然不确定自己属于哪个性别的自我:女性的自我还是男性的自我。奥兰多从任意一个性别或视角分离自己的一个明显优势是,在关注性别问题时,作为作家的奥兰多可以采取一个相对客观的立场,因为她对两个性别都深入了解,无须采取明确立场。这

---

① Woolf, *Orlando: A Biography*, p. 147.
② Ibid., p. 149.
③ Ibid.
④ Ibid., p. 150.
⑤ Ibid., p. 151.
⑥ Ibid., p. 152.
⑦ Ibid.

与本书在第一章中的论点一致,奥兰多的情形说明在伍尔夫心中,雌雄同体与非个人化之间存在着密切联系。

在考虑女性智慧如何没有得到尊重时,奥兰多采用了女性观点。她们被"阻止……即使是对字母的了解"①。然后,奥兰多继续反思,如果"贫穷和无知"是"女性的黑衣",那么最好放弃男子气的欲望和野心,例如政治和权力,以换取"沉思、孤独、爱"中更丰富的精神生活。② 作为女人,奥兰多反映出她比作为男人的他对莎莎的更好的理解。

奥兰多从男人到女人的逐渐调整体现了她男性意识到女性意识的转变。一个具有说服力的例证是,当奥兰多终于看到她离开多年的家乡时的情形。她被强烈的情感征服,眼泪在眼中打转,但她却自觉地抑制深沉的情感宣泄,仿佛她此时还是一个男人,直到通过一番努力,她"记得女性哭泣是适宜的,她于是让眼泪流下来"③。奥兰多必须不断地改变自己的举动,以符合女性刻板化的角色形象。

奥兰多终于回到了她的老房子。经过对亲密的房子的检查后,她进入教堂,在那里沉思他过去的罪过和自己的变化,这些变化都被记录在《橡树》的第一节中。第二天早上,奥兰多"从头开始"她的诗,将她头一晚的很多想法写进诗里。④ 很显然,《橡树》见证了奥兰多的内心成长。

尽管性别改变是瞬间完成的,但从男人到女性的心理转变需要奥兰多做出巨大的努力,而且需要很长时间。他热情的追随者——女大公海丽特·格里塞尔达(the Archduchess Harriet Griselda),曾经没完没了的追求打扰了当时还是男人的奥兰多,并驱使他离开了英格兰,听说奥兰多归来后却意外地访问了奥兰多。从一个男性的视角来看,奥兰多批评这种"可怕的野兔",说这"对女性而言是瘟疫",如此"持续地烦扰、打探、爱管闲事","永远不给别人一刻安宁"。⑤ 直到女大公挑明她原来是男儿身后,奥兰多回想起"她已经完全忘记的她的性别意识"⑥。她对哈里大公(Archduke Harry)的穷追不舍"突然感到眩晕"⑦。此时,全知全能的叙述者进行干预,指出奥兰多使用了"女性的观点"⑧,这表明奥兰多经常轻易地从一个性别观点转向另外一种性别

---

① Woolf, *Orlando: A Biography*, p. 153.
② Ibid., p. 154.
③ Ibid., p. 158.
④ Ibid., p. 169.
⑤ Ibid., pp. 170—171.
⑥ Ibid., p. 171.
⑦ Ibid.
⑧ Ibid., p. 172.

观点。

奥兰多自由使用或男人的或女人的立场也可以从她对大公的热情求婚的回应中得到证明。当大公宣布他想娶奥兰多的多情意图不禁哭泣时,奥兰多并没有立即感到震惊,因为她短暂地使用了男性的视角,但"她开始意识到当男人在女人面前表露情感时女人应该感到震惊,于是,她感到震惊"①。显然,奥兰多作为女人的性别意识正在逐步发展。她"在自己的性别艺术中仍然很尴尬"②。在成为女人之前,奥兰多仍然保留着她以前的男子气概,并逐渐转变为女人。

尽管奥兰多享有反思任意一种性别的自由和特权,但她不断意识到自己的性别。然后,传记作者告诉我们,奥兰多作为一个女人发生了显著变化:她"变得像女人一样对自己的智力更谦虚,像女人一样对自己的为人更虚荣"③。因此,不管是外在地还是内在地,从女性的社会刻板化印象来看,奥兰多变得更加女性化。

然而,叙述者在小说中表达了她最坚定的信念之一:"很高兴,性别之间的差异是深奥的。服饰不过是藏在深处的一些东西的象征。奥兰多本人的变化决定了她选择女性着装和女性性别。"④叙述者在此暗示,两性之间存在着深远的差异,因为在自己的衣服底下存在着更深的本性或身份。在奥兰多的情形中,正是她的精神和心理特质驱使她穿上表现出女性本质的衣服。

随着小说情节的发展,叙述者指出奥兰多的"开放性"根植于"她本性的灵魂",而不是肤浅或做作的展示。叙述者认为,这种"开放性"对"大多数人来说是[潜伏的],没有如此明了地表达出来"⑤。与《一间自己的房间》中的论点相吻合,叙述者表明她对大多数人天生是雌雄同体的这一观点的信心。从奥兰多的特殊情形得出了一般性的陈述:"尽管性别不同,它们却混杂在一起。每个人都会发生从一个性别到另一个性别的摇摆,通常只有衣服才能保持男性或女性的形象,而在性别之下则是与上层性别截然相反。"⑥在这句引语中,两个性别的混合显然使一个人变得雌雄同体。伍尔夫重申每个人都有雌雄同体的潜力。叙述者在这句引语中提到的另一点是性别身份不是固定的。它们可以被衣服掩盖。一个人可能与他/她的衣服所指示的性格相反。

---

① Woolf, *Orlando: A Biography*, pp.172—173.
② Ibid., p.174.
③ Ibid., p.179.
④ Ibid., pp.180—181.
⑤ Ibid., p.181.
⑥ Ibid.

伍尔夫的话暗示她相信男性特征和女性特征之间有明确的界限。

然后,叙述者再次以奥兰多为例来说明雌雄同体并没有涉及两个性别在同一个人身上的平衡,而是与这个人的生物学性别一致的性别特征通常处于支配地位:"在她身上男性和女性混合,有时是一个处于上风,有时是另外一个。"①在奥兰多身上,两性之间的竞争仍在推进,无法稳定下来,导致叙述者再次质疑:

> 她既没有男人任何拘谨的礼节,也没有男人对权力的热爱。她太温柔了。她无法忍受看到驴被殴打或小猫被淹死……尽管像一个男人一样大胆和活跃,……另外一个生物处于危险之中的情景引起她最女人的颤动。即使是受到一点小小的挑衅她也会放声大哭起来……那么,奥兰多到底是男人还是女人,这很难说,现在也没法确定。②

直到引语中的最后一句话中,奥兰多均以女性形象呈现,与小说前几页中凶猛的奥兰多的形象立即形成对比。奥兰多不再渴望获得权力,她也不再习惯于暴力或残忍。毫无疑问,从生物学上来说,奥兰多是一名女性,但女人的性别特征在她身上并没有完全稳定下来,因为两个相反的性别在奥兰多身上仍在激烈战斗。有时候男人一方获胜,而另一些时候则是女人一方获胜。

尽管是女人,奥兰多仍然可以像男人一样思考。她以前的男子气概发挥作用的一个例证是她与女性过着放荡的生活。奥兰多经常穿着异性服装,以享受各种女性无法获得的体验。这样的冒险对于理解奥兰多拥有雌雄同体大脑的优势有重要意义。奥兰多曾经伪装成一个男人,并遇到一个名叫奈尔(Nell)的妓女,奈尔做作的脆弱"引起了奥兰多想成为一个男人的所有情绪"③。但是奥兰多成为女人的最近经历帮助她理解奈尔的欺骗和伪装,以"满足她的男子气概"④。此时此刻,奥兰多对奈尔深表同情,当她还是一个男人时,这种情感对她是完全陌生的。奥兰多揭示了作为女人的身份后,奈尔放弃了她"朴实、诱人的方式"⑤。显然,奥兰多的异装使她能够"平等地享受两性的爱","生活的乐趣……增加了,其经历成倍增长"。⑥ 奥兰多拒绝坚持一种固定的性别身份,这使她可以拥有作为女人和男人的各种各样的经历,为她的雌雄同体愿景提供基础。

---

① Woolf, *Orlando: A Biography*, p. 181.
② Ibid., pp. 181—182.
③ Ibid., p. 207.
④ Ibid.
⑤ Ibid., p. 208.
⑥ Ibid., p. 211.

不过奥兰多经常被提及要举止得体,例如不要"独自在公共场合散步"①,在维多利亚时代开始后她也面临寻找丈夫的巨大压力。这个时代以严格区分两种性别差异而臭名昭著,奥兰多现阶段的性别仍存在歧义,正如传记作者明确断言的那样,"甚至她的性别仍然存在争议"②。

在第五章中,紧接这个评论之后,"海水浸透的、血染的、风尘仆仆的"③的《橡树》再一次被提及。这三个形容词强调了奥兰多创作这首诗所付出的努力和辛劳,这也是奥兰多作为作家成熟的有力证据。奥兰多着手"结束"这首诗,但不断被她的仆人们的存在所打扰,使她无法专注于这首诗。这使我们想起了伍尔夫在《一间自己的房间》中提出的论点,即女性需要拥有一间自己的房间才能专注于艺术创造。

无论奥兰多的性别是什么,她创作《橡树》的愿望都是始终如一的。但是,维多利亚时代的气候不利于女性的智力期望和创造力的发展:"只要她想到男人,就不会有人反对一个女人进行思考……只要她写一些微小的笔记,也不会有人反对女性进行书写。"④这句话暗示了写作被认为是一种具有男子气概的职业。那个时代的女性应该成为"房中天使"。根据这个原则,叙述者观察到"普通女人的生活就是连续的分娩"⑤。女作家必须屈服于时代的压迫精神,屈服于婚姻制度。奥兰多也不例外,因为她"最后被迫完全……顺从时代精神,并结婚"⑥。奥兰多并不渴望婚姻。事实上,婚姻的概念与奥兰多对静态性别认同的抵制不相容。她的婚姻只是为了便利之名。它是奥兰多继续创作《橡树》的通行证。

有趣的是,直到奥兰多与谢尔默丁(Shelmerdine)订婚后她才自豪地宣布:"我是女人,……一个真正的女人……"⑦奥兰多放弃了双性恋生活,实现了作为女性的自我认同。但这并不意味着她具有纯粹的女性气质,因为她过去作为男人的记忆仍然存在。例如,奥兰多虽然主体上是女人,但她之前作为男性时的情人莎莎仍然终生困扰着她。从精神上讲,奥兰多仍然是一个女性—男性化的女人。奥兰多终于与那令人窒息的时代精神妥协,这使她能够以一种平和而雌雄同体的心态写作:"她可以写作,她确实写作了。她写作

---

① Woolf, *Orlando: A Biography*, p. 183.
② Ibdi., p. 225.
③ Ibid., p. 226.
④ Ibid., p. 256.
⑤ Ibid., p. 219.
⑥ Ibid., p. 232.
⑦ Ibid., p. 241.

了。她写作。她写作。"①值得注意的是,在第六章中,在奥兰多生下儿子之前,她终于完成了她从文艺复兴时期,即当她还是一个男孩时就开始创作的《橡树》。奥兰多的母职身份表明她已经完全屈服于女性气质。

《橡树》被视为小说的"中心线"②。无论奥兰多到哪里去,他/她总是将这首诗放在心脏旁边,并不断努力写作、修改和编辑这首诗。这是"她灵魂发展"③的记录。它记录了奥兰多的成长及其文学风格的演变和发展。它获得了定义奥兰多的自我身份和历史。但是,由于小说中极少引用《橡树》这首诗,因此无法将这首诗与伍尔夫在《一间自己的房间》的论点联系起来,即雌雄同体的大脑是肥沃的,并能在读者大脑中孕育各种各样的想法。看得见的诗与看不见的事实匹配,并具有看不见的特质。换言之,《橡树》的隐身性代表了奥兰多雌雄同体理想的无法实现。出于这个原因,本书认为奥兰多并不是《一间自己的房间》中伍尔夫颂扬的雌雄同体概念的典范体现。

最后,本章分析了奥兰多如何被视为精神上雌雄同体的角色。奥兰多一开始就是一个结合了男子气概和女性气质的男孩。小说的结尾,奥兰多达到了雌雄同体的状态,这时她大脑的两方面可以在保持独立存在的同时和谐合作。但是,雌雄同体的奥兰多与伍尔夫在《一间自己的房间》中赞美的雌雄同体理想之间仍然存在明显差异。本章认为精神上的雌雄同体只是创造富有想象力的艺术作品时的必要条件,而不是充分条件,这样富有创造力的艺术作品反过来可以衡量艺术家是否足够雌雄同体。由于缺乏对《橡树》的引用,因此无法评估这首诗是否是由白炽化雌雄同体的艺术家所创作的。此外,有趣的是,伍尔夫对奥兰多的描述似乎暗示着性别特质存在于一个连续体中。这两种要么是纯粹的男人,要么是女人的极化,大多数人可能是潜在的男性—女性化的或女性—男性化的,其性别特征的和谐与他们生物意义上占主导地位的性别保持一致。这种动态身份符合伍尔夫的论点,即创造性艺术家必须是雌雄同体的,才会对来自两种性别的视野和经历具有同情心,才能毫无阻碍地将他/她的情感和视野转化为艺术。

---

① Woolf, *Orlando: A Biography*, p. 254.
② J. B. Batchelor, "Feminism in Virginia Woolf," in *Virginia Woolf: A Collection of Critical Essays*, ed. Claire Sprague (New Jersey: Prentice-Hall, 1971), p. 175.
③ Woolf, *Orlando: A Biography*, p. 169.

第三章　创作主题:普遍性

伍尔夫将莎士比亚视为最完美的作家,因其作品体现了非个人化诗学的艺术创作原则。莎士比亚不仅是雌雄同体的典范,他的作品还具有普遍性。伍尔夫在笔记中记录道:"优等图书普遍化/净化个性。"(The better books universalize/disinfect personality.)① 此外,伍尔夫在散文《个性》中也说道:"这些伟大的作家[莎士比亚等]努力将自己注入作品中去,且努力将其身份普遍化(universalize their identity)。因此,虽然我们感到莎士比亚无处不在,但我们却不能在任何特定的地点抓住他。……那些我们欣赏的作家,都会显得有一些难以捉摸、神秘以及非个人化(something elusive, enigmatic, impersonal about them)。"② "难以捉摸的""神秘的"这些词意味着自我展现和自我隐藏的过程涉及作家的巨大努力和技艺。正如该散文标题所示,伍尔夫在此文中重点讨论了作家的个性或个性的缺失。在这句引言中,"普遍化"是一个很关键的词。伍尔夫指出,伟大作家的一个最重要的共性是他们将自己的个性一致和巧妙地"普遍化"到角色中去,因此他们的作品充满了他们的身份,但同时又很难在某一个特定的时刻抓住他们的身份。

对艺术家个性的成功融入恰如其分地说明了伍尔夫辩证式非个人化的本质:伟大艺术家同时是非个人化和个人化的。他们个性的微妙融入暗示了他们自我的牺牲,从而使得个别的变成普遍的,因此成为非个人化的。结果,艺术创造变成了逐渐褪去艺术家个性和隐藏个人身份的过程。最终的结果就是作家的个性被吸收或融入角色中。自我融入与自我身份的辩证式和谐共处充分说明了伍尔夫非个人化思想的一个重要方面,即普遍性。除此之外,"企图""难以捉摸"和"神秘的"等词汇暗示了自我揭示和自我隐藏的过程中暗含着作者的巨大努力和技巧。更重要的是,伍尔夫还指出了普遍性与非个人化之间的紧密联系。"努力将自己注入作品中去"关乎作者与自己作品的关系,而"努力将其身份普遍化"则涉及作者与读者之间的关系。换言之,伍尔夫非个人化诗学中的普遍性原则一方面要求作者在作品中处于隐匿状

---

① 转引自 Hermione Lee, *Virginia Woolf*, p. 410.
② Woolf, *The Collected Essays*, vol. 2 (London: The Hogarth Press, 1966), p. 275.

态,而另一方面还要求这样的作品对普通读者而言具有普遍性意义,也就是使读者与作者共享"共同的会合地"(common meeting-place)与"共同点"(common ground)。① 伍尔夫在《斜塔》("The Leaning Tower",1940)中再次提及艺术家应该致力于创造作者和"普通读者"(common reader)②的"共同点"(common ground)。③

本书将"普遍性"界定为一种非个人化书写中的品质,该品质适用于所有年龄段和所有文化的读者,并与之相关。具有普遍性的作品的作者通过溶解个人身份,并将其个性普遍化,从而使得读者无法立即在角色中将其辨别出来。伍尔夫在散文《贝内特先生和布朗太太》("Mr. Bennett and Mrs. Brown")中指出:"作者必须通过向读者展示后者认可的东西来与读者取得联系。[……]最重要的是,在黑暗中,闭着眼睛,[读者]就很容易本能地到达这个共同的会合地。"④具有普遍性的写作属于每一个时代,但同时也不属于某一个特定的时代。它既是非个人化的也是个人化的。具有普遍性的艺术作品对于任何时代的读者而言都是易于理解的,因为这些作品能引起读者的共鸣,就好像作家们是在描述他们的生活一样。对伍尔夫而言,这样的作品超越了地理和历史的界限。莎士比亚的角色无疑都是普遍性的完美体现。

伍尔夫在《阿侬》中有一段重要的话值得引用:

> 匿名是伟大的财产。(Anonymity was a great possession.)它能给早期的写作一种非个人化、一种普遍性(an impersonality, a generality)……它让我们对作家一无所知;因此,我们只能专注于他的歌……他创作时没有自我意识。他此时没有自我意识。他可以借。他可以重复。他能说出每个人的感受。没人能在他的作品里试图标记出他的名字,发现他的个人经历。他总是与现在保持着一定的距离。⑤

标题"Anon"应该是 Anonymity 的缩写。该散文还提到在莎士比亚之前艺术家都是匿名的,艺术不关乎个人利益,"不让我们得知作家的任何生平"的艺术会产生"一种非个人化、一种普遍性"。伍尔夫在评论莎士比亚时记录道:"当一个剧作家与观众分开又同时由一种共同的生活连接着,莎

---

① Woolf, *The Collected Essays*, vol. 1, p. 331.
② "普通读者"这个词主要来自伍尔夫于 1925 年出版的散文集《普通读者》(*The Common Reader*)的标题及其第一篇题为《普通读者》的简短散文。
③ Woolf, *The Collected Essays*, vol. 2, p. 181.
④ Ibid., vol. 1, p. 331.
⑤ Silver, "'Anon' and 'The Reader': Virginia Woolf's Last Essays," p. 397.

士比亚就诞生了。"①共同的生活即为具有普遍性的生活。莎士比亚的作品里出现的"one"而非"I",意味着其包含了普通人的经历,而非莎士比亚个人的情绪或怨恨,因此他的作品有着"普遍性",对男性和女性读者而言都易于理解。在卡里·迪皮特罗(Cary DiPietro)看来,叙述者过多私人及个人经历的描述会影响或破坏读者的阅读体验,仿佛读者都被淹没了。②

  作家个性的成功融入说明了伍尔夫辩证性非个人化创作观的精髓:伟大文学作品同时具有非个人化和个人化的特点。他们个性与角色特性的融合意味着他们牺牲了自己的个性以便让"个性的"变成"普遍化的",因此是非个人化的。最后的结果就是作家的个性被角色吸收或溶解。这样的作品超越了地理和历史的限制。在《随遇而读》(Reading at Random. Or Turning the Page)的第二章"读者"("The Reader")中,伍尔夫写道,评论者对莎士比亚的评论总是带有自传性质,是因为他们总是可以无穷尽地在其作品中发现自己的影子:"每一个评论者都能在莎士比亚身上找到自己的特征。他包罗万象,因此每个人都能在这儿或那儿找到一些分散在各处的自己的属性。"③在长达四十多年的接触中,伍尔夫也从莎士比亚身上看到了自己的影子。莎士比亚的作品具有这样的普遍性。伍尔夫坚信莎士比亚在其作品里注入了自己的个性,但读者很难在某一个特定的时刻抓住他。他无所不在,又不在任何地方。

  伍尔夫对莎士比亚作品普遍性的评论与新古典思想家塞缪尔·约翰逊(Samuel Johnson)对莎士比亚的著名陈述有着惊人的相似之处:"除了对人性普通本质的展现(representations of general nature)外,其他的都不能,且很久地,取悦很多人。"④约翰逊的"普通本质"指的是莎士比亚作为一个作家持久的成功在于他创造的超越了时间和空间的具有代表性和普遍性的角色。约翰逊在此强调了文学作品应在其所描述的经历、情形的本质上而非细节上反映大众读者的共同经历。换言之,莎士比亚的作品集中讨论了普通读者所具有的共同问题和情形。因此,约翰逊认为莎士比亚是"本性的诗人"(the poet of nature),他的角色都是"共同人性的后代"(the genuine progeny of common humanity),他们"在所有心灵都会在被激起

---

① Silver, "'Anon' and 'The Reader': Virginia Woolf's Last Essays," p. 422.
② Cary DiPietro, "How Many Children Had Virginia Woolf," in *Shakespeare and Modernism* (Cambridge: Cambridge University Press, 2009), p. 180.
③ Silver, "'Anon' and 'The Reader': Virginia Woolf's Last Essays," p. 431.
④ Samuel Johnson, *Samuel Johnson on Shakespeare*, ed. H. R. Woudhuysen (Middlesex: Penguin, 1989), p. 122.

的一般情绪和原则的影响之下行动和说话"。① 换言之,作品中的经历应该被大多数读者识别和理解,才能激起他们对角色的同情。在其他人的作品中,角色经常是以个体的形式出现,而在莎士比亚的作品中,角色"经常代表着一种类型的人物"(commonly a species)②。不管是对新古典的作家还是伍尔夫而言,文学作品都应该讨论大多数读者熟知的而不是个体化的问题和情形。有着普遍性的作品建立在"真理的稳定性"(the stability of truth)③之上,超越了时间和空间的限制,能表现被一般人接受的普遍性和长久性真理。

除了约翰逊外,诗人埃德蒙·霍姆斯(Edmond Holmes,1850—1936)是另外一个引起我们对诗歌中普遍性的关注的批评家,正如他在《什么是诗歌?》(*What is Poetry?*,1900)中敏锐的观察:"普遍性,而不是个性,是诗人天才的本质;与他自己相比,他更属于人类;他对同胞的隐秘生活深表同情;他的诗歌是他的个性之声,不仅在他的时代,而且在遥远的时代,都能在别人的心中产生回应。"④霍姆斯将普遍性与个性进行了比较,并认为前者是才华横溢的诗歌应该追求的理想。霍姆斯将普遍性界定为诗人的普遍身份,并进一步指出这种素质与诗人同情同胞的能力紧密相关。他认为诗人不应沉浸在以自我为中心的情感中,而是应该将自己的注意力仅投向普通大众,以使他们的诗在任何时代都可以引起所有读者的共鸣。因此,以普遍性为特征的诗歌的一个显著特征就是它们超越了时代的限制,与各个时代的读者都息息相关。

与约翰逊和霍姆斯不同,伍尔夫同时代的作家约翰·米德尔顿·默里(J. Middleton Murry)拥护文学普遍性的反面,即特殊性。默里曾经评论道:"最高的风格是……最大限度的个人化与最小限度的非个人化的结合;一方面,它是特殊和个人的情感的集中,另一方面,它是个人情感在创造物中的完整投射。"⑤默里还断言"个人和非个人化艺术之间没有对立面"⑥。默里特别强调了个人的艺术,并认为艺术创造应生动地传达作者高度浓缩

---

① Samuel Johnson, *Samuel Johnson on Shakespeare*, ed. H. R. Woudhuysen (Middlesex: Penguin, 1989), p.122.
② Ibid.
③ Ibid.
④ 转引自 Hudson Maxim and William Oberhardt, *The Science of Poetry and the Philosophy of Language* (New York: Funk & Wagnalls Company, 1910), p.53.
⑤ J. Middleton Murry, *The Problem of Style* (London: Oxford University Press, 1960), p.32.
⑥ Ibid., p.38.

的个人情感。他认为个人和特殊性,而不是非个人化,是艺术中更为重要的问题。

除了默里,詹姆斯·乔伊斯是另外一个因其"自我主义自我"曾被伍尔夫谴责过的作家。乔伊斯是文学特殊性的另一个强有力的代表,正如他对亚瑟·鲍尔(Arthur Power)所说:"对我自己而言,我经常书写关于都柏林的文章,因为如果我能直入都柏林的心脏,我就能到达世界所有城市的心脏。特殊性中包含了普遍性。"①与伍尔夫提倡普遍性作为艺术创作原则相反,乔伊斯热情地支持特殊性,并认为通过特殊性可以实现普遍性。尽管乔伊斯对特殊性采取了截然不同的观点,但乔伊斯似乎也部分认同伍尔夫的非个人化美学,因为他同样希望他的作品超越都柏林的地域限制并走向世界。

如果伍尔夫的普遍性观点在她自己的时代保留了一定影响,那么它似乎已经成为现代批评中一个有问题的术语,现代批评倾向于"特定的和个体的",而不是"一般的和普通的"。在评论后现代主义时,亨利·A. 吉鲁(Henry A. Giroux)指出:"一般抽象否定了日常生活中的特殊性和个体性,从个体的和局部的概括出存在,抑制了普遍化类别的旗帜下的差异,这是被拒绝的,因为这是集权主义和暴力主义的。"②吉鲁指出普遍性与后现代文学的精神相冲突,因为后现代文学强调民族的、文化的、历史的、种族的、政治的、区域的以及殖民的。后现代批评认为特殊性和个体性,而不是普遍性,是更可取的艺术成就。

这一章试图研究伍尔夫非个人化诗学的第二个必不可少的组成部分——普遍性。在本书看来,普遍性又由三部分组成:作者隐身、反对艺术政治化和诗意精神。本章还将分析希腊文学作为伍尔夫普遍性思想的例证。本章认为作为一个关键的主题上的考虑,伍尔夫的普遍性思想对她非个人化诗学的建构至关重要。此外,本书还认为伍尔夫的普遍性思想抓住了非个人化诗学的辩证性本质。更具体地说,有着普遍性这种独特特征的文学作品并不否认作者的个性,而是将作者的自我和个性完全融入角色中。因此,小说同时成为非个人化和个人化的体现。

---

① 转引自 Richard Ellmann, *James Joyce* (London: Oxford University Press, 1966), p. 520.

② Henry A Giroux, "Postmodernism as Border Pedagogy: Redefining the Boundaries of Race and Ethnicity," in *Postmodernism, Feminism, and Cultural Politics: Redrawing Educational Boundaries*, ed. Henry A. Giroux (Albany: State University of New York Press, 1991), p. 229.

一、作者隐身

小说与作家自我之间密不可分的关系一直是伍尔夫极为感兴趣的话题，经常出现在她的作品中。在《妇女与小说》(1929)中，伍尔夫声称："毫无疑问，经历对小说产生了很大影响。"① 伍尔夫在散文《乔治·摩尔》("George Moore"，1925)中再次强调了小说和作家自我之间的紧密联系："……不是所有的小说都是关于作家的自我吗？"② 伍尔夫认为作家的自我是小说创作中不可避免的问题，并认为小说会在一定程度上围绕着作家的自我。伍尔夫于1932年12月28日在写给英国小说家休·沃尔波尔(Hugh Walpole)的信中表达了类似的观点："将小说的皮给剥了后，最后留下的核心就是你或我。"③ 作家的自我是小说的核心。伍尔夫在她的散文《技艺》("Craftsmanship"，1937)中断言："有没有一位不是打字员的作家成功地完全非个人化了？我们总是不可避免地认识他们及他们的书。"④ 毫无疑问，作家的自我在小说中占有重要地位。

然而，伍尔夫也表达了似乎与她在艺术中自我的中心地位的立场相矛盾的观点："伟大的诗人和情人都是代表人物——在某种程度上匿名。"⑤ 伍尔夫认为，匿名或艺术家在诗歌中的隐身，是一种艺术美德。此外，伍尔夫在1927年12月22日的日记里写道："梦常常是关于我自己的。要更正这一点，[就应]忘记自己尖锐的、荒谬的、微不足道的个性，……并实践匿名。"⑥ 在这句引用中，伍尔夫表达了她对小说中自我中心主义的不满，并主张匿名是正确的追求。与匿名相反的个性对伍尔夫而言是不和谐和微不足道的，因此与非个人化诗学格格不入。匿名或作家的隐身被认为是解决小说中过于以自我为中心的问题的最佳办法。

矛盾的是，伍尔夫既支持又反对艺术中作家自我的存在。一方面，伍尔夫断言作家的自我在艺术中至关重要。另一方面，她赞同作家隐身的原则。伍尔夫清醒地意识到自己言论的不一致性，故在论文《蒙田》("Montaigne"，1925)中宣称："一个人的自我同时是世界上最伟大的怪物和奇迹。"⑦ 作家的自我既是令人不悦但又同时值得称赞的。这种双重性促使伍尔夫在《现代散

---

① Woolf, *The Collected Essays*, vol. 2, p. 143.
② Ibid., vol. 1, p. 338.
③ Woolf, *The Letters of Virginia Woolf*, vol. 5, p. 142.
④ Woolf, *The Collected Essays*, vol. 2, p. 248.
⑤ Ibid., vol. 2, p. 274.
⑥ Woolf, *The Diary of Virginia Woolf*, vol. 3, pp. 168–169.
⑦ Ibid., vol. 3, pp. 25–26.

文》(1925)中敏锐地指出:"尽管[自我]对文学必不可少,但它同时也是其最危险的对立者。"[1]作者的个性对小说的艺术价值而言既是具有核心意义的,又具有破坏性。那么至关重要的一个问题就是如何解决同时揭露和隐藏作家个性这两者间的冲突。伍尔夫的答案简洁而又强烈:"永远不要做自己,但永远是自己。"(Never to be yourself and yet always.)[2]这句格言的上半部分"永远不要做自己"要求作者自我隐身,而下半部分"但永远是自己"要求同一个作家展现自己的个性。连接词"但"对强调这句格言前后两部分对立面至关重要。与原文的连词"和"(and)一起,"但"也暗示了作者两个看似矛盾的部分令人惊讶的功能。此外,两个副词"never"(从不,决不)与"always"(总是)是对立词。简而言之,这个矛盾的答案很好地说明了伍尔夫非个人化诗学的辩证性本质,即个性先于个性的注入,但这并不表示作家个性的消亡。相反,作家克制了自己的个性并将其转化为角色个性的一部分。

因此,伍尔夫认为:"小说家的主要愿望是尽可能地保持无意识状态。"[3]这意味着小说家应始终保持隐身。然而,值得指出的是,这种作家自我的无意识并不意味着作家在写作中没有了自我,正如伍尔夫声称的那样,"要获得无意识,就意味着意识得到最大限度的激发"[4]。伍尔夫对作家自我的无意识状态的断言明确表明了并非作家没有了个性或完全放弃自我或个性,而是作家具有强烈的个性,他需要"淡化个性的力量"[5]。

尽管女性主义批评家如伊莱恩·肖瓦尔特呼吁女作家勇敢地讲述自传经历,但伍尔夫却采取了相反的态度。她对小说中作者现身的反对是持久而又坚定的。正如她观察到的:"微不足道的小说的遗产就是作家经常奇怪而又生动的个性、对个性经历的花哨的素描、喜欢或不喜欢的性情等都出现在文本中,可能直接损害了小说的原意。"[6]很显然,伍尔夫相信展示作家的性情、个人经历或个性是微不足道的小说的普遍问题。作家个性的公开展示损害了小说的艺术价值,因为它可能扭曲了小说家的初衷。

伍尔夫坚决抵制作家强烈个性的明显展示,这在她的散文《技艺》中得到了强调:"大概没有作家想将自己的暴躁性格、自己的秘密和恶性强加于读者……只有在作家死后他的话语才在某种程度上不受活体影响

---

[1] Woolf, *The Diary of Virginia Woolf*, vol. 2, p. 46.
[2] Ibid.
[3] Ibid., vol. 2, p. 287.
[4] Woolf, *The Collected Essays*, vol. 1, p. 12.
[5] Ibid., vol. 2, p. 48.
[6] Ibid., vol. 2, p. 277.

('disinfected'),且从活体的事故中得到净化。"①在这句引语中,伍尔夫推测没有读者会为作家以自我为中心的"我"感到高兴。相反,他们期待拥有比个人的"我"更广阔的视野和世界。动词"强加"的否定含义暗示了伍尔夫对艺术中作家个性的明确体现持敌对态度。此外,"暴躁性格""秘密和恶性"以及两次出现的"自己的"等短语都表明了作家的个性常常缺乏普遍性艺术所要求的代表性。因此,这与非个人化的艺术目标不符。因此,伍尔夫声称只有在作家去世后,他的言论才会在一定程度上与作者的自传事件或事实失去紧密联系。作家个性的净化符合伍尔夫对普遍性和非个人化的强烈呼吁。

有趣的是,伍尔夫发现女性作家更容易沦为作者现身的强烈诱惑的牺牲品,正如伍尔夫在她对《奥罗拉·利》(*Aurora Leigh*,1856)的评论(1932)中指出:

> 这些印象中第一印象和最普遍的印象是作者的存在感。通过奥罗拉的声音,伊丽莎白·芭蕾特·布朗宁(Elizabeth Barrett Browning)的性格、处境和习性在我们耳边响起。布朗宁夫人无法控制自己,更无法掩饰自己,这无疑是艺术家不完美之处,但也表明生活对艺术施加了过多的影响(impinged)。我们在阅读的过程中感觉到虚构的奥罗拉一次次照亮了现实中的伊丽莎白。②

这段话阐明了伍尔夫对"作家的现身"的定义。她的意思是角色代替了作家,展示了作家的经历和个性。伍尔夫在伊丽莎白·芭蕾特·布朗宁的史诗《奥罗拉·利》中找到了令人信服的证据。其中,与标题同名的人物奥罗拉·利具有许多诗人的传记属性,导致读者(至少是伍尔夫)推测奥罗拉即诗人本人。主角奥罗拉成为诗人的代言人,清楚地表达了布朗宁会说的话,布朗宁无处不在,这给伍尔夫留下了令人不悦的印象。伍尔夫认为布朗宁未能成功并巧妙地伪装自己是一个严重的缺陷。更具体地说,布朗宁对自己性格的深切关注超越了生活能影响艺术的限度。正如"impinged"(施加……影响)一词所表明的那样,布朗宁过多地提及她的个人细节,这损害了这首诗的艺术价值。过多地泄露作者的个人资料使作家显得太过于自我。

伍尔夫对作家个性的浓厚兴趣不局限于诗人在诗歌中的存在。她还尽力揭示小说中作家的存在。女性作家又一次成为伍尔夫的批评对象。伍尔夫在散文《〈简·爱〉和〈呼啸山庄〉》(1916)中严厉批评了夏洛蒂·勃朗特的强烈自我主义,并指出:"作家(夏洛蒂·勃朗特)牵着我们,迫使我们沿着她

---

① Woolf,*The Collected Essays*,vol.1,p.248.
② Ibid.,vol.1,p.212.

的道路,使我们看到她看到的东西,永远不会离开我们片刻,也不会让我们忘记她。"①

夏洛蒂·勃朗特在《简·爱》中的强大存在使作者变得以自我为中心和自我限定,这给伍尔夫留下了深刻而令人不悦的印象。毫不妥协的作者将自己的强大自我和个性强加于读者,将他们逼到绝境,并迫使他们接受她有限的视野。虽然伍尔夫并没有提供来自《简·爱》的例子来说明和证实她的观点,但她必然牢记简·爱备受压抑的童年和她的女教师工作,这被认为是夏洛蒂·勃朗特自身经历的生动体现。对伍尔夫而言,这样不可行主要有两方面原因。首先是因为这种写作缺乏普遍性。另外一个相互关联的原因是正如第一章所提及的那样,这一类作品缺乏暗示性。也就是说,作者为读者完成了所有事情,而没有留给他们思考的空间。结果,作者的统治地位剥夺了读者阐释的自由。换句话说,读者被剥夺了与作者的互动或对话关系,作者的专制操纵使读者感到窒息。

伍尔夫认为夏洛蒂·勃朗特的缺点主要在于她以"我爱""我恨""我受苦"等形式有力地展现了自我,完全忽略了小说家的使命,即"解决人类生活中的问题"②。相反,勃朗特更关心自己的个人怨恨,而不是公共事务。在伍尔夫看来,夏洛蒂·勃朗特自我肯定的第一人称单数"我"源于她强烈的"为个人事务肯定或使角色成为某些个人不满或委屈代言人的愿望",这总是带来"令人苦恼的后果,好像读者的注意力指向的地方突然变成了双重而非单一的"。③ 夏洛蒂·勃朗特的强烈个性表现在主角对社会不平等的个人强烈抗议中,这需要读者双倍的关注,他们被迫只关注主角/作者,因此被剥夺了任何去思考小说中其他角色的机会。主角/作者的抗议和抱怨成为小说的焦点。他/她成为实际的作者。与本书第一章的讨论相关,伍尔夫认为这样的写作缺乏暗示力,而且是"不育的"。夏洛蒂·勃朗特的自我中心主义阻碍了"人生的哲学观"④。换句话说,伍尔夫认为读者很难通过阅读《简·爱》等小说获取一些关于生活的普遍性真理。对伍尔夫而言,小说的意义并不在于事件或言论,而在于事物之间的联系,这是"一种情绪,[而不是]一种特定的观察"⑤。

乔治·艾略特虽然没有夏洛蒂·勃朗特那么自我,但她在小说中的生动

---

① Woolf, The Collected Essays, vol. 1, p. 186.
② Ibid., vol. 1, p. 187.
③ Ibid., vol. 2, p. 144.
④ Ibid., vol. 1, p. 188.
⑤ Ibid.

活泼的存在也困扰着伍尔夫。伍尔夫特别注意了作者声音和角色声音之间的区别:"有……受到困扰的精神、苛刻、质疑和困惑的存在的痕迹,那就是乔治·艾略特……当女主人公说出艾略特想说的话时,她的自我意识就很明显。"①伍尔夫断言艾略特小说中的五个女主角,即戴娜(Dinah)、玛姬(Maggie)、珍妮特(Janet)、罗莫拉(Romola)和多萝西娅(Dorothea),都是艾略特本人的影子,这使伍尔夫评论道:"她们的故事就是乔治·艾略特本人故事的不完整版本。"②在伍尔夫看来,艾略特的自传元素被嫁接到虚构人物身上。通过阅读艾略特的小说,读者对艾略特的传记细节印象深刻。艾略特的现身太过引人注目,不容忽视。与夏洛蒂·勃朗特相比,艾略特也未能成功地将自己隐藏在小说中。

伍尔夫在散文《小说的阶段》("Phases of Fiction",1929)中提出了对小说中作者现身的异议。她通过再次援引奥斯丁来证明自己的立场是正确的:"她的隐身使我们能将她与她的作品分离,并给予它……一定的超然性和完整性。她的天才迫使她在小说中自我隐身。如此真实、如此清晰、如此理智的视野不会容忍分心,即便这是来自她的主张,也不会让一个无常女人不该被个性玷污的实际经历受到影响。"③伍尔夫认为奥斯丁的隐身是一种美德,可以增强她作为非个人化小说家的天才。伍尔夫认为奥斯丁与自己个人的细节保持距离,这在读者们评价其小说的艺术价值时会产生客观和正直感。伍尔夫坚决反对作者在非传记性质小说中的现身,并提出了两个互相依赖的理由。首先,无论其出处如何,作者的现身都不可避免地将艺术家的注意力从"真实的""清晰的""理智的"视野转移到他们的个人主张上。很显然,这与第一章所述的伍尔夫对愤怒的反对相呼应,因为作家的愤怒是小说中作者现身的有力证据。更重要的是,正如伍尔夫明确指出的那样,作者短暂的和个人的情感与艺术的普遍性理念和非个人化格格不入。艺术家需要将短暂的和个人的转变为普遍的和持久的事物。正如"短暂"一词所示,作者的个性与小说持久的和非个人化的艺术价值相矛盾。换句话说,实际经验不应直接写在纸上。经历的个人印记必须经过淡化和普遍化过程,使作者的个性不被识别。

伍尔夫认为作者的个性是一种不良的品质,或者简单说是一个污点,会破坏小说的"白色"真理和完整性。具有作者存在的生动感的写作是以自我为中心和个人化的,因为这种写作仅使读者了解特定的个人经历,而这种经

---

① Woolf, *The Collected Essays*, vol. 1, pp. 201—202.
② Ibid., vol. 1, p. 204.
③ Ibid., vol. 2, p. 76.

历通常对于各种读者而言缺乏代表性和普遍意义。对伍尔夫而言,好的写作应该针对一般生活和经历的象征性表现。正如她在散文《生活与小说家》("Life and the Novelist")中正确评论的那样:"作家的任务是拿出一件事物,让它代表二十件。"① 伍尔夫在此认为小说中可辨别的自传要素与人物的普遍性之间有着直接矛盾,因为它们主要与作家的自我有关,而忽略了作家的使命是从少数但具有普遍性的人物中产生象征意义这一事实。这些具有普遍性的人物不再是独立的个体,而是代表着某一类型或种类的人。显然,伍尔夫假设一个人的生活经历常常缺乏这种代表性。因此,艺术家需要先稀释他们经历的个人烙印,才能将其转化为更具艺术感的材料,使之更具有普通读者的特征。

本书认为伍尔夫对这三个女作家的批评在一定程度上是不公正的。首先,这些女性生活在伍尔夫之前的时代,受到社会现实的限制。她们没有伍尔夫那样的远见,伍尔夫的上层中产阶级生活给了她许多她的前辈们无法得到的特权。其次,本书不完全同意伍尔夫的观点,即作家在艺术作品中引人注目的存在完全与普遍性原则背道而驰。本书认为,个人问题也可以揭示某一小部分人所面临的常见问题。此外,至少在夏洛蒂·勃朗特的情况下,似乎充满叙述者强烈情感的个人抗议更有效地展现了相关社会问题,并能引起人们的注意,尽管不一定能给出这些问题的解决办法。最后,伍尔夫忽略了这些女性书写的真正动机。文学名望是她们关心的问题,但她们也有可能将心理上的宣泄当作她们书写的另外一个重要目的。作家个性和情感的倾泻能调和作家受到的一些源于写作的深沉情感的不健康困扰,正如伍尔夫《到灯塔去》所证明的一样。

尽管如此,伍尔夫对这些女性作家的批评并非完全没有根据,因为她们的当代"文学之母"成功地将自己确立为非个人化的榜样。伍尔夫认为,夏洛蒂·勃朗特和布朗宁夫人也有可能创造非个人化艺术,这意味着非个人化在某种程度上也是技艺的问题。

如果说夏洛蒂·勃朗特是自我中心主义的,她狭窄的视野受到批评,那么她的妹妹艾米莉·勃朗特在《呼啸山庄》中的隐身则得到了伍尔夫的高度赞美:"以自我为中心和自我受限的作家具有一种心胸更宽广的作家所缺乏的力量,即他们的印象挤得紧密堆积,并在狭窄的墙壁之间留下强烈的烙印。他们的思想都不可避免地标记着他们的印象。"② 伍尔夫表达了她对《呼啸山

---

① Woolf, *The Collected Essays*, vol. 2, p. 135.
② Ibid., vol. 1, p. 187.

庄》而非《简·爱》的偏爱。她相信简·爱这个角色代表着夏洛蒂·勃朗特本人,但《呼啸山庄》中没有任何一个角色与艾米莉·勃朗特有相似之处。夏洛蒂·勃朗特是一个以自我为中心的和"自我受限"的作家,但艾米莉·勃朗特则是一个具有普遍性的、开明的作家,她在作品中没有留下自己的影子。夏洛蒂·勃朗特将简·爱当成自己的发言人,与她形成鲜明对比的是,艾米莉·勃朗特避免了以自我为中心。E. F. 本森(E. F. Benson)的敏锐评论为两姐妹和她们的小说之间的差异提供了启示:"夏洛蒂在小说中不止一次,应该说是一次又一次地,在动机和情节上,使用了她生活中的实际经历——令人讨厌的职业,正如她在学校里遇到的雇主与受雇者之间的关系——强烈讽刺那些冒犯了她的人。另一方面,艾米莉除了在少数纪念性质的诗歌之外,从未从自己的外部经验中汲取过灵感。"① 夏洛蒂·勃朗特的小说揭示了许多作者本人的信息,而艾米莉·勃朗特的作品则尤其独立于生命、独立于作者而存在。

与夏洛蒂·勃朗特在小说中倾泻自己的苦涩情感形成鲜明对比的是,艾米莉·勃朗特在姐姐失败的地方获得了成功。伍尔夫写道:"推动她[艾米莉·勃朗特]创造的冲动不是她自己的痛苦或伤害。她看着这个世界陷入巨大混乱的裂缝,并在她的内心深处感到有力量将其联合在一本书中。读者能在整部小说中感受到这种巨大的野心——这是一场斗争,尽管经历了一半的挫折,但却充满了坚定的信念。她要通过角色说出一些话,而不仅仅是'我爱'或'我恨',而是'我们,整个人类'和'你们,永恒的力量'。"② 当夏洛蒂·勃朗特的视野仅限于她自己的个性时,艾米莉·勃朗特达到了世界范围的非个人化视野。她的创造不受任何不利个人情况的驱使。她的天才不受个人原因的限制,也不受世间困惑的干扰。引文中的第二句话表明,艾米莉·勃朗特雄心勃勃,并且有信心通过她的小说重建世界秩序。尽管艾米莉·勃朗特并不是一个完美的艺术家,但她为与自己的个性保持距离而付出的努力受到了热烈的赞扬。很明显,在《呼啸山庄》中,没有作者的权威性和强烈的自我,它被普通的复数"我们,整个人类"或"你们,永恒的力量"所取代。艾米莉·勃朗特并没有专门解决以自我为中心的"我"的问题,她邀请读者与她进行对话。

潜在的逻辑是,通过处理"我们"的问题,读者们获邀识别并同情角色,因为他们在角色中能找到自己的痕迹。也就是说,角色不是作家本人。相反,

---

① E. F. Benson, *Charlotte Brontë* (London, New York, Toronto: Longmans, Green and Co., 1933), p. 93.

② Woolf, *The Collected Essays*, vol. 1, p. 189.

角色是被普遍化了,以体现具有某些共同特征的特定群体或人群。例如,《呼啸山庄》中的主角希斯克利夫(Heathcliff)或女主角凯瑟琳·恩萧(Catherine Earnshaw)都不是作者艾米莉·勃朗特本人。这两个角色可能代表两类人。尽管他们的行为不是普通读者所持有的,但他们的热情与爱的品质和本质在读者中是可被识别的。因此,读者可能会觉得正在阅读自己的生活。

关于作者和读者之间对话的另一点是,它与普遍性和非个人化理想共鸣,这暗示了时间、地点和作者自我的超越。各个年龄段和所有年龄段的读者都积极参与解释这部小说,这表明该小说与他们的生活息息相关,这为该小说的普遍性和永恒价值做出了贡献。

在另一篇散文《小说的阶段》中,伍尔夫在此讨论了艾米莉·勃朗特作品的普遍性和非个人化性质,并提出艾米莉"从不[通过]角色与我们说话。她的情感并没有以她自己的某种评论或态度溢出和独立上升。她使用她的角色表达自己的观念,以便使她的人民成为这本书中的积极能动者,从而增加了本书的推动力,而不是阻止它"①。艾米莉·勃朗特成功地控制了她的情感和情绪。与简·奥斯丁相似,她并没允许自己的存在或身份在她的作品中独立存在。艾米莉·勃朗特的角色具有传递她的情感和情绪的能动性,而不会留下作家的任何痕迹。换句话说,艾米莉·勃朗特将自己的个性完全注入了角色,而不是某一个特定角色。她已经成功地将自己的身份普遍化。伍尔夫认为,作者的强势存在使其艺术视野受限,因为他们的认知过于以自我为中心,从而对普通读者而言缺乏代表性和普遍性。正如伍尔夫的同时代小说家和批评家福特·马多克斯·福特正确地评论道:"小说家的目的是让读者完全忽略作者的存在这一事实。"②福特论点的焦点不是小说家在文本中隐身,而是小说家如何**使**读者相信他们隐身(黑体字在原文中为斜体)。福特的主张与伍尔夫的论点产生了微妙的共鸣,后者认为作家在小说中应同时隐身和现身。

伊丽莎白·芭蕾特·布朗宁和夏洛蒂·勃朗特的例子证明了作者在小说中现身在很大程度上是由于作品是作者对自己个性的投射。换句话说,两位艺术家在艺术创造过程中并没有将自己的个人经历与普通读者更具有普遍性和代表性的经历区分开。结果,小说变成了作家的自传故事,这与普遍性的观点背道而驰。为了实现作者隐身,伍尔夫建议将作者的两个自我——艺术自我和世俗自我分开。简·奥斯丁再次被视为艺术家的典范,因为她实

---

① Woolf, *The Collected Essays*, vol. 2, p. 96.
② Ford Madox Ford, *Critical Writings of Ford Madox Ford*, ed. Frank MacShane (Lincoln: The University of Nebraska Press, 1964), p. 76.

现了将创作者与经历痛苦的同一位女性进行分离的目标。

根据伍尔夫的说法,在简·奥斯丁写作《傲慢与偏见》的过程中,作家奥斯丁成功地将自己与曾经遭遇过势利眼的、作为女儿的奥斯丁分离开来:"无论她写什么,都并非针对牧师,而是转向宇宙。她是非个人化的,她是不可预测的。"①伍尔夫认为奥斯丁是一个经典例子,能设法将自己的生活经历转化为艺术。尽管奥斯丁作为小说家的伟大之处受到环境所导致的狭窄经历的限制,但她仍然设想看到比牧师还要大的世界。换句话说,虽然艺术创作的原材料是有限和个人化的,但奥斯丁还是能摆脱内心的动荡,并采用局外人的视角来描述曾经发生的事情。她将个人事件变成具有普遍意义的事件。在小说的成品中,没有任何迹象表明作家奥斯丁曾经的苦涩情绪或经历。作家的自我已经完全融入了人物的内心。

出于这个原因,伍尔夫称赞奥斯丁为"女性中最完美的艺术家"②,也是一位模范的非个人化作家,其作品实现了普遍而持久的价值:"她为每一个人写作,也不为任何人写作,她为我们的时代写作,也为她自己的时代写作。"③奥斯丁的著作关注普通读者的共同价值观。正如伍尔夫多次强调的那样:"她[奥斯丁]的注意力正从完全占据过去的个人中心转移到非个人化,因此她的小说也自然变得对社会更具有批判性,而对个人生活的分析则更少。"④奥斯丁渴望成为一名社会批评家,而不是个人不满的记录者。随着她的关注点从个人转向非个人的,奥斯丁的小说主题超越了狭隘的个性的界限,并走向普遍性。

除简·奥斯丁之外,俄罗斯小说家伊凡·屠格涅夫(Ivan Turgenev)是另外一个将自己的艺术自我从历经了各种经历的世俗自我分离开来的模范。伍尔夫在散文《屠格涅夫的小说》("The Novels of Turgenev",1933)中讨论屠格涅夫作为一个成熟小说家的优点时指出,同一位作家有很多自我,做出正确的选择很重要:

> 他一定是"我",但同一个人有许多不同的"我"。他应该成为遭受这种轻微伤害,渴望强加自己的个性以便为自己及其观点赢得声望和力量的"我"? 或还是他将压制那个"我",支持尽可能公正和诚实地观看,而不希望为某一原因或自己辩护的"我"? ……他[屠格涅夫]使用了另外一个自我,那个去除了多余物("superfluities")后在强烈个性上几乎非个

---

① Woolf, *The Collected Essays*, vol.1, p.146.
② Ibid., vol.1, pp.153—154.
③ Ibid., vol.1, p.145.
④ Ibid., vol.2, p.147.

人化的自我。①

这段引文为我们提供了富有启迪的信息。正如伍尔夫所述,作家的自我至少由两个不同的"我"组成。其中之一就是以自我为中心的自我,他努力揭示自己的苦难和受伤经历、不满和抱怨,以期给读者留下深刻的印象,并向他们寻求同情和支持。这样一来,这个以自我为中心的"我"就不可避免和无情地将自己的个性强加于读者。强烈的自我中心主义剥夺了这种自我公正和诚实的立场。与自我主义的自我相比,还有一种自我获得了伍尔夫的认可——它是没有个人抗议或指责的自我。作家所需要的能力之一就是他们应该坚决地征服那些希望暴露各式各样情感的自我。他们应该担任非个人化的"我",其主要工作是创作公正和具有普遍性的艺术作品。在伍尔夫看来,夏洛蒂·勃朗特的个人之"我"认为小说是她倾诉个人痛苦和抱怨的"垃圾场"。与之形成鲜明对比的是,屠格涅夫在写作中充分利用了他的非个人化自我。

仔细研究后我们发现,伍尔夫关于将艺术家从经历各种情感的同一个人分离出来的观点清楚地呼应了 T. S. 艾略特在《传统与个人天赋》中的主张:"艺术家越完美,受苦的人和创造的人就越分离;创造者的大脑才能更完美地消化和转化作为材料的激情。"②在这份宣言中,艾略特区分了艺术家分配给不同工作的两种思维——受苦的思维和根据前者的经历创造出非个人化艺术的思维。在消化和转化直接源于生活的原材料的过程中,作者的原始痕迹是无法辨认的。很显然,伍尔夫和艾略特就这一点达成了共识。也就是说,非个人化要求作家将艺术自我与世俗自我区分开来。

这里需要注意的是伍尔夫的作者隐身或普遍性原则不能等同于自我毁灭或自我消除。相反,这要求作者的个性或情感被暂时中止,并最终完全融入角色,就像艾米莉·勃朗特和简·奥斯丁所做到的那样。最终结果是小说中既有作者的个性,又没有作者的个性。针对这一点,如果作者的隐身对于实现普遍性至关重要,那么问题就变成了如何同时消除和保留作者的个性?在本章的下一部分中,本书将从五方面探索伍尔夫如何实现小说创作中的普遍性:1."我们",而非"我"作为叙述重点;2.通过时间流逝来消解作者的两个自我;3.揭示更广泛的人类经历;4. 对人物的同情;5. 艺术家自我的最后消融。

伍尔夫特别注意小说的叙事重点。她由衷喜欢非个人化和集体的"我

---

① Woolf, *The Collected Essays*, vol. 1, pp. 252—253.
② T. S. Eliot, "Tradition and the Individual Talent," p. 2322.

们",而非个人的和强加于人的"我"。第一人称复数"我们"通常是指大众。它把所有读者纳入一个联盟,并激发读者与作家之间的对话。换句话说,正如伍尔夫在1934年8月24日写给罗伯特·T.奥利弗(Robert T. Oliver)的信中所写的那样,阅读过程吸引了读者的积极参与和阐释:"阐释必须留给读者。这也适用于我们与文学的关系——我在批评的书中也尽力表达了这一点。"①

伍尔夫在现代图书馆版《达洛维夫人》的前言中也表达了相似观点:"一旦印刷并出版了一本书,它就不再是作者的财产;他将之奉献给他人。"②在伍尔夫看来,将想象力运用于文字是作者的使命,而阐释只是读者的工作。与历史上和地理上受到限制的排他性和以自我为中心的"我"形成鲜明对比的是,公共的和无私的"我们"超越了时间和地点的界限。通过将各种读者——可能是作家的同时代人、同胞和遥远地方或时代的人们——纳入作家的联盟,就好像他们追求共同的兴趣一样,作家与读者之间的互动和对话关系便成为现实。对读者而言,这种联系可以扩展为更容易地认同和同情角色命运,就好像他们正在阅读的内容真实地展现了他们自己的生活和经历。再者,复数形式的"我们"也获得了以自我为中心的"我"完全缺失的权威。

当伍尔夫比较《傲慢与偏见》和《织工马南》中的叙事声音时,令人烦恼的、多余的叙事声音"我"这个问题得到了解决。当伍尔夫讨论非个人化时,《傲慢与偏见》经常引起她的关注,而当她探讨作者的个人化时,伍尔夫经常想起乔治·艾略特。伍尔夫认为个人的和有限的"我"充满了夏洛蒂·勃朗特和乔治·艾略特的小说:"我们不会看到人与人之间关系融洽的场景,只有'我'能向我们展示的生活的奇观。'我'将竭尽所能,以所有知识和'我'能为您提供的所有反映来阐明这些特定的(particular)男人和女人的例子。"③伍尔夫坚称"我"这个自信的表达妨碍了对"人与人之间关系"的清晰理解。就小说的艺术价值而言,"人与人之间关系"比个人的生活经历更加重要。伍尔夫重申她的观点,即小说中最重要的是人/集体而非个人/个体。"特定的"一词与普遍性和非个人化形成鲜明对比。

伍尔夫对叙事焦点的浓厚兴趣促使她在撰写《幕间》的过程中再次回到同样的问题。她在日记中强调说:"'我'应被拒绝;'我们'应该上场。"(1938

---

① Woolf, *The Letters of Virginia Woolf*, vol. 5, p. 325.
② 转引自 David Bradshaw, "Introduction," in *Mrs. Dalloway*, ed. David Bradshaw (Oxford: Oxford University Press, 2000), p. lxiv.
③ Woolf, *The Collected Essays*, vol. 2, p. 78.

年 4 月 26 日）①在这里,伍尔夫提醒自己必须逃避以自我为中心的自我,并需要全方位的视野。

正如伍尔夫在《一间自己的房间》中所指出的那样,女性作家更容易因不利的社会环境而受到自己个性的困扰。伍尔夫指出,幸运的是,在现代社会,女性小说家们已经在努力提高其作品的普遍性和非个人化:"她们(女性)小说的主题开始呈现出某些变化。她们似乎对自己的兴趣不大。另一方面,她们对其他女性更感兴趣。"②关于小说的主题,焦点逐渐从个人的转向普遍性的,这标志着女性作家朝着非个人化的最终目标迈出了重要步伐。

仔细检查后发现,伍尔夫对复数人称代词"我们"的偏爱与她对非个人化的想法一致。很显然,公共的"我们"将个体的"我"包含在"统一的整体"内。③ 换言之,特定的个人经历也可能是具有代表性的和共同的。在个人的和具有普遍性的之间不存在绝对对立。因此,用"我们"替代"我"与对作者个性的热烈呼吁并不矛盾。事实上,"我们"是非个人化和个人化的结合。正如伍尔夫在《现代小说》一文中指出的,现代艺术家需要"淡化个性的力量"④,因为"尺寸的缩小带来了个性的相应扩展"⑤——即个体的"我"和公共的"我们"需要融合在一起,不偏不倚的个性才会产生。

值得注意的是,伍尔夫使用了"我们"的比喻义,这与集体和普遍化的主题关注息息相关。再者,对伍尔夫来说,个人化和非个人化是连续的。伍尔夫经常提到的四位作家中,夏洛蒂·勃朗特处于开始阶段,而莎士比亚处于同一连续过程的尾端,简·奥斯丁和艾米莉·勃朗特处于两个极端之间。显而易见,公正的声音和个性是相辅相成的。

除了选择"我们"这一叙事重点以外,伍尔夫还建议将时间的流逝作为艺术家应在小说中应用的另一项原则,以实现普遍性和非个人化的目标:"可能所有具有强势个性的作家都这样……他们具有与公认的事物顺序存在持久矛盾的不受约束的暴行,这使得他们渴望立即创造而不是耐心观察。"⑥伍尔夫认为具有"强势个性"的作家们经常发现自己与公共世界发生冲突。他们无法驯服自己的强烈感情和急性子,这迫使他们立即将自己的强烈情感写在纸上。伍尔夫坚信时间的流逝会使作家平静下来,并允许他们从不同的,

---

① Woolf, *The Diary of Virginia Woolf*, vol. 5, p. 135.
② Woolf, *The Collected Essays*, vol. 2, p. 146.
③ Ibid.
④ Ibid., vol. 2, p. 48.
⑤ Ibid., vol. 2, p. 49.
⑥ Ibid., vol. 1, p. 188.

或更准确地说是从冷静的角度分析同一事件。她偏爱"耐心观察",而不是"即刻创作",这进一步坚定了她的信念,即时间将使作家具有客观和独立的立场,这有助于艺术作品的整体普遍性品质。

在伍尔夫看来,时间的流逝在使作家"持久地、非个人化地、公正地观察"①中起着至关重要的作用。在论文《简·奥斯丁》(1925)中,伍尔夫再次强调了事件与作者创作行为之间的时间间隔毫无疑问具有重要的意义:"经验是一种严肃的经历,必须沉入记忆深处,并且随着时间的流逝完全不受其影响(disinfected),这样她才允许自己在小说中应对该经历。"②动词"不受影响"清楚地表明时间可以作为一种消毒剂,杀死作者自我中心主义的细菌。伍尔夫声称如果作家希望将现实生活的原始材料转化为艺术,那么他们应该在生活经历的发生与将这些经历当作艺术的原材料之间留出足够长的时间。这样,炽热而激烈的情感将逐渐失去锋芒,并且不会阻碍作家全面施展艺术才能。

伍尔夫的杰作《到灯塔去》完美说明了这种美学原理。这部小说以她的父母为中心,直到母亲去世(1895)32年,父亲去世(1904)23年后才问世。从父母去世到她将父母为中心的那些经历转变为艺术之间,作为女儿的伍尔夫到作为艺术家的伍尔夫之间的情感沉淀的数十年,尤为重要。换言之,时间的流逝可以去除女儿情感中的有害影响或不纯,而留下纯粹的艺术情感。围绕削弱作家敏锐个性的过程旨在实现普遍性和非个人化的目标。正如伍尔夫写道:"失去个性,一个人失去了烦躁、仓促和激动。"③抛弃个性后,作家内心的干扰、激动和挣扎被和平和安宁所取代,这是公正判断和非个人化创造的正确情绪。艺术家不再在创作过程中承受那些不良情绪的困扰,而是耐心地观察,就好像他们是不再参与到事件中的第三方一样。关于这一答案,弗兰克·W. 布拉德布鲁克(Frank W. Bradbrook)正确地评论道:"为了表达自己的个性,必须通过将其吸收到更大事物中并在整体艺术模式中看到它的位置而失去它。"④

布拉德布鲁克的评论强调了伍尔夫非个人化的辩证性。也就是说,作家个性的表达必须首先满足小说整体的艺术审美关注的目的,这是一项更为紧

---

① Woolf, *The Collected Essays*, vol. 1, p. 249.
② Ibid., vol. 1, p. 153.
③ Woolf, *To the Lighthouse*, p. 53.
④ Frank. W. Bradbrook, "Virginia Woolf: The Theory and Practice of Fiction," in *The New Pelican Guide to English Literature: From James to Eliot*, vol. 7, ed. Boris Ford (Boris Ford, Middlesex: Penguin, 1983), p. 351.

迫和必不可少的任务。辩证地说,只有当作家失去了个性后他们才能表达出个性。牺牲个性的目的是非个人化,这为艺术家展现自己的个人化铺平道路。伍尔夫认为,时间的流逝可以达到消除作者尖锐性格的效果,正如她声称未来的小说"将在远离生活中被创造,因为那样一来,人们就可以从中获得更宽阔的视野"[1]。时间的流逝会在经历的人和同一个将个人经历创造为艺术的人之间创造距离。正如卡特琳娜·科特桑托尼所主张的那样,对伍尔夫而言,"超越和克服个人经验是创造艺术的先决条件"[2]。

为了实现小说的非个人化,伍尔夫还提倡作家消解多种经历,然后才在小说中加以处理。伍尔夫在《一间自己的房间》中指出了小说与现实生活之间,以及小说的价值与现实生活的价值之间的对应关系。[3] 伍尔夫认为艺术在某种程度上是现实生活的模仿,因此小说所描绘的应该与现实生活中的真实事件相似。小说就像一面镜子,反映出至少一群人的想法、思想或举止。就像人们从现实生活中学习一样,读者也可以从阅读小说中获得关于生活和真理的知识。因此,为了向读者揭示一个更大的世界,或仅仅是一个具有普遍意义的生活,小说中所描述的内容还需要具有现实生活的质感、复杂性、深度和广度。

在这种情况下,接触生活和经历成为小说家必须遵循的原则,以便他们的小说可以吸引更多不同的读者人群。为了实现对现实生活的普遍性表达,伍尔夫在散文《生活与小说家》("Life and the Novelist",1926)中主张,作家不再"停止接受印象,就像海洋中的一条小鱼可以停下来让水流过他的腮"[4];他们必须尽可能多地"接触生活"[5]。伍尔夫将现实生活中的无数印象视为基本原材料,艺术家可从中汲取生活的精华。因此,旅行对小说家来说极为重要,因为这是艺术家获得多种多样印象的便捷方式。伍尔夫比较了20世纪之前男性和女性的生活,发现仅仅因为大多数女性小说家几乎都被局限于家庭领域,她们的小说缺乏男性小说家所达到的深度和广度。

伍尔夫认为俄罗斯小说家列夫·托尔斯泰是一个经典案例。他在欧洲的各种旅行经历为他的创作提供了大量素材。伍尔夫坚信,如果托尔斯泰被剥夺了周游世界的经历,作为一个道德低下的年轻人或作为一个经历战争的创伤场面的士兵,如果他"与世界的经历被切断",他将永远无法在《战争与和

---

[1] Woolf, *The Collected Essays*, vol. 2, p. 228.
[2] Koutsantoni, *Virginia Woolf's Common Reader*, p. 121.
[3] Woolf, *A Room of One's Own/Three Guineas*, p. 95.
[4] Woolf, *The Collected Essays*, vol. 2, p. 131.
[5] Ibid., vol. 2, pp. 131, 136.

平》(War and Peace)中取得宏伟的成就。① 对伍尔夫来说,旅行和接触并获得多元化的经历紧密相关,这将大大拓宽作家的视野,并可以反映在写作主题的范围和深度上。如果没有与更广阔的世界接触,作家很容易迷恋自我主义。结果,他们的作品很难达到旅行所给予的主题上的规模和普遍性。因此,对伍尔夫而言,如果托尔斯泰和莎士比亚从各自的经历中受益匪浅,那么,由于缺乏更广泛的生活经历,简·奥斯丁就无法获得潜在的女性莎士比亚同等的荣誉。

然而,对于小说家而言,接触"生活"并不够。他们还需要对原材料和经历具有敏锐和批判的眼光,因为并非所有的原材料和经历都能转化为艺术:"作家,比任何其他艺术家都需要成为批评家,因为文字如此普遍、如此熟悉,要想使其持久,就必须对其进行过滤和筛选。"② 像珠宝商一样,作家必须能区分珠宝与杂质。他们必须敏锐地检查各种经验的粗糙材料,挑选出最不朽的材料,并将其转变为艺术。正如伍尔夫在《生活与小说家》一文中强调的那样,作家们"必须从身上抓住她[生命]的宝藏,废掉其垃圾"③。伍尔夫进一步指出:

> 选择的过程如此艰巨,以至于最终我们通常找不到该章所依据的实际场景的轨迹……生活要经受一千种学科和运动的考验。它得到了遏制;它被杀死了……薄雾中出现了一些东西,这些东西看起来令人生畏而持久,骨骼和物质形成了我们无差异的情感冲动。④

为艺术目的选择合适材料的过程涉及彻底的变化,因为在艺术作品的最终产品中,没有任何迹象揭示这些事件的原始外貌。更具体地说,这些事件的主角无法通过原型识别出来。换句话说,原型不是角色,而是激发作者创作新角色的灵感。克里斯汀·雷尼尔(Christine Reynier)将此过程称为"抽象",她认为这"等同于非个人化":

> 选择和消除的过程允许情感强度的转述,同时将文本变为"一种非个人化的奇迹"⑤。正是由于这种情感强度,伍尔夫美学的辩证性,即结合了两种明显不相容的概念——抽象和情感、两种互相矛盾的冲动、消

---

① Woolf, *A Room of One's Own/Three Guineas*, p. 92.
② Woolf, *The Collected Essays*, vol. 2, p. 181.
③ Ibid., vol. 2, p. 136.
④ Ibid., vol. 2, pp. 131–132.
⑤ Ibid., vol. 2, p. 135.

除和饱和,才能被感知。①

雷尼尔认为,选择艺术材料的过程与减少作家个性并将其强烈的个人情感转化为非个人化艺术的过程相吻合。选择过程也被称为"抽象",与前面"不受影响"(disinfected)一词具有相同性质。"抽象"一词意味着选择并概括作家与某一群人共有的经历或情感。非个人化艺术中对那些被选择的经历和情感的表述并不具有与作者相关的联想或指涉。这种抽象的过程解决了作家的困境,即究竟是完全抹去他/她的个性,还是不加选择地使作品充满他/她的强势个性。

关于同情地认同角色方面,正如伍尔夫在写给诗人约翰·莱曼(John Lehmann)的文章《致年轻诗人的信》("A Letter to a Young Poet",1932)中写的那样:

> 写作艺术……可以通过想象一个人不是自己而是其他人而更加彻底和有效地学到……莎士比亚知道语言中的每个发音和音节,可以用语法和句法精确地完成他喜欢的事情的原因是,哈姆雷特,福斯塔夫和克利奥帕特拉将他带入了这种知识;剧中的领主、军官、受抚养者、杀人犯和普通士兵坚持要莎士比亚用表达这些角色当时情感的话语来准确说出他们的感受。②

伍尔夫解释说,莎士比亚戏剧中人物的成功在于他熟练地掌握了人物的语言属性。换言之,莎士比亚的戏剧展现了他在不透露自己个性的情形下以角色的声音说话的艺术才能。他能承担不同角色的身份,不管是贵族还是恶人,他都能为这些人物的刻画增添真实性和非个人化。莎士比亚以一种完美无缺的方式将他的个性与角色的个性融合在一起,以至于不可能在他的戏剧中发现或看见莎士比亚的影子。他已经完全融入故事里。简言之,语言是非个人化的一个关键要素。莎士比亚可以根据角色的社会地位和身份赋予角色合适的语言,这种想象力使他与角色融合在一起。这在一定程度上说明了他无与伦比的艺术才能。作为2006年诺贝尔文学奖获得者的奥尔罕·帕慕克(Orhan Pamuk)一针见血地评论道,小说家的"首要任务是与我们的角色等同"③。

作家们必须掌握虚构人物的身份和声音的艺术,这并不是伍尔夫的一时

---

① Christine Reynier, *Virginia Woolf's Ethics of the Short Story* (Hampshire and New York: Palgrave MacMillan, 2009), p. 26.
② Woolf, *The Collected Essays*, vol. 2, p. 193.
③ Pamuk, *The Naïve and the Sentimental Novelist*, p. 187.

随想。在她的评论文章和散文中,她特别关注这种艺术的质量。在《乔治·摩尔》("George Moore")中,列夫·托尔斯泰被认为是一位杰出的艺术家,他能成功地将自己融入角色中:"这位伟大的小说家以坚定的信念感知、看见并相信他将自己的信仰抛弃在其身后,他得以飞翔并独立生存,成为娜塔莎(Natasha)、皮埃尔(Pierre)和莱文(Levin),而不再是托尔斯泰。"①作家托尔斯泰拥有深厚的情感、深刻的思想和坚定的信念,但他不允许这种个性污染小说的艺术完整性。取而代之的是,他通过语言的技巧,成功地将个性的一部分转移到角色上。结果是那些人物呈现了托尔斯泰的思想,然后独立于作家的个性。

伍尔夫再次强调了艺术家在创作过程中应"成为"角色,而不是他们自己:"作家可以在每一个角色的生活中渗透一点点自己,这不足以产生一个人被束缚于一个单一大脑的幻想,但可以短暂地承担其他人的身体和思想。"②"简短地"暗示着只有在创作过程中作家需要暂时搁置自己的身份,完全投身于角色中。伍尔夫假设角色的身份并进入他们的思想和情感这一观点与威廉·赫兹利特(William Hazlitt)对莎士比亚创造性才能的评价产生共鸣:"他考虑任何事物都可以成为那个事物,而所有情况都属于这个事物。"③

哈兹利特认为,莎士比亚可以将自己置于角色的位置,模仿角色的语言和生活方式。他断言:"莎士比亚思想的惊人奇特之处在于它的一般性品质,……他是可能的最小化的自我主义者。他自己什么都不是;但他是别人,或别人可能成为的样子。"④莎士比亚这一特征是他非个人化艺术家的能力,他不是一个特定的人,但可能是每个人。哈兹利特的评论与伍尔夫关于莎士比亚普遍性的想法不谋而合。哈兹利特认为"他自己什么都不是;但他是别人"符合伍尔夫的看法,即我们可以感觉到莎士比亚无处不在,但我们无法在特定时刻抓住他。哈兹利特和伍尔夫都同意莎士比亚是最不自我的作家这一观点,他的普遍性和非个人化极大地促进了他作为文学大师的成就。

哈兹利特的想法被他的门徒约翰·济慈继承并进一步发展。济慈在给本杰明·贝利(Benjamin Bailey)的信中表达了类似的观点:"如果一只麻雀来到我的窗前,我就会参与到它的存在之中并探寻砾石。"⑤(22 Nov. 1817)这

---

① Woolf, *The Collected Essays*, vol. 1, p. 338.
② Ibid., vol. 4, p. 165.
③ William Hazlitt, *The Plain Speaker: Opinions on Books, Men and Things*, ed. William Carew Hazlitt (London: G. Bell, 1914), p. 71.
④ Ibid., p. 70.
⑤ Keats, *Selected Letters*, p. 37.

种对鸟的同情与认同等同要求诗人的缺席,正如济慈后来在致理查德·伍德豪斯(Richard Woodhouse)的一封信中阐释的那样:"房间里每一个人的身份开始[如此]向我施压,我在很短的时间内毁灭——不仅在男人当中,在儿童房里也一样。"①(27 Oct. 1818)诗人对外部物体或生命存在的积极参与要求诗人的自我,至少在创作过程中,被暂时消灭。这正是济慈所说的"他们[天才人士]没有任何个性,没有确定的性格"②(22 Nov. 1817)。济慈认为,尽管诗人并没有属于自己的个性,但他在想象中承担了外部物体或生命的特质。"消极的能力"("Negative Capability")一词就是济慈用来表达这一思想的术语。③ 布莱恩·菲利普斯(Brian Phillips)正确地评论道:"在进入自我之外的物体时,想象力能够以理性无法达到的强度和详尽来感知物体的内在本质。"④

通过暂时的自我毁灭并成为外在的物体或生命,诗人的想象受到激发并获得对自身之外的物体或生命的新的深刻理解。值得注意的是,被观察物体或人物所唤起的强烈气质是强烈认同的前提。因此,可以肯定地说,非个人化并不是缺乏个性。恰恰相反,正是因为诗人的情感过于浓烈,因此需要以非个人化的方式来传达情感,以免变得过于自负。伍尔夫和济慈就作家在创作过程中的自我问题达成共识:伍尔夫的作家自我的融入和济慈的消灭诗人自我的想法有着共同的目标,即作家需要暂时地忘我以便同时达到非个人化和个人化。

有了小说写作所需的逼真的原材料,接下来问题就是如何从这些个人的经历中剥离杂质并将其转化为艺术。关于这一点,伍尔夫断言必须将个人经历提炼为共同的经历和非个人化艺术:"在找遍了他们的抽屉后我们找不到关于他们的相关点滴。所有的都被提炼到他们的书中了。生活是稀薄的、谦逊的、无色的,……正是那些不完美的艺术家从来没有设法在书中说出整件事,他们将其个性强加于我们身上。"⑤

这里"提炼"一次的同义词可以是"净化",或"精炼"。通过提取生命的精髓,作家的身份被分解为微小部分,这些部分分散并融入写作中。伍尔夫使用这个比喻来说明小说中删除或更精确地说消除作家个性的过程。提炼之后的个性看起来是稀薄的、谦逊的、无色的。"无色的"一词使人想起伍尔夫

---

① Keats, *Selected Letters*, p. 148.
② Ibid., p. 35.
③ Ibid., p. 41.
④ Brian Phillips, "Reality and Virginia Woolf," *The Hudson Review* 56.3 (2003): p. 12.
⑤ Woolf, *The Collected Essays*, vol. 2, p. 276.

在本书第一章中讨论过的颜色隐喻。在提炼的过程中,红色的、炽热的个性被转变成普遍化生活的白色本质。值得一提的是"提炼"一词与本章前面使用的"多余物"和"不受影响"(disinfected)强烈呼应。"多余物"是指作者过多的自我或情绪,这些杂质会玷污文学作品的整体质量。摆脱多余物就是要剥离多余的、不需要的东西,这也是提炼和净化的过程。在伍尔夫散文《小说的阶段》("Phases of Fiction",1929)中,简·奥斯丁再一次被当成将自己充分融入角色中的模范艺术家:"简·奥斯丁像人们的血管一样进入她角色的头脑。"①(《小说的阶段》)简·奥斯丁将自己完全融入她的作品中。最终,奥斯丁的自我隐藏使她能够自由想象并过着角色的生活。

因此,作家自我的融入并不意味着作家个性的完全消失或毁灭。相反,作家的个性被巧妙地转变为角色的,从而渗透到整个作品中。读者可以感受到作家的个性,但却无法在某个特定的地方抓住它。

在讨论了作者隐身的五个方面之后,必须指出的是,这些不同方面之间没有明确的界限。事实上,它们是相互关联和依赖的。它们都紧密合作。所有这些都旨在最大限度地实现普遍性并充分展现作家的艺术才华和天才。此外,正如伍尔夫给出的例子所表明的那样,与男性作家相比,女性作家的隐身看起来似乎是一个更为严重的问题。因此,伍尔夫对作者隐身的呼吁具有明显的性别特色,并且与女性写作传统相关。

二、反对艺术政治化

伍尔夫对政治与艺术之间关系的理解一直是伍尔夫批评中一个富有争议的话题。主要原因可能是她对政治的态度非常模糊并且具有误导性。首先,伍尔夫对政治或政客的看法并不稳定。其次,她所倡导的与她所实践的之间存在很大差异。这与伍尔夫对政治一词的定义密切相关。伍尔夫将其界定为宣扬特定的政治学说,取悦某些政治家或政党,或在政治团体或组织中获得优势的活动的总结或系统传播的观点。伍尔夫不赞成在写作中直指特定的历史运动或事件。伍尔夫坚信政治化与小说的目的背道而驰,这正是她在散文《贝内特先生和布朗太太》中有力地强调的:"我相信所有小说都涉及性格,是为了表达性格——而不是宣扬信条、唱歌,或庆祝大英帝国的荣耀。"②因此,本书将"艺术的政治化"定义为艺术家试图将作品转变为宣扬某种政治学说或原则的空间。

---

① Woolf, *The Collected Essays*, vol. 2, p. 79.
② Ibid., vol. 1, p. 324.

在现实生活中，伍尔夫对政治采取了较为激进的态度，这一点在她于1918年12月31日致玛格丽特·莱维琳·戴维斯（Margaret Llewelyn Davies）的信中得到了证明："我认为对人们性格最大的伤害来自对政治的兴趣。"① 根据《伍尔夫书信集》的编辑奈杰尔·尼克尔森的说法，伍尔夫"将政客与记者一起归类为'上帝的动物中的最低者'，鄙视他们男性气概的自我认可，并指责他们'损害一切美好的情感'"②。"男性气概的"在这里似乎暗示了伍尔夫对政治或政客的理解显然是带有性别化的，因为她将政客与男人而非女人或男人和女人联系在一起。英国首相的妻子露西·鲍德温（Lucy Baldwin）与伍尔夫想法相似，认为众议院（英国政治的代名词）"从本质上说，是一个男性机构经过几个世纪的发展以男人的方式处理男人的事务"③。

伍尔夫对政客的理解带有性别化，这使我们推测伍尔夫的敌对情绪在很大程度上源于她对某些她不喜欢的男性气质的敌意。除此之外，伍尔夫的丈夫伦纳德·伍尔夫（Leonard Woolf）的言论——"伍尔夫是自从亚里士多德发明定义以来最不政治化的动物"④，进一步强调了伍尔夫对政治的敌意。伦纳德对妻子的保护姿态令人钦羡，但他的言论显然有些夸张了。伦纳德是一位政治理论家，这使他的妻子弗吉尼亚·伍尔夫不可能完全对政治漠不关心。⑤

此外，毫无疑问，伍尔夫在20世纪30年代后期的至少两部主要作品，即《岁月》（1937）和《三个基尼金币》（1938）中表达了对政治的深切关注。帕梅拉·J.特兰斯将《岁月》中的"场景和特征"视为"拼命试图表现得不那么明显政治化的政治愿景的产物"⑥。尽管伍尔夫努力淡化《岁月》中的政治元素，但她致力于女性在经济上、政治上和社会上的权利这一事实在评估她与诸如妇女选举权运动（Suffragette Campaign）等政治运动的亲密关系时不可忽视。伍尔夫对政治的关注在《三个基尼金币》中得到了更明确和肯定的表述。苏珊妮·贝拉米（Suzanne Bellamy）称其为"本世纪最重要的政治文件"⑦。如

---

① Woolf, *The Letters of Virginia Woolf*, vol. 2, p. 313.
② Ibid., vol. 1, p. xv.
③ 转引自 Brian Harrison, *Separate Spheres: The Opposition to Women's Suffrage in Britain* (London: Croom Helm, 1978), p. 234.
④ Leonard Woolf, *Downhill All the Way: An Autobiography of the Years 1919—1939* (London: The Hogarth Press, 1967), p. 27.
⑤ Holtby, *Virginia Woolf*, p. 27.
⑥ Transue, *Virginia Woolf and the Politics of Style*, p. 165.
⑦ 转引自 Lisa Low, "Review of *The Measure of Life: Virginia Woolf's Last Years* by Herbert Marder," *Criticism* 43.2 (2001): 222.

果贝拉米的论文在很大程度上被夸大了,那至少可以强调伍尔夫在那段时期的工作中对当代政治的密切关注。与贝拉米类似,简·马库斯(Jane Marcus)也坚信《三个基尼金币》是"一个社会主义、和平主义和女性主义的辩论文章",具有明显的"宣传目的"。①

雷尼尔与马库斯观点相似,认为"伍尔夫的女性主义、政治和审美的承诺""紧密相连"②。亚历克斯·兹沃德林(Alex Zwerdling)在《弗吉尼亚·伍尔夫与真实世界》(1986)中讨论了伍尔夫与她那个时代的政治氛围紧密接触,并正确地评论道:"伍尔夫职业生涯最后几年的作品显然受到当时动荡的历史潮流的影响。"③兹沃德林进一步指出,实际上,伍尔夫的著作"一贯地揭示了社会运动、历史事件、社会制度、公共和私人领域权利更换的意识"④。显然,对于批评家来说,20 世纪 30 年代的动荡和变化对伍尔夫及其他作家产生了巨大影响。伍尔夫不再是一个相对冷漠的政治观察者。

1936 年 11 月 14 日,即西班牙内战开始四个月后,伍尔夫给外甥朱利安·贝尔(Julian Bell)的信中写道,《每日工人》(Daily Worker)请她写一篇有关"艺术家和政治"的文章⑤。这篇文章最初以《为什么当今的艺术追随政治》为题发表,后来被更名为《艺术家与政治》,并被《瞬间及其他随笔》(The Moment and Other Essays, 1947)收录。这篇文章的提示性标题清楚地表明它在揭示伍尔夫对艺术家与政治关系的理解中起着重要作用。

在这篇文章中,伍尔夫解释了为什么在 20 世纪 30 年代艺术家在艺术实践中遵循政治。伍尔夫认为艺术家在当时不可避免地介入政治的主要原因是政治和历史危机的无处不在及其破坏性。⑥ 具体而言,30 年代希特勒和墨索里尼分别在德国和意大利上台。伍尔夫坚信,在同一时期"作家对政治感兴趣不言而喻"⑦。伍尔夫指出,当社会处于混乱之中时,任何艺术家都无法幸免于那个时代的政治动荡,正如他们的工作室"绝不是一个艺术家可以静静思考自己的模型或苹果的隐居之地。到处都被声音包围着,令人不安"⑧。

---

① Marcus, "'No more horses': Virginia Woolf on Art and Propaganda," p. 267.
② Reynier, Virginia Woolf's Ethics of the Short Story, p. 113.
③ Alex Zwerdling, Virginia Woolf and the Real World (Berkeley and Los Angeles: University of California Press, 1986), p. 328.
④ Ibid.
⑤ Woolf, The Letters of Virginia Woolf, vol. 6, p. 83.
⑥ 伍尔夫的两个堂兄弟(cousins)在 1916 年的战争中"被杀死"(Virginia Woolf, The Letters of Virginia Woolf, vol. 2, p. 100.);此外,她的外甥(nephew)朱利安·贝尔(Julian Bell) 1937 年在西班牙战争中死亡,年仅 29 岁。
⑦ Woolf, The Collected Essays, vol. 2, p. 230.
⑧ Ibid., vol. 2, p. 232.

其中最烦人的声音之一宣称"艺术家是政客的仆人"①。很显然,伍尔夫充分意识到艺术家不可能将自己完全从"20世纪30年代自我意识的政治文本"中割裂出来。② 结果,在和平时代可能能从政治中脱离出来的小说家"从他角色的私人生活转向他们的社会环境和政治见解"③。从这个意义上说,20世纪30年代的艺术家不可避免地遵循政治。

在伍尔夫看来,并不是艺术家自愿对政治感兴趣,而是出于两个相互依赖的原因"被迫参加政治":"为了生存"以及"为了艺术的生存"。④ 社会即艺术家背后的"金主",又是"赞助人"。⑤ 在政治危机时期,艺术作品必须取悦公众,以求生存。因此,艺术家不可能对20世纪30年代的政治动荡完全漠不关心。

如果伍尔夫为了生存而暂时屈服于政治是可以理解的,那么在和平时期,伍尔夫认为,为了艺术的完整性,艺术家应该远离宣扬政治学说。伍尔夫坚持认为,在社会稳定的情况下,艺术家与社会之间应该建立一种契约:社会为艺术家提供少量津贴,并接受艺术家的作品,条件是他们"[写作]或绘画时不需要考虑当下的政治骚动"⑥。对伍尔夫而言,"政治骚动"会对艺术创作产生负面影响。这种情绪有悖于第一章阐述的"思想自由"的最佳创作条件。在伍尔夫看来,济慈、提香、维拉奎兹(Velasquez)、莫扎特和巴赫等伟大的艺术家一直保持着自己与社会之间的这种契约。结果是济慈的诗中、提香或维拉奎兹的画中、莫扎特或巴赫的乐曲中没有任何政治指数。更具体地说,没有任何证据显示"那个时代或国家的政治状况"⑦。

众所周知,艺术家不可能完全不受政治的影响。值得注意的是伍尔夫对这些艺术家的评论并不准确。至少对济慈来说,他的阶级意识无法阻止他完全脱离政治。在本书看来,伍尔夫试图在此传达的观点是艺术创作绝不应该成为政治宣传的手段。艺术作品不应该明显展示个人偏颇的政治立场,而应通过避免涉及特定的个人暗示,应该超越政治。对伍尔夫而言,没有任何明显的政治标签符合普遍性的美学原则。伍尔夫认为,艺术作品不应直接提及特定的政治运动或政治偏见,而应引起人们对政治本质的关注,包含一个更广泛的、更宽阔的和更非人化的政治观点。伍尔夫的小说《达洛维夫人》可以

---

① Woolf, *The Collected Essays*, vol. 2, p. 232.
② Low, "Review of *The Measure of Life*," p. 222.
③ Ibid., p. 230.
④ Ibid., p. 232.
⑤ Ibid., p. 231.
⑥ Woolf, *The Collected Essays*, vol. 2, p. 231.
⑦ Ibid.

说是一个杰出的榜样。它避免了艺术政治化。毫无争议,战争是这部高度政治化的小说的主题。《达洛维夫人》没有涉及战争的细节,没有支持某一政党,而是非常微妙地揭示了遭受炮击的退伍军人塞普蒂默斯·沃伦·史密斯(Septimus Warren Smith)的精神创伤,生动地揭示了战争的恐怖及其造成的创伤。因此,伍尔夫在《达洛维夫人》中一直关注政治,但没有表达她对战争的个人看法,因此她在小说中展现的政治更加普遍化和包容。

伍尔夫强力反对小说政治化有两个主要原因。第一个原因在于,与激进政治的亲密接触会导致作家分心,正如伍尔夫所写的那样:"主题上的任何激动情绪必然会改变他的视角。"① 伍尔夫说的"激动情绪"指的是艺术家对政治的依恋很容易引起他们"对政治现实的愤慨",将其注意力从专注于"事物本身"转移到"抗议写作"。② "事物本身"与"抗议写作"之间的根本区别在于,后者与政治和愤怒情绪息息相关。更重要的是,抗议写作经常涉及采取立场或立场偏颇,这与普遍性的美学观不符。伍尔夫欣然同意詹妮弗·库克(Jennifer Cook)的观点,即"社会义务"与"艺术诚信"之间应有明显区别,后者对艺术家而言是一个更为重要的目标。③

伍尔夫不赞成艺术家对政治的强烈依附,这除了会转移艺术家的注意力之外,另一个具有说服力的原因是,"将艺术与政治融合"就是"将其掺假"(Adulterate)④。"Adulterate"是一个非常强烈的词,带有强烈的负面意义。它意味着"堕落"和"杂质"⑤。伍尔夫在这里提出,如果艺术是一只原始的纯种动物,那么政治的介入就会贬低艺术,就好像政治是一种诱人的污染源一样。从读者的角度来看,正如伍尔夫在同一段中所主张的那样,如果艺术品支持政治学说,那么读者会感到"受骗和被强加于身上",因为其"不是面粉制成的面包,而是石膏制成的面包"。⑥

如果将艺术比喻成"用面粉制成的面包",则它是正常且预期的食物,其营养可以被完全消化和吸收,那么,艺术和政治的混合则是"用石膏制成的面

---

① Woolf, *The Collected Essays*, vol. 2, p. 230.
② Jennifer Cook, "Radical Impersonality: From Aesthetics to Politics in the Work of Virginia Woolf," in *Impersonality and Emotion in Twentieth-Century British Literature*, eds. Christine Reynier and Jean-Michel Garteau (Montpellier: Université Paul-Valéry-Montpellier III, 2005), p. 80.
③ Ibid.
④ Woolf, *The Collected Essays*, vol. 2, p. 230.
⑤ John Simpson ed., *Oxford English Dictionary* (Oxford: Oxford University Press, 2010). http://www.oed.com,访问日期:2012-01-10。
⑥ Woolf, *The Collected Essays*, vol. 2, p. 231.

包",意味着背叛、强加、意料之外和消化不良。换言之,伍尔夫在此强调了小说的政治化将严重损害其艺术价值。为了创造"艺术品",伍尔夫认为艺术家必须放弃很多特权,例如公民活动家享有的与政治的紧密联系。他们应"被免除政治职务",以便获得"思想自由、人身安全和对实际事物的豁免权",这是艺术创作的主要条件。① "思想自由"一词强烈地让人联想到伍尔夫强有力的断言——忘记性别会给艺术家带来宁静,这一点已在本书第一章中进行了讨论。显然,伍尔夫非常重视不受外部阻碍分心、污染或束缚的富有创造力和想象力的大脑。

伍尔夫对艺术政治化的厌恶在《三个基尼金币》的尾注中更加明确:"如果我们使用小说来传播政治见解,我们必须强迫艺术家剪裁和收藏其天赋,以便为我们提供价廉的传递服务。文学将遭受与骡子一样的残害,再也不会有马了。"② 这种强烈的断言与上一段提到的"掺假的"主张极为相似,但是这种隐喻更为直接和生动。在这句引用中,伍尔夫把艺术比作具有活力的马,而宣传却是一只愚蠢的驴子,所以艺术和政治宣传的结合就变成了一只愚蠢而又倔强的骡子。正如简·马库斯所言,艺术与政治宣传的结合是通过"与相关的术语"和"与类属相关的术语"来暗示的。③ 伍尔夫认为政治化的小说与骡子高度相似,都是次等且较不受欢迎的。正如"掺假"一词所暗示的严重损害一样,与政治宣传掺和的作品的艺术价值必然受到严重破坏。

此外,骡子的不育清楚地使我们想起了第一章所讨论的缺乏暗示性的艺术作品。它们无法激起读者的想象力和参与解释的能力。伍尔夫认为,当政治的"廉价的传递服务"与持久的普遍性和非个人化的艺术品质形成对比时,艺术与政治之间的不相容性就会加剧。简言之,伍尔夫在这里提出牺牲艺术,使其服务于政治事业的手段是不值得的,这将不利于诸如"漠视""无私"和"非个人化"等品质的显现。伍尔夫不反对将政治材料作为艺术的主题,但她反对将艺术材料政治化。伍尔夫呼吁作家不要成为政治家。

为了支持她坚决反对艺术作品政治化的立场,伍尔夫在同一尾注中提供了一个例子,以表明艺术作品可以介入政治,但应远离将艺术作品政治化。她分析了索福克勒斯(Sophocles)《安提戈涅》(Antigone)的同名主人公,并指出如果没有索福克勒斯的艺术和创造才能,安提戈涅可能会成为像埃米琳·潘克赫斯特(Emmeline Pankhurst)夫人一样的人——她是英国20世纪初期

---

① Woolf, *The Collected Essays*, pp. 230−231.
② Woolf, *A Room of One's Own/Three Guineas*, p. 395.
③ Jane Marcus, "'No more horses': Virginia Woolf on Art and Propaganda," *Women's Studies* 4 (1977): 265.

选举权运动的政治活动家和领袖;而具有独裁者特征的克瑞翁(Creon)可能会变成希特勒或墨索里尼一样的人物。伍尔夫认为索福克勒斯是一个模范艺术家,而不是政客,因为他利用自己所有的创造才能避免克瑞翁成为"不受欢迎"的"宣传家"①。

换言之,克瑞翁的例子很好地说明了伍尔夫以政治作为主题或作为方法之间的区别。戏剧《安提戈涅》显然涉及政治,但索福克勒斯所采用的非政治方法使读者在戏剧结尾时对克瑞翁表示同情,但德国或意大利的独裁者则永远不会被赋予同样的情感。对于伍尔夫来说,艺术的政治化与政治融入艺术之间有着明显区别,后者涉及艺术家的创造力和有意识的努力。伍尔夫在评论沃尔特·埃德温·佩克(Walter Edwin Peck)所著的《雪莱:他的生活和工作》(Shelley: His Life and Work)时提到雪莱就是一个可以说明艺术家未能将其政治见解融入作品中的例子:"他[雪莱]诗歌的困难源于诗与政治之间的冲突在那儿无法得到解决。"②对伍尔夫而言,雪莱没能成功地将其政治化思考融入文本之中。伍尔夫认为,如果雪莱那样做了,他将在文学史中取得更高的地位。

伍尔夫本人可以作为另一个例子来说明将艺术与政治宣传分开的重要性,正如她在1935年4月13日的日记里记录自己抵制宣传诱惑而做出的努力一样,"一个人不能同时宣传和创作小说"。伍尔夫告诫自己:"由于这部小说[《岁月》]接近政治宣传的警戒线,我必须保持双手干净。"③"宣传"暗示了以"带有偏见的或误导的方式"针对"政治原因或观点"进行"系统的信息传播"。④ 伍尔夫评论道,当艺术家明确表达政治见解以讨好独裁者的虚荣心或"服务于自己的政治"时,"艺术家受到阻碍,他的作品变得一文不值"。⑤伍尔夫特别强调这种政治与艺术之间的不相容性。正如劳拉·马库斯(Laura Marcus)正确指出的那样,伍尔夫与"一种非政治的、形式主义的主张,即艺术应该远离论战和政治"⑥密切相关。因此,艺术的政治化与艺术创造力是矛盾的。

根据奥尔罕·帕慕克所述:"每部小说背后当然都有个人的、政治的和伦

---

① Woolf, *A Room of One's Own/Three Guineas*, p. 395.
② Woolf, *The Collected Essays*, vol. 4, p. 24.
③ Woolf, *The Diary of Virginia Woolf*, vol. 4, p. 300.
④ John Simpson ed., *Oxford English Dictionary* (Oxford: Oxford University Press, 2010). http://www.oed.com, 访问日期:2012-01-10.
⑤ Woolf, *The Collected Essays*, vol. 2, p. 231.
⑥ Laura Marcus, *Virginia Woolf* (Plymouth: Northcote House, 1997), p. 52.

理的动机。"①帕慕克为小说中的政治提供了广泛的定义:"当作者表达政治观点时,小说的艺术并不是政治性的,而是当我们努力了解在文化上、阶级上、性别上与我们不同的人时,这时小说的艺术才是政治的。这意味着在表达伦理、文化或政治见解之前要有同情心。"②帕慕克在这里的信息很明确:小说家不可避免地具有政治色彩,这并不是因为他们的政治见解,而是因为他们努力理解和同情另一种不同的文化、阶级或性别。从这个意义上说,伍尔夫一生致力于提高妇女的社会和经济权利也使她无法保持完全去政治化。尤其是当雌雄同体和非个人化的概念都高度政治化时,因为两者都具有伍尔夫强烈的性别意识,这清楚地表明了她的政治意识动态。事实上,伍尔夫的小说都包含了政治,但是她的政治思想已经被消化后融入小说中了。

文学作品不可避免地是政治的,也不可能不涉及政治,但在伍尔夫看来,作家应该分辨什么是政治的和什么是政治化的。伍尔夫并不反对作家的政治意识,只要其能完全融入文本中;但她反对小说的政治化,即将小说当成公开宣扬政治学说或宣传的工具。在伍尔夫眼里,未消化的政治和小说的结合与普遍性的美学目的背道而驰,因为个人和特定的政治观点可能是作家的个人属性,而政治事件的细节则带有特定时代和地域的特征。

换句话说,在伍尔夫看来,小说家应该避免过分说教或讲授他们的政治立场或政治学说,或避免在小说中提及特定的政治事件,这一原则符合"以布鲁姆斯伯里为导向的理想——政治和艺术之间的分离"③,或借用雷尼尔的话,"一种为了艺术之名的艺术"④。布鲁姆斯伯里的理想是在艺术功能和政治功能之间寻求明确的区分。如果政治是小说中必不可少的话题,小说家应该将注意力转移到对政治本质的讨论上,而不要具体说明任何政治学说或观点。因此,他们应该采取"政治上无偏见的立场"⑤,并且永远不要成为政治家。这里真正的问题是,艺术家应该在艺术与政治宣传或布道之间做出明确区分,这大概也可以应用于宗教与艺术之间的关系。危险不在于政治与宗教本身,而是在于宣传某种信仰并主张某种立场或行为方式的教诲或教育学理论。有说服力的思想和艺术是不相容的,并且出于普遍性美学的考虑,切勿将其混为一谈。

---

① Orhan Pamuk, *The Naive and the Sentimental Novelist* (Cambridge: Oxford University Press, 2010), p. 102.
② Ibid., p. 69.
③ Showalter, *A Literature of Their Own*, p. 288.
④ Reynier, *Virginia Woolf's Ethics of the Short Story*, p. 113.
⑤ David James, "Realism, Late Modernist Abstraction, and Sylvia Townsend Warner's Fictions of Impersonality," *Modernism/Modernity* 12.1 (January 2005): 124.

三、诗意精神

伍尔夫在1927年6月27日的日记里记录道,她打算"为我的书发明一个新的名称,以取代'小说'这个名称"①。她想为理想的小说创作取一个新名字的强烈愿望再次出现在日记中:"我将为它们[小说]发明一个新名称。"②新名称取代惯用词"小说"的必要性表明传统的词汇已经不能适应伍尔夫小说中新的变化和发展了。随之而来的问题是:小说中的哪些创新促使伍尔夫为它们创造新名称?这样的小说有什么特色?是否有符合这些要求的典范小说?更重要的是,这类小说的显著特征与伍尔夫小说创作的普遍性和非个人化诗学有什么关系?

回答这些问题的关键在于伍尔夫在她的散文《狭窄的艺术之桥》("The Narrow Bridge of Art",1927)中的猜想:"有可能在所谓的小说中出现我们几乎不知道如何命名的小说。它将用散文写成,但是是具有许多诗歌特征的散文。"③这两句重要的引文巧妙地将寻找"小说"的新名称的问题与此类小说的特征联系在一起。这个问题在伍尔夫的脑海中徘徊了很长时间。在引文的前半部分,"christen"一词重复了同样为这种新型小说找到合适名称的关注,而后半部分揭示了此类小说的主要特征:它们以散文的形式写成,但要充满诗歌的主题特征,使它们有别于传统小说。

显然,这两句引用的后一句包含的论点是,未来小说的语言或形式必须是散文,伍尔夫在同一篇散文里也强调了这一点:"归于现代思想的情感……"可能"更容易臣服于散文而不是诗歌"④。伍尔夫认为散文而非诗歌更适合描述复杂的现代意识和人类生活。

在同一篇散文中,伍尔夫进一步解释说:"押韵、韵律、诗意的措辞"使诗歌"超然不俗",与世隔绝。结果,诗歌的形式不适合表达"生活的共同目的。"⑤换言之,诗歌形式的显著特征与共同生活的详细描述格格不入。与诗歌形式和诗歌语言的僵化和局限性相比,散文的特点是"自由""无畏""灵活性"和"柔韧性",这些属性使其成为描写高尚和低俗生活,以及一丝不苟地描绘共同生活中的琐事的完美工具。此外,散文还有着"极其有忍耐力"和"能谦逊地吸取新事物"的特点,使其适应于通常是小说主题的密切观察。除此

---

① Woolf, *The Diary of Virginia Woolf*, vol. 3, p. 34.
② Ibid., vol. 3, p. 176.
③ Woolf, *The Collected Essays*, vol. 2, p. 224.
④ Ibid.
⑤ Ibid., vol. 2, p. 223.

之外,面对小说不断的变化和挑战,散文发展的巨大空间也是一个巨大的优势:"散文本身仍处于起步阶段,毫无疑问,它具有无限的变化和发展的能力。"①("Phases of Fiction")事实证明,散文的灵活性和光明前途证明了它在未来小说的创新和发展中是必要的,伍尔夫预言这将成为"散文的民主艺术"②。这里所说的"民主"不是政治上的意思,而是所有作家在各种选择上的可用性和平等性。

伍尔夫坚信,如果诗歌形式不适用于小说,与题材或主题有关的小说就必须充分利用诗歌的本质或精神。伍尔夫高度赞扬将诗歌融入小说中:"我们不能在某些小说或其他小说中找到诗歌吗?"③伍尔夫提出的反义疑问句暗示了诗意精神在未来用散文书写的小说中的重要性甚至是必要性。伍尔夫的散文《蒙田》以更加自信的语气更加坚定地表达了同样的观点:"最好的散文是充满诗意的。"④显然,伍尔夫认为未来最好的小说将是散文形式和诗意精神的结合,这也能从她自信的断言中得到证明:"诗人给了我们他的精髓,但散文却铸就了整个身体和大脑的模具。"⑤

在伍尔夫看来,散文更能表达微妙和复杂的人物和意识,而诗歌更能揭示生活的核心。因此,伍尔夫明确表示:"为什么不让文学接受诗歌以外的任何东西呢——我的意思是充满?"⑥在此,关键词"充满"指的是用某种难以检测其存在的品质完全填充某一个物体。这表明诗意的本质已经完全融入小说的散文形式中。结果是,很难在小说的散文形式中立即识别出诗意元素。因此,对于伍尔夫来说,散文形式和诗意精神相结合是卓有成效的,对未来小说来说必不可少。

伍尔夫著名的散文《女性与小说》中的一句话为我们提供了有用的线索,以揭开有关"诗意精神"的奥秘,这引起了伍尔夫对未来小说方向的关注:

> 女性生活中更大的非个人化鼓励诗意精神,但女性小说在诗意方面仍然是最弱的。这将使女性沉溺于事实,不再满足于以惊人的敏锐度记录自己所观察到的微小细节。女性将把目光从个人和政治关系上转移

---

① Woolf, *The Collected Essays*, vol. 2, p. 97.
② Ibid., vol. 2, p. 226.
③ Ibid., vol. 3, p. 21.
④ Ibid., vol. 2, p. 231.
⑤ Virginia Woolf, *The Essays of Virginia Woolf*, 6 vols., eds. Andrew McNeillie (1—4 vols); Stuart N. Clarke (5—6 vols) (London: The Hogarth Press, 1986—2011), vol. 3, p. 157.
⑥ Woolf, *The Diary of Virginia Woolf*, vol. 3, pp. 209—210.

到诗人试图解决的更广泛的问题上,即我们的命运和生命的意义。①

需要强调的是,这是伍尔夫唯一一次提及"诗意精神"这个词。在本书中,诗意精神指的是诗歌富有特色的精神或精髓。伍尔夫大胆地假设,诗歌往往比小说更能解决人类的重大和非个人化的问题。伍尔夫认为诗歌的这种品质最好能被运用于小说写作。伍尔夫的假设显得模糊而且简化,但考虑到诗歌的悠久传统,她的观察可能也有些道理。尽管伍尔夫未明确定义诗意精神,但在这句话中她对"诗意精神"的特征提出了有用的提示。

伍尔夫指出,非个人化不仅是一种艺术品质,还可以成为女性更广泛生活经验的一部分,能扩大她们的视野。伍尔夫坚信,女性在小说创作中实现诗意精神具有优势,因为在 20 世纪,女性的生活比之前更加非个人化,伍尔夫时代的女性不再仅仅局限于曾经占用了她们全部注意力的家庭领域。对伍尔夫而言,家庭生活的范围受到了严格限制。取而代之的是,由于女性为争取政治权利而进行斗争,妇女的职业和权利逐步增长,妇女们面临着更加多样化的环境,并因她们的才华和能力得到了更多机会。这些新的机遇给她们带来了多样化的体验和新的关系,使她们不再完全围绕个人和个体。如本章前面所述,接触更多经历对于减少作者的自负至关重要。

换句话说,与本章前面的讨论有关,妇女在现代生活中对更大的生活观点的接触和接受可能使她们在经济、政治、教育和社会圈子中发挥一定的作用,而这些圈子过去常常仅限于男士。由于她们的注意力从纯粹个人的角度转向更加多样化和非个人的角度,由于妇女不再是家中晦涩的天使,她们的多种经历将为她们的小说带来可喜的变化,因为她们将不再仅仅充当忠实的信徒,记录并分析其家庭生活中的琐事,这对伍尔夫而言非常个人化,对其艺术价值构成了限制。伍尔夫对未来的女性小说充满信心,她相信这些小说将"自然对社会变得更加批判,而对个人生活的分析也就更少"②,因为作为她们不同经历的反映,她们的小说应该关注那些超越了家庭生活的狭窄壁垒和作者个性的问题。

在上面的引文中,伍尔夫预言,女性生活的非个人化将有助于在女性小说中培养非个人化的诗意精神,本书认为这是她普遍性美学的另一个关键组成部分。伍尔夫鼓励小说家遵循诗歌传统,并努力重塑复杂的生活和经验,以解决我们一直面临的生存问题。正如弗兰克·布拉德布鲁克对伍尔夫的正确评论:"对于弗吉尼亚·伍尔夫而言,小说不是任何阿诺德式的'生活批

---

① Woolf, *The Collected Essays*, vol. 2, p. 147.

② Ibid.

判',而是对体验复杂性的重新创造。"①简而言之,伍尔夫对"诗意精神"的兴趣吸引着小说家更多地关注社会问题,而不是个人和个人的"不休和琐碎的"谈话。②(《妇女与小说》)也就是说,艺术家,尤其是女性小说家,应该尽可能多地接触生活和经历,以便她们能够将生活中的各种材料转变成对读者具有普遍意义的小说,从而加强伍尔夫小说书写的普遍性观念。

以莎士比亚的《哈姆雷特》为例,伍尔夫阐释了诗意精神的含义:"诗人[莎士比亚]总是能够超越哈姆雷特与奥菲利亚之间关系的特殊性,不仅向我们质疑了他自己的个人命运,而且还质疑了全人类生活的状态和存在。"③《哈姆雷特》超越了哈姆雷特这个角色的个人经历,后者从一个特定的个体转变为具有代表性和普遍性的人。哈姆雷特"质疑了他自己的个人命运",但更重要的是他对国家命运的思考以及对生命意义的沉思引起了读者的共鸣,他们被激发思考相关问题,因为每个读者都可能成为潜在的哈姆雷特。因此,《哈姆雷特》超越了个人关系和个性的界限,从而实现了主题的普遍性。它暗示着诸如命运和生命的意义之类的生存问题,以及国家或普通读者面临这些问题的解决方法。

伍尔夫认为,小说中的人际关系与小说中的个人关系,例如"人与自然、命运的关系,他的想象力,他的梦想"④,过去一直是诗歌中的话题,将来也会应用于小说写作中。伍尔夫在此的言论与她在散文《贝内特先生和布朗太太》中对爱德华时代小说家的强烈批评有着密切关系,那些小说家"看起来非常有力地、追根究底地、富有同情心地看着窗外,看着工厂、乌托邦;……但从不看她、生活或人性"⑤。显然,伍尔夫认为小说的任务是描写对复杂生活、人性、生命的意义以及相关普遍性主题的沉思,而爱德华时代的小说家常常忽略了这些思考。

伍尔夫提供了更多的非人际关系的实例,这些实例曾经属于诗歌领域,也能在未来的小说中得以陈述:"它与诗歌相似,不仅会主要展现彼此之间的关系以及他们的活动,就像已经做到的那样,而且还将大脑与普遍化的思想和孤独中的独白联系起来。"⑥伍尔夫认为小说到目前为止在揭示人际关系方面做得很好,但就意识和普遍化观念之间的关系而言,还需要加以改进。

---

① Bradbrook,"Virginia Woolf," p. 345.
② Woolf, *The Collected Essays*, vol. 2, p. 148.
③ Ibid., vol. 2, p. 225.
④ Ibid., vol. 2, p. 226.
⑤ Ibid., vol. 1, p. 330.
⑥ Ibid., vol. 2, p. 225.

同样，伍尔夫在这里的概括是笼统而简化的，因为小说虽然不像诗歌那样频繁，但也能够表现出重大的问题意识，乔治·艾略特在这方面就取得了较大的成就。伍尔夫进一步推测，诗歌中经常出现的非人际关系，例如"对玫瑰和夜莺、黎明、日落、生命、死亡还有命运的情感"①，也值得未来小说探讨。除了个人和非个人的关系外，"生活的亲密和复杂性"和"现代思想"的错综复杂也是小说富有洞见的主题。

因此，诗意精神与伍尔夫小说创作中的主题考虑密切相关。具有诗意精神的小说的明显特征在于其具有普遍性的主题，例如非人际关系，这曾经是诗歌的唯一领域。为了在主题方面更接近诗歌，小说应该消除可以从角色识别出来真实人物的细节。取而代之的是，他们通过"站在离生活更远的地方"来实现"像诗歌一样，给出轮廓而非细节"②。伍尔夫认为诗歌讨论的话题比小说更加具有普遍意义，这是她的个人偏见。伍尔夫熟悉的华兹华斯的《序曲》(Prelude)，就充满了诗人个人生活中的许多细节。尽管如此，伍尔夫还是很乐意赞同约翰·济慈的话，他使用"华兹华斯式或自我中心主义的崇高"③(To Richard Woodhouse, 27 Oct. 1818)的标签来描述华兹华斯在其诗歌中对个人或自传元素的展示。对伍尔夫和济慈而言，个人细节的主观性与普遍性的理念相矛盾，并且会使艺术家的作品受到限制。因此，伍尔夫与济慈之间的共识是，在创作过程中暂时放弃艺术家的创作身份。我们必须承认伍尔夫的假设，即小说更适合表达细节是有些道理的。换言之，在伍尔夫看来，如果未来小说要实现普遍性的艺术成就，应该将重点放在伍尔夫认为的诗歌所做的一般性方面，而不是细节方面。

总之，诗意精神是伍尔夫专门用来描述未来用散文写作的小说中涉及主题和诗歌本质的术语。它强调诗歌主题或内容，而非诗歌形式。这是伍尔夫对诗歌所涉及的主题和问题的本质的概括和总结，伍尔夫认为这可以转化为小说中具有普遍意义的主题。更具体地说，具有诗意精神的一些典型主题可以是关于人的本性、生命、死亡、人与自然的非人际关系、命运等。具有诗意的小说超越了作者的个性。通过逃避对特定个人生活的细微描述，通过将个人和个体的转变为非个人化和普遍化的，具有诗意精神的小说应该致力于解决普通读者面临的问题，例如存在性问题或普遍化社会问题。这符合伍尔夫的普遍性美学理念。本书认为，伍尔夫的诗意概念最终构成了她小说创作中普遍性概念的一个重要方面。

---

① Woolf, *The Collected Essays*, vol. 2, p. 225.
② Ibid., vol. 2, pp. 224-225.
③ Keats, *Selected Letters*, p. 147.

四、伍尔夫与希腊文学的非个人化

弗吉尼亚·伍尔夫在《存在的瞬间》中提到,1897年,长她两岁的哥哥索比(Thoby)首次给她讲赫克托耳(Hector)和特洛伊(Troy)等希腊文学的经典故事①,这在昆汀·贝尔(Quentin Bell)为她写的传记中也得到了印证②。在伍尔夫眼里,索比是引导她步入希腊文学堂奥的入门师父③。从此,希腊便成为增进兄妹情谊的纽带。伍尔夫于1897年在伦敦国王学院(King's College London)开始系统地学习希腊文:她参加了古典文学学者乔治·沃尔(George Warr)教授的希腊文"初级班"以及希腊文学研究者沃尔特·佩特(Walter Pater)的妹妹克拉拉·佩特(Clara Pater)的希腊文"中级阅读班",后者的阅读材料中包含了柏拉图的《伊安篇》(Ion)和索福克勒斯的《安提戈涅》等名篇。④ 伍尔夫在1897年10月24日写给索比的信中也提到,她正在伦敦国王学院学习希腊文。⑤ 她在海德公园门(Hyde Park Gate)22号的书桌上一直摆放着希腊词典和希腊戏剧等书籍。⑥ 1900年6月,伍尔夫在写给表姐艾玛·沃恩(Emma Vaughan)的信中表达了自己对希腊文的热爱:"希腊文是我每日的面包,给我带来强烈的喜悦。"⑦1901年7月,她在写给索比的信中提到自己阅读了《安提戈涅》和《俄狄浦斯在科罗诺斯》(Oedipus Coloneus)等希腊戏剧作品。⑧ 1902—1903年期间,珍妮特·凯斯(Janet Case)开始辅导伍尔夫学习希腊文,二人因此结缘,凯斯成为她的终身挚友。1902年2月,伍尔夫在写给好友维奥莱特·狄金森(Violet Dickinson)的信中自豪地称赞道:"我投身于艰涩的希腊文学习,希腊文对我来说具有很大的吸引力——天知道为什么——我不想做其他任何事。我真的很擅长希腊文。"⑨1905年2月2日,她因疾病暂停希腊文学习差不多一年之后在日记里写道:"我很高兴

---

① Woolf, *Moments of Being*, 2nd ed., ed. Jeanne Schulkind (San Diego, New York, London: Harvester, Harcourt, 1985), p. 125.
② Quentin Bell, *Virginia Woolf: A Biography* (New York: Harcourt, 1972), p. 27.
③ Woolf, *Moments of Being*, p. 125.
④ Christine Kenyon Jones and Anna Snaith, "'Tilting at Universities': Woolf at King's College London," *Woolf Studies Annual* 16 (2010): 24.
⑤ Woolf, *The Letters of Virginia Woolf*, vol. 1, p. 10.
⑥ Woolf, *Moments of Being*, p. 122.
⑦ Woolf, *The Letters of Virginia Woolf*, vol. 1, p. 35.
⑧ Ibid., vol. 1, p. 42.
⑨ Ibid., vol. 1, p. 177.

地发现自己没忘记希腊文,阅读艰涩的修昔底德(Thucydides)像以往一样容易。"①1906年9月,伍尔夫和索比、姐姐凡妮莎(Vanessa)、弟弟艾德里安(Adrian)及维奥莱特·狄金森一起到希腊旅行。遗憾的是,索比回国后因伤寒于11月20日离世。② 从此,伍尔夫对希腊的回忆常与悲剧联系在一起。她于12月依据第一次希腊之旅创作了短篇故事《彭特利库斯山上的对话》("A Dialogue upon Mount Pentelicus")。S. P. 罗森鲍姆(S. P. Rosenbaum)认为故事中未被命名的两个对话者是索比和艾德里安。③ 伍尔夫借此故事表达了自己对索比的眷念之情。

伍尔夫对希腊文学的关注和喜爱伴其终生。根据其希腊文和拉丁文笔记,伍尔夫一生阅读过多部希腊文学原著并做了较为详细的笔记,包括柏拉图《会饮篇》(*Symposium*)和《斐德诺篇》(*Phaedrus*),索福克勒斯的《安提戈涅》和《埃阿斯》(*Ajax*)、荷马的《奥德赛》(*Odyssey*)和《伊利亚特》(*Illiad*)、阿里斯托芬的《蛙》(*The Frogs*)、欧里庇得斯(Euripides)的《伊翁》(*Ion*)等。

伍尔夫认为希腊文学是文学史上的巅峰。她在很多作品中均表述了自己对希腊文学成就的向往。从1915年的第一部小说《远航》开始,一直到伍尔夫的最后一部作品《幕间》,希腊文学的精神都贯穿始终。在《远航》中,雷德利·安布罗斯(Ridley Ambrose)说道:"如果你读希腊文,则永远不要读其他东西,纯粹是浪费时间——纯粹是浪费时间。"④"纯粹是浪费时间"强调了希腊文学具有后世文学无法企及的成就。1917年5月24日,伍尔夫在书评《完美的语言》("The Perfect Language")中阐释了她对希腊文和希腊文学的赞美和崇敬:"希腊文学是一系列完整和完美的话语。"⑤伍尔夫进一步阐释道:"事实上,就算是对业余爱好者而言,希腊文学不仅仅是文学,而是文字能做到的最高典范。"⑥"最高典范"再次强调了希腊文学在伍尔夫心中至高无上的地位。在《雅各的房间》中,雅各抒发了自己对希腊文学的喜爱:"当一个人用世界上的每一种文学漱过口之后……唯独希腊文学风味犹存。"⑦伍

---

① Woolf, *A Passionate Apprentice: The Early Journals, 1897—1909*, ed. Mitchell A. Leaska (San Diego, New York and London: Harvest, 1992), p. 231.
② Bell, *Virginia Woolf: A Biography*, p. 110.
③ P. S. Rosenbaum, *Edwardian Bloomsbury: The Early History of the Bloomsbury Group* (London: MacMillan, 1994), p. 191.
④ Woolf, *The Voyage Out*, p. 163.
⑤ Woolf, *The Essays of Virginia Woolf*, vol. 2, p. 117.
⑥ Ibid., vol. 2, p. 118.
⑦ Virginia Woolf, *Jacob's Room*, ed. Kate Flint (Oxford: Oxford University Press, 2008), p. 101.

尔夫为《普通读者》(The Common Reader，1925)专门撰写了《论不懂希腊文》一文,并将其安排在《普通读者》的第三篇。而1966年,伍尔夫的丈夫伦纳德·伍尔夫将《论不懂希腊文》放在他主编的四卷本《伍尔夫随笔集》(Collected Essays)第一卷开篇,其对伍尔夫文学创作的影响可见一斑。这篇散文对伍尔夫的重要性也可从《弗吉尼亚·伍尔夫散文全集》(The Essays of Virginia Woolf)第四卷的编辑安德鲁·麦克尼利(Andrew McNeillie)提供的注释中得到印证。根据麦克尼利的考证,伍尔夫前后花费了三年时间才完成这篇散文①,可见她对这篇散文倾注心血之多。布兰德·西尔韦(Brander R. Silver)也提到,伍尔夫在1922年8月16日就在撰写《论不懂希腊文》,在后来的两年半时间里,伍尔夫为撰写此文而阅读了多部希腊文学原著。② 在《奥兰多》中,伍尔夫借奥兰之口赞美了希腊文学的瞩目成就:"伟大的文学时代一去不复返,希腊文学是伟大的文学,伊丽莎白时期的文学在各方面都不及希腊文学。"③1932年,伍尔夫夫妇和好友罗杰·弗莱及其姐姐玛乔丽(Marjorie)再次访问希腊。伍尔夫在作品中也向希腊文学形式致敬。1938年,长篇散文《三个基尼金币》被认为是伍尔夫"精心策划的柏拉图式三角对话"④。伍尔夫最后一部小说《幕间》就直接采用了由村民组成的希腊合唱队形式。希腊文学代表着至高无上的文学成就,一直是伍尔夫向往的文学神殿,尤其是柏拉图、索福克勒斯、荷马等人的古希腊文学作品对伍尔夫的文学创作生涯产生了深远影响。

非个人化是理解现代主义文学作品的关键词之一。莫德·埃尔曼认为"非个人化这个概念对现代主义美学至关紧要。"⑤伊丽莎白·坡德涅克斯(Elizabeth Podnieks)亦将非个人化视为"现代主义作家严格遵循的一个法则之一"⑥。S. P. 罗森鲍姆认为:"作者对客观(objectivity)或超然(detachment)的渴望是现代主义一个常规特征,……与她同时代的作家艾略特和乔伊斯(James Joyce)一样,伍尔夫也追求文学上的非个人化。"⑦艾略特

---

① Woolf, *The Essays of Virginia Woolf*, vol. 4, p. 51.
② Brenda R. Silver ed., *Virginia Woolf's Reading Notebooks* (Princeton: Princeton University Press, 1983), p. 101.
③ Virginia Woolf, *Orlando: A Biography*, ed. Rachel Bowlby (Oxford: Oxford University Press, 2008), p. 85.
④ Nancy Worman, *Virginia Woolf's Greek Tragedy* (London: Bloomsbury Academic, 2019), p. 14.
⑤ Maud Ellmann, *The Poetics of Impersonality*, p. 3.
⑥ Podnieks, *Daily Modernism*, p. 133.
⑦ Rosenbaum, *Edwardian Bloomsbury*, p. 384.

的散文《传统与个人天赋》堪称现代主义非个人化最权威的宣言。伍尔夫是非个人化最积极、最重要的推崇者、倡导者、实践者和发展者之一。伍尔夫早在 1917 年《完美的语言》中就已经提到希腊文学具有的"无瑕品质"(flawless quality),并明确指出这是"一种似非个人化的品质"(a quality which has the likeness of impersonality)①。换言之,伍尔夫先于艾略特两年就明确提出非个人化这个重要的文学创作理念。

伍尔夫在《论不懂希腊文》中两次重申"希腊文学是非个人化的文学"。希腊文学在此指代的是古希腊文学,尤指其悲剧和对话录等。对她而言,希腊文学因其非个人化而成为完美文学的代名词。伍尔夫的文学创作带有希腊文学非个人化品质的明显印记。本文将从希腊文学人物的普遍性(universality)、作家个性的隐匿性(anonymity)及希腊文学的对话性三方面讨论伍尔夫与希腊文学的关系,指出希腊文学的非个人化理念对伍尔夫文学创作思想及其小说创作产生的重要影响。

(一) 希腊文学人物的普遍性

希腊文学最明显的特征之一是人物的普遍性(universality of characters)。在《论不懂希腊文》中,伍尔夫讨论了希腊悲剧中的普遍性人物,称其为"稳定的、永久的、最初的人"(the stable, the permanent, the original human being)②。伍尔夫进一步阐释道,索福克勒斯悲剧中的人物安提戈涅和伊莱克特拉(Electra)等角色具有典型性和原始性:"安提戈涅和……伊莱克特拉以我们经常表现的方式表现;因此,我们能比理解《坎特伯雷故事集》(The Canterbury Tales)中的人物更容易、更直接地理解她们。她们就是原型人物,而乔叟的人物是人类物种的变体。"③希腊悲剧中普遍性人物的行为代表着现实中在相似情形下会做出类似行为的读者们。这些希腊悲剧的人物具有的普遍性品质和共同经历,超越了语言、时间、地域、种族和宗教等因素的限制,容易使各个年龄段的读者们与其建立紧密的联系,平等而又轻松地认同这些希腊悲剧人物的命运,读者们在阅读这些希腊悲剧时似乎在阅读自己的生活。希腊文学中的普遍性人物是最真实和最原始的模型。伍尔夫对希腊悲剧人物中的女性人物安提戈涅尤为钟爱。她的"英雄主义"和"忠诚"④给伍尔夫留下了尤其深刻的印象。伍尔夫在未发表的手稿中甚至将安

---

① Woolf, *The Essays of Virginia Woolf*, vol. 2, pp. 117—118.
② Virginia Woolf, "On Not Knowing Greek," in *The Common Reader. First Series*, ed. Andrew McNeillie (London: The Hogarth Press, 1984), p. 27.
③ Woolf, "On Not Knowing Greek," p. 27.
④ Ibid.

提戈涅称为"完美的英勇女人：坚定不移，毫不妥协"①。伍尔夫视安提戈涅为人性中一些高贵品质的化身和永恒代表。

希腊人物的普遍性和持久性最直接地体现在其简洁朴素、富有代表性和原始性的原型人物上。在《远航》中，伍尔夫借艾伦小姐（Miss Alan）之口直接将希腊人与原始性联系在一起："当我想到希腊人时，我认为他们是赤裸的黑人。"②艾伦小姐借"赤裸的黑人"强调了希腊文学人物的原始性。

伍尔夫在故事《彭特利库斯山上的对话》（1906）中创作了僧侣（monk）这个象征着希腊人物普遍性和非个人化的原型人物。这个故事主要讲述了六位英国青年游客在雅典东北部的彭特利库斯山中的所见所闻，着重叙述了其中两位男性游客关于古希腊艺术的对话。以艾德里安为原型的对话者感叹古希腊艺术的遗失，表达了对古希腊文明的依恋。他虽然承认古希腊艺术难以界定，但他坚定地认为它是完美艺术的代名词，是美和真理的同义词，是永恒的象征，更重要的是它是维多利亚式希腊精神（Victorian Hellenism）的源头。而以索比为原型的对话者则持相反观点，认为前者想象中的希腊并不存在，现代和古希腊艺术之间并无明显差异。故事结尾处，游客们将"一个巨大的棕色形状"的僧侣误认为是一只"欧洲棕熊"③。随着僧侣的形象渐渐明晰后，英国游客们才发现这是一个穿着极其朴素的僧侣。这个僧侣留着胡须和长发，肩上负荷着干柴，正在为附近寺院履行"卑微的职责"④。他没有名字，他的形象容易让人觉得他"肮脏和不识字"⑤，这与六位来自英国哈罗和剑桥等地的年轻游客形成了鲜明的对比，后者似乎成了文明的象征。

仔细观察便可以发现这个僧侣的特别之处：他的鼻子和眉毛像"一尊希腊雕塑"⑥。僧侣和希腊雕塑的相似处在于两者的简朴和不加修饰。可以说希腊雕塑是希腊艺术普遍性和非个人化的一个具体化身。因此，将这个僧侣比喻成一尊雕塑，也是在某种程度上影射这个僧侣所代表的人物的原始性、普遍性和非个人化。这个僧侣立刻从一个"野蛮人"⑦的粗糙个体形象转变为一个永恒的形象，就像希腊悲剧中的原始模型和人物一样："他是那些原始

---

① Rowena Fowler, "Moments and Metamorphoses: Virginia Woolf's Greece," *Comparative Literature* 51.3 (Summer 1999): 221.
② Woolf, *The Voyage Out*, p. 109.
③ Virginia Woolf, *The Complete Shorter Fiction of Virginia Woolf*, ed. Susan Dick (San Diego: Harcourt Brace Jovanovich, 1989), p. 67.
④ Ibid.
⑤ Ibid.
⑥ Ibid.
⑦ Woolf, *The Complete Shorter Fiction of Virginia Woolf*, p. 64.

人物之一,浸在粗糙的土地里,抵制了时间的流逝。"①这个无名的僧侣简单地跟这些英国游客打招呼:"晚上好。"②虽然伍尔夫对这个僧侣着墨不多,但他的形象已然栩栩如生。这个僧侣在一个极其普通的情景下出现,他的简朴形象和言行似乎也在传达着一种非个人化的超越现实意义的美。他不仅外表形象上不加任何修饰,而且行为和语言也极其精简质朴,就像是伍尔夫在讨论非个人化时所采用的词语"简朴、不加修饰"(bareness)的具体化体现。

故事中,以艾德里安为原型的对话者认为,希腊艺术的一个显著特征就是"削减多余部分"(paring down the superfluous):"希腊人通过削减多余部分,终于揭示了完美的雕塑,或才情丰富的诗节,就像我们对应地通过将多余部分掩藏在我们情感和想象的破布里,掩盖了其轮廓,破坏了本质。"③"削减多余部分"的过程也是追求非个人化的过程。伍尔夫将作家塑造原始性人物的过程与雕塑家创造雕塑的过程进行类比,认为两种艺术家的共同点之一都是在创作过程中去除多余部分。当多余部分被去除后,体现出来的一个明显特点是简朴(bareness)。"bareness"原本是指希腊雕塑赤裸、不穿衣服。伍尔夫多使用了"bareness"的比喻义,即"简朴,不加修饰"。

值得一提的是伍尔夫在《个性》④和《论不懂希腊文》⑤中也采用了"bareness"来形容希腊戏剧和诗歌中人物的原始性和普遍性。伍尔夫在《论不懂希腊文》中提到希腊戏剧和诗歌的简朴(bareness):"每盎司脂肪都被削掉了,留下结实的肌肉。虽然看起来毫无保留和光秃秃的,没有一种语言能更快速地移动、跳跃、摇曳,保持活力,但处于控制之下。然后是词语……如此清晰、如此冷酷、如此强烈。"⑥在伍尔夫看来,作者非个人化的过程同时也是去除多余部分的过程。对此,伍尔夫在创作《海浪》(The Waves)的过程中也深有体会:"我的意思是淘汰所有废弃物、死气沉沉和多余之物……诗人们通过简化而成功。"(I mean to eliminate all waste, deadness, superfluity… The poets succeeding by simplifying.)⑦雕塑家与作家都有着相似的工作过程:雕塑家在创造雕塑的过程不断削减多余部分,精雕细琢,进而达到或接近完美的地步。同样,作家也需要删减不需要的部分,留下精华。可以说,这个僧侣是古希腊的继承者,他超越了时间和空间,连接了古希腊和现在,是古希腊精

---

① Woolf, *The Complete Shorter Fiction of Virginia Woolf*, p. 67.
② Ibid., p. 68.
③ Ibid., p. 66.
④ Woolf, *The Collected Essays*, vol. 2, p. 274.
⑤ Woolf, "On Not Knowing Greek," p. 34.
⑥ Ibid., pp. 35—36.
⑦ Woolf, *The Diary of Virginia Woolf*, vol. 3, pp. 209—210.

神永恒的代表。伍尔夫在《彭特利库斯山上的对话》中提到,正如无数古希腊无名石匠和奴隶在彭特利库斯山的斜坡上耗尽了生命一样,这个僧侣也是古希腊无名人士、谦逊人士的代言人。他可以说是一个化身,象征了伍尔夫非个人化诗学中的简朴理念。

(二)作家个性的隐匿性

希腊文学非个人化的第二个明显特点是希腊作家个性的隐匿性(anonymity)。伍尔夫在1920年1月26日的日记里直言不讳地写到,要避免"毁了乔伊斯和[多萝西·]理查森的该死的自我"(the damned egotistical self)①。她在1927年12月22日写到,要"忘记自己尖锐的、荒谬的、微不足道的个性,……并实践匿名"(… to forget one's own sharp absurd little personality… & practise anonymity)②。1933年6月,伍尔夫在给埃塞尔·斯密斯的信中明确指出匿名是她崇尚的写作状态:"我讨厌作家讨论自己,我崇拜匿名。"③四个月后,伍尔夫在另一封写给埃塞尔·斯密斯的信中写道:"我相信无意识状态和完全的匿名……是我唯一能写作的状态。不要意识到自己的存在。"④伍尔夫在生前尚未完成的散文《阿侬》("Anon")中直接将作家个性的隐匿与非个人化联系在一起:

> 匿名是伟大的财产(Anonymity was a great possession)。它能给早期的写作一种非个人化、一种普遍性(an impersonality, a generality)。……它让我们对作家一无所知:因此,我们只能专注于他的歌。……他创作时没有自我意识。他此时没有自我意识。他可以借。他可以重复。他能说出每个人的感受。没人试图在作品中留下自己的名字、个人经历。他总是与现在保持距离。⑤

《阿侬》是伍尔夫生命最后半年计划完成的一本文学"批评专著"(critical book)的开篇简介性论文⑥。"Anon"应该是"Anonymity"的缩写。伍尔夫在该散文中"追溯了作为文学形式和体验有意识的一部分,作家和观众的匿名元素从开始到死亡的演变过程"⑦。可见,伍尔夫对非个人化的关注伴其终生。从引文中可以看出,伍尔夫认为只有当作家专注于作品本身和人物,与

---

① Woolf, *The Diary of Virginia Woolf*, vol. 2, p. 14.
② Ibid., vol. 3, pp. 168−169.
③ Woolf, *The Letters of Virginia Woolf*, vol. 5, p. 191.
④ Ibid., vol. 5, p. 239.
⑤ Silver, "'Anon' and 'The Reader': Virginia Woolf's Last Essays," p. 397.
⑥ Ibid., pp. 356−357.
⑦ Ibid., p. 359.

作品保持距离，才能达到自我无意识状态，才能避免个性在作品中留下明显标记后影响作品的艺术价值，才能让作品展现出普遍性和非个人化。换言之，作家的匿名是达到非个人化的必要条件。

值得一提的是，伍尔夫夫妇建立的霍加斯出版社（The Hogarth Press）在1925年，也就是伍尔夫出版《论不懂希腊文》的同一年，出版了好友 E. M. 福斯特（E. M. Forster）的小册子《匿名：初探》（*Anonymity: An Enquiry*）。在这本小册子里，福斯特指出作家的个性并没有给荷马或希腊文集的作家们带来麻烦，因为他们根本不会像当代作家一样重视自己的个性。福斯特认为："所有文学都趋向于匿名，……[文学]不想被签署。"①福斯特甚至将作家创作时的忘我、个性隐匿当成考量作品质量的一个标准："这种暂时的忘记、这种短暂的和相互的匿名肯定是好作品的证据。"②福斯特呼吁作家隐匿自己的个性，因为"匿名的陈述……具有一种普遍性。绝对的真理是宇宙的集体智慧，而不是一个个体的微弱声音"③。可以看出，伍尔夫和福斯特都倡导作家在作品中匿名，都认为作家的声音微不足道，作家的隐匿是为了实现作品的非个人化。

《论不懂希腊文》第二段第一句话就是："很显然，首先，希腊文学是非个人化的文学。""很显然"和"首先"两个词都强调，希腊文学的首要特点是非个人化。伍尔夫认为，从乔叟开始，英国读者在作品中能读到作者的生活及其相关联想，而从希腊文学中（除了诗歌外），我们无法窥见作者的生平、阅历或事迹。换言之，对乔叟之前的作家而言，隐匿个性是共识，他们不会让自己的个性干扰作品的艺术性和非个人化。伍尔夫在另一段中还提道："它们[Electra 的言语]对言说者或作家的性格没有任何启示，但一旦说出来将永世长存。"④在1925年发表的散文《无名人士小传》（"The Lives of the Obscure"）中，伍尔夫再次就"伟大的希腊文学"重申这一观点："没有任何有效的或个人信息会阻挡阅读过程。"⑤在伍尔夫看来，希腊文学作品中作家个性或作家个人信息的缺失，是其非个人化的一个显著特征。

对于作家个性一词，伍尔夫并未做出清晰界定。在此，我们可以从两条线索来理解该词。第一，可以借用福斯特1928年对作家个性的界定："像读

---

① E. M. Foster, "Anonymity: An Enquiry," in *Two Cheers for Democracy* (New York: Harvest, 1951), p. 82.
② Ibid., p. 85.
③ Ibid., pp. 86—87.
④ Woolf, "On Not Knowing Greek," p. 28.
⑤ Woolf, *The Essays of Virginia Woolf*, vol. 4, p. 140.

者一样,作家也有自己的气质、个人偏好和当务之急,并尽其所能使自己屈服于艺术的严肃非个人化。"①在福斯特看来,作家个性与非个人化是相悖的,只有当作家在作品中隐匿了自己的气质、个人偏好和当务之急,他们的作品才能达到非个人化。

第二,可以借用伍尔夫在讨论作家个性时使用的另一个相近的词"自我无意识"(self-unconsciousness)。在《论不懂希腊文》中,伍尔夫讨论了作家的无意识,认为"达到无意识状态意味着意识得到最大限度的激发"②。在1925年发表的另一篇散文《美国小说》("American Fiction")中,伍尔夫对自我无意识做了阐释。伍尔夫赞美美国短篇小说家林·拉德纳(Ring Lardner)在创作过程中的无意识是其作为好作家的明显标志:"[林·]拉德纳先生在写作时不会浪费时间思考自己使用的是美国英语还是莎士比亚英语;不会思考他记得还是忘记了菲尔丁;不会思考因自己是美国人而感到自豪,不是日本人而感到羞耻;他全神贯注于故事。因此,我们才会全神贯注于故事本身。因此,顺便说一句,他写出了我们最好的散文。"③可见,伍尔夫认为自我无意识是成为好作家必备的能力。只有当作家将所有精力都专注于作品本身的艺术性上,他才能创造出高质量的作品,也才能使读者专注于作品的艺术价值。

伍尔夫的散文《个性》进一步以埃斯库罗斯(Aeschylus)以及希腊文学中的"简朴、不加修饰"(bareness)④为例,指出:"没有什么轶事可浏览,没有任何现成的和个人的东西可以帮助自己;除了文学什么都没留下,且时间和语言切断了文学与我们之间的联系,不被联想所破坏,纯净无污染。"⑤关于这一点,卡特琳娜·科特桑托尼明确指出:"希腊文学没有以作者为中心的联想,读者可以自由地想象作者所描绘的内容,而不必被个人细节所淹没。"⑥希腊文学中作家个性的隐藏或缺失为读者的想象力和阐释留下很大空间,促进了读者与文本之间的对话,以及读者与作者之间的交流。

值得注意的是,作家个性的隐匿并不意味着作家没有个性。相反,只有当作家具有强烈的个性时才需要将其隐匿。伍尔夫在《个性》中说:"评论家告诉我们,我们写作时应该保持非个人化的状态……也许文学中最伟大的段落都有一些当我们的情感最强烈时才出现的非个人化品质。伟大的诗人和

---

① E. M. Foster, *E. M. Forster: The Critical Heritage*, ed. Philip Gardner (London and New York: Routledge, 1973), p. 348.
② Woolf, "On Not Knowing Greek," p. 37.
③ Woolf, *The Essays of Virginia Woolf*, vol. 4, p. 275.
④ Woolf, *The Collected Essays*, vol. 2, p. 274.
⑤ Ibid., vol. 2, pp. 274—275.
⑥ Koutsantoni, *Virginia Woolf's Common Reader*, p. 104.

恋人都是代表——以某种方式匿名。"①伍尔夫在此阐释了非个人化创作中作家个性的隐匿和个人拥有强烈情感的悖论。换言之,正是因为作者具有强烈的个性才需要在作品中隐匿自己的个性,使作品变得非个人化。同时,值得注意的是,伍尔夫的论点再次触及了她非个人化美学的辩证性本质,即作家的自我无意识并不意味着他们没有意识。相反,谦逊的作者们将自己的意识完全融入文本中,将个人的转换为普遍性的、非个人化的。

伍尔夫推崇希腊文学中作家个性的隐匿,对希腊悲剧中合唱队(chorus)这种隐匿作家个性和追求非个人化的文学形式产生了浓厚兴趣。在《论不懂希腊文》中,伍尔夫将合唱队界定为:"在剧中不扮演任何角色的老年男女团队。他们发出的是不可区分的声音,就像小鸟在风的间隙中唱歌一样;他们可以发表评论、总结,也可让诗人表达自己的看法,或提供与他相反的观点。常常在想象性的文学作品中,当作家不能发声时,合唱队演员代替角色发言。"②因此,希腊悲剧中合唱队的主要功能是在不影响情节发展的前提下对剧中已发生的情节或事件进行总结或评论,间接代替作家发出声音,而不将作家个性强加于读者身上。例如,索福克勒斯在其悲剧中经常使用合唱队来"歌颂某种美德或剧中提到的某个地方的美景"③。在欧里庇得斯的剧中,合唱队则散发出一种"怀疑、暗示或质疑的气氛"④。即使合唱队可以替作家发声,也不会是关乎作家个性的声音,而总是表达一些"一般的和诗意的"(general and poetic)话题⑤,即非个人化的主题。罗薇娜·福勒(Rowena Fowler)认为:"希腊合唱队既是单数的,又是复数的,既是个人的,又是公共的、超越性别,因为它经常由以女性说话的男性来完成;它可以是狂喜的,也可以是司空见惯的,并且同时在戏剧情节之内和之外;它见证了可怕的事件,但却唤起人类痛苦之外的理想世界。最后,它极具说服力。"⑥希腊合唱队很灵活,其形式超越了性别,其表达的主题和情感也很广泛。

伍尔夫不仅高度赞扬了合唱队,其艺术形式也深受合唱队的影响。其小说就是最好的例证。《到灯塔去》中的麦克奈布太太(Mrs. McNab)算得上是一个独立的个体合唱队。在小说第二部分"岁月流逝"("Time Passes")中,麦克奈布太太清扫拉姆齐家现在空荡荡的备受岁月和风雨摧残的避暑房子时,

---

① Woolf, *The Collected Essays*, vol. 2, pp. 273—274.
② Woolf, "On Not Knowing Greek," p. 29.
③ Ibid.
④ Ibid.
⑤ Ibid., p. 28.
⑥ Fowler, "Moments and Metamorphoses," p. 228.

一边哼唱着曲子,一边忍不住回忆数年前同一个房子里的欢声笑语。在时光的流逝中,岁月和战争摧毁了生命:拉姆齐夫人(Mrs. Ramsay)离世,普鲁(Prue)死于难产,安德鲁(Andrew)被战争夺走了宝贵的生命。即便是悲剧,也被麦克奈布太太和匿名的"他们"诗意般地展现出来。麦克奈布太太和拉姆齐夫人相互问候的那句"晚上好"①似乎穿越了二十年的时光,呼应了《彭特利库斯山上的对话》结尾处僧侣的那句简朴的"晚上好"。伍尔夫在《〈到灯塔去〉:伍尔夫原始手稿》(*To the Lighthouse: The Original Holograph Draft*)中将麦克奈布太太的希腊式合唱队角色表现得更为直接和突出:"生命的不挠不屈原则之声与其坚持的力量……麦克奈布太太看起来似乎已经把她那古老的灿烂舞曲变成了一首挽歌,长寿夺走了挽歌中的怨恨……现在的状况不是很好,不是一个很幸福的地方……这个她认识了七十年的世界……她明白伟大诗人在情绪激动时说的话。"②对伍尔夫而言,合唱队是"集体的、匿名的声音,超越小说家个人的、主观的或全知的声音"③。

希腊作家个性的隐匿性是非个人化书写的一种显著品质。作家并非没有个性,但作家在作品中的强势存在会使其艺术视野受限。为了能全神贯注于作品的书写,作家需将其个性和个人身份融入角色中,从而让读者无法在角色中辨别出作家的明显标记,才能专注于作品本身的品质。这样的非个人化作品既属于所有的时代,又不属于某一个特定的时代。

(三)希腊文学的对话性

柏拉图是对伍尔夫影响最深的哲学家之一。在《伍尔夫剑桥指南》(*The Cambridge Companion to Virginia Woolf*)中,安德鲁·麦克尼利写道:"不得不说,伍尔夫对柏拉图的阅读比对 G. E. 摩尔(Moore)或其他任何哲学家的阅读都要热情和广泛得多。"④伍尔夫读过希腊文版本的《会饮篇》《斐德诺篇》《普罗塔哥拉篇》(*Protagoras*)和《欧悌甫戎篇》(*Euthyphron*)。⑤ 柏拉图对伍尔夫而言是一种永恒真理的代言人,其作品中的柏拉图式对话是伍尔夫向往的理想文学形式。柏拉图的作品让伍尔夫产生共鸣:"我想我有一瞬间认为我们的大脑都是交织在一起的——目前任何活着的大脑都与柏拉图、欧

---

① Woolf, *To the Lighthouse*, p. 136.
② Virginia Woolf, *To the Lighthouse: The Original Holograph Draft*, trans/ed. Susan Dick (Toronto and Buffalo: University of Toronto Press, 1982), pp. 162—164.
③ Fowler, "Moments and Metamorphoses," p. 228.
④ Andrew McNeillie, "Bloomsbury," in *The Cambridge Companion to Virginia Woolf*, 2nd ed., ed. Susan Sellers (Cambridge: Cambridge University Press, 2010), p. 13.
⑤ Fowler, "Moments and Metamorphoses," p. 227.

里庇得斯的大脑有相同的构造。这只是同一个事物的延续、发展。正是这种共同的思考连接了整个世界,全世界都是一个大脑。"[1]伍尔夫认为柏拉图和欧里庇得斯以及伍尔夫等现代人的大脑拥有相同的构造。对相同问题或非个人化问题的思考将整个世界连成一个超越时空的整体。

在《存在的瞬间》中,伍尔夫提及她16岁左右就开始阅读柏拉图。[2] 两年后她再次提到在阅读柏拉图。[3] 在1920年11月4日写给珍妮特·凯斯的信中,伍尔夫表达了对柏拉图的仰慕之情:"我正在阅读《会饮篇》——啊,如果我可以[像柏拉图]那样写作该多好。"[4]1920年11月13日,伍尔夫在日记中记录道:"现在我已经完成阅读柏拉图的《会饮篇》了。"[5]1922年10月4日和1923年1月7日,伍尔夫均明确提到阅读柏拉图式对话。[6] 在伍尔夫于1907—1909年间创作的《希腊笔记》["Virginia Woolf's 'Greek Notebook' (VS Greek and Latin Studies)"]中,她详细记载了阅读《会饮篇》的笔记和心得。[7] 因此,可以肯定的是伍尔夫在1915年发表第一部小说之前就已经非常熟知柏拉图的《会饮篇》及柏拉图式对话。柏拉图式对话,尤其是《会饮篇》,对伍尔夫产生的深远影响不言而喻。西奥多·库卢里斯(Theodore Koulouris)对此评论道:"《会饮篇》是柏拉图最著名的对话之一,也对伍尔夫在20世纪前十年的思想发展至关重要。"[8]布鲁姆斯伯里文化圈对哲学的探讨也多采用柏拉图式对话模式,其成员受益颇多:"《会饮篇》的结构——对话主题的剥离、论述的多元性和多样性、论述与某个特定概念(在这里指的是爱情)的结晶——在伍尔夫后来作品中的叙事性能上得到了反映。"[9]

克里斯汀·雷尼尔将对话界定为"不同声音之间交流的形式"(a form of exchange between voices):"在字面意义上,对话不仅是两个虚构演说者,也是非个人化和个人化声音之间的空间交流,即无名演说者的非个人化声音和作者通过他们演说的个人声音,其目的是通过这种模糊的组合捍卫作者自己的

---

[1] Woolf, *A Passionate Apprentice*, pp. 178—179.
[2] Woolf, *Moments of Being*, p. 104.
[3] Ibid., p. 148.
[4] Woolf, *The Letters of Virginia Woolf*, vol. 2, p. 446.
[5] Ibid., vol. 2, p. 74.
[6] Ibid., vol. 2, pp. 206, 225.
[7] Theodore Koulouris, "Virginia Woolf's 'Greek Notebook'", pp. 50—57.
[8] Theodore Koulouris, "Introduction to Virginia Woolf's 'Greek Notebook' (VS Greek and Latin Studies): An Annotated Transcription," *Virginia Woolf Studies Annual* 25 (2019): 8.
[9] Ibid.

艺术理念。"①雷尼尔得出结论，认为伍尔夫小说中的对话是"一种民主的形式"，"一个包含了特定非个人化、情感和比例的道德、政治和审美空间"。②雷尼尔强调了对话这种形式能增进匿名言说者非个人化声音和作家个人化声音之间的交流，从而促进作品的非个人化。

  伍尔夫不仅是柏拉图式对话的理论家，也是实践者。1904 年，在父亲去世后，伍尔夫及其姐姐和兄弟们从海德公园门 22 号搬到了布鲁姆斯伯里（Bloomsbury）的戈登广场（Gordon Square）46 号居住。这一次搬家有着多重意义，它不仅是地理上，也是心理上的一种转换。换言之，这是伍尔夫从父亲管制和束缚之下的维多利亚式家庭到现代化社会的转移，也是从沉闷、压抑的家庭气氛到更加自由、开放、包容的气氛中的转移。伍尔夫和姐姐也因此得到了更多机会，与索比及其来自剑桥的朋友们于每周四晚上在自由气氛中讨论严肃问题——尤其是哲学问题。S. P. 罗森鲍姆指出："哲学对布鲁姆斯伯里的发展至关重要，因此，该团体的文学史在某种程度上也肯定是一部哲学史。"③伍尔夫在《存在的瞬间》中回忆了布鲁姆斯伯里文化圈就善、美、真（the nature of good or beauty or reality）等美学和哲学问题进行对话和激烈的辩论，这些常规性讨论或辩论经常持续到凌晨两三点。④ 值得一提的是，布鲁姆斯伯里的学识精英聚会不仅加强了文化圈成员之间的友谊，也给伍尔夫和姐姐带来了婚姻伴侣，即伍尔夫与伦纳德·伍尔夫、凡妮莎与克莱夫·贝尔（Clive Bell）的联姻。不仅如此，对伍尔夫创作影响至深的几位挚友也源于布鲁姆斯伯里的这些聚会，例如罗杰·弗莱、福斯特、林顿·斯特拉奇（Lytton Strachey）等。

  在《论不懂希腊文》中，伍尔夫对柏拉图式对话的主要精髓作了一个简单的阐释："当然，是柏拉图揭示了室内生活，并描述了一群朋友见面，一点也不奢侈地饮食、喝一点小酒。一个英俊的男孩冒险提出一个问题，或引用一个观点，然后苏格拉底捡起这个话题，似宝贝一样在手中摩挲和翻转，这样看看，那样看看，然后迅速剥离出前后不一致和虚假之处，并渐渐地让整个群体凝视着他如何到达真理。"⑤因此，柏拉图式对话的精髓就在于通过对话和交谈，尤其是<u>丝丝入扣的分析和推断</u>，追求真理。伍尔夫接着说道："随着争论

---

① Reynier, *Virginia Woolf's Ethics of the Short Story*, p. 88.
② Ibid., p. 89.
③ P. S. Rosenbaum, *Victorian Bloomsbury: The Early Literary History of the Bloomsbury Group* (New York: Palgrave MacMillan, 1987), p. 161.
④ Woolf, *Moments of Being*, pp. 185－191.
⑤ Woolf, "On Not Knowing Greek," p. 32.

的逐步进行,普罗泰戈拉(Protagoras)屈服,苏格拉底(Socrates)继续前进,重要的不是我们如何到达终点,而是我们到达终点的方式。所有人都能感受到坚定不移的诚实、勇气和对真理的热爱,这也引领着苏格拉底和我们紧随其后登顶。如果我们在这里可以站一会,那就是享受我们能得到的最大幸福感。"① 因此,伍尔夫不仅赞美了柏拉图式对话这种形式,强调了其过程的重要性,还高度赞美了这个过程中对话者所表现出来的高贵品质。

总而言之,柏拉图式对话对伍尔夫的非个人化创作理念主要有四方面影响。第一,柏拉图式对话讨论的主题是哲学和美学问题等,符合主题普遍性和非个人化理念。第二,柏拉图式对话通过渐进式的对话或争论到达真理,也即其表现形式是非个人化的。第三,对话的直接目的是追求非个人化的真理,实现非个性的理想。第四,在非个人化争论的过程中对话者表现出人性中一些优秀品质,如坚持不懈、勇气和对真理的热爱等。无论是对话主题和对话方式,还是对话目的和对话者的优秀品质,柏拉图式对话都是非个人化创作的典范。

伍尔夫在很多作品中都运用了柏拉图式对话来加深主题,增强作品的普遍性和非个人化。其中一个显著的例子就是《彭特利库斯山上的对话》。珍妮·杜比诺(Jeanne Dubino)称该故事为"一个关于对话本质的哲学和美学论述"②。故事本身就是"话语"(discourse)和"对话"(dialogue)。③ 这个故事的主体部分也展示了柏拉图式对话如何引导对话至真理。故事中两位英国男性游客的对话被称为"世界上最好的谈话"④,这句话可以有两个完全相反的解读。一方面,将两个年轻人的对话称为"最好的谈话"显然是在夸张,而另一方面,伍尔夫将这种对话称为对话的典范。依据这两种解读,这句话可以解释为关于希腊艺术的这个对话本身也可以被视为希腊艺术的典范。⑤ 从"我们只拯救这些碎片"(We will only rescue such fragments)中,我们可以看出伍尔夫强调整个对话不可能完全被重述,因此她只能将对话的部分碎片展现给读者。用雷尼尔的话说,"消除"(elimination)和"甄选"(selection)是两种重要的非个人化策略。⑥

《到灯塔去》是伍尔夫对柏拉图式对话运用的另外一个典型例子。福勒

---

① Woolf, "On Not Knowing Greek," p. 32.
② Jeanne Dubino, "From 'Greece' to '[A Dialogue upon Mount Pentelicus]': From Diary Entry to Traveler's Tale," *Virginia Woolf Miscellany* 79 (2011): 21.
③ Woolf, *The Complete Shorter Fiction of Virginia Woolf*, p. 65.
④ Ibid.
⑤ Reynier, *Virginia Woolf's Ethics of the Short Story*, pp. 81–82.
⑥ Ibid., p. 85.

认为《到灯塔去》是伍尔夫与柏拉图的对话。① 珍·瓦特(Jenn Watt)甚至认为小说的晚餐宴会重写了柏拉图《会饮篇》中宴会的中心主题——"通过爱追求知识、由美引起的创作欲望、在短暂中寻求永恒这一悖论"②。《到灯塔去》第一部分的核心是以拉姆齐夫人为中心的柏拉图式晚餐宴会,拉姆齐夫人"从短暂、不连贯和不和谐中创造了社会和谐和美感"③。小说提出的问题是"我是谁","这是什么"?（What am I, What is this?）④莉丽·布里斯科多次重复的问题是:"这是什么意思?"(What does it mean?)⑤拉姆齐夫人提出的问题是:"事物的价值、意义是什么?"（What was the value, the meaning of things?）⑥这些类似于柏拉图式对话中的问题,它们"要求提供定义以吸引读者的注意力,并防止我们视之为理所当然的词汇,不仅包括**真理**,还包括**知识和爱**"⑦(黑体字在原文中为斜体)。

柏拉图及其对话对伍尔夫启发较深,在其作品中,我们总能找到柏拉图式对话的影子。伍尔夫曾在 1919 年发表的散文《这是诗吗?》("Is This Poetry?")中写到,霍加斯出版社出版的图书具有"毫不妥协的性质,不讨好某一个人,也不迎合公众,除非其中有柏拉图和托马斯·布朗爵士(Sir Thomas Browne)的灵魂"⑧。可见,柏拉图在伍尔夫心中地位之高。柏拉图式对话不仅给了伍尔夫哲学上的启示,而且还为伍尔夫非个人化的创作理念提供了典范。

在《论不懂希腊文》结尾处,伍尔夫重申:"希腊文学是非个人化文学,它是文学中的杰作。希腊文学没有派别、没有先驱者、没有继承人。"⑨在伍尔夫看来,希腊文学注重探索人性等具有普遍性和非个人化的问题,富有活力和独立的生命力,超越了时间、空间和地域的限制,使任何时代和任何地域的

---

① Fowler, "Moments and Metamorphoses," p. 227.
② Jenn Wyatt, "The Celebration of Eros: Greek Concepts of Love and Beauty in *To the Lighthouse*," *Philosophy and Literature* 2.2 (1978): 160.
③ Gabrielle McIntire, "Feminism and Gender in *To the Lighthouse*," in *The Cambridge Companion to* To the Lighthouse, ed. Allison Pease (Cambridge: Cambridge University Press, 2015), p. 86.
④ Virginia Woolf, *To the Lighthouse*, with a foreword by Eudora Welty (New York: Mariner, 1981), p. 131.
⑤ Ibid., pp. 145, 179, 180, 194.
⑥ Ibid., p. 122.
⑦ Emily Dalgarno, "Reality and Perception: Philosophical Approaches to *To the Lighthouse*," ed. Allison Pease (Cambridge: Cambridge University Press, 2014), p. 70.
⑧ Woolf, *The Essays of Virginia Woolf*, vol. 3, p. 54.
⑨ Woolf, "On Not Knowing Greek," p. 37.

读者都能找到共鸣。作家个性的隐匿性让作家和读者们都能专注于作品的品质。柏拉图式对话强调了追求真理过程中非个人化叙事的重要性。换言之，希腊文学的非个人化品质赋予它持久的艺术价值和独特的魅力。

不仅如此，希腊文学的非个人化对女性作家的创作也产生了积极影响。伍尔夫在1905年的散文《小说中的女性气质》("The Feminine Note in Fiction")中，就非常具有远见地预测希腊非个人化文学对女性文学创作的深远影响："无论如何，教育和希腊及拉丁文经典著作的学习很可能给予她更为坚定的文学见解，使她成为艺术家，以便她的意思(message)可以无形地脱口而出，她将在适当时候将其塑造成永久的艺术。"① 简言之，对希腊文学的学习将有助于女性作家提升自己的修养和竞争力。伍尔夫在23岁时就已意识到希腊文学的非个人化对女性艺术家的重要塑形作用。随着伍尔夫文学视野的不断拓展和文学经验的不断积累，她对希腊文学及其非个人化的认知也日臻成熟。伍尔夫不仅在理论上深入探讨了希腊文学的非个人化，而且在作品中进行了很好的实践。

五、《到灯塔去》和普遍性

在伍尔夫的九部小说中，《到灯塔去》被公认为她的杰作。F. R. 利维斯(F. R. Leavis)称其为"伍尔夫夫人最佳小说"和"唯一的一本好小说"，其成功源于拉姆齐先生在很大程度上是作者的父亲斯蒂芬·莱斯利爵士的"直接抄本"这一事实。② 弗兰克·W. 布拉德布鲁克也指出，《到灯塔去》可能构成伍尔夫"对小说的持久贡献"③。阿里森·皮斯(Allison Pease)认为这部小说是"现代主义小说的里程碑成就"④。同样，哈罗德·布鲁姆(Harold Bloom)认为这是伍尔夫的"最佳小说"，可能"立刻展示她[伍尔夫]的所有天赋"。⑤ 伍尔夫的丈夫伦纳德也相信这是伍尔夫的"最佳小说"和"杰作"(23 Jan. 1927)⑥。甚至伍尔夫本人也认为"这无疑是我书中最好的一本"，其中"我使

---

① Woolf, *The Essays of Virginia Woolf*, vol. 1, p. 16.
② F. R. Leavis, "After *To the Lighthouse*," in *Twentieth Century Interpretations of* To the Lighthouse, ed. Thomas A. Vogler (Englewood Cliffs, N. J.: Prentice-Hall, 1970), p. 99.
③ Bradbrook, "Virginia Woolf," p. 342.
④ Allison Pease, "Introduction," in *The Cambridge Companion to* To the Lighthouse, ed. Allison Pease (Cambridge: Cambridge University Press, 2015), p. 1.
⑤ Harold Bloom, "Introduction," in *Virginia Woolf's* To the Lighthouse, ed. Harold Bloom (New York: Chelsea, 1988), p. 4.
⑥ Woolf, *The Diary of Virginia Woolf*, vol. 3, p. 123.

自己的方法完美无缺"(23 Nov. 1926)①,并"深入我的内心"(7 Nov. 1928)②。尽管受到了令人不快的批评,但《到灯塔去》得到的热烈评论和销售记录使伍尔夫坚信自己是"著名作家中的一员"(7 Nov. 1928)③。

  伍尔夫在其散文《现代小说》("Modern Fiction")中说道:"'小说特有的材料'并不存在,一切都是小说特有的材料,每一种情感、每一种思想、每一个大脑和精神的品质都被吸收;没有任何一种感知不对劲。"④《到灯塔去》正是伍尔夫对这种创作理念的实践。小说以位于苏格兰赫布里底群岛中的天空岛(Isle of Skye)的一个度假别墅为背景,展现了拉姆齐一家及几位亲密朋友在第一次世界大战前后在海边度假别墅的生活片段。在这部现代主义小说中,情节并没有成为该小说的重点。阿诺德·贝内特(Arnold Bennett)曾将《到灯塔去》的情节简略地归纳为"一群人计划乘坐小船去往灯塔。最后,其中一部分人乘坐小船到达灯塔"⑤。换言之,该小说的情节也可以归纳为:小说一开始拉姆齐父子乘坐小船前往灯塔的计划因恶劣天气而挫败,导致了父子之间的仇恨加深;十年后这次灯塔之行终于成功实现,父子之间的矛盾得以化解。

  就结构而言,伍尔夫在《到灯塔去》的笔记中记录道:"走廊连接了两大部分。"⑥《到灯塔去》一共由三部分组成,中间部分"时间流逝"将第一部分"窗"和第三部分"灯塔"紧密联系在一起。小说的第一节和第三节的情节均发生在一天之内。"窗"部分聚焦于哲学家拉姆齐先生及其貌美如花的妻子拉姆齐夫人、八个孩子以及几位客人在度假别墅中的一天以及他们对家庭、性别、婚姻、政治、事业、哲学等不同观点之间的张力。中心事件是拉姆齐夫人组织的晚宴。"时间流逝"部分聚焦空置十年的度假别墅,在其主人饱受战争和岁月的摧残后,别墅已变得破败不堪。个人与社会的、历史的、政治的因素因战争而结合在一起。"灯塔"部分讲的是十年后的一个夏天,拉姆齐的一些家庭成员和部分客人返回别墅,三个成员最终乘坐小船到达灯塔。而女画家莉丽

---

① Woolf, *The Diary of Virginia Woolf*, vol. 3, p. 117.
② Ibid., vol. 3, p. 203.
③ Ibid., vol. 3, p. 201.
④ Woolf, *The Collected Essays*, vol. 2, p. 110.
⑤ Arnold Bennett, "Review," *Evening Standard* (23 June 1927, 5). Rpt. in *Virginia Woolf: The Critical Heritage*, eds. Robin Majumdar and Allen McLaurin (London and Boston: Routledge & Kegan Paul, 1975), p. 200.
⑥ 转引自 Jane Goldman, "*To to Lighthouse*'s Use of Language and Form," in *The Cambridge Companion* to To the Lighthouse, ed. Allison Pease (New York: Cambridge University Press, 2015), p. 30.

不再受到男性对女性艺术才能的鄙视和嘲笑,不再受到拉姆齐夫人"人们必须结婚"①的婚姻观的强制性影响,不再受拉姆齐先生苛求的烦扰。莉丽终于克服不安的心理,全神贯注地创作,终于完成了"窗"部分开始的那幅画,实现了女性艺术家的蜕变。

这种三节式的巧妙布局也有助于表达小说的时间主题。在保罗·希恩(Paul Sheehan)看来,如果第一节是展望未来的话,那么第二节是定格现在,第三节则是回忆过去。② 因此,就外在的情节和时间主题而言,"灯塔"紧接着"窗",就好像到灯塔去的动作发生在"窗"中晚宴之后的第二天;但就内在的意识而言,"灯塔"展示了十年光阴给人物的行为和认知带来的变化:时间的流逝、晚宴相聚的喜悦、拉姆齐夫人的辞世、灯塔之行、艺术家之旅等。换言之,《到灯塔去》从内到外都是一个紧密相连的整体。

在叙事上,《到灯塔去》的一个显著特点是对不同人物多重意识的描述。在简·古德曼看来,"《到灯塔去》可能是一个印刷出来的,口头的'视觉马赛克'"③。埃里希·奥尔巴赫(Eric Auerbach)在《摹仿论:西方文学中现实的再现》中进行了详尽的阐释。奥尔巴赫聚焦于《到灯塔去》中的一个日常生活片段,即拉姆齐夫人与詹姆斯之间量袜长这一情节,认为《到灯塔去》中并不存在一个固定的、权威的作者声音:"作为客观事物讲述者的作者几乎完全隐去,几乎所陈述的一切都像小说人物意识的映像。"④作者的隐身是艺术作品践行非个人化的一个重要原则之一。奥尔巴赫进一步阐释道:"……不是一种,而是多种秩序和诠释,可能是不同个人的多重秩序和诠释,或同一个人不同时刻的秩序和诠释。"⑤《到灯塔去》诠释了可以自由发声的多个重叠的视角,每个视角都只能看到"事实"的一部分。多重意识和多重视角的交织能更客观或非个人化地呈现艺术作品的内涵。

在《到灯塔去》中,不同人物对灯塔的认识也体现了这种多重意识。当詹姆斯还是一个 6 岁小孩的时候,他认为灯塔是"一座银色的、看上去朦朦胧胧的塔,有一只在夜晚突然睁开的柔和的眼睛"⑥。十年后,当他真正接近灯塔

---

① Woolf, *To the Lighthouse*, pp. 49, 60.
② Paul Sheehan, "Time as Protagonist in *To the Lighthouse*," in *The Cambridge Companion to To the Lighthouse*, ed. Allison Pease (New York: Cambridge University Press, 2015), pp. 47—57.
③ Jane Goldman, "*To the Lighthouse*'s Use of Language and Form," p. 36.
④ Eric Auerbach, "Brown Stocking," *Mimesis: The Representation of Reality in Western Literature* (Princeton: Princeton University Press, 1974), p. 534.
⑤ Ibid., p. 549.
⑥ Virginia Woolf, *To the Lighthouse*, p. 186.

时,灯塔看起来"光秃秃地直立着……塔身上刷着黑白的粗线条"①。他不禁感慨道:"那个灯塔也是灯塔。因为没有任何东西是单一的。"②近距离观察灯塔给了詹姆斯不一样的视角。他不仅想到十年前作为一个小男孩看见的灯塔是否真实。这种多重视角也体现在对灯塔寓意的解读上。作为该小说中最重要的意象,灯塔的象征意义是什么?伍尔夫否定了灯塔的单一意义。她在 1927 年 5 月 27 日写给罗杰·弗莱的信中坚定地说:"我创造的灯塔这个意象并没有实际意义。必须在书的中间放置一条中心线才能将构思连接起来……我觉得各种各样的感觉都会产生这种感觉,但是我拒绝思考它们,并相信人们会把自己的情感存放在它[灯塔]里面。"③因此,灯塔不仅在结构上起着重要的连接作用,它还是人们情感的储存器。其丰富的多重内涵拒绝单一的阐释。

在本书看来,尽管《到灯塔去》是一部非常个人化的小说,但它可以很好地说明伍尔夫的普遍性观念,这是她非个人化诗学的第二个关键组成部分。本节认为尽管是半自传体,伍尔夫在《到灯塔去》中表现出自己对普遍性诗学观念的深切关注,通过将个人化的记忆去个人化并将其转变为具有普遍性的艺术品,其艺术价值大大超越了自传体的局限性。

(一) 伍尔夫在《到灯塔去》中的隐身/在场

毫无疑问,《到灯塔去》是伍尔夫自传性最强的一部小说,因为它以作者倍加珍惜的童年记忆和经历为基础。伍尔夫的强烈依恋感在对其父母拉姆齐夫妇的虚构刻画中得到最好的体现。1953 年出版的伍尔夫的《作家日记》(*A Writer's Diary*)、1975—1980 年间出版的伍尔夫书信集、1977—1984 年间出版的伍尔夫日记、1976 年出版的《存在的瞬间》等作品,都是《到灯塔去》自传性基础的令人信服的证据。其中一个有关该小说自传性的有力证据来自伍尔夫日记:"这[《到灯塔去》]将会很短:将父亲的性格、妈妈的性格和圣艾夫斯(St Ives)以及童年完整地呈现出来……但中心是父亲的性格。"(14 May 1925)④

伍尔夫的姐姐凡妮莎·贝尔(Vanessa Bell)的热情回应也证明了伍尔夫在这部小说中的个人参与,称伍尔夫是"最好级别的肖像画家",并评论道,"这是一位令人惊叹的母亲的肖像",她"发现逝者的复活总是令人痛苦"(16

---

① Virginia Woolf, *To the Lighthouse*, p. 186.
② Ibid.
③ Woolf, *The Letters of Virginia Woolf*, vol. 3, p. 385.
④ Ibid., vol. 3, p. 18.

May 1927)。① 此外,《到灯塔去》的出版日期 1925 年 5 月,正好是她母亲的去世纪念日,也表明了伍尔夫在小说中的怀旧情怀。此外,完成这部小说的治愈功效也暗示了它的自传倾向:"我曾经每天想起他[父亲]和母亲,但写作《到灯塔去》将他们安放在我的大脑中。现在他有时候回来,但有所不同。(我相信这是真实的——我被他们俩不健康地困扰着,因此写他们是必要的行为。)他现在总是作为同龄人回来。"(28 Nov. 1928)②《到灯塔去》的写作消除了她对父母鬼魂的不健康痴迷。其治愈效果在《存在的瞬间》中得到了更明确的体现:"当创作小说时,我不再痴迷于母亲……我想我为自己做的正是心理分析家对他们的病人所做的事情。我表达了一些很久很深的情感。在表达过程中,我解释了它,并将其搁置下来。"③《存在的瞬间》为读者提供了有关斯蒂芬家族和拉姆齐家族相似之处的更详细的知识。尽管如此,确定小说的传记元素并不是本书关心的问题。相反,本书的意图是证明《到灯塔去》是一部虚构的小说,而非自传。换言之,它是一件可以清楚地展示伍尔夫普遍性思想的艺术品,在很大程度上超越了自传体原材料的直接呈现。

与本书第二章中关于作者隐身的讨论一致,本节将试图分析伍尔夫的隐身,或更确切地说是她在《到灯塔去》中的隐蔽存在,并认为尽管《到灯塔去》是一部非常个人化的小说,作者不以自我为中心。伍尔夫实现了自己作为艺术家的愿景和身份。有几点可以支持本书的观点。首先,小说的叙述重点放在了虚构的父母身上,而不是伍尔夫自我的虚构类比上。结果,在《到灯塔去》中没有发现作者"我"的明显痕迹,从而得出结论:小说中伍尔夫没有明显存在,但她也不是完全在小说中隐匿了自己。我们仍然可以感觉到她通过凯姆(Cam)这个角色难以捉摸地存在,她对独裁父亲的不满最终转变为钦佩和理解。除了在小说第三部分之外,凯姆是一个次要角色。即使伍尔夫可能与凯姆等同,但她在小说中也并不是一个强势存在。独立的女画家莉丽·布里斯科也可能成为伍尔夫的影子,因为两位艺术家都在努力寻找合适的形式来表达她们的艺术视野和身份,但莉丽作为作家的职业以及她对婚姻的拒绝立即与伍尔夫作为作家的地位和作为伦纳德妻子的身份相矛盾。此外,伍尔夫的一部分还可能被巧妙地嫁接到拉姆齐先生这个角色上,特别是关于他们死后对名望持久的痴迷。因此,我们强烈地感觉到尽管伍尔夫出现在小说中,我们却很难坚决地判定哪个角色是她的确切副本。伍尔夫在小说中既存在又不存在。正如伍尔夫在给维多利亚·奥坎波(Victoria Ocampo)的信中写

---

① Woolf, *The Letters of Virginia Woolf*, vol. 3, p. 135.
② Ibid., vol. 3, p. 208.
③ Woolf, *Moments of Being*, p. 81.

道:"我通常不喜欢以私人身份出现在印刷品中。"(22 Jan. 1935)①

本书的第二个观点是,尽管拉姆齐夫妇是以斯蒂芬夫妇为原型的,但他们并不完全等同于伍尔夫的父母。本书认为拉姆齐夫妇在很大程度上超越了对斯蒂芬夫妇生动画像的艺术创作。伦纳德·伍尔夫对此观点表示赞同,他认为与原型莱斯利·斯蒂芬相比,拉姆齐先生的角色"被小说家成功地升华了,而不再是被困在小说中真实人物的摄影;它被融入艺术品中"②。伍尔夫的"艺术升华"也从伦纳德的坚定信念中得到了证明:"他们[弗吉尼亚·伍尔夫和凡妮莎·贝尔]夸大了他[莱斯利·斯蒂芬]的苛求和感性,并且在记忆中总体上对他不公平。"③在伦纳德看来,尽管莱斯利·斯蒂芬爵士作为原型激发了伍尔夫创造拉姆齐先生这位印象深刻的父亲形象,但这两个人并不能等同。夸张是出于美学考虑。约翰·哈威(John Harvey)指出其中一些差距:"弗吉尼亚·伍尔夫遗漏了他的主要成就和许多优良品质,夸大了他的其他特征,其中一些夸张的特征似乎是他与她性格格外重叠的部分……这部小说并不恰好是她父亲这个真实人物的肖像——甚至没有试图成为肖像画。"④哈威作为一个小说家的经历可能使他在伍尔夫的创作中找到共鸣,正如他的评论暗示了他和伍尔夫之间的某种共同理解:小说是虚构的,而不是真实的肖像。拉姆齐太太也如此,路易斯·柯能伯格(Louis Kronenberger)相信拉姆齐太太是"十足的创造"⑤,不再是一个个体。《时代文学增刊》(*Times Literary Supplement*)的评论将其提升为"一种类型"⑥。

伍尔夫本人更强烈地支持这一论点。尽管伍尔夫很高兴听到家庭成员在拉姆齐和斯蒂芬之间发现了惊人的相似之处,但她否认了外部读者对《到灯塔去》的自传性阅读,她认为这很可能贬低小说的艺术完整性。在致美国出版商唐纳德·布雷斯(Donald Brace)的信中,伍尔夫强烈反对在《到灯塔去》新一版的简介中提及她的私人生活:"我安全收到了《到灯塔去》的现代版本。我希望(私底下)介绍人认为没必要牵涉我的私人生活。我希望可以避免写作和出版那些内容。但我想一个人不能抱怨,人们也肯定会有各种猜

---

① Woolf, *The Letters of Virginia Woolf*, vol. 5, p. 365.
② Leonard Woolf, *Sowing: An Autobiography of the Years 1880—1904* (London: The Hogarth Press, 1960), p. 182.
③ Ibid.
④ Gillian Beer et al., "Panel Discussion," in *Virginia Woolf's* To the Lighthouse, ed. Harold Bloom (New York: Chelsea, 1988), p. 120.
⑤ 转引自 Morris Beja ed., *Virginia Woolf: To the Lighthouse: A Casebook* (London: MacMillan, 1970), p. 16.
⑥ 转引自 Morris Beja ed., *Virginia Woolf: To the Lighthouse: A Casebook*, p. 75.

测,但就目前的情形而言,他们的猜测是错误的。"(9 Oct. 1937)①在伍尔夫书信集的编辑看来,《到灯塔去》的现代版介绍人特伦斯·霍利迪(Terence Holliday)"写到,小说'充满了自传元素',尤其是关于拉姆齐夫妇的角色,他们的房子(他将其标记在'英国西海岸'),以及该房子在'时间流逝'一节中的衰落"②。伍尔夫否认拉姆齐夫妇是她父母的生动写照,这意味着她担心这样的解读会使读者对这部小说的整体艺术价值视而不见。

伍尔夫以类似的方式回复了法国读者雅克-埃米尔·布兰奇(Jacques-Émile Blanche):"我并不是要在拉姆齐先生身上描绘我父亲的确切画像。一本书将一切变成它自己,画像也随着我的写作而适应它,但这并不重要。我的母亲在我13岁就去世了,所以拉姆齐夫人身上能看到的关于她的记忆也非常遥远。"(20 Aug. 1927)③伍尔夫似乎暗示,时间的流逝使她成为一个具有超然姿态的艺术家。作为女儿的伍尔夫的强烈情感被净化并转化为纯粹的艺术情感。结果是,随着个人的转化为普遍性的,伍尔夫对她的过去的强烈依恋也呈现出非个人化的特点。伍尔夫自己的话也可以证明时间的流逝具有沉淀强烈情感的有力效果:"我如何从两个角度看待父亲。当我还是小孩时,我谴责他;作为一个58岁的女性,我应该说宽容。"(25 Apr. 1940)④从怨恨到同情的视角转换说明了本书的观点,即时间在记忆之间流逝的必要性以及将这些个人记忆转变为虚构艺术的行为。此外,它还隐约暗示了伍尔夫到了年迈父亲的年龄时与父亲的某种密切关系。这在一定程度上解释了詹姆斯,或更确切地说是叙述者,在小说结尾处与父亲的联系。

简言之,《到灯塔去》无疑是一部高度半自传体小说。但是,正如我们的讨论所表明的那样,伍尔夫努力将对她自己家庭成员的个人和特殊的指涉减到最少,以便形成一些普遍性的理解或真理,从更具有代表性和普遍性的视角表征家庭生活。出于同样的原因,她拒绝了普通读者对其杰作的传记性阅读。

(二)伍尔夫在《到灯塔去》中反对战争政治化

毫无疑问,战争是《到灯塔去》的一个重要主题。伍尔夫在第一部分"窗"中的战争词汇预见了第二部分"时间流逝"中的大规模毁灭性战争。在战前,当拉姆齐夫人目送孩子们晚宴结束离开餐桌时,她感叹道:"冲突、分裂、观点

---

① Woolf, *The Letters of Virginia Woolf*, vol. 6, p. 180.
② Ibid.
③ Ibid., vol. 6, p. 517.
④ Ibid., vol. 5, p. 281.

分歧和偏见交织进了人的品质。"①而这些特征也正好是引发战争的重要因素。拉姆齐夫人敏锐地观察到"现在比以后任何时候都更快乐"②。拉姆齐夫人认为班克斯先生和莉丽的"同盟"③关系建立在他们对婚姻、孩子等事物的相似观点之上。"同盟"一词以及"野猪的头骨"④这个困扰着拉姆齐家孩子们的意象也都似乎暗示着死亡常在身边。当拉姆齐夫人急切地期待保罗、敏泰(Minta)、南希和安德鲁返回晚餐时,一个不安的想法在她的脑海中浮现:"如此规模的大屠杀可能性不大。"⑤而詹姆斯从陆海军商店商品目录册上剪下来一把"带着六个刀片的折刀"⑥和其他物品等,也似乎暗示了伍尔夫将游戏与战争并置后所取得的讽刺性效果。后来,拉姆齐夫妇六次对艾尔弗雷德·丁尼生的诗歌《轻骑兵的冲锋》("The Charge of the Light Brigade")的提及尽管具有讽刺意味,但也暗示着战争。显然,"窗"为即将到来的战争提供了间接证明。

本节重点是《到灯塔去》的中间部分"时间流逝",凯伦·L. 莱文巴克(Karen L. Levenback)将其称为"战争时代"⑦。与直接指向第一次世界大战的《达洛维夫人》不同,《到灯塔去》完全没有提及战争的暴行和残酷以及第一次世界大战。本书认为伍尔夫拒绝将战争具体化,这表明她打算将战争作为艺术主题进行普遍化和非个人化。1926 年 4 月 30 日,伍尔夫在日记里记录道:"这是难度最大的一部抽象作品——我必须给出一座空房子,没有人物性格,时间的流逝、所有盲目的和毫无特色的东西无所依托。"⑧很显然,伍尔夫认为"时间流逝"这一部分在整个小说中显得最为抽象和非个人化。如果说"窗"以拉姆齐夫人为中心,侧重人物性格和家庭琐事等,那么"时间流逝"则将重心从上层阶级的家庭和个人转向了集体的、大众的,以及劳动阶层的代表人物麦克奈布太太和巴斯特太太。拉姆齐的海边度假别墅成为这一部分的主角。受战争影响,拉姆齐一家无法访问这座房子,十年没有维护的房子也差点变为砂砾。

换言之,伍尔夫没有将战争浓缩于第一次世界大战,也没有从个人的角度

---

① Woolf, *To the Lighthouse*, p. 8.
② Ibid., p. 50.
③ Ibid., p. 18.
④ Ibid., pp. 114—115.
⑤ Ibid., p. 66.
⑥ Ibid., p. 16.
⑦ Karen L. Levenback, *Virginia Woolf and the Great War* (Syracuse, N. Y.: Syracuse University Press, 1999), p. 102.
⑧ Woolf, *The Diary of Virginia Woolf*, vol. 3, p. 76.

表征战争,而是试图强调战争的本质,这是每一场战争的共有特征。显然,伍尔夫希望她的小说超越政治、时间、地点和环境的限制,成为一个具有普遍性的艺术品。通过分析伍尔夫对战争的间接引用、她在括号中介绍战争中的死亡以及描绘战争年代空房子的瓦解,本书认为伍尔夫对战争的非政治化处理旨在使战争经历普遍化和非个人化,这符合她对普遍性诗学理念的深切关注。

"时间流逝"这一部分与战争之间的关联在伍尔夫的一份"大纲"中得到有力的证明,她为中间部分写下了一些关键词,其中三个是"绝望的苦难""残酷"和"战争"①。伍尔夫对战争的间接指涉是通过隐喻性或比喻性的语言实现的。大卫·布拉德肖(David Bradshaw)在牛津大学出版社出版的《到灯塔去》的导言中坚信,小说第一部分中"一盏盏灯全部熄灭了"②这句话在很大程度上呼应了著名外交大臣爱德华·格雷爵士(Sir Edward Grey)在第一次世界大战爆发时的演说:"灯在整个欧洲都熄灭了,我们将不会再看到它们在我们一生中再次亮起。"③同样,在第二部分的开始"倾盆而泻的绝大黑暗"④象征性地回顾了士兵们几乎不能逃脱的"战壕生活中水浸的恐怖"和"可怕的炮弹雨"⑤。这两个简洁的说法没有直接提及战场上的暴力和残酷,而是生动形象地展示了士兵们遭受的不人道和战争的创伤。伍尔夫对战争的非个人化描述既没有对战争的具体和个人的指涉,也没有显示叙述者对战争的个人情感,因为战争的个性被去除,对战争的描述被赋予想象力。

气氛和风的拟人化也与战争相关。首先,"某种空气"对这栋荒凉房屋中的物体提出了疑问:"它们是盟友吗?它们是敌人吗?"⑥然后,"笨拙的空气"散发出"漫无目的的哀叹声"⑦。在第四部分,"徘徊的空气"被描述为"伟大军队的前卫"⑧;在第六部分中,风也拥有了"间谍"⑨;"残破的"秋天树木被描述为类似于"破烂的旗帜",与"战斗中的死亡"⑩和漂白的骨头相关。

除了暗示战争的空气、风和树木之外,还有其他更明显的战争隐喻,例如"某物坠落的声音"⑪,"就像宇宙在战斗和翻滚一样,漫无目的地处于麻木不

---

① 转引自 Virginia Woolf, *To the Lighthouse*, p. 191.
② Woolf, *To the Lighthouse*, p. 103.
③ 转引自 David Bradshaw, "Introduction," p. xxv.
④ Woolf, *To the Lighthouse*, p. 103.
⑤ 转引自 David Bradshaw, "Introduction," p. xxv.
⑥ Woolf, *To the Lighthouse*, p. 104.
⑦ Ibid.
⑧ Ibid., p. 105.
⑨ Ibid., p. 108.
⑩ Ibid., p. 104.
⑪ Ibid., p. 109.

仁的困惑和无节制的欲望中"①,"人类的悲伤"②和"海洋温和表面的紫色污点"③,它们都成为正在进行的令人震惊的战争意象。

伍尔夫努力避免直接指涉也证明了伍尔夫试图普遍化战争经历的意图。詹姆斯·M. 豪勒(James M. Haule)从《到灯塔去》的手写稿和打字稿中追溯了发行版的六个变化,得出结论:"战争的直接指涉已被更改或大大删减","将战争与男性破坏力和性暴力的直接等同也彻底被删除"。④ 例如,豪勒注意到在手稿的一处侧面注记中,伍尔夫明确地将海洋的"连续拍击"等同于战争的黑暗。伍尔夫做了这样的记录:"大海和风和雨的翻滚和连续拍击和湿透",以及"无意识的战争、无情的打击"⑤。此外,手稿中诸如"恐惧""恐怖"和"世界末日"之类的词语显然是与战争相关的意象。但是所有这些明显的关于战争的指涉在打字稿中要么被淡化,要么完全消失,而直接指涉战争残酷和暴力以及恐怖和愤怒情绪的痕迹在发行版中完全消失。伍尔夫此前对战争的极端女性主义观点在此发生了很大变化,融入了公共的、大众的视角,这显然与伍尔夫的普遍性诗学相吻合。

除了伍尔夫对战争的暴力和残酷性的隐喻性指涉外,伍尔夫关于方括号内的战争死亡的报道是伍尔夫间接指涉战争的另一有力证据:"[炮弹爆炸了。在法国炸毁了二十或三十个年轻人,其中包括安德鲁·拉姆齐(Andrew Ramsay),他的死亡是仁慈的,他是瞬间死亡的。]"⑥伍尔夫在这里令人震惊地使用方括号引起了评论家的极大关注。正如罗杰·普尔(Roger Poole)指出的那样,使用方括号将生死简化为"一则新闻,个人的和私人的细节被简化为公众知识和猜测的事件,主观特权的世界在任何方面都受到了民主客观性的影响"⑦。没有显示任何细节,没有明确地表达出深切的情感,也没有对信息来源的任何说明,战争伤亡被简化为一则以超然、客观和微不足道为特征的公共新闻。此外,短语"二十**或**三十"(黑体为笔者后加)中令人惊讶的模糊

---

① Woolf, *To the Lighthouse*, p. 110.
② Ibid., p. 108.
③ Ibid., p. 109.
④ James Haule, "*To the Lighthouse* and the Great War: The Evidence of Virginia Woolf's Revisions of 'Time Passes'," in *Virginia Woolf and War: Fiction, Reality and Myth*, ed. Mark Hussey (New York: Syracuse University Press, 1991), p. 166.
⑤ Woolf, *To the Lighthouse*, p. 109. 转引自 James Haule, "*To the Lighthouse* and the Great War: The Evidence of Virginia Woolf's Revisions of 'Time Passes'," p. 167.
⑥ Woolf, *To the Lighthouse*, p. 109.
⑦ Roger Poole, "'We all put up with you Virginia': Irreceivable Wisdom about War," in *Virginia Woolf and War: Fiction, Reality and Myth*, ed. Mark Hussey (New York: Syracuse University Press, 1991), p. 84.

性将战争死亡简化为抽象数字,将战争的毁灭性平凡化,就好像无所不知的叙述者是冷漠的、客观的,不带有任何情感或观点。情感或观点的缺乏似乎也从"这些年来每个人都失去了某个人"①这样的无动于衷的评论中得到证明。

  本书认为,伍尔夫并非对战争造成的残酷或暴行无动于衷。对于经历过第一次世界大战的她来说,不可能对战争缺乏深切情感。本书宁愿认为她对战争的非个人化处理完全出于美学考虑。伍尔夫不允许煽动性的和愤怒的个人情绪盛行,这会使她的写作政治化。这将立即与她反对艺术政治化的坚定立场相矛盾。因此,简洁、模糊、看似无动于衷和非个人化的战争死亡报道达到了强调战争无情和残酷的相反效果,因此战争毫无人道地忽视了士兵的死亡,而士兵对他们的家庭而言是如此亲密和宝贵。因此,伍尔夫在报道战争死亡时使用方括号与她反对真正政治化并因此具有普遍性的想法吻合。

  本节要证明伍尔夫反对战争政治化的第三个证据是她对空房子的处理,显示了战争对普通家庭的破坏性影响。伍尔夫通过描绘曾经拥有天堂般幸福之地的房屋瓦解,间接地谴责战争的非人道性。这座房屋本身在战争中被摧毁:那是"摇摇欲坠的东西"②,"悬挂的门襟晃动,木头吱吱作响,光秃秃的桌腿、平底锅和瓷器已经长毛、生锈、破裂了"③;花园也"杂乱不堪"④——这栋荒凉的房屋与战争带来的世界秩序的崩溃极为相似。"与战争有关的"这一短语在同一页重复两次⑤,明确揭示了战争的破坏性影响。首先,这与战争年代缺乏帮手清理房屋有关。结果,在十年的战争中,这座房屋被荒废了。接下来,这与旅行的困难有关。事实上,"破裂的""茶杯"⑥这一单一意象令人不堪重负,足以唤起战争对平民的破坏性影响。此外,巴斯特太太(Mrs. Bast)两次重复表述"他们发现房屋变了",也暗示了战争的肆虐,直到"和平"或"和平信息"到达这所房屋⑦,这显然意味着战争的结束,之前的居民和来访者想到为了纪念试着返回并聚集在这所房屋中。此外,叙述者的那句"血肉之躯变成了随风飘散的微粒,星星在他们心中闪光"⑧也体现了伍尔夫避免描写大规模战场上杀戮的血腥场面,而形象生动地将血肉之躯与大自然联

---

① Woolf, *To the Lighthouse*, p. 112.
② Ibid., p. 103.
③ Ibid., pp. 105—106.
④ Ibid., p. 111.
⑤ Ibid.
⑥ Ibid., p. 109.
⑦ Ibid., p. 116.
⑧ Ibid., p. 132.

系在一起。

简言之,本节讨论了伍尔夫在《到灯塔去》中对战争的非政治化处理。伍尔夫不想显得与政治过于相关。她避免直接和间接指涉战争。通过运用隐喻和拟人化,伍尔夫赋予了战争的描述一种普遍性本质。当谈到战争死亡的不精确数字时,伍尔夫采取明显超然的立场来描写非个人化死亡,并明确指出不可能充分地记录战争的伤亡人数,以强调战争造成的不可估量的损失。除此之外,伍尔夫回避了直面大规模的战争破坏。通过描写一个空旷而荒凉的房屋的瓦解,战争的破坏力得到了有力的体现。所有这些努力都是为了实现普遍性诗学。

(三)《到灯塔去》中的诗意精神

正如本书第二章讨论的那样,诗意精神主要是指小说所论述的普遍性主题,例如生存、死亡、自然等问题。《到灯塔去》很好地说明了伍尔夫的诗意精神。第一部分"窗"集中于拉姆齐一家一个普通的下午和晚上。第二部分"时间流逝"跨越了十年时间,描述了坍塌的房屋以及佣人们恢复房内秩序所做的努力。第三部分"灯塔"设定在第一部分"窗"的十年后,几名幸存的家庭成员和客人聚在一起,其中三人成功踏上去灯塔之旅。正如琼·贝内特(Joan Bennett)尖锐地指出,尽管小说主要围绕拉姆齐一家,它的主题"不再是特定的一群人;而是生与死、欢乐与痛苦"[1]。正如伍尔夫在日记中写到的那样,她的小说"仅仅用来表达普遍的、诗意的[事物]"(16 Aug. 1931)[2]。

《到灯塔去》的中心和普遍性主题可以用莉丽·布里斯科对自己画作的思考来概括:"关于生命、关于死亡、关于拉姆齐夫人"[3]。频繁出现的关键词,例如出现了六十五次的"生命"和出现了二十四次的"死亡",也表明《到灯塔去》关注生存意义的哲学问题,正如莉丽明确指出的那样:"生命的意义是什么?……伟大的启示还没来。伟大的启示也从未来过。取而代之的是每天几乎没有奇迹、启示、黑暗中意外点燃的火柴。"[4]对于温尼弗雷德·霍尔比而言,这部小说试图回答"什么是生命"和"当时间的流逝和波涛汹涌停下来的时候,永久的、有形的东西是什么"[5]。弗兰克·W. 布拉德布鲁克认为小说的主题是"[莎士比亚]十四行诗的那些主题——通过艺术、缺失和死亡

---

[1] Joan Bennett, *Virginia Woolf: Her Art as a Novelist*, 2nd ed. (London and New York: Cambridge University Press, 1964), p.104.
[2] Woolf, *The Diary of Virginia Woolf*, vol.4, p.40.
[3] Woolf, *To the Lighthouse*, p.146.
[4] Ibid., p.133.
[5] Holtby, *Virginia Woolf*, p.157.

的手段表现出来的时间、美和美的生存"①。显然,通过论述诗歌特有的主题,《到灯塔去》有助于探索有关人类生活的一些关键问题。

除了生死之外,自然在《到灯塔去》中也占有重要地位。本章前面讨论了"时间流逝"中通过自然的拟人化来表现战争,这也证明了这一点。总的来说,这部小说的背景是一座遥远的海边度假房屋,远离喧嚣的城市。伍尔夫在小说的创作过程中指出:"一种关于生存的诗歌普遍感征服了我。通常它与大海和圣艾夫斯相关。"(13 June 1923)②伦纳德·伍尔夫甚至将该小说称为"心理诗"③。所有这些证据都指向本书的论点,即《到灯塔去》充满诗意精神,借用伍尔夫对最佳诗歌的思考,使小说呈现出更多的"暗示性"和"说的比可解释的更多"(11 Feb. 1940)④。

最后,本节以《到灯塔去》作为说明伍尔夫普遍性诗学概念的典范小说,这是她非个人化诗学必不可少的组成部分。本章提出了三点:一、伍尔夫在这部深度个人化和非个人化的小说中既是隐身的,又是在场的。二、伍尔夫在"时间流逝"中对战争的处理展示了她对艺术政治化的抵抗。三、她对生命、死亡和自然等主题的浓厚兴趣表明了她对诗意精神的关注。这三个方面的结合使《到灯塔去》成为伍尔夫普遍性诗学的具体体现。

---

① Bradbrook,"Virginia Woolf," p. 350.
② Woolf, *The Diary of Virginia Woolf*, vol. 2, p. 246.
③ Ibid., vol. 3, p. 123.
④ Ibid., vol. 5, p. 267.

第四章　叙述语式：意识流

在与伍尔夫女权主义倾向或她的现代主义文学风格和思想相关的众多标签中，"意识流"无疑是描写她的小说和短篇小说叙事最常用的术语之一。尽管伍尔夫并不是第一个发明这种叙事的作家，因为同样的说法也经常被运用于伍尔夫的前辈多萝西·理查森和詹姆斯·乔伊斯等人的小说，但她在意识流小说中的创新无疑有助于巩固她作为开创性现代主义作家的地位。

早在 1931 年 11 月，即《海浪》出版后的一个月，伍尔夫的同时代友人哈罗德·尼克尔森便观察到"伍尔夫夫人是现代英语文学中最伟大的文体学家之一，她在技术上的实验既大胆，又像詹姆斯·乔伊斯一样重要"[1]。尼克尔森认为伍尔夫与乔伊斯在发展现代主义小说创作技巧方面齐头并进。尽管尼克尔森并未阐明，但他的评论暗示了伍尔夫与乔伊斯两人的手法之间存在差异。在同一篇文章的后面，尼克尔森还指出："伍尔夫太太的技艺"主要在于"惊人的联想能力"[2]，这在伍尔夫 1917 年发表的短篇小说《墙上的斑点》中得到了充分印证。与这种技巧密切相关的是伍尔夫自由联想的能力，指的是伍尔夫的意识流叙事。简·马库斯认为伍尔夫在意识流小说中对主题和文体的创新"在形式和内容上都具有革命性"[3]。对马库斯而言，伍尔夫在意识流小说的风格和主题方面都进行了根本性的变革。

因此，本章试图考察伍尔夫在意识流小说中的创新，重点是作为主题的意识流和呈现这种叙事的主要技巧——自由间接引语。在讨论了伍尔夫在意识流小说中塑造的属于她自己的风格后，本章将探讨伍尔夫在意识流叙事中采用自由间接引语作为主要技巧及其与非个人化诗学的关系。本章认为，伍尔夫对意识流小说的原创性贡献与她的非个人化思想紧密相关。需要指出的是，本章主要探讨伍尔夫在现代语境中关于意识流叙事的思考和实践，以及这种叙事和自由间接引语的叙事技巧如何影响作品的非个人化品质。

---

[1] Harold Nicolson, "The Writing of Virginia Woolf," in *Virginia Woolf : Critical Assessments*, vol. 1, ed. Eleanor McNees (East Sussex: Helm Information, 1994), p. 194.

[2] Ibid., p. 195.

[3] Jane Marcus, *Art and Anger : Reading Like a Woman* (Columbus: Ohio State University Press, 1988), p. 126.

本章将结合小说《达洛维夫人》对伍尔夫的意识流叙事及其叙事技巧进行实例分析。

一、意识流小说

"意识流"小说主要源于法国哲学家亨利·柏格森（Henri Bergson，1859—1941）和美国心理学家威廉·詹姆斯分别于19世纪末和20世纪初在哲学和心理学上影响深远的发现。为了更好地理解"意识流"一词的起源及其在文学批评中的运用，我们首先需要了解一下柏格森和詹姆斯提出的有关哲学和心理学的观点。

在柏格森的发现中，时间持续理论彻底改变了人们对时间和意识的传统认识，这与意识流小说的发展密不可分，且富有启发性。我们有理由推测，如果没有柏格森的开创性工作，可能就没有意识流小说。柏格森将"持续时间"（"duration"）定义为"侵入未来的过去的持续发展，并随着发展而壮大"①。在此，"持续时间"的概念强调了时间的持续性以及过去、现在和未来如何形成时间之流。对柏格森来说，观察时间和意识的传统方法不够用了，因为当一个人试图限定一个时刻时，那个时刻已经流逝，不再是原样。柏格森的断言"没有感觉、没有想法、没有意志力每时每刻都无变化"②进一步强调了时间和意识的流动性。对柏格森而言，人的思想每时每刻都在不断变化。因此，柏格森构想了"持续时间"的概念，此概念强调了人们大脑主观意识的连续性是一个比理性更好的理解现实的手段。

除了亨利·柏格森之外，威廉·詹姆斯是另一位关键人物，他在《心理学原理》（*The Principles of Psychology*，1890）中的创新思想对后来的思想家和作家产生了深远影响。"意识流"一词最初由詹姆斯创造，用以描述作为一种连续体验的人类意识："它［意识］没有任何连接；它是流动的。'小河'或'溪流'是最常用来描述意识流的隐喻。**在以后的讨论中，让我们称之为思想、意识或主观生活的溪流。**"③（黑体字在原文中为斜体）因此，意识流是詹姆斯使用的一个隐喻，用于捕捉不连贯的、非理性的、断断续续的、连绵不断的无数印象、感知、思想、感觉、记忆和联想。如果柏格森主要强调时间的持

---

① Henri Bergson, "Duration," in *Creative Evolution*, trans. Arthur Mitchell (New York: Henry Holt, 1911). Rpt. in *The Stream-of-Consciousness Technique in the Modern Novel*, ed. Erwin R. Steinberg (Port Washington, New York and London: National University Publications; Kennikat Press, 1979), p. 58. 没有直接证据显示伍尔夫读过柏格森的作品。

② Bergson, "Duration," p. 56.

③ James, *The Principles of Psychology*, p. 233.

续性,那么詹姆斯则强调处于不断变化中的个人意识的流动性、不连贯性、速度和微妙性。意识流小说的本质也是对时间灵活性和流动性的同等强调,至少在伍尔夫的后期小说中,人物的意识流构成了刻画人物的重要主题。

尽管"意识流"这个原始概念的提出要归功于柏格森和詹姆斯,但是梅·辛克莱(May Sinclair)于 1918 年在评论多萝西·理查森的小说《尖屋顶》[*Pointed Roofs*,理查森十三卷小说集《人生历程》(*The Pilgrimage*)的第一卷]时第一次使用这个术语:"这是玛利亚姆·亨德森(Miriam Henderson)[小说主角]持续不断的意识流。"①对于辛克莱来说,理查森对角色内在意识的开创性观察是一种"接近现实"更好的方法。② 从那时起,"意识流"一词就经常被用来表征现代主义小说中人物意识的虚构表述。多萝西·理查森与伍尔夫、乔伊斯一样被公认为是意识流现代主义叙事最杰出的开拓者和创新者之一。

尽管伍尔夫、乔伊斯、理查森、马塞尔·普鲁斯特、威廉·福克纳和亨利·詹姆斯在文学批评中经常使用"意识流"一词,但该词的频繁出现并不意味着人们已经对其进行了详尽研究。相反,围绕此术语的谜团、模糊和误解使它成为一个备受争议的话题。多年来最大的争议之一是意识流究竟应该被定义为"一种技巧"还是"一种主题"。这两种理解方式存在本质的区别。"主题"主要关乎内容,而"技巧"通常围绕形式或方法。前者关于"什么"被呈现,而后者关乎"如何"被呈现。这个区别太明显,不容忽视。

罗伯特·汉弗莱(Robert Humphrey)在关于意识流的开创性著作《现代小说中的意识流》(*Stream of Consciousness in the Modern Novel*,1954)中认识到意识流作为主题或技巧之间的混淆,他断言:"意识流小说通过其主题能最快被界定。"③在书的后一部分,他重申"意识流并不是技巧本身"④。与汉弗莱相反,M. A. R. 哈比卜(M. A. R. Habib)认为意识流是一种"技巧"⑤。黛博拉·帕森斯(Deborah Parsons)意识到要界定意识流这个文学术语有难

---

① Sinclair,"The Novels of Dorothy Richardson," p. 93.
② Ibid.,p. 92.
③ Robert Humphrey, *Stream of Consciousness in the Modern Novel: A Study of James Joyce, Virginia Woolf, Dorothy Richardson, William Faulkner, and Others* (Berkeley and Los Angeles: University of California Press, 1959), p. 2.
④ Humphrey, *Stream of Consciousness in the Modern Novel*, p. 21.
⑤ M. A. R. Habib, *A History of Literary Criticism: From Plato to the Present* (Malden, Mass.: Blackwell, 2005), p. 693.

度,但并非不可能,她将意识流视为"主要的主题和主导技巧"①。换言之,在帕森斯看来,意识流可以用来指派内容和形式。帕森斯并不是唯一一个持有这种观点的人。在 M. H. 艾布拉姆斯(M. H. Abrams)和杰弗里·高尔特·哈珀姆(Geoffrey Galt Harpham)编辑的权威辞典《文学术语词汇表》(*A Glossary of Literary Terms*, 2011)第十版中,意识流被定义为"现代小说中的一种叙事方法"以及"一种旨在再现人物整个大脑活动的持续流动"。②

与帕森斯相似,艾布拉姆斯和哈珀姆将意识流视为技巧和内容。清晰界定意识流的困难从该术语本身的内部组成上便可见一斑。根据《牛津英语大辞典》,"溪流"字面意义上指的是"一道沿着地表河床持续流淌的水道,形成一条河、一条小河或小溪"。"意识"指的是"内在知识或信念、大脑意识的状态或事实"。③ 这两个关键概念"溪流"和"意识"具有流动性和灵活性,拒绝任何明确的定义。因此,"意识流"究竟是主题还是叙事技巧,或同时都是?这个概念引起了很多困惑。正如伯里克利·刘易斯(Pericles Lewis)和爱德华·奎恩(Edward Quinn)所注意到的那样,"意识流"一词有时是"内心独白"的同义词。④

尽管批评家对如何定义作为文学术语的意识流尚未达成共识,但我们在分析伍尔夫在意识流小说中的创新和她的非个人化诗学之时有一个定义被证明是有用的,甚至是必不可少的。本书使用"意识流"这个词的含义与汉弗莱和奎恩的理念很接近,因为两个评论家都将意识流视为一种小说流派,其对人物思考过程的解释构成了主题上的焦点。⑤ 换言之,与早期批评家不同,本书更倾向于将意识流视为主题,将自由间接引语视为叙事技巧。这样的区别没有显得太简单化或泛化,但这对讨论意识流小说的主题和内容很有用。因此,在这一章中,作为文学术语的意识流指的是一种虚构的叙事,它围

---

① Deborah L. Parsons, *Theorists of the Modernist Novel: James Joyce, Dorothy Richardson, Virginia Woolf* (New York and Abingdon: Routledge, 2007), p. 56.

② M. H. Abrams and Geoffrey Galt Harpham, *A Glossary of Literary Terms*, 10th ed. (Boston: Wadworth, 2011), p. 380.

③ John Simpson ed., *Oxford English Dictionary* (Oxford: Oxford University Press, 2010). http://www.oed.com,访问日期:2011－09－20。

④ Pericles Lewis, *The Cambridge Introduction to Modernism* (Cambridge and New York: Cambridge University Press, 2007), p. 153. Edward Quinn, *A Dictionary of Literary and Thematic Terms*, 2nd ed. (New York: Facts on File Library of American Literature, 2006), p. 217.

⑤ Humphrey, *Stream of Consciousness in the Modern Novel*, p. 22. Quinn, *A Dictionary of Literary and Thematic Terms*, p. 217.

绕着出现在人物大脑中流动的思想和情感。换言之,意识流构成主题而自由间接引语是展现意识流的关键技巧。此外,应该明确的是本章对意识流和间接引语的讨论仅围绕着伍尔夫的著作。

二、伍尔夫与意识流小说

为了从意识流小说的形式和内容上理解伍尔夫的创新,我们首先必须对她关于这种叙事形式的沉思和探索有所了解。由于她的日记经常被当作解释"她对写作的态度和她作为作家发展历程"的依据①,所以从日记的一些条目中可以窥见她对意识流小说的探究。

1917 年 11 月 22 日,伍尔夫写道:"罗杰问我,我的作品是建立在肌理(texture)还是结构上;我认为结构与情节相连,因此[我]回复[罗杰]'肌理'。"②对伍尔夫而言,肌理与结构形成对比,而结构又与情节紧密相关。伍尔夫对肌理的偏爱表明她强调文学作品中不同元素应融合在一起。伍尔夫认为,肌理与传统小说中对情节的强调不相容。在小说写作中,她认为肌理比结构/情节更重要。伍尔夫于同一年早些时候出版的短篇小说《墙上的斑点》可被视为伍尔夫早期成功的实验,避免了人物刻画时的规定情节。

在这个故事中,叙述者思考"白墙上的一个小圆形标记"③的可能原因在于,这触发了叙述者大脑中的各种自由联想。叙述者无法将其归结为某一特定的事情,直到她的思绪被一个男性声音突然阻止,这个男性声音揭示出墙上的标记实际上是一只蜗牛。在整个故事中,我们不会得知有关角色性别、年龄、外貌、职业或性格的任何信息,也没有任何对角色行动的描述。焦点被放在角色的强烈主观意识而非外部经验,这打破了按时间顺序描述外部经历的传统规则。更重要的是,在那一瞬间产生的想法超越了那一刻的局限,因为它关乎过去、现在和未来,以及对生死的沉思。

1920 年 1 月 26 日,伍尔夫重新开始对新写作形式的沉思,她写道:"我今天感到比昨天快乐得多,因为今天下午想到了一些关于新小说[《雅各的房间》]的新形式的想法。"④伍尔夫并未明确指出这种新形式的特征,但可以肯定的是这种新形式在小说《雅各的房间》中崭露头角,就像八个月后她说的那样:"某种程度上雅各已经停止了,……我想我现在正在做的可能乔伊斯先生

---

① Joanne Campbell Tidwell, *Politics and Aesthetics in* The Diary of Virginia Woolf (New York: Routledge, 2008), p. 2.
② Woolf, *The Diary of Virginia Woolf*, vol. 1, p. 80.
③ Woolf, *The Complete Shorter Fiction of Virginia Woolf*, p. 83.
④ Woolf, *The Diary of Virginia Woolf*, vol. 2, p. 13.

做得更好。"(26 Sept. 1920)①伍尔夫曾阅读过乔伊斯的《一个年轻艺术家的肖像》(*A Portrait of the Artist as a Young Man*, 1916)。该小说于 1914 年在文学期刊《自我主义者》(*The Egoist*)上连载发行。在日记中,伍尔夫觉得乔伊斯已成为表现角色意识这种叙事技巧的先驱者,但她还未获得作为意识流小说家属于自己的独特声音。

一年半后,伍尔夫清楚地表达了自己对新形式的信心:"我要写自己喜欢的东西,而他们要说他们喜欢的。我开始明白,作为作家,我唯一的兴趣在于某种奇怪的个性。"(18 Feb. 1922)②就这一点,我们需要稍微阐释一下伍尔夫对自己愿景的信心。伍尔夫坚定而自豪地立志在男性同胞的成就和成功面前塑造出自己作为女性小说家的声音,这种决心的底气源于伍尔夫与丈夫于 1917 年共同创立霍加斯出版社的重要事实,这使得她成为那个时代"英国唯一可以自由书写自己喜欢的东西的女性"(22 Sept. 1925)③。凭借这种空前的优势和自由,伍尔夫绕过了出版商的限制,这无疑推动了她对现代主义小说的革新。

1922 年 7 月 26 日,在《雅各的房间》完工后,伍尔夫祝贺自己说:"毫无疑问,我已经找到了如何开始(40 岁时)用自己的声音表达。"④伍尔夫对自己创建的新形式充满信心,这种新形式将在她后来的小说中得到进一步发展,例如《达洛维夫人》和《到灯塔去》。在这两条日记记录中,"个性"和"我自己的声音"两词引起了我们的注意。对伍尔夫而言,《雅各的房间》是她做小说家的职业生涯中的关键转折点,因为这是她"第一部高度现代主义的小说"⑤。这与她的前两部小说《远航》和《夜与日》大不相同,因为主人公的线性刻画被废除了。更具体地说,作为小说的中心,雅各·弗兰德斯并不是传统意义上以其举止和行为帮助建立其具体存在和性格的角色。取而代之的是,他的角色以他的缺席为中心,并通过其他角色和叙述者对他的各种认知和记忆来建构。

除了作为日记作者外,伍尔夫作为颇具辨别力的文学批评家的角色也使她对小说写作的新发展非常敏感。她的批评散文是探索自己作为现代派小说家的场地。在伍尔夫的六卷散文中,其中两篇围绕意识流小说的重要散文

---

① Woolf, *The Diary of Virginia Woolf*, vol. 2, pp. 68—69.
② Ibid., vol. 2, p. 168.
③ Ibid., vol. 3, p. 43.
④ Ibid., vol. 2, p. 186.
⑤ Jane Goldman, *The Cambridge Introduction to Virginia Woolf* (Cambridge and New York: Cambridge University Press, 2006), p. 50.

《现代小说》(1925)和《贝内特先生和布朗夫人》(1924)被视为"现代主义小说的宣言"①。

散文标题中的"贝内特先生"指的是伍尔夫同时代的小说家阿诺德·贝内特。这篇散文最初是为了回应贝内特对小说《雅各的房间》的攻击。贝内特在1923年题为《小说正在衰落吗?》("Is the Novel Decaying?")的文章中批评伍尔夫偏爱新颖的叙事技巧而不是小说中栩栩如生的人物的刻画:"这些角色在头脑中无法生存,因为作者痴迷于原创性和巧妙的细节。"②显然,贝内特和伍尔夫就创作令人信服的角色持有不同看法。对贝内特而言,角色的外部和实体细节,例如与角色密不可分的历史、社会和物质环境,对于人物刻画至关重要。伍尔夫不同意贝内特的唯物主义思想。相反,伍尔夫认为自我的主观意识是建构可信人物更可靠的依据。

对《贝内特先生和布朗夫人》仔细研究就会发现,这篇散文涉及的论述要比单纯捍卫自己在小说创作中的人物刻画广泛得多。这场争论是在以贝内特、H. G. 威尔斯(H. G. Wells)和约翰·高尔斯华绥(John Galsworthy)为代表的爱德华时代小说家与乔伊斯、艾略特和立顿·斯特拉奇等乔治时代的作家之间进行的。与遵循传统惯例相比,后者对人物刻画的新形式和方法更感兴趣。为了证明爱德华时代和乔治时代小说家所采用的两种截然不同方法之间的差异,伍尔夫创造了一个故事,其中爱德华时代的小说家与虚构人物布朗夫人乘坐同一辆马车。爱德华时代小说家并没有对这位女士的自我本质产生兴趣,而是倾向于被周围环境的细节所吸引。

伍尔夫严厉批评爱德华时代的小说家看起来"非常有力地、追根究底地、富有同情心地看着窗外,看着工厂、乌托邦,甚至是马车的装修和装饰,但从不看她、生活或人性"③。伍尔夫表示她强烈反对爱德华时代小说家的人物刻画方式。对她而言,人物的真正本质在于他/她微妙而复杂的思想和个性,而不是外在的行为和环境。爱德华时代的小说家未能对布朗夫人的兴奋进行令人满意的启示,这促使伍尔夫争辩说:"那些工具不是我们的工具,那些事不是我们的事。"④伍尔夫在文章的后半部分断言"爱德华式的工具对我们而言是错误的工具"⑤,进一步强化她的观点。

---

① Parsons, *Theorists of the Modernist Novel*, p. 12.
② Arnold Bennett, "Is the Novel Decaying?," *Cassell's Weekly* (28 March 1923). Rpt. in *Virginia Woolf: The Critical Heritage*, eds. Robin Majumdar and Allen McLaurin (London and Boston: Routledge & Kegan Paul, 1975), p. 113.
③ Woolf, *The Collected Essays*, vol. 1, p. 330.
④ Ibid., vol. 1, p. 330.
⑤ Ibid., vol. 1, p. 332.

在伍尔夫看来,爱德华时代的小说家所使用的工具在以前的环境下会很有用。在伍尔夫时代,外部和内部环境都发生了变化。常规形式不再合适和有效。也就是说,第一次世界大战破坏了人们先前对物质世界的确定性和信心,取而代之的是一种破碎的和不确定的多样化经验。在这种情形下,外部细节和周围环境在描绘生活现实和存在时不像过去那样重要和富有启发性。在对生活的深刻理解中,它们变得有限,甚至成为障碍。伍尔夫在散文《狭窄的艺术之桥》("The Narrow Bridge of Art")中预言,未来的典范小说"将几乎不告诉我们有关角色的房子、收入和职业;它与社会小说或环境小说几乎没有血缘关系……它将从不同角度生动地表达人物的感受和想法"①。

对伍尔夫来说,物质和有形的显示,例如"房子""收入"和"职业",这些曾经是刻画人物形象的重要细节,如今在刻画虚构人物的心理真相时不再具有启发性。因此,伍尔夫呼吁未来的小说家将关注点从外部和具体的体验转移到内部和微妙的意识上,这也构成了意识流小说的核心主题。

除了《贝内特先生和布朗太太》,《现代小说》("Modern Fiction",1925)是另一篇重要且广为人知的散文,在讨论伍尔夫对意识流小说的理解时不容忽视。这篇散文对其1919年发表的散文《现代小说》("Modern Novels")略作修订。帕森斯认为,在伍尔夫的论文中,这篇散文"影响了对此后现代主义小说方法的总结",同时也"是伍尔夫自己诗学目标的宣言"。② 因此,对该散文的研究可以使人们了解伍尔夫对现代主义小说创作的创新认识。

在某种程度上,《现代小说》继续批评了伍尔夫在《贝内特先生和布朗夫人》中对爱德华时代和乔治时代小说家的两种不同的文学刻画方式。在《现代小说》中,他们被称为"唯物主义者"和"唯心主义者"③。这两个短语生动地说明了这两个小说家流派的本质区别。显然,顾名思义,唯物主义者对观察人物的外部事件更感兴趣,伍尔夫认为这是"不重要的"④。相比之下,唯心主义者将目光投向内部,主要关注角色的主观意识。对伍尔夫而言,对人类意识即时性和消逝的描绘可以更好地呈现现代主义生活,正如这篇散文中最著名的一段话所表明的那样:

> 向内看,生活似乎离"像这样"还很遥远。在平常的一天检查一下平常的大脑。大脑会收到无数的印象——琐碎的、奇妙的、转瞬即逝的,或被锋利的钢铁蚀刻。他们从四面八方涌来,像不断喷涌着的无数原

---

① Woolf, *The Collected Essays*, vol. 2, p. 225.
② Parsons, *Theorists of the Modernist Novel*, p. 46.
③ Woolf, *The Collected Essays*, vol. 2, pp. 105, 107.
④ Ibid., vol. 2, p. 105.

子;当他们降落,并将自己塑造进星期一或星期二的生活中,它们的重音与旧音不同……如果他[一个作家]能够根据自己的感受,而不是根据惯例,开展工作,那么就不会有公认的情节、喜剧、悲剧、爱慕对象、灾难……生活不是一系列对称布置的马车灯;生活是发光的光环,是从意识开始到结束的半透明信封。小说家的任务不就是传达这种变化的、这种未知的和不受限制的精神,无论其表现出什么畸变或复杂性,并尽可能减少外星人和外在的混合吗?①

在上面的引文中,伍尔夫解释了她在小说中反映动荡的现代思想的新方法。伍尔夫突破了传统小说家记录外部事实的方法,呼吁现代作家"向内看",这表明生活并不是爱德华时代小说家相信的那样。对于平凡的一天中一个普通人而言,大脑会接受无数的主观印象。它们来自四面八方,就像一堆原子落下,构成星期一或星期二的生活。伍尔夫认为小说家的主要工作是在小说中恢复这些印象。

伍尔夫坚信,在现代环境中,生活的表层之下存在着更多深度。"普通大脑"和"平凡的一天"意味着熟悉和习以为常的生活,即普通人的普遍生活。伍尔夫赞美平凡的和普遍的,而不是特殊的和个人的,这与她在本书第二章所讨论的主题上的普遍性论点有关。大脑接收到的多种印象可能具有相反甚至不相容的特质——其中一些是琐碎的和短暂的,而另一些则是重要的、持久的,在大脑里犹如被锋利的钢铁深深铭刻了一样。洛林·西姆(Lorraine Sim)认为,伍尔夫"从根本上关注它们的相互联系和共存",而不为"增强意识状态"而牺牲"更为普通的印象"。② 小说的传统设计,例如"情节""爱慕对象""喜剧""悲剧"和"灾难"已不再是捕捉和表现现代生活真正精髓的合适工具,因为现代生活与传统生活大不相同,因此应从新的角度重新考虑和陈述。

引语中的另一个重要信息与伍尔夫对艺术家角色的看法密切相关。由于艺术家不可能准确记录撞击在人们心灵上的"无数印象"和"不断喷洒的无数原子",因此艺术家的工作是从无序的人类经历中找出图案或形状,并对其进行改造。有趣的是,这种想法呼应了乔治·艾略特的《米德尔马契》(*Middlemarch*)中著名的"划痕"和"烛光"意象③,这些意象围绕着复杂艺术观念,认为它是个体主观性或自我主义的扭曲体现。

---

① Woolf, *The Collected Essays*, vol. 2, p. 106.
② Lorraine Sim, *Virginia Woolf: The Patterns of Ordinary Experience* (Surrey and Burlington: Ashgate, 2010), p. 11.
③ George Eliot, *Middlemarch: An Authoritative Text, Backgrounds, Criticism*, 2nd ed., ed. Bert G. Hornback (New York: Norton, 2000), pp. 166−167.

这篇经常被引用的文章的中心观点是,伍尔夫认为传统的现实主义小说未能如实地展现生活的灵活性和多边性,它们也未能成功地回答角色在现代社会环境中如何生活以及为何而活的问题。① 伍尔夫认为小说不应该是生活的复制品,而应该是人类感知、反思和思想的创造性呈现,这是对人的存在和生活意义的更确凿的证明。对伍尔夫来说,生活正在不断发生变化,而小说家的任务就是在平凡生活中传达出多样化的、神秘的和不受限制的意识。因此,伍尔夫鼓励现代作家大胆创造出与传统小说家不同的规范和习俗。然后,伍尔夫以乔伊斯为例,展示了他对主观自我的开拓性探索:

> 他们[像乔伊斯这样的作家]试图更加贴近生活,并更加真诚和准确地保留让他们感兴趣和让他们感动的事物,即便这样做的话他们必须放弃小说家通常遵守的大多数惯例。让我们以原子落入心灵的顺序记录它们降落的过程,让我们追踪每一个景象或事件印入我们印象的模式,无论它们的外观如何不连贯和不合逻辑。②

在伍尔夫看来,乔伊斯和其他乔治时代小说家对人物意识的关注标志着他们与传统小说家的分歧。通过"往内看",乔伊斯变得"更加贴近生活"。对伍尔夫而言,小说家应该做出各种努力去记录那无数"落入心灵的"的"原子"印象,寻找"模式"或各种各样看起来"不连贯和不合逻辑"的印象的顺序。

尽管乔伊斯的叙事风格是创新的,但伍尔夫并不认为乔伊斯是未来小说家的理想榜样。正如伍尔夫指出的,原因在于乔伊斯"以自我为中心,……永不包含或创造自身之外或超越自身的东西"③。伍尔夫对乔伊斯的看法前后一致。读完《尤利西斯》之后,伍尔夫记录了她类似的印象,即这本书的作者是"自负与自我中心主义的"(6 Sept. 1922)④。伍尔夫对乔伊斯作品过于自负的自我主义表达感到不安和失望,认为这限定了人物刻画。本书相信伍尔夫的观点是,乔伊斯只痴迷于唯一一种性格,例如《一位年轻艺术家的肖像》中迪达勒斯(Dedalus)可能是自我的和限制性的,因为过分地关注单一的和阳刚的个性显然与上一章中讨论的普遍性价值观相矛盾。

在这篇散文的结尾处,伍尔夫认为现代小说家的兴趣"很可能是在心理的黑暗地方"⑤。伍尔夫再次重申,小说家应该从根本上关注人物的内心世

---

① Woolf, *The Collected Essays*, vol. 2, p. 104.
② Ibid., vol. 2, p. 107.
③ Ibid., vol. 2, p. 108.
④ Woolf, *The Diary of Virginia Woolf*, vol. 2, p. 199.
⑤ Woolf, *The Collected Essays*, vol. 2, p. 108.

界。伍尔夫在这篇散文的结尾提到,"每个人的感受、每个人的想法、大脑和精神的每一种品质"和"感知"都构成了"小说的正当内容"①。她在散文《小说的阶段》(1929)中也发表了相似的看法:"小说最典型的特征"之一是"它记录了感觉的缓慢增长和发展"②。伍尔夫的评论再次重申了她的观点,即对角色思想的关注是现代小说必不可少的部分。伍尔夫认为人类意识与事实的关系更为密切,这一点在她后来设计小说《岁月》(1937)的过程中得到了证实,正如在写给斯蒂芬·斯彭德(Stephen Spender)的信中伍尔夫说道:"因为我认为行动一般而言不真实。我们在黑暗中所做的事情更加真实。"③对伍尔夫来说,角色的内心状态或意识应该成为现代小说的基本主题。

到目前为止,我们已经集中讨论了伍尔夫关于人类主观经验的内省方法应该成为现代小说家的趋势的思想。那么,对作为主题的主观意识和作为主题的个人心理状态的强调又如何与伍尔夫的非个人化诗学密不可分呢?主观意识和个人心理状态看似与伍尔夫非个人化诗学所倡导的客观性、超然性和普遍性原则背道而驰。

毫无疑问,人的大脑中发生的事情是非常主观、私人和个人的,思想和感知的内容可能因人而异,因时而异。但是,借用伍尔夫对托马斯·德·昆西(Thomas De Quincey)的评论,小说家可以"记录印象"和"表达思想状态,而无须具体说明有这些经历的确切人物的特征"④。对伍尔夫而言,在具体的、外部的事件和行为之间,以及在人物和作者之间微妙的、不稳定的和即时的意识并没有太大区别。换言之,无论再现的性质和质量如何,无论是行动还是思想,这都取决于小说家保持与角色分离,保持疏远和客观的能力。因此,在很大程度上通过掩饰或概括其个人化品质,从而成功淡化其个体角色意识的主观性或个性,便于一个人与另一个人之间、角色与作者之间的界限或区别变得模糊或消失。结果,所谓的私人和个人意识也可能成为共享和非个人化的经验。

此外,意识自由联想的本质在一定程度上也会削弱意识的主题:"每个角色的大脑和情感都可能沉浸在这一刻,但是这一刻往往会导致思考,从而将瞬间的体验延伸到过去和当今世界。当下与过去—现在—未来有关,个体与

---

① Woolf, *The Collected Essays*, vol. 2, p. 110.
② Ibid., vol. 2, p. 101.
③ Woolf, *The Letters of Virginia Woolf*, vol. 6, p. 122.
④ Woolf, *The Collected Essays*, vol. 1, p. 169.

所有其他个体相关。一切都在一起流动，并构成了洪流。"①角色的大脑不是一成不变的。它的灵活性和流动性打破了传统的线性叙事和人物刻画模式，使思维的运动可前后移动，并将过去、现在和未来连接在一起，形成连续的溪流。此外，大脑的素质还有助于建立一个个体不同阶段的联系，更重要的是建立一个个体与其他人的联系，从而使将一个人与另一个人区分开的努力徒劳。最后，"洪流"证明了对"我们"的关注，这与伍尔夫的非个人化诗学的追求一致。

此外，与主观意识相关的另一个主题是时间，这是一个具有普遍性和非个人化的主题，因为时间的流逝与角色及其经历无关。意识流小说强调"持续时间"而非钟表时间。值得一提的是有两种理解时间的模式：物理时间（或钟表时间、外部时间）和心理时间（或主观时间、内部时间）。心理时间破坏了钟表时间的时间顺序。它是通过角色在特定时刻的强烈主观体验来衡量的。它的特点是弹性、流动性，有助于角色意识的不断流动。换言之，一小时的钟表时间可以在角色的脑海中延长到三十年，而一小时的心理时间也可能被包含在一秒的物理时间之内。事实上，伍尔夫在小说《奥兰多》中就直接提及了两种时间模式之间的差异："此外，人的思想在时间的身体上同样陌生。一小时时间可能会延长到其钟表时间的五十或一百倍；另一方面，大脑可能只需要一秒的钟表时间就能精确地展现一小时的钟表时间。"②

这两种感知时间的方式存在明显差异。在伍尔夫的短篇小说《墙上的斑点》中，墙上斑点引发自由联想，短短几分钟中从莎士比亚到查尔斯一世，再到希腊，到战争。同样，《达洛维夫人》的叙述就发生在一天之内，但主人公的大脑却从过去的旅行到现在，再到将来，并思考着与生死相关的话题。每一刻的速度、丰富性、活力和热情使辛克莱宣称："对[现实]的极速捕捉使你在呈现的现实或艺术中无法区分客观与主观。"③角色心中的思想和感知没有按照时间顺序排列，这在很大程度上是凝练的。每刻的强度使读者没有时间思考这种现实的本质。读者不能积极区分客观和主观，在时间和思绪的飞速流动前变得被动。

简而言之，伍尔夫认为很明显，无论人类意识的本质和内容如何，非个人化艺术家仍然有能力将个人资料非个人化，并将个人的转换为普遍性的和非个人化的。因此，在伍尔夫看来，非个人化与外部行为或内部感知的性质没

---

① Marjorie H. Hellerstein, *Virginia Woolf's Experiments with Consciousness, Time and Social Values* (New York: The Edwin Mellen Press, 2001), p. 2.
② Woolf, *Orlando: A Biography*, pp. 94—95.
③ Sinclair, "The Novels of Dorothy Richardson," p. 96.

有多大关系。最终,这是一个作家的技艺问题,即削弱个人元素,并将个人的事件和意识转换为带有普遍性和非个人化的经历。

三、伍尔夫与自由间接引语

自由间接引语是伍尔夫意识流小说中用来表征角色的复杂思绪的一种常见叙事方式,经常与"间接内心独白"交替使用。汉弗莱认为内心独白是表现角色意识的基本技巧。① 他后来将其定义为"小说中用于展现部分或全部未用言语表达的心理内容和性格过程的技巧,就像这些过程在刻意的言语表达之前存在于意识控制的各个层面一样"②。很显然,小说经常使用内心独白来表达人物未曾说过的想法,而这种想法似乎能被叙述者听到。对小说中内心独白有效性的强调很重要,因为它与"戏剧独白"形成鲜明对比,后者通常被用于诗歌中,指非作者本人的个人以演说的形式发表的一首诗。汉弗莱通过"全知全能的作者"的"连续存在"将直接和间接内心独白区分开来。③

里昂·艾德尔(Leon Edel)在其《现代心理学小说》(*The Modern Psychological Novel*, 1964)中并未效仿汉弗莱,而是选择用内心独白来标记意识流小说中经常使用的叙事技巧。④ 与艾德尔不同,多雷特·科恩(Dorrit Cohn)对小说中表现意识的叙事模式进行了详尽的研究,用"叙述性独白"替代了内心独白和内部独白。⑤

用来表达虚构人物思想和情感的技巧的术语存在混淆,这可以从安娜·斯奈斯(Anna Snaith)那里得到证实。斯奈斯的文章《弗吉尼亚·伍尔夫的叙事策略:公共和私人声音之间的谈判》("Virginia Woolf's Narrative Strategies: Negotiating between Public and Private Voices", 1996)中采用了"间接内心独白"的叙事策略来指代伍尔夫呈现意识流的叙事技巧。但是,当这篇文章被稍作修订后变为专著《弗吉尼亚·伍尔夫:公共和私人之间的谈判》(*Virginia Woolf: Public and Private Negotiations*, 2000)的一个章节"《我摇摆》,叙事策略:公共和私人声音"("'I Wobble'. Narrative Strategies: Public and Private Voices")时,"间接内心独白"完全被"自由间接引语"所取代。斯奈斯虽然简要提出"间接内心独白"和**间接自由风格**(直译为"自由间

---

① Humphrey, *Stream of Consciousness in the Modern Novel*, p. 23.
② Ibid., p. 24.
③ Ibid., p. 29.
④ Leon Edel, *The Modern Psychological Novel* (New York: Grosset & Dunlap, 1964), p. 53.
⑤ Dorrit Cohn, *Transparent Minds: Narrative Modes for Presenting Consciousness in Fiction* (Princeton: Princeton University Press, 1978), p. 100.

接引语")这两个表达等同(黑体字在原文中为斜体)①,莉萨·达尔(Liisa Dahl)也支持这一观点②,但遗憾的是斯奈斯并没有给出充足的理由。

在本书看来,这两个术语之间的区别是微妙的,但是出于三个原因,本书选择使用"自由间接引语"而不是"间接内心独白"。第一,"内心独白"似乎是在《尤利西斯》(*Ulysses*)中占主导地位的叙事技巧。为了减少混乱,本书选择"自由间接引语"。第二个原因是出于实际考虑,也就是说"自由间接引语"一词在伍尔夫的批评文献中使用更频繁。斯奈斯在书中选择使用"自由间接引语"便是一个很有说服力的例子。迈克尔·惠特沃思也支持"自由间接引语"是"更准确的"术语的观点。③ 同样,简·古德曼(Jane Goldman)也使用"自由间接引语"来描述《达洛维夫人》中的叙事技巧。④ 第三,"自由间接引语"是一个更具包容性的术语,因为它涵盖了话语、思想和印象,而内心独白主要指代角色的思想。因此,本书采用"自由间接引语"来探讨伍尔夫意识流小说的基本叙事特征。应该注意的是,"自由间接引语"不是表达角色思想的唯一叙事技巧,但它与本书对伍尔夫非个人化诗学的讨论最相关。

对自由间接引语的定义将有利于探讨其与伍尔夫对非个人化关注之间的关系。"自由间接引语"也叫"被表征的言语和思想",或"自由间接风格"。巴尔迪克(Baldick)认为自由间接引语指的是"一种表达虚构人物思想或话语的方式,就好像从该人物的角度,通过角色的语法特征和角色带有叙述者'间接报告'特征的'间接引语'结合在一起"⑤。自由间接引语可分为自由间接思想和自由间接引语。为了便于讨论,本书使用了界定更为广泛的自由间接引语。很显然,巴尔迪克的定义提出了自由间接引语的主要特征之一:它结合直接引语和间接引语的特征。用巴尔迪克的话来说,它是"间接话语的人和时态"和"适合于直接引语的时间和地点"的混合体。⑥ 巴尔迪克的定义只能被解读为自由间接引语的描述,因为它并未明确指出这种叙事技巧的基本性质。杰拉德·普林斯(Gerald Prince)和莫妮卡·弗鲁德尼克(Monika

---

① Anna Snaith, "Virginia Woolf's Narrative Strategies: Negotiating between Public and Private Voices," *Journal of Modern Literature* 20.2 (Winter 1996): 135.
② Liisa Dahl, *Linguistic Features of the Stream-of-Consciousness Techniques of James Joyce, Virginia Woolf and Eugene O'Neill* (Turku: Turun Yliopisto, 1970), p. 11.
③ Whitworth, *Virginia Woolf*, p. 95.
④ Goldman, *The Cambridge Introduction to Virginia Woolf*, p. 54.
⑤ Chris Baldick, *The Concise Oxford Dictionary of Literary Terms*, 2nd ed. (Oxford: Oxford University Press, 2001), pp. 101–102.
⑥ Ibid., p. 102.

Fludernik)指出,自由间接引语拒绝使用"严格意义上的语法词汇"来界定。①

自由间接引语的一个标准例句可能是:"她今天一定会见到这个男人。"米克·肖特(Mick Short)区分言语表征或思想表征的一个实际策略就是仅仅将其分别转换为直接引语和间接引语,然后看它是否是两者的混合物。②上面例句的直接引语是:"她想:'我**今天**会见到**这个**男人。'"同一个句子的间接引语可能是:"她想她**那天**一定会见到**那个**男人。"(黑体为笔者后加)因此,在"她今天一定会见到那个男人"这句话中,过去时与第三人称代词的存在,以及引号和报告短语("他想""他说"等等)的缺失都表明这是一个间接引语,但这句话同时包含了反映虚构人物而非叙述者视角的明显标记。同样,巴尔迪克的定义也可以在这里用来判断一个句子是否是自由间接引语。第三人称单数和过去时都在语法上表明这是一个间接引语。但就内容而言,接近性指示词语"今天"和"此人"都反映了角色的思想。因此,这个例子混合了直接引语和间接引语的特征。结论是这是一个自由间接引语。

弗鲁德尼克的简洁方法也值得一提:"关于语法形式……它更接近于间接[引语]",但"在语法和模仿真实性方面……[它]更接近直接[引语]"。③借用迈克尔·图兰(Michael Toolan)的话来说,"模仿的真实性"意味着自由间接引语(至少在自由间接思想的情形下)"给读者一种印象,即用角色自己的话语来展现角色的有序思想"。④

依照这个标准,《达洛维夫人》中的一个典型案例是:"哦,亲爱的,这[聚会]将会失败;一次彻底的失败,克拉丽莎认为是这样……"⑤如果我们诉诸使用策略,这句话的间接引语将是:"达洛维夫人认为这[聚会]将是一个失败,一个彻底的失败。"它的直接引语是:"达洛维夫人感到:'哦,亲爱的,它[聚会]将会失败,是彻底的失败。'"原句子开始的"哦,亲爱的"清楚地指出这个特定人物的讲话模式。在这种情况下,她肯定是达洛维夫人。此外,很明

---

① Gerald Prince, *A Dictionary of Narratology*, revised ed. (Lincoln: University of Nebraska Press, 2003), p. 35. Monika Fludernik, *The Fictions of Language and the Language of Fiction: The Linguistic Representation of Speech and Consciousness* (Abingdon and New York: Routledge, 1993), p. 75.

② Mick Short, *Exploring the Language of Poems, Plays and Prose* (Essex: Pearson, 1996), p. 311.

③ Monika Fludernik, *The Fictions of Language and the Language of Fiction: The Linguistic Representation of Speech and Consciousness*, p. 74.

④ Michael J. Toolan, "Language," in *The Cambridge Companion to Narrative*, ed. David Herman (Cambridge and New York: Cambridge University Press, 2007), p. 241.

⑤ Virginia Woolf, *Mrs. Dalloway*, ed. David Bradshaw (Oxford: Oxford University Press, 2000), p. 142.

显这句话的思想很恰当地属于达洛维夫人,而不是叙述者。"叙事的直接性"和"角色特征的直接性"暗示着它是间接话语和直接话语的混合体,因此属于自由间接引语。

典型的自由间接引语的两个特征与伍尔夫对非个人化的追求密切相关。第一,就叙事声音而言,自由间接引语通常诉诸第三人称单数,例如"他""她"或"一个人",而不是霸气又自信的第一人称单数"我"。在上面的句子中,第三人称单数女性"她"立刻在技术层面上暗示了表征对象与叙述者/作者之间的距离,这是伍尔夫非个人化诗学追求的目标。

第二,自由间接引语的另外一个显著特征是它以过去时呈现,这表明无所不在和无所不能的叙述者/作者的持续存在。① 叙述者的工作是进入角色的大脑并记录他/她的思考和感受。意识常常是零散的、不合逻辑的。叙述者的存在很重要,因为它可以确保角色的自由间接引语受到控制。因此,呈现给公众的意识或思想的语法和逻辑顺序得以保持。叙述者可以不必成为相关活动的参与者,而仅仅是一个外部事件的记录者。与这不同的是角色的大脑或思想的描述要求叙述者不可避免地参与到角色中去。用 J. B. 贝雷斯福德(J. B. Beresford)的术语来说,叙述者必须"跳入"②。要想深入角色的私人想法和感知,叙述者必须先顺服于角色,并与角色等同。关于这一点,希夫·K. 库马尔(Shiv K. Kumar)断言:"新小说家的主要意图是努力想象自己完全沉浸在角色的意识中,以使他不再拥有自己的看法。"③库马尔前半句引言很有启发性。在他看来,小说家丰富的想象力使他/她能与角色完全等同,从而更加忠实地描绘"一切曲折的现实"④。

尽管如此,库马尔还是倒置了原因和结果。本书提出,不是剥夺了叙述者自己的观点,而是正因为叙述者具有一种性格,当他臣服于角色,并暂时将自己想象为角色时,叙述者就必须先隐藏自己、淡化自己的个性。换言之,为了记录角色的思想,叙述者必须通过遗失自己而与角色等同。在引用的自由间接引语的例子中,叙述者能成功地呈现达洛维夫人的思绪在很大程度上取决于前者将自己置于达洛维夫人的立场,这要求他/她暂时中断自己的自我和个性。事实上,叙述者与角色如此接近,以至于很难清晰区分叙述者与角

---

① Humphrey, *Stream of Consciousness in the Modern Novel*, p. 21. Anna Snaith, *Virginia Woolf: Public and Private Negotiations* (London: MacMillan Press; New York: St. Martin's Press, 2000), p. 65.
② 转引自 May Sinclair, "The Novels of Dorothy Richardson," p. 92.
③ Shiv K. Kumar, *Bergson and the Stream of Consciousness Novel* (Glasgow: Blackie & Son, 1962), p. 19.
④ Ibid., p. 20.

色的思想。因此,与其说是叙述者在引导达洛维夫人的个性,还不如说结果是达洛维夫人与叙述者思绪与个性的融合。如本书第二章所述,艺术家的自我抹杀与伍尔夫的非个人化诗学观念一致。

除了叙述者主动与角色等同之外,叙述者还能将私人化的内容公开:"角色的声音……既是公开的又是私人的;公开是因为他们是在向听众讲话而不是在思考;私密是因为涉及的主题是私密的,但其声音并不会受到听众在场的约束或抑制,毕竟听众是读者。"① 记录角色心理状态的过程被称为角色个人及私人思想和感受去个性化的过程。通过书面形式展示角色的思想和感受,角色大脑的隐秘工作机制得以公开并与读者分享。在某种程度上,叙述者的存在模糊了私人/个人和公共/非个人化之间的界限。值得注意的是,个人和非个人的融合构成了以角色为来源的非个人化。虽然伍尔夫没有明确区分,但非个人化有两种:一种涉及作者与文本之间的关系,另一种则着眼于人物刻画,即如何将个人和特定的事物转化为普遍性和代表性的。上述情形属于后一类。

除此之外,另一个使伍尔夫的意识流小说与她的前辈,如理查森和乔伊斯的小说大相径庭的独特属性是她创造了多层次意识,即多重叙述声音或对不止一个角色的意识的表征。

汉弗莱将伍尔夫的多层次意识流与电影技巧"太空蒙太奇"进行了生动的比较。② 多个角色的意识流是通过对同一个公共事件的关注或被该事件分散注意力而巧妙地联系在一起。以达洛维夫人为例,大本钟的钟声、在空中写字做广告的飞机和汽车爆胎事件的发生都是为了通过公共和社会问题将私人声音与联盟和社区联系起来。通过小说中各个角色的发声,伍尔夫的叙述者获得了"反权威"的地位。③ 也就是说,多重叙事声音拒绝将一个角色作为权威声音,它避免了单一叙事声音咄咄逼人的优越姿态。结果,似乎是个人思想的东西变成了公共和具有普遍性的关注。随着个人化到非个人化的转变,伍尔夫的多重叙事声音体现了她的非个人化诗学理念。

因此,我们不难理解伍尔夫对她的前辈乔伊斯和理查森的严厉批评——"毁了乔伊斯和[多萝西·]理查森的该死的自我"(26 Jan. 1920)④。伍尔夫在这里的意思是,无论是理查森的小说《朝圣》还是乔伊斯的《一个青年艺术家的肖像画》都只有玛利亚姆·亨德森或斯蒂芬·迪达勒斯(Stephen

---

① Snaith, *Virginia Woolf*, p. 83.
② Humphrey, *Stream of Consciousness in the Modern Novel*, p. 54.
③ Snaith, *Virginia Woolf*, p. 75.
④ Woolf, *The Diary of Virginia Woolf*, vol. 1, p. 14.

Dedalus)单一的叙述声音或旁白。在这两种情况下,作者都可以轻松但危险地与两个角色等同,这让作者显得自负。为了避免以自我为中心,伍尔夫开创了多层次的意识叙事。简言之,多种叙述性声音的技巧与伍尔夫的非个人化诗学观是一致的。

总而言之,意识流与现代派小说紧密相关。兰德尔·史蒂文森(Randall Stevenson)认为意识流是"现代主义的主要成就之一"①。帕森斯的观点相似,认为意识流是"现代主义小说的定义性特征之一"②。如果意识流仍然是现代主义小说的显著特征,而非个人化则是现代艺术的关键诗学理念,那么意识流小说也应该是非个人化诗学的有机组成部分。也就是说,意识流和非个人化在现代主义小说中都是必不可少的,而不是互相矛盾的。现代主义小说以意识流为主题,以自由间接引语为形式和技巧,非个人化是最终的艺术目标。鉴于此,伍尔夫在发展意识流小说的内容和形式上作用更为突出。在内容上,伍尔夫相信角色的意识流中包含了更多真理和深度,巩固了角色的存在。因此,伍尔夫督促作家注意角色的思想,而非角色的外部物质和客观环境。

为了更好地展现大脑的深刻性和灵活性,伍尔夫通过自由间接引语对意识流的叙事技巧进行了相当大的改革。第三人称单数和过去时意味着叙事者的存在及其对角色的臣服,以便获得角色的思想。此外,这也显示了叙述者将私密化和个人化的内容进行公开化和非个人化的努力。更重要的是,伍尔夫对多层意识的创造性运用超越了自我主义和个性。所有这些努力和意识流小说的改革都是为了实现非个人化诗学理念。

四、《达洛维夫人》和意识流

弗吉尼亚·伍尔夫在1923年10月23日的日记中写道,她在创作《达洛维夫人》的过程中的"主要发现"是"通过穿越时光隧道分期讲述过去"③。伍尔夫在《到灯塔去》中再次提到了这种穿越时光隧道和过去之间的相互关系:"她[莉丽·布里斯科]继续穿越到她的图画中,穿越到过去。"④《奥兰多》中也发现了另一个类似的指涉:"那是一条深深嵌入过去的隧道。"⑤这种隧道

---

① Randall Stevenson, *Modernist Fiction: An Introduction* (Kentucky: University Press of Kentucky, 1992), p.39.
② Parsons, *Theorists of the Modernist Novel*, p.56.
③ Woolf, *The Diary of Virginia Woolf*, vol.2, p.272.
④ Woolf, *To the Lighthouse*, p.142.
⑤ Woolf, *Orlando: A Biography*, p.304.

穿越的隐喻使她能够"在我的角色后挖出美丽的洞穴",它们"将保持联系,在此时此刻每一个都得以曝光"。① 伍尔夫对"隧道"和"洞穴"的比喻用法与她对"心理黑暗地方"的浓厚兴趣密切相关②,因为她坚信与角色的外部行为相比,他们心理或意识的黑暗洞穴中具有更多的实质,可以将过去、现在和未来连接起来,可以通过共同经历的使用将不同角色连接起来。在本书看来,伍尔夫对内在经历的表征与伍尔夫意识流小说中的主题和叙事技巧息息相关。

本节通过不同的例子分析《达洛维夫人》作为意识流小说的典范之作首先在于其主题,其次是其自由间接引语的叙事技巧。本节提出小说的内容和叙事技巧都与伍尔夫对非个人化诗学的关注密不可分。

(一) 作为意识流小说的《达洛维夫人》

本书第三章将意识流小说定义为"一种围绕角色脑海中正在发生的流动思想和情感的虚构叙事"。在《达洛维夫人》中,角色对他们过去的生动回忆和当前的思想融为一体,构成了他们生活中的一些关键时刻。小说的开头场景提供了一个引人入胜的例子,值得一提:

> 多有意思! 多么惬意! 每当合页发出轻微的吱扭声,那声音至今犹在耳畔,她猛力推开了落地大窗,冲入伯顿的户外空气中,她似乎总有这种感觉。(For so it had always seemed to her when, with a little squeak of the hinges, which she could hear now, she had burst open the French windows and plunged at Bourton into the open air.) 清晨的空气多么新鲜、多么宁静! 当然那时比这个[早晨]还要更安静一些,像浪花的拍打,像水波的轻拂,寒意透入肌肤(对于年仅十八岁的她来说)却又不失庄重肃穆。像她所感觉的那样,她站在敞开的窗旁,她有种令人难忘的事即将发生的感觉。她看着那些花,看着那些弥漫在树梢周围的烟雾,乌鸦时而飞翔,时而停落;她就那么站着、看着,直到彼得·沃尔什(Peter Walsh)的声音在耳畔响起:"在菜丛中冥想啊?"——是那么说的吧? ——"我感兴趣的是人,不是花椰菜。"——是那么说的吧? 他一定在某一天早上用餐的时候说的,当时她去了室外的露台——彼得·沃尔什。他过些日子将从印度回来,6月或7月,她记不清了,因为他写的信太枯燥乏味了;让人忘不了的是他说过的话;他的眼睛、他的小折刀、他的微笑、他的坏脾气,还有,当无数往事烟消云散时——真是奇

---

① Woolf, *The Diary of Virginia Woolf*, vol. 2, p. 263.
② Woolf, *The Collected Essays*, vol. 2, p. 108.

怪！——像这些关于卷心菜的三言两语。①

小说的第一句话告诉我们达洛维夫人计划为当晚自己举办的一个聚会买花。当她走到伦敦街道上时，新鲜的空气唤起了她18岁那年，当她还在父亲的伯顿庄园时的生动回忆。

这段引用的开头是两个感叹号。一般现在时和动词的缺失表明它们是克拉丽莎（Clarissa）的直接话语。但是，下一句话中表示过去完成时的"had"立即将我们带入克拉丽莎对过去的回忆。我们假设合页的吱扭声是过去的。但是，时间标记"now"和它前面的两个逗号表示来自合页的刺耳声是过去和现在叙事的共同事件。因此，合页的吱扭声在唤起克拉丽莎的记忆时也起着至关重要的作用。在"推开了落地大窗"之前的过去完成时标记"had"表明该动作发生在伯顿。此外，很明显，本段第三句的语言特征和共同意象暗示着这是克拉丽莎对过去和当下混合记忆的生动回忆。

在第五句中，比较级标记"更安静"（"stiller"）和指示代词"这个"表明三个形容词"新鲜""宁静"和"安静"都被用来描述伯顿那个特定早晨的空气。然后揭示了当所有这些唤起的回忆发生时，克拉丽莎才18岁。独立短语"像她所感觉的那样"在定位接下来的两个描述时表现出明显的歧义："站在敞开的窗旁"的动作和想着"令人难忘的事即将发生"。这个动作和预感都可能发生在过去和此时此刻。另一个支持其歧义定位的是刺耳的合页吱扭声既来自过去，又来自此时此刻，这表明这种"敞开的窗"既可以等同于伯顿的那个窗，也可以是此时此刻的这个窗。

如果"站立"的行为发生在过去（敞开的窗指的是早前提到的大窗），那么"令人难忘的事"可能是指克拉丽莎与热烈的情人彼得·沃尔什的分手，并且嫁给不那么善于交流的理查德·达洛维（Richard Dalloway），这是小说的后半部分所揭示的。如果在回忆之时采取这个行动，"令人难忘的事"就意味着塞普蒂默斯·沃伦·史密斯的自杀事件，这是克拉丽莎在聚会中听到的消息，对她的内省产生了巨大影响。本节宁愿同意后一种阐释，因为这使得这个特定的时刻更有意义，克拉丽莎大脑中最关注的事是她当晚将要举办的聚会。随着小说情节的展开，我们想起了克拉丽莎是如何受到聚会是否成功这个想法的困扰。②

从"看着那些花"到"是那么说的吧？"克拉丽莎又被带回到过去。接下来的句子是克拉丽莎此刻与彼得·沃尔什曾经同在伯顿的对话。之后，"将"表

---

① Woolf, *Mrs. Dalloway*, p.3.
② Ibid., pp.142, 144.

示的将来时以及对彼得·沃尔什的一封来信的提及暗示克拉丽莎的思想匀速而平稳地转向了未来：彼得将在不久的将来回到伦敦。但是，"真是奇怪！"的感叹词以及本段末尾的指示代词"这些"使我们回到了克拉丽莎"现在"的体验。

总的说来，本段从内容的角度呈现了意识流小说的一些突出特征：以记忆、印象、思想和自由联想的形式强调角色的主观体验，以及角色的灵活性和流动性。在这一段中，主题是克拉丽莎随着时间的推移而来回移动的意识，从而使她的过去、现在和未来融为一体。更准确地说，打开窗户时新鲜空气的扑面而来和合页发出的吱扭声（两者同时是过去和现在的共同体验）立刻唤起了克拉丽莎对三十四年前发生在伯顿的事情的记忆，然后将其与对现实和未来的思考混合在一起，有时两者之间没有明显界限。这个特点可以显示角色意识的连续性，就像一条小溪或是河流一样，可以将其理解为特定时刻克拉丽莎心中正在发生的事情的模拟投射。更重要的是，这部小说没有章节标识，在一定程度上，也促进了对角色主观经历的不断流动或连续性的强调。

我们应该看到伍尔夫表征角色记忆和回忆的方法与马塞尔·普鲁斯特所采用的方法相呼应。有趣的是，伍尔夫于 1922 年开始认真阅读普鲁斯特，也正是同一年普鲁斯特去世前几个月她开始在《达洛维夫人》中进行冒险的探索。1922 年 5 月 6 日，伍尔夫在给罗杰·弗莱的信中写道："普鲁斯特激起了我对表达的渴望，以至于我很难说出这句话。哎呀，如果我能那样写的话！"①在此，伍尔夫表达了对普鲁斯特作品的无限钦佩。事实上，伍尔夫诚实地承认了她对普鲁斯特的浓厚艺术情感。当伍尔夫仍在探索一种捕捉意识的现代方法时，她向罗杰·弗莱坦言道："我的伟大冒险实际上也是普鲁斯特的。啊——在那之后还有什么要写的？"（Oct. 3 1922）②值得注意的是，伍尔夫视普鲁斯特为文学模范，其成就很难被超越。伍尔夫对普鲁斯特的判断是一致的，因为她在《到灯塔去》出版前两周再次致信凡妮莎·贝尔，坚定有力地评价道："他［普鲁斯特］是迄今为止最伟大的现代小说家"（April 21st 1927）③。原因在于他具有使过去再生的无与伦比的才华。

经过仔细研究，普鲁斯特和伍尔夫之间最显著的相似之处之一是他们对记忆和时间的关注，这对《追忆似水年华》(À la recherche du temps perdu)和《达洛维夫人》都至关重要。对于两位作家而言，时间的灵活性和流动性在唤

---

① Woolf, *The Letters of Virginia Woolf*, vol. 2, p. 525.
② Ibid., vol. 2, pp. 565—566.
③ Ibid., vol. 3, p. 365.

起人们对过去的回忆中起着重要作用。其中一个完美的例子来自《在斯万家那边》(Swann's Way)中描绘的著名的蛋糕场景。浸在茶中的玛德琳蛋糕的味道使年长的马塞尔时不时回到贡布雷(Combray)的童年时代,当时他与姨妈蕾奥妮(Léonie)享用蛋糕和茶的组合。伍尔夫以普鲁斯特的"非自愿记忆"为模型,同样创造出展现过去和现在之间互动的时刻。在《达洛维夫人》中,主要角色对当下现实的随机回忆经常显示出伍尔夫与普鲁斯特的惊人相似,或更确切地说,是她对普鲁斯特的致敬。

值得指出的是,尽管伍尔夫在《达洛维夫人》中对记忆和时间的处理显示出受普鲁斯特影响的痕迹,但两位艺术家对事件的理解在很大程度上归功于法国颇具影响力的时间哲学家柏格森。希腊人采用"chronos"和"kairos"来区分观察时间。"chronos"是指时钟时间或时序时间("chronos"是"chronological"的词根),而"kairos"指的是不可计量或抽象的时间。这与我们在第三章中关于两种感知时间——物理时间(或钟表时间、外部时间)和心理时间(或主观时间、内部时间)——的模式的讨论一致。外部时间是时序的、固定的,而内部时间是随机且灵活的。

尽管这两位作家之间没有明显的个人联系,但他们之间的差异不容忽视。虽然伍尔夫没有对普鲁斯特所用的"马塞尔"的叙事声音做出明确评论,但她无疑会对他的第一人称叙事产生怀疑,这对她来说是个人化的和有局限性的。本书认为伍尔夫的非个人化诗学是她与普鲁斯特的不同之处。

回到前面的那段引文,除了模仿克拉丽莎在那个特定时刻的主观经历和回忆外,引文的另一个突出特点是伍尔夫对时间的把握,这是整部小说所特有的。

一般来说,内部时间和外部时间并不相同。在引用的段落中,克拉丽莎的主观体验可以被包含在几分钟的时钟时间内,但她的主观意识的内容可以持续一生,这意味着其心理时间就是她的一生。关于整部小说,故事从1923年6月一个闷热的星期三清晨持续到第二天凌晨3点。中心角色的动作在24小时的时钟时间内发生,但是随着他们的心理时间持续一生,他们的思想、记忆和印象超越了时空限制。事实上,时间意识构成意识流小说与传统小说的主要区别,因为前者以心理时间为媒介,而传统小说通常以时序时间为叙事媒介。

伍尔夫对时间的高度重视也可以从主题的角度来理解。在小说中,"时间"一词一共出现了92次。似乎每个角色都掌握时间,或是迷恋时间的流逝。克拉丽莎对衰老和死亡的沉思表明她沉迷于时间的推移,或更确切地说,是对时间的推移感到恐惧。患炮弹休克症的塞普蒂默斯在战争中遭受了创伤,感到时间的压迫,他不断地提醒自己"霍姆斯(Holmes)来了"①。他没有时间做出自己的选择,只能自杀。在一定程度上,他的死意味着从时间的限制中解脱出来。

另一个对时间大力强调的证据是叙述者对大本钟的八次指涉。大本钟无休止地敲击并报告准确的时钟时间,提醒人们时间的非个人化流逝,无论他们在做什么或思考什么。此外,值得一提的是,"时时刻刻"曾被用作小说的标题长达一年多时间。直到出版前七个月,伍尔夫才将其更改为《达洛维夫人》。此外,叙述者对小说的时空背景非常重视:第一次世界大战结束后五年。伍尔夫甚至在小说中明确提到了 1923 年:"那五年——1918 年到 1923年"②。

现在我们将注意力转向意识流小说的内容这个问题,这与伍尔夫非个人化诗学密切相关。虽然意识流小说主要围绕中心人物的意识,但这种主观经历的内容或本质在很大程度上可以被巧妙地去个人化或普遍化。尽管引用的段落主要讨论克拉丽莎某一天在伯顿的回忆,但它也展现了过去如何对现在和未来产生影响的想法。从整体上看,这部小说描绘了普通上层社会妇女克拉丽莎在平凡的一天中的主观生活,她一整天全神贯注于"一生中最精致的时刻"③以及她三十多年前决定嫁给理查德·达洛维,而不是彼得·沃尔什的决定。从那时起,她开始思考生与死。

正如伍尔夫在 1923 年 6 月 19 日所写的那样,除了"时间"之外,《达洛维夫人》还关注了其他普遍性的和非个人的问题:"我在这本书[《达洛维夫人》]中有太多想法。我想要[涉及]生和死[的主题],理智与疯狂;我想批评社会体系,以及展示它的工作机制,在它最激烈的时候。"④我们从被引用段落中"窗"和动词"plunge"(she had burst open the French windows and plunged at Bourton into the open air)这两个意向中也可以窥见"生"与"死"的平行主题:克拉丽莎打开了窗,投入生命中。尽管如此,塞普蒂默斯是为"补充达洛维夫人的角色"⑤而设计的(To Harmon H. Goldstone; 19 Mar. 1932)。他从另一扇窗跳向死亡。克拉丽莎得知塞普蒂默斯的自杀后禁不住想道:"但这个自杀的年轻人——他是不是拿着自己的宝藏跳下去的?"⑥克拉丽莎与塞普蒂

---

① Woolf, *Mrs. Dalloway*, p.126.
② Ibid., p.61.
③ Ibid., p.30.
④ Woolf, *The Diary of Virginia Woolf*, vol.2, p.248.
⑤ Ibid., vol.5, p.36.
⑥ Woolf, *Mrs. Dalloway*, p.156.

默斯之间的密切关联使 J. H. 米勒(J. Hillis Miller)提出了深有洞见的评论:"克拉丽莎在伯顿扑入户外空气中是对生活的一种拥抱,充满了深意、许诺和即时性,……它预示了塞普蒂默斯跳入死亡。"①因此,"窗"的意象和动词"跳入"都被赋予了重大意义。它们在两个平衡角色之间建立了密切联系。

(二)《达洛维夫人》和自由间接引语

评论家普遍认为《达洛维夫人》通过自由间接引语的叙事技巧来叙述。琼·道格拉斯·皮得斯(Joan Douglas Peters)观察到"《达洛维夫人》的多数叙述都是在自由间接引语的模式下进行的"②。同样,大卫·布拉德肖在牛津大学出版社出版的《达洛维夫人》导言中也指出,自由间接引语是"该小说占主导的叙事技巧"③。彼得和布拉德肖的评论仅仅是关于《达洛维夫人》的叙事技巧,而安娜·斯奈斯走得更远,大胆地主张自由间接引语构成"伍尔夫使用最广泛的叙事技巧"④。本节的下一部分将分析《达洛维夫人》中自由间接引语这种叙事技巧如何与伍尔夫的非个人化诗学密切相关。

尽管以上引用的段落是自由间接引语的典型例子,但为了区分与先前的讨论,本节将采用《达洛维夫人》中的另一个例子。克拉丽莎听到塞普蒂默斯自杀的消息后,在一个小房间里度过了一段孤独的时光,反思了塞普蒂默斯的死亡。在返回聚会继续履行她作为女主人的角色之前,她意识到自己与陌生人塞普蒂默斯有着某种深厚的精神联系:

(1)她必须回到他们身边。(2)可是这是多么不平凡的夜晚!(3)她觉得自己跟他很像——自杀的那个年轻人。(4)她为他做到了感到高兴,将其抛弃而他们继续生活。(5)时钟在敲击。(6)浅灰色的圆圈在空气中溶解了。[(7)他使她感到美,使她感到乐趣。](8)但她必须回去。(9)她必须振作。(10)她必须找到莎莉(Sally)和彼得。(11)她从小房间回来了。⑤

本段结合了直接引语和间接引语。第(2)句带有感叹号,没有动词,是克拉丽莎的直接话语。第(5)、(6)和(11)句话是叙述者的全知叙述,她能观察

---

① J. Hillis Miller, *Fiction and Repetition: Seven English Novels* (Oxford: Basil Blackwell, 1982), p. 186.
② Joan Douglas Peters, "Performing Texts: Woman and Polyphony in *Mrs. Dalloway*," in *Feminist Metafiction and the Evolution of the British Novel* (Florida: University Press of Florida, 2002), p. 130.
③ Bradshaw, "Introduction," p. xli.
④ Snaith, *Virginia Woolf: Public and Private Negotiations*, p. 64.
⑤ Woolf, *Mrs. Dalloway*, p. 158.

到并描述大本钟的声音以及克拉丽莎的行为。事实上,第(6)句话象征时间的流逝,在小说此刻之前出现了三遍。① 其他句子毫无疑问都是自由间接引语,因为它们为克拉丽莎对塞普蒂默斯自杀的沉思提供了相当深刻的洞见,她感受到了与他的亲密关系。这些私人的和主观的想法和感受只能通过进入克拉丽莎的大脑而不是外部观察来获取。换言之,第(1)、(3)、(4)、(7)、(8)、(9)和(10)句话中的思想是用克拉丽莎自己的话来表达的。

正如第三章所述,一种简单实用的检查一个句子是否为自由间接引语的方法是将其分别转换为间接和直接引语,然后观察原来的句子是否结合了这两种引语的主要属性,即"叙事的直接性"和"角色的直接性"②。我们将以第(3)句话为例说明这一点。当这句话从上下文中剥离出来后,它并不包含明确的时态标记。用直接引语的方式来表达的话,这句话应该是:"她想:'我**感觉**与他很像——**已经**自杀的那个年轻人。'"(黑体为笔者后加)这句话如果用间接引语来表达的话,应该是:"她想她**感觉**到与他很像——那个**已经**自杀的年轻人。"(黑体为笔者后加)克拉丽莎与塞普蒂默斯的精神认同只能是克拉丽莎自己的想法,但却是以第三人称全知叙事的方式展现出来的。显然,这是自由间接引语。同样的方法可以适用于第(1)、(4)、(7)、(9)和(10)句话,情态动词"必须"暗示着克拉丽莎从自己的角度来看作为聚会女主人的义务感,这又只能是克拉丽莎本人的感觉。

在这一点上,我们应该将注意力转向分析自由间接引语如何与伍尔夫的非个人化诗学相互关联。关于叙述声音,这一段(除了第二句话)是通过第三人称单数来叙述的,这与"我"这种自我的第一人称单数形成鲜明对比。正如本书在第三章中指出的,伍尔夫假设第三人称叙事比第一人称单数叙事更加非个人化。

第二点是关于叙述者与角色的亲密认同。过去时和第三人称叙事证明了一个全知全能叙述者的存在。在引用的例子中,叙事者必须进入克拉丽莎的大脑里才能将她的主观感受和想法传达出来。换言之,为了短暂地"成为"克拉丽莎,叙述者需要暂时中止自我并屈从于克拉丽莎的角色,或为了与克拉丽莎等同以成为其喉舌。但是作为读者的我们始终需要记住,叙述者与角色并不相同。正如安娜·斯奈斯指出的那样,叙述者的声音是外在和公开的,而角色的声音是私人和主观的。自由间接引语于是成为公共和私人声音

---

① Woolf, *Mrs. Dalloway*, pp. 4, 41, 80.
② Michael J. Toolan, *Narrative: A Critical Linguistic Introduction*, 2nd ed. (New York: Routledge, 2001), p. 131.

的结合。① 在本书看来,自由间接引语通过全知叙述者揭示角色较为私密或个人化的想法,有助于达到非个人化的效果。

对这段引用段落进行仔细分析可以发现克拉丽莎对塞普蒂默斯死亡的深刻思考,尽管本质上是极为主观和个人的,但却产生了关于生死意义的一些普遍性和非个人化理解和真理。在引用段落中,克拉丽莎与塞普蒂默斯有强烈的情感认同,她认为塞普蒂默斯拒绝屈服于压迫性和残忍的精神病医生威廉·布拉德肖爵士(Sir William Bradshaw)以及医疗体系,从而保持了灵魂的完整性。她为塞普蒂默斯最后从死亡中找到解脱感到高兴。塞普蒂默斯的牺牲式死亡使克拉丽莎反思或重新审视她生活的意义,使她感受到了生活的美好和乐趣。伍尔夫在《达洛维夫人》现代图书馆版的导言中支持了这一说法:"塞普蒂默斯在第一个版本中被设计为克拉丽莎的影子人物,自己本身不单独存在……达洛维夫人原本是要自杀的,或打算在聚会结束后死去。"② 也就是说,塞普蒂默斯会为克拉丽莎完成牺牲式死亡,克拉丽莎知道塞普蒂默斯的死亡为她提供了继续存活下去的意义。这一点可以从迈克尔·坎宁安(Michael Cunningham)获普利策奖的小说《时时刻刻》(1999)改编的同名电影(2002)的一句引用中得到更好的理解。在电影中,伦纳德·伍尔夫质疑伍尔夫坚持认为小说[《达洛维夫人》]中某人必须死去。伍尔夫回答道:"必须有人死去,为了让我们其他的人更加珍视生命。"③ 鉴于此,克拉丽莎在经历了这种"宣泄感情的、替代性的死亡体验"④ 后,她将更加全面地拥抱生活。

通过对塞普蒂默斯死亡的沉思,克拉丽莎与她的衰老和正在逼近的死亡问题等和解。她认识并欣赏生命的珍贵,发现生命的意义,更加珍惜生命。因此,她决心带着更多对生死的理解重回聚会,重返生活。通过选择加入客人当中并继续履行女主人的义务,克拉丽莎继续"点亮和照明"⑤,以更加充满活力和洞察力的方式交流和生活。

用伍尔夫本人的话来说,克拉丽莎的"认识和启示"时刻或"存在的瞬间"⑥[相当于乔伊斯·詹姆斯的"顿悟"(epiphany)一词]引发了对生死意义

---

① Snaith, *Virginia Woolf: Public and Private Negotiations*, p. 83.
② Elizabeth Abel, "Narrative Structure(s) and Female Development: The Case of *Mrs. Dalloway*," in *Virginia Woolf: A Collection of Critical Essays*, ed. Margaret Homans (New Jersey: Prentice Hall, 1993), p. 108.
③ Hermione Lee, *Body Parts: Essays on Life-Writing* (London: Chatto & Windus, 2005), p. 41.
④ Ibid.
⑤ Woolf, *Mrs. Dalloway*, p. 5.
⑥ Woolf, *Moments of Being*, pp. 19, 17.

的深刻思考,这反映了本书第二章所讨论的非个人化书写的诗意精神。简言之,本书的观点是,在伍尔夫的小说中,角色可能在特定时刻正在冥想大脑中的想法,但仔细研究可以发现他们的冥想常常涉及生死意义等更多哲学问题,即一个普遍性的关注,因此也是小说书写中的一个非个人化问题。

伍尔夫意识流小说的另一个鲜明特征与她的非个人化诗学观密切相关,即看似无关的角色的意识是通过共同的时刻或事件,例如爆鸣的汽车、在空中写字做广告的飞机、大本钟的钟声和一些"常见的和反复出现的精神意象和短语的模式"①联系在一起。接下来的部分专门讨论爆鸣的汽车如何作为一件公共事件引发很多角色的自由联想。本书认为听到刺耳的声音这种共同经历主要通过自由间接引语表现出来,这有助于意识从克拉丽莎到其他角色流畅的切换。它完成了在不同角色之间构建链接的任务,并将其私人声音转换为公共声音。最后,本书得出结论,由某些共同的经历出发的不同角色的意识同时将他们个人反应的主观性质去个人化,有助于提升小说的非个人化特质。

汽车爆鸣的声音立即吸引了不同角色的注意力,每个角色就汽车内的著名人物是哪一位都有自己的反应和看法。本节重点介绍了两个人物,即克拉丽莎和塞普蒂默斯的反应。当克拉丽莎还在马尔伯里(Mulberry)的花店里时,她听到"暴力爆炸"声后感到震惊。② 她认为这是"街道上的手枪开枪声"③。与克拉丽莎不同,在第一次世界大战中饱受惊吓的退伍军人塞普蒂默斯听到同一个声音后感到"恐惧",因为这声音再现了他对战争的恐惧。④ 他在战争中遭受的创伤使他产生了幻觉,使他相信自己对这汽车爆鸣引起的交通堵塞负有责任,因为他认为"是我在挡路"⑤。不同角色由共同事件出发但同时产生的不同反应会产生一种"蒙太奇"效果,即从他们复杂的心理活动来看,克拉丽莎与塞普蒂默斯之间微妙而平稳的视角转换成为可能。此外,由于这一公共事件的发生,克拉丽莎和塞普蒂默斯分离的个人意识变得相互关联,并成为公共和非个人化声音的一部分。正如安娜·斯奈斯观察到的那样,最终的结果是这"允许伍尔夫削弱了叙述者的主导地位,而不被她第一人称独白的专制所取代"⑥。换言之,从一种意识到另一种意识的流畅过渡在

---

① Parsons, *Theorists of the Modernist Novel*, p. 76.
② Woolf, *Mrs. Dalloway*, p. 12.
③ Ibid.
④ Ibid., p. 13.
⑤ Ibid.
⑥ Snaith, *Virginia Woolf: Public and Private Negotiations*, p. 71.

减少叙述者的参与方面起着决定性的作用。在本书看来,这产生了双重效果:叙述者的干扰和个性减少了,而角色的个人意识则经历了逐渐去个人化的过程。结果,每一个人物的意识都与公众密切相关,而他们的个人关注在某种程度上也被普遍化和去个人化,从而达到非个人化的独特目标。

总而言之,本节以《达洛维夫人》作为例证,证明了尽管伍尔夫的代表性意识流小说围绕着不同角色的个人认知,但这并不意味着这样的主观体验都与他们的自我相关。相反,正如达洛维夫人的深思熟虑表明的那样,他们的个人思想和情感通常是针对普遍性和非个人化的话题,例如时间的流逝和生死的意义。此外,自由间接引语的叙事技巧表明角色个人意识的生动化要求叙述者暂时失去自己的性格和个性,以便进入角色的思想并暂时成为角色。除此之外,多个角色意识的同时进行达到了双重目标,既减少了叙述者的权威和干扰,又使各个角色的个人化声音失去个性。最后,本节认为这种内容和叙事技巧都有助于提升伍尔夫意识流小说的非个人化品质。

第五章 女性语句

弗吉尼亚·伍尔夫对性别与小说创作之间的关系表现出浓厚兴趣。她对这个问题的深切关注呼应了20世纪初的"性别危机"。詹姆斯·J.米拉奇(James J. Miracky)解释说"性别身份"与"小说形式和技巧"之间有着紧密"联系",这成为"20世纪早期英国文学,尤其是现代主义小说的标志"。① 米拉奇认为性别和性是现代主义作家解决的核心问题。毫无疑问,伍尔夫的小说和非小说作品都表现出对性别和写作问题的现代主义关注。

伍尔夫在散文《男人和女人》("Men and Women",1920)一文中摘录了雷奥妮·维拉德(Léonie Villard)对托马斯·哈代(Thomas Hardy)《远离尘嚣》(Far from the Madding Crowd)中拔示巴(Bathsheba)的话:"我有女人的感觉,但是我只有男人的语言。"②连词"但是"很明显地揭示出缺乏恰当的语言来表达女性情感。伍尔夫坚信当前的语言是"男性为自己量身定制的"③。女性被剥夺了描述自己感情的适当手段。在伍尔夫对理查森的《隧道》(The Tunnel)的评论(1919)中呈现了类似说法。伍尔夫提到理查森"坚定地认为她必须说的话与传统为她提供的形式之间存在差异"④。

伍尔夫这两句引用传达的重要信息是男人目前建构的这种语言与女性的情感格格不入。换言之,目前可用的语言是性别化的,确实是男人制造的,与没有现成语言表达自己想法和思想的女性不兼容。需要指出的是,这里的"语言"并不是指"口头或书面的交流系统"⑤。相反,伍尔夫将该词等同于"写作"。因此,伍尔夫话语的重点是,由于男性所用的语言并不适合表达女性的情感和态度,因此女性应该创造一个容易识别自己独特特征的属于自己的语句。

伍尔夫在《一间自己的房间》中十分强调女性书写与男性书写不同的可

---

① James J. Miracky, *Regenerating the Novel: Gender and Genre in Woolf, Forster, Sinclair, and Lawrence* (New York and London: Routledge, 2003), pp. 2—5.
② Woolf, *The Essays of Virginia Woolf*, vol. 3, p. 195.
③ Woolf, *A Room of One's Own/Three Guineas*, p. 100.
④ Woolf, *Contemporary Writers*, p. 120.
⑤ John Simpson ed., *Oxford English Dictionary* (Oxford: Oxford University Press, 2010). http://www.oed.com,访问日期:2012—04—10。

能性和重要性:"如果女性也像男性那样写作,或像男性一样生活,或看起来像男性,那将让人大为惋惜。想想世界的浩瀚和繁复,两个性别尚且不足;只剩一个性别又怎么行?"①伍尔夫在这里的论点是,由于语言和以男性为中心的文学价值和习俗与女性的思维和观点相矛盾,因此女性作家应该塑造一种表达其思想和经验的写作。

"女性语句"是伍尔夫坚持女性写作和男性写作之间存在明显区别的最清晰的表述。尽管伍尔夫无意明确定义女性语句这个概念,但她提供了一些有用的例子和线索来帮助我们描绘这种句子的轮廓。这一章会分析伍尔夫提出女性语句的背景,以及与"男性语句"相比之下的鲜明特征。这一章还将研究伍尔夫女性语句这个概念与后来法国女性主义概念"阴性写作"(écriture féminine)之间的关系。本章认为伍尔夫的女性语句并非字面上的语句。它代表女性书写,展现了伍尔夫的坚定信念,即女性能够以与男性不同的方式书写主题不同的文章。换言之,女性语句对女性而言是语言、文体和主题的结合,重点是内容。因此,本章还认为女性语句构成了伍尔夫辩证性非个人化诗学中女性作家的独特个性,这与伍尔夫重新发现或加强女性文学传统的真实愿望一致。

一、男性语句

由于伍尔夫针对男性语句创造了女性语句,我们有必要在仔细研究女性语句之前先了解一下伍尔夫男性语句的所指。在《一间自己的房间》中,伍尔夫提供了一个男性语句的例子,值得引用:"他们作品的宏伟在于他们有一个论点,不是突然停止,而是继续前进。没有什么比实践艺术和无止境的真理和美更能让他们激动或满足的。成功促使人付出努力,习惯有助于成功。"②约瑟芬·多诺万(Josephine Donovan)③和帕特里克·麦吉(Patrick McGee)④等评论家错误地将这种句子归因于伍尔夫,并断言女性也能制造"男性语句"。事实上,这句引用源自威廉·赫兹利特的《直言者:对图书、男性和事物

---

① Woolf, *A Room of One's Own/Three Guineas*, p. 114.
② Ibid., p. 99.
③ Josephine Donovan, "Feminist Style Criticism," in *Images of Women in Fiction: Feminist Perspectives*, ed. Susan Koppelman Cornillon (Ohio: Bowling Green University Popular Press, 1973), p. 347.
④ Patrick McGee, "Reading Authority: Feminism and Joyce," *Modern Fiction Studies* 35.3 (Autumn 1989): 427.

的评论》(*The Plain Speaker*: *Opinions on Books*, *Men and Things*)①。我们应该注意到这并不是赫兹利特的典型句子。赫兹利特也能构造生动的句子。显然,伍尔夫在这里是有选择性的,以便找到一个引人注目的例子来印证她的观点。

从语言上讲,这是一个男性制造的句子,其特征是精心选择了一些宏大而抽象的名词,例如"宏伟""兴奋""满意""真理""美""努力"和"成功"。"名词化"的突出特征使萨拉·米尔斯(Sara Mills)将这句话理解为"非个人化陈述",因为"缺少主观能动性"。② 同时,这个句子形式上很平衡,比如使用了对照结构,如"不是"/"而是"以及"成功促使人付出努力;习惯有助于成功",这产生了"修辞平衡感的复杂感"③。因此,这个句子的词汇和形式都给人留下这种印象:这句话是僵硬的,而语气却是强势和权威的。从文体的角度来看,男性语句"太松散、太沉重、太浮躁"④的特质在文本和女性大脑之间构成不可逾越的障碍。换言之,对伍尔夫而言,女人对赫兹利特这句话的理解比男人要难。

就内容而言,这句话赞扬了男性艺术家的成就和对艺术理念"真理和美"的热爱。这是父权制价值观念的直接产物,因为伍尔夫坚信这句话后面隐藏着一个"男人"的形象,如"约翰逊(Johnson)、吉本(Gibbon)等"⑤。伍尔夫认为男性语句的性别是男的。男性语句以男性的经验和价值观为核心,导致女性"处于边缘化或千篇一律"⑥,因为女性的价值和情感与男性语句不协调。一个明显的案例就是男性艺术家作品中女性文学人物的扭曲形象。

在对男性作品中的女性形象进行调查后,伍尔夫得出结论,虚构的女性与现实生活中的女性之间存在差异:"她在想象中最重要;实际上,她微不足道。诗歌里到处是她;她什么都是,但却在历史中没有记录。她在小说中统治着国王和征服者;实际上任何男孩的父母在她手上戴上一枚戒指后,她便成为这个男孩的奴隶。一些最受启发的词、一些文学作品中最深刻的思想都源自她嘴里;在现实生活中,她几乎不识字,也几乎不会拼写,且是她丈夫的财产。"⑦伍尔夫提醒我们注意她的观察,即在历史记录中很少提及女性。此

---

① William Hazlitt, *The Plain Speaker*: *Opinions on Books*, *Men and Things*, ed. William Carew Hazlitt (London: G. Bell, 1914), p. 79.
② Sara Mills, *The Feminist Stylistics* (London and New York: Routledge, 1995), p. 47.
③ Donovan, "Feminist Style Criticism," p. 342.
④ Woolf, *The Collected Essays*, vol. 2, p. 145.
⑤ Woolf, *A Room of One's Own/Three Guineas*, p. 100.
⑥ Olga Kenyon, *Writing Women* (London and Concord, Mass.: Pluto Press, 1991), p. 1.
⑦ Woolf, *A Room of One's Own/Three Guineas*, p. 56.

外，与女性在现实生活中相对无助形成鲜明对比的是，她们在男人创作的文学作品中被转变为强大而有影响力的人物。伍尔夫在这个观点上似乎以偏概全。但值得注意的是我们在此所讨论的重点并非历史真实性。相反，伍尔夫对女性情形故意进行简化和笼统化是为了说明她的观点，即文学中的女性都是"男性的创造"①，并且总是相对于男性被描绘，而不是拥有自己的主观能动性和主体性的独立个体。

女性在历史中的无名与现实生活中形象的明显差异以及女性在男性创作的诗歌和小说中起到的重要作用让伍尔夫坚信社会力量和艺术创造性之间存在着对应关系。换言之，文学既关于表征，又是现实生活中男性力量和统治的反映。男性既是世界的统治者，又是关于艺术中什么是最重要价值的决定者和仲裁者。正如伍尔夫明确指出的那样："男性价值占主导……这些价值不可避免地从生活中转移到小说中。"②就女性角色在男性语句中作为重要参与者的受欢迎度而言，她们被描绘成依据男性意愿行动和思考的幻想人物。

考文垂·帕特莫尔（Coventry Patmore）的《房中的天使》（"The Angel in the House"）就是男性语句的一个生动例子。在散文《女性职业》（"Professions for Women"）中，伍尔夫讽刺了帕特莫尔对完美女性的描述，将其理想化为"房中天使"，她"非常富有同情心""极度迷人""完全无私""纯洁"，并且"从来没有自己的想法或愿望，而总是更喜欢同情他人的想法和愿望"③。这种富有同情心的、优雅的、自我牺牲的、虔诚的、温柔和顺从的女人代表着维多利亚时期的完美女性气质，但却完全没有自己独立的大脑，而独立的大脑是作家创作的必要前提。此外，天使为男人服务的持久而令人烦恼的角色与女性作家的愿望和创作努力背道而驰：这个形象"干扰了我，浪费了我的时间，如此折磨我以至于最后我杀死了她"④。这位模范女子的致命威胁让她别无选择，只能杀了她，正如她补充道："如果我不杀了她，她会杀了我。她本可以从我的著作中获得勇气。"⑤伍尔夫说自己的暴力完全是出于自卫。她补充说，"杀死房中天使"是"女作家职业的一部分职责"⑥。

简而言之，伍尔夫认为，作家的性别和写作的"性别"之间存在着对应关

---

① Woolf, *The Collected Essays*, vol. 2, p. 146.
② Woolf, *A Room of One's Own / Three Guineas*, p. 96.
③ Woolf, *The Collected Essays*, vol. 2, p. 285.
④ Ibid.
⑤ Ibid., vol. 2, p. 286.
⑥ Ibid.

系。在她看来,男性语句致力于说明男人的价值观和思想。它的形式与女性的观点和情感完全矛盾。因此,伍尔夫鼓励女性作家创造属于自己的语句——女性语句,即可以表达女性经历和观点的句子。

二、女性语句

在伍尔夫看来,可用的语言/文字都是性别化的。由于目前现成的句子都是由男性为自己的目的塑造的,因此女性作家会发现自己受困于"没有供她可用的公共语句"①的障碍。男性语句"不适合女性使用"②,因为这样的男性语句仅表达男性的思想,它们的"重量、步伐和步幅""与她自己的[完全]不同,使她无法成功举起任何实质性的东西"③。伍尔夫的脑海中似乎存在某种底蕴,因为她在这里的语句假定了大脑的物质方面与其产生的词语之间存在一定关联。可惜的是,没有令人信服的证据证明这一假设。

伍尔夫坚持认为男人创造的语句对女性大脑而言难以理解。她重申了该观点,指出为了追求灵感去寻找"伟大的男性",例如"萨克雷(Thackeray)、狄更斯(Dickens)和巴尔扎克(Balzac)"是无用的,因为他们"写作的自然的散文……带有他们自己的色彩,是公共财产"。④ 男性语句反映了男性的价值观和视角。在伍尔夫看来,这对女性大脑而言是不相容的,因为"所有旧文学形式""在她成为作家的时候就已经固定了"⑤。正如蕾切尔·鲍尔比(Rachel Bowlby)指出的那样,"在属格和与格之间,在男性句子和女性专用的句子之间还存在[明显]差异"⑥。属格的"of"表示男性是当前句子的所有者,而与格的"for"表示同一个句子并不属于女性。换言之,属格的"of"意味着男性语句的"优先"和优势,而与格的"for"则暗含着女性语句不存在和不可用。⑦ 正因如此,就现成语句而言,男性语句的占有性使女性作家变得被动。

伍尔夫在散文《女性与小说》中再次重申了女性大脑被男性语句排除在外这一观点:"这个句子的形式不适合她。这是男性创造的句子;太松散、太沉重、太浮夸,无法供女性使用……女性必须为自己创造、改写当前语句,直

---

① Woolf, *A Room of One's Own / Three Guineas*, p. 99.
② Ibid., p. 100.
③ Ibid., p. 99.
④ Ibid.
⑤ Ibid., p. 100.
⑥ Rachel Bowlby, *Virginia Woolf: Feminist Destinations* (New York and Oxford: Basil Blackwell, 1988), p. 29.
⑦ Ibid.

到她写出一种能自然而然展示她的思想而不会压制或扭曲这种思想为止。"①对女性作家而言,最大的技术难题是男性语句"太松散、太沉重、太浮夸"的特性与女性思想相抵触。

伍尔夫以夏洛蒂·勃朗特为例,指出勃朗特"被[男性语句]那个笨拙的武器绊倒了"②。乔治·艾略特也没有成功超越男性语句的限制,因为艾略特使用这种不合适的媒介"犯下了暴行",这种媒介不利于艾略特的女性气质。伍尔夫批评艾略特"缺乏一种女性极为理想的品质"③。在伍尔夫看来,艾略特的写作偏离了女性的敏感性和情感,在一定程度上符合权威的父权写作规范。伍尔夫解读艾略特的重点在于她坚信女性应该以与男性不同的方式来书写不同的主题,使她们的作品与男性的作品区分开。除了艾略特,伍尔夫第一本小说《远航》还提供了另外一个间接的例证,说明男性语句/语言对女性而言难以理解。女主角蕾切尔·温雷克发现自己迷失在泰伦斯·休伊特阅读约翰·弥尔顿的假面剧剧本《科莫斯》(Comus)时说道:"这些文字……似乎充满了意义,也许正是出于这个原因,听起来很痛苦。它们听起来很奇怪,它们的意思不同于通常的意思。"④蕾切尔的演讲可以象征性地说明伍尔夫的观点,即男性创造的语句无法触及女性大脑。

男性语句的难以理解及其占主导地位的父权制文学传统使伍尔夫得出结论:"如此缺乏传统,工具如此稀缺和不足,必定对女性写作产生巨大影响。"⑤男性语句不足以承认女性的真实经历和性欲,没有现成的适合女性大脑的风格,换言之,表达女性敏感性和主观性的语言困难使伍尔夫洞察到构建"一种新的语言形式,以女性而非男性的形象对文学风格进行彻底重塑"⑥的可能性。

伍尔夫所说的女性语句并不仅仅是一个句子。它是女性书写的代名词。它不仅仅是"所写内容"和"所用语言"⑦的组合。它关注多方面要素,例如主题、风格、语言和女性视角等。这是女性拒绝男性语句独断的、宏大的散文风格的起点,更重要的是要加强女性文学传统。

伍尔夫并没有对女性语句这个关键词进行清晰界定,但她在评论罗默·

---

① Woolf, *The Collected Essays*, vol. 2, p. 145.
② Woolf, *A Room of One's Own/Three Guineas*, p. 100.
③ Woolf, *The Collected Essays*, vol. 1, p. 197.
④ Woolf, *The Voyage Out*, pp. 317–318.
⑤ Woolf, *A Room of One's Own/Three Guineas*, p. 100.
⑥ Deborah Cameron, "Introduction," in *The Feminist Critique of Language: A Reader*, ed. Deborah Cameron (London: Routledge, 1990), p. 8.
⑦ Ibid.

威尔逊(Romer Wilson)的《阿方斯·马奇乔的壮游》(*The Grand Tour of Alphonse Marichaud*，1923)以及多萝西·理查森的《旋转之光》(*Revolving Lights*，《旅程》第七部)两部作品(1931)时提供了一些重要线索：

> 她［多萝西·理查森］已经创造出［女性语句］，或如果她还没有创造出［女性语句］的话，她［至少］在自己的作品中发展和运用了一种语句，我们可以称其为女性性别的心理句子。它比旧的句子更富有弹性，能够伸展到极限，能够悬浮最脆弱的颗粒，能包裹最模糊的形状。其他异性作家也使用了这种描述的句子，并将其延伸到极致……这是一个女性语句，但仅仅是因为它被一个作家用来描述女性大脑，而这个作家既不骄傲也不害怕在其心里发现任何事物。①

在以上引用的第一句话中，伍尔夫将理查森的句子称为"女性性别的心理句子"，提醒我们注意正是因为这种语句关注女性角色的意识，理查森的句子才被视为是"阴性的"。第二句话展现了伍尔夫对意识流特点的理解，这种风格并不是理查森独有的，因为男性作家也可以创造出这种语句。尽管如此，最后一句话表明理查森和她的当代男性作家之间的一个关键区别在于句子的内容而非形式。正如米歇尔·巴雷特(Michèle Barrett)评论的那样："这句话本质上并不是女性语句，只有凭借其主题和女性的不同社会经历才能判定。"②因此，理查森的句子被称为女性语句，是因为它体现了从女性视角对女性经历和价值观的表征。换言之，伍尔夫认为男性作家和女性作家应该关注不同的主题，这意味着从女性的角度描述女性的生活和思想构成女性语句的主题。

伍尔夫严厉批评了男性语句不适用于女性的情形，强调语言或形式并不决定女性语句的实质，这与我们的预期相矛盾。但这并不意味着语言或形式对女性语句不重要。对伍尔夫来说，语言和文体特征也是决定女性语句的关键因素，但内容是最重要的考虑。本书认为从实际的角度来看，内容是一种比语言或风格更可行的标准。

除了理查森外，伍尔夫还认为简·奥斯丁是另外一位成功塑造了女性语句的典范女性作家。在《一间自己的房间》中，伍尔夫赞美了奥斯丁。与夏洛蒂·勃朗特和乔治·艾略特不同，奥斯丁不屈服于男性所创造的客观的和权威的语句。取而代之的是，奥斯丁"设计了一个完全自然、秀丽的句子，可供

---

① Woolf, *Contemporary Writers*, pp. 124—125.
② Michèle Barrett, "Introduction," in *Virginia Woolf*, *Women and Writing*, Virginia Woolf (San Diego, New York and London: A Harvest/HBJ Book, 1979), p. 26.

奥斯丁自己使用,从未偏离"①。伍尔夫强调的"自然"和"秀丽"的品质具有广泛意义。伍尔夫似乎还表达了一层额外的意思,即这两个形容词暗示着女性的身体和思想之间存在着密切联系。可惜的是,伍尔夫并没有就这一点进行进一步的阐述。

伍尔夫对奥斯丁的评论的另一个潜在暗示是,男性作家也有可能创造女性语句,但男性创造的这类句子与女性思想的**自然**表达相吻合(黑体为笔者后加)。按照同样的思维方式,女性也有能力创造出男性语句。事实上,伍尔夫相信在女性能塑造出与众不同的女性语句之前,她们正使用男性语句写作并倡导男性的价值观。伍尔夫的观点得到了埃莱娜·西苏(Hélène Cixous)的积极支持:"大多数女性都是这样的:她们从事别人的——男性的——书写,并纯真地维持着这种书写,为这种书写发声,最终创造的实际上是男性书写。"②对伍尔夫和西苏而言,男性书写与男性的价值观和世界观一致。此外,两位妇女都区分了作家性别与她们书写的"性别"。除此之外,西苏对"男性的"一词的提及暗示了男性的身体特征与他们所创造的句子之间的对应关系,呼应了伍尔夫在前一段中的猜想,即女性的身体特征与女性语句之间的对应关系。

与其他采用唯一可用的由男性创造的语句的作家形成鲜明对比的是,简·奥斯丁创造了能恰到好处地容纳自己想法的句子。这样的句子摘自《女性与小说:〈一间自己的房间〉手稿》:

> 她调查了他们的工作,看着他们的工作,并建议他们采用不同的方式完成工作;发现家具的布置有问题,或发现女仆失职;……如果她接受了任何点心,似乎只是为了发现柯林斯太太的肉块对她的家人而言太大了。③

对伍尔夫女性语句概念提出异议的评论家没能提及《一间自己的房间》中关于女性语句的论述。伍尔夫在将要完成《一间自己的房间》时删除了以上引用。但是经过仔细检查,这是一个非常具有启发性的句子,可以帮助我们更好地理解伍尔夫女性语句的概念。

这句话源自奥斯丁最知名的小说《傲慢与偏见》的第 30 章。"她"指代的是费茨威廉·达西(Fitzwilliam Darcy)的姨妈,那个富裕而又势利的凯瑟

---

① Woolf, *A Room of One's Own / Three Guineas*, p. 100.
② Hélène Cixous, "Castration or Decapitation?," in *Signs* 7.1 (Autumn 1981): 52.
③ 转引自 Virginia Woolf, *Women & Fiction: The Manuscript Versions of A Room of One's Own*, ed. S. P. Rosenbaum (Oxford: Blackwell, 1992), p. 182.

琳·德波夫人(Catherine de Bourgh)。她霸气和傲慢的举止引起了叙述者的严厉批评。这句简短的引用可以让我们深入了解凯瑟琳夫人的性格。她喜欢命令周围的人,甚至就他们生活中最细微的细节提出建议。她不喜欢自己的意见被忽视或声音被压抑。她不能忍受别人提出相反意见。她必须我行我素。很显然,这句话的主题是凯瑟琳夫人傲慢且霸道性格的写照。叙述者的嘲弄语气立即为这位活泼的女性角色赋予了男性语句所缺少的情感特质。

与男性语句非常直接和有力地表达一个观点或论点形成鲜明对比的是,奥斯丁创造的典型女性语句似乎更加微妙和含蓄,因为这通常暗示着某种没有明确表达的意思。这也表明,不可言喻的部分成为只有女性可以共享和理解的共同基础。让我们以"发现女仆失职"这个短语为例。根据我们对凯瑟琳夫人性格的了解,我们(尤其是女性读者)可能会推测出一个生动的画面,即这位夫人在严厉地指责一个偷懒的女仆。这种暗示性的品质也正好是本书第一章所讨论的雌雄同体的大脑创作的作品的关键特征。

除了主题之外,与那些代表男性语句中无形的思想或品质的、浮夸的抽象名词相比,这种女性语句的另外一个明显特征是它具有更多及物动词,表示具体的过程、动作和存在,并且都以这位夫人为主观能动者。此外,女性语句通常形式上较短。这种语句的整体印象是意思得到了清晰、有力和生动的表达,女性的思想没有任何隐瞒。因此,奥斯丁的句子证明了伍尔夫的女性语句概念,即这是一个语言上、文体上和最重要的内容上的结合。

伍尔夫认为,奥斯丁的模范女性语句使她成为女性写作传统的先驱。伍尔夫的小说《远航》中的男性角色理查德·达洛维连续两次发表评论,间接或带有讽刺意味地赞扬了奥斯丁语句的意义:"她[简·奥斯丁]是我们拥有的最伟大的女作家","她是最伟大的,……她没有试图像男人一样写作。其他的女人都这样做;因此,我不读他们"。① 在达洛维/伍尔夫看来,尽管其他每个女人都遵循父权制文学传统,但奥斯丁却坚持作为女人的本能,并表现出作为女人的独特个性。有趣的是,伍尔夫通过一位男性的声音明确而有力地告诉我们,她对奥斯丁作为伟大小说写作传统的"母亲"的理解。伍尔夫认为奥斯丁是无可争议的重要的女性小说家,目的是强调独树一帜的女性语句在建立或加强女性文学传统方面的重要意义。

伍尔夫对奥斯丁的赞美并不是说她的句子就是完美的。在阅读了奥斯丁最后一部小说《劝导》(Persuasion)之后,伍尔夫推测如果奥斯丁能活得更长,"她本该少信任对话……多反思给予我们关于角色的知识……她本可以

---

① Woolf, The Voyage Out, p.57.

设计出一种一如既往的清晰和沉着的方法,更深刻和富有启发性地传达人们说过和未说的内容。不仅是他们是什么,而是什么是生活。她本应远离角色,且将他们看作一个群体,而不是个体"①。这几句引用的最后一点强调了伍尔夫对非个人化诗学的深刻兴趣和赞许。本书第二章认为简·奥斯丁被誉为非个人化模范,她在牧师的女儿与艺术家两个角色的生活之间保持距离。在这几句引用中,伍尔夫提到了另一类型的非个人化:个体角色与他们所代表的特定类型或群体之间的非个人化。尽管奥斯丁在保持自己与角色之间的距离方面取得了巨大成功,但她仍可以在选择和表征角色方面进一步提高非个人化素养,从而使角色具有更普遍的意义。假如奥斯丁能做到这一点,她"将成为亨利·詹姆斯和普鲁斯特的先驱"②。伍尔夫的主要论点是女性语句的最终美学目标是非个人化。

显然,理查森和奥斯丁的一个共同特征是两者都以女性经历为中心;要么是玛利亚姆·亨德森意识的转述,要么是从女性叙述者的视角对凯瑟琳夫人(Lady Catherine)性情的仔细观察。换言之,这两个句子的主题都是从女性角度来描绘女性的。正如萨拉·米尔斯所观察到的,女人的句子"似乎不是风格或语言的问题,而是内容和主题的问题"③。

除此之外,我们还没有解决伍尔夫对女性语句定义的问题。为了阐明伍尔夫对女性语句的理解,我们首先很有必要看一下伍尔夫"女性头脑"的指称是什么,正如她评估理查森句子的示例一样。女性语句的本质是什么?什么是区分女性语句和男性语句的独特特征?接下来将试图探讨女性语句的本质和明显特征。由于我们已经比较了女性语句与男性语句的语言和文体特征,本部分主要研究女性语句的主题关注,并说明男性语句如何完全忽略女性差异,以及女性语句如何体现女性截然不同的经历和她们的独特观点。本书认为在伍尔夫看来,女性语句应该说明女性书写的独特个性,并履行增强女性文学传统的任务。

首先,女性语句应该反映并表征女性的不同经历。在一个"纯粹的父权社会"④,即使是在女性主义崛起的19世纪末和20世纪初,向女性开放的职业和社会经历仍然有限。妇女在政治和经济领域的相对无能和无助将不可避免地对她们的经历产生不利影响。因此,女性与男性拥有不同的经历。女性的性欲和身体是能被女性语句囊括的女性经历的一个特别重要的方面。

---

① Woolf, *The Collected Essays*, vol. 1, p. 153.
② Ibid.
③ Mills, *The Feminist Stylistics*, p. 47.
④ Woolf, *A Room of One's Own/Three Guineas*, p. 97.

对伍尔夫而言,女性语句包含"某事物、某些关于身体的事物、关于它不适合作为女人言说的激情"①。

"某事物"指的是女性未经记录的性欲和身体,这些通常被指定为公共场所的禁忌话题。正如伍尔夫明确指出的那样,未来女性作家应该努力解决的问题之一是"讲述关于我身体经历的真相"②。伍尔夫鼓励女作家探讨关于女性的性欲和身体未被开发的领域,呼吁女作家"探索自己的性别,作为从未被书写过的女性来书写女性"③。

除了女性的性欲和身体之外,女性的价值观体系也与男性的大不相同,正如伍尔夫在《一间自己的房间》中有力指出的那样:"很显然女性的价值观与男性记录的那些价值观经常不同,这是很自然的。但是男性的价值观占主导地位……这些价值观不可避免地从生活转移到小说中。"④伍尔夫的意思是,尽管女性和男性的价值观不同,但是是男性来决定生活和艺术中哪些是重要的,哪些是微不足道的价值观。男性的自负和偏见决定他们赋予自己的经历而非女性的经历更多的重要性。值得一提的是,这里讨论的不是活动或追求本身,而是人们赋予它们的潜在价值吸引了伍尔夫的注意力。一个明显的例子就是战争。伍尔夫批判性地认为战争是分歧的暴力解决方案。她认为战争是造成大规模伤害和杀戮的原因,也是身心不安全的根源。更重要的是,她在《三个基尼金币》中持续和有力地遣责战争是展现男性气概和阳刚之气的荒谬方式。

同样,在生活中,"足球和运动"对男人的意义要大于"崇拜时尚,购买服装"⑤。这种对比的潜在含义是,男性健身比女性追求时尚更重要,而对女性而言,这正好相反。为了说明女性的价值观和视角与男性的不同,伍尔夫将自己作为例子,并推断如果自己有机会重写历史,她将赋予"中产阶级妇女开始写作",而非"十字军东征或玫瑰战争""更充分的描述和更大的重要性"。⑥当谈到被带有偏见的男性所统治的文学评论时,女性的声音再次被忽略。结果,评论家会赋予一本与战争有关的书而非围绕"客厅里女性情感"的书更多分量。

伍尔夫在散文《女性与小说》中重申了她的观点:"很可能……在生活和

---

① Woolf, *The Collected Essays*, vol. 2, p. 288.
② Ibid.
③ Ibid., vol. 2, p. 146.
④ Woolf, *A Room of One's Own/Three Guineas*, pp. 95—96.
⑤ Ibid., p. 96.
⑥ Ibid., p. 84.

艺术中，女性的价值都不是男性的价值。因此，当一个女人写作小说时，她会发现她永远都在希望改变既定的价值观——使对男性来说微不足道的事情变得严肃，使对男性看起来重要的事情变得琐碎……因为异性的评论家……不仅会看到一种观点差异，而且还会看到一种微弱的、琐碎的或伤感的观点，因为它不同于他自己的观点。"①在这里，伍尔夫为未来女性作家指出了一个方向，建议她们坚决摆脱占主导的父权制价值，并坚决用女性语句宣扬自己的价值。

从以上讨论可以明显看出，伍尔夫的目标是让女性作家自由地以女性的身份书写女性，即女性既是写作的主体，也是写作的对象/客体。伍尔夫在日记中也提出了类似看法："女性应该拥有自由的经历；她们应该无所畏惧地与男性不同，且公开表达差异[因为我不同意"友善雄鹰"（戴斯蒙·麦卡锡，Desmond MacCarthy)的观点，即男性和女性相似]；应该鼓励大脑的所有活动，以便始终存在一个像男性一样自由思考、发明、想象和创造的女性核心团体，她们对嘲笑和屈尊无所畏惧。"②伍尔夫强调女性作家在女性语句中表达自己的无畏和精神自由，这与本书第一章讨论的雌雄同体大脑的精神相呼应。在这两种情况下，伍尔夫都强调精神自由的重要性，对女性作家而言，没有来自男性的压力和威胁。

有了精神自由，男性和女性就可以创造出可以辨别和区分作者性别的作品。伍尔夫支持"女性书写总是阴性的，它禁不住是阴性的，最好的[女性书写]也是最阴性的"③这种观点。她同样坚信："没人会承认他可能将一位男性创作的小说误认为是女性书写的……[两者]关键的区别并不在男性描述战争而女性描写孩子的出生，而是每种性别都会描述自己。凭借描述男性或女性的最开始的一些词通常就足以确定作者的性别。"④因此，尽管乔治·艾略特以男性化的笔名进行男性化书写，查尔斯·狄更斯仍然坚信《教区生活场景》(*The Scenes of Clerical Life*)的作者是女性而非男性。⑤

简而言之，伍尔夫的女性语句与男性语句相对应，是女性书写的缩影，真实和富有启发性地展示了女性的独特经历和洞见。这意味着写作是性别化的。它是语言和文体，更重要的是主题上的结合，旨在真实地展现女性的经历和视角，它颂扬男女书写之间的差异。只有当作者的性别与作品的性别相

---

① Woolf, *The Collected Essays*, vol. 2, p. 146.
② Woolf, *The Diary of Virginia Woolf*, vol. 2, p. 342.
③ Woolf, *Contemporary Writers*, p. 26.
④ Ibid.
⑤ Mary Ellmann, *Thinking about Women* (London: Virago, 1979), p. 158.

符合时,此类作品才能自然地体现女性作家的独特视野、个体性和个性化。

伍尔夫在《一间自己的房间》中提出"克洛伊喜欢奥利维亚",这是一个典型且引人注目的女性语句。与早前讨论的理查森的情形相似,这个句子被确定为女性语句,主要是因为其主题。"克洛伊喜欢奥利维亚"挑战了女性的主流形象,并为探索女性与女性之间的关系提供了宝贵线索。它意味着开启了一个有待探索的女性之间共享和理解的全新世界。

伍尔夫认为这种表达是当代虚幻女作家玛丽·卡迈克尔(Mary Carmichael)所为。她第一部小说的象征性标题为《人生的探险》(*Life's Adventure*)①。"克洛伊喜欢奥利维亚"这句话并不意味着一个人喜欢另一个人。取而代之的是,它为探索女性与女性之间的关系,或更确切地说是女同性恋,提供了宝贵线索。正如朱利安·沃尔弗雷斯(Julian Wolfreys)明确指出的那样,这个短语自从出现之后就"成为同性恋写作的重要口号"②。它微妙地隐含着一个女性之间友谊或爱的全新世界,一个仍然是未知领域的世界。伍尔夫明确提到沙特尔·比隆(Chartres Biron)爵士也部分证明了这一暗示。比隆爵士是"瑞克里芙·霍尔(Radclyffe Hall)《寂寞之井》(*The Well of Loneliness*,1928)案的首席审判官"③。霍尔因其小说公开涉及当时极富争议的女同性恋话题而受到迫害。伍尔夫在出版《一间自己的房间》前一天在日记里更加有说服力地证明了这种暗示:"我将受到攻击,会被认为是女性主义者,并被暗示为女同性恋;……我将收到很多年轻女性的来信。我很担心[这部作品]不被认真对待。伍尔夫太太是颇有成就的作家,因此,她说的话较容易理解……这是一种非常女性化的逻辑……一本将被交给女孩子们的书。"(23 Oct. 1929)④很显然,伍尔夫完全意识到《一间自己的房间》中的那句话在她的当代读者中可能引起的潜在争议。

伍尔夫阐述了"克洛伊喜欢奥利维亚"的场景,并写道:"如果克洛伊喜欢奥利维亚,且她们共享一个实验室……因为如果克洛伊喜欢奥利维亚,而玛丽·卡迈克尔知道如何表达这种[女性之间亲密]情感的话,她将在那间没人去过的大房间里点燃火把。"⑤值得注意的是,克洛伊和奥利维亚在实验室里共同工作,这对女性产生了不可估量的影响,因为它表明女性经历了除了家

---

① Woolf, *A Room of One's Own/Three Guineas*, p. 104.
② Wolfreys Julian ed., *Modern British and Irish Criticism and Theory: A Critical Guide* (Edinburgh: Edinburgh University Press, 2006), p. 47.
③ Woolf, *A Room of One's Own/Three Guineas*, p. 42.
④ Woolf, *The Diary of Virginia Woolf*, vol. 3, p. 362.
⑤ Woolf, *A Room of One's Own/Three Guineas*, p. 109.

庭生活之外的其他经历。正如伍尔夫的表达"在没人去过的大房间里点燃火把"证明的一样,这是女性之间未经记录和压抑的爱与友谊的第一次表述。它生动形象地呼应了小说《人生的探险》标题中的"探险"一词——这是一个值得冒险的探险。显然,卡迈克尔对女性未被表征经历的颂扬具有重要意义。具体而言,它开辟了某种想象的可能性,使产生更多关于女性不同经历的有趣和有力的表达成为可能。

伍尔夫对"克洛伊喜欢奥利维亚"的探索引起了批评家的极大关注。詹姆斯·J. 米拉奇视"克洛伊喜欢奥维利亚"这个表达"违反了维多利亚时代的异性恋习俗,开辟了尚未被知晓的女性经历领域"[1]。伍尔夫对女同性恋关系的关注引起鲍尔比类似的回应,她坚持认为"扩大书写女性的领域,因此必将同时扰乱或改写男性或女性价值观的规范"[2]。这里的要点是伍尔夫就女性对女性的爱的处理也是对男性对女性带有偏见的表征的建设性批评。女性之间的相互关系第一次被想象和考虑。她们不再是忠诚和顺从的房中天使。她们挑战了男人关于女性应该如何行动的见解和应该如何感受以及思考的观点。她们在使用自己的句子声明自己的价值。

更重要的是,伍尔夫"克洛伊喜欢奥利维亚"的故事给我们提供了一个很好的例子,开辟了表征女性与女性之间关系的新领域——女性对自己经历的阐释和重新评估。这样的句子能够传达出一些不光明正大的和未加表述的情感,而这些情感很容易得到女性轻松的识别和认同。这是找出女性自己独特声音的重要且必要的一步。很显然,伍尔夫强调保持男性和女性作家之间丰富差异的重要性。与男性语句相反,女性语句表征了女性的独特经历和视角。

三、西方女性主义与伍尔夫的女性语句

伍尔夫关于独特女性语句的概念引发了关于女性性欲与创造力的富有成效的讨论。鲍尔比[3]、奥尔加·肯尼恩(Olga Kenyon)[4]和简·戈德曼[5]等批评家有力地争辩说,伍尔夫强调以女性语句为例的女性书写模式,使伍尔夫成为法国女性主义理论"阴性书写"(*l'écriture féminine*)的先驱,也为"解

---

[1] Miracky, *Regenerating the Novel*, p.16.
[2] Bowlby, *Virginia Woolf*, p.30.
[3] Bowlby, *Virginia Woolf: Feminist Destinations*, p.32.
[4] Kenyon, *Writing Women*, p.7.
[5] Jane Goldman, "The Feminist Criticism of Virginia Woolf," in *A History of Feminist Literary Criticism*, eds. Gill Plain and Susan Sellers (Cambridge and New York: Cambridge University Press, 2007), p.71.

构主义和后拉康主义的埃莱娜·西苏、茱莉亚·克里斯蒂娃(Julia Kristeva)和露丝·伊利格瑞(Luce Irigaray)"的理论奠定了基础。① 本章将研究西苏关于与身体相关的阴性书写的概念,主要是为了探究西苏阴性书写概念与伍尔夫女性语句认知之间的显著相似性和差异性。

(一) 西苏的阴性书写与伍尔夫的女性语句

为了揭示西苏和伍尔夫女性书写"差异"的联系和分歧,我们有必要简要了解一下西苏对阴性书写的界定。西苏富有影响力的文章《美杜莎的微笑》("The Laugh of the Medusa",1976 年译成英文)被认为是她"阴性书写的宣言"②,对研究她的阴性书写颇具启发性。

在《美杜莎的微笑》开始时,西苏提出了可能是她最有力的陈述之一:"女性必须书写自我:必须书写女性,将女性带入写作领域,……女性必须将自己投入文本之中。"③西苏为女性争取自主权和著作权的策略是在文本中书写女性自我,或将女性作为创作来源。如果引文中的"自我"没有明确指涉的话,它很明显暗示着女性气质,或更确切地说,暗示着女性的性欲:"女性必须书写女性"④,"她必须书写她的自我"⑤,并"书写你的自我。你的身体必须被听到"⑥。西苏对"自我"的特殊用途可以从她以下说法中得到更具说服力的证明:"女性可以书写关于女性气质的任何事"⑦,"女性必须通过她们的身体进行书写"⑧。

西苏在这里提出的中心论点是,女性应该通过直接表征她们多种多样的性欲和享乐而将其身体和性欲铭刻在作品中。与男性以生殖器为中心的有限性器官相比,女性的性驱力是多方面的,正如西苏指出的"她的性欲是广大无边的"⑨。对西苏而言,女性书写应该反映出女性性欲的多样性,正如她所言:"她的书写只能继续前进,而不会铭刻或识别轮廓,……她的语言不包含,

---

① Jane Goldman, "The Feminist Criticism of Virginia Woolf," in *A History of Feminist Literary Criticism*, eds. Gill Plain and Susan Sellers (Cambridge and New York: Cambridge University Press, 2007), p. 71.
② Ann Rosalind Jones, "Writing the Body: Toward an Understanding of l'Écriture Féminine," in *The New Feminist Criticism: Essays on Women, Literature, and Theory*, ed. Elaine Showalter (London: Virago, 1986), p. 365.
③ Hélène Cixous, "The Laugh of the Medusa," *Signs* 1.4 (Summer 1976): 875.
④ Ibid., p. 877.
⑤ Ibid., p. 880.
⑥ Ibid.
⑦ Ibid., p. 885.
⑧ Ibid., p. 886.
⑨ Cixous, "The Laugh of the Medusa," p. 889.

它携带；它不会退缩，这才使之变得可能。"①关于这一点，安·罗莎琳·琼斯（Ann Rosalind Jones）评论道："就女性身体被视为男性书写的直接来源而言，另一种强有力的话语成为可能：身体书写就是重新创造世界。"②换言之，西苏认为女性的性欲是差异的场所，更重要的是，它是一种创造性的来源，旨在表明她们与男性确立的主导象征秩序之间的差异。

对西苏而言，阴性书写并不仅仅是风格的问题。对她来说，这涉及一个明确的政治议程，因为她坚持认为："写作**恰恰是变革的可能性**，可以作为颠覆性思想的跳板，是社会和文化结构转型的先驱运动。"③（黑体字在原文中为斜体）这句引语清晰地表明了西苏的信念，即书写是实现社会和文化变革的场所。正如琼斯所说："如果女性要发现并表达自己的身份，并想使男权历史压制的一切浮出水面，那么她们必须从她们的性欲开始。"④对西苏和琼斯而言，表达女性的性欲是女性书写中自我定义和身份认同必不可少的一步。

然而，当西苏提出以下观点时，她似乎自相矛盾："不可能定义阴性的书写实践，……这种实践永远都不可能被理论化、封闭化、编码化……这并不意味着它不存在。但它将总是超越控制菲勒斯中心体系的话语。"⑤但是这种主张与西苏对女性分散的性驱力的理解直接相关，后者否认了一个明确的定义，因为"欲望铭记的影响在我身体和其他身体的所有部位都有繁殖"⑥。很明显，西苏讨论的核心是女性性欲对女性书写产生不可估量的影响。换言之，在西苏看来，女性性欲应该在她们的书写中得到体现，以标志与男性书写的真正区别。

西苏在女性性欲和书写问题上的立场引起了激烈争论。琼斯认为西苏的阴性书写概念既是"有问题的"，也是"有力的"。⑦ "有力的"在于它"与嵌入西方思想中的菲勒斯—象征（Phallic-symbolic）体系相比，反对女性的身体体验"⑧。琼斯详细阐释了自己的观点，即阴性书写是一种"至关重要的""镜头和不完全策略"，可以推翻"对［女性］性欲的错误和轻蔑的态度，这些态度渗透到了西方（和其他）文化和语言的最深处"，目的是为了找出女性"挑战菲

---

① Cixous，"The Laugh of the Medusa," p. 889.
② Jones，"Writing the Body," p. 366.
③ Cixous，"The Laugh of the Medusa," p. 879.
④ Jones，"Writing the Body," p. 366.
⑤ Cixous，"The Laugh of the Medusa," p. 883.
⑥ Ibid., p. 884.
⑦ Jones，"Writing the Body," p. 366.
⑧ Ibid.

勒斯中心话语的自我表征"。① 托里·莫以也持有类似观点,坚持认为阴性书写"努力破坏占统治地位的菲勒斯中心主义逻辑"②。但是,正如女性主义文学理论经常遇到的情况一样,批评家们认为这个概念是"理想主义的、本质主义的,并被她们声称要破坏的体系所束缚";此外,它被批评为"理论上模糊的"和"对建设性整治行动是致命的"。③ 除此之外,我们还需要考虑琼斯提出的问题,如"身体可以成为自我知识的源头吗?"④以及"身体可以成为新的话语来源吗?"⑤对这些问题的回答可能会改变西苏为阴性书写概念所提供的范畴。

现在我们将注意力转移到阴性书写和女性语句的比较上。当批评家宣称伍尔夫的女性语句预示着西苏的阴性书写时,他们意识到这两个不同概念的共同点,这可以从两个相互关联的方面来理解。就内容而言,两种书写模式都表明女性书写应该表征她们的性欲和体验。这个建议的背后是伍尔夫和西苏共同关心的一个问题,即女性的性欲可能成为一个可以展示女性书写与男性书写如此不同的场所。从理论角度来看,伍尔夫和西苏关于女性书写的建议都暗示着西方文化"从根本上讲是具有压迫性的"和"菲勒斯中心主义的"⑥。女性是"男性主导话语的局外人"⑦(伍尔夫在《三个基尼金币》中明确地将"受过教育的男士的女儿"称为"局外人"⑧),她们必须与男权创造出的女性斗争并解构占主导地位的菲勒斯中心主义的秩序。也就是说,伍尔夫和西苏有相同的理论目标。

但是,西苏与伍尔夫在女性书写思想上的密切关系并不应成为忽视她们之间巨大分歧的借口,这可以从两个角度窥见。首先,在女性书写中,伍尔夫和西苏对女性性欲赋予的分量有所不同。对伍尔夫而言,性欲是构成女性书写与男性书写一个非常重要但并非唯一的方面。但是,性欲似乎成为西苏女性书写蓝图中唯一关注的问题。此外,伍尔夫对性别差异的兴趣暗示了一种精神倾向,而西苏追求女性书写中生理和生物学意义上性欲的表征。从动机的角度来看,伍尔夫呼吁独特的女性语句主要是诗学意义上的,目的是揭示或加强女性文学传统;相比之下,西苏具有更多政治倾向和实践上的关注,因

---

① Jones, "Writing the Body," p. 372.
② Toril, *Sexual/Textual Politics*, p. 106.
③ Jones, "Writing the Body," p. 367.
④ Ibid.
⑤ Ibid., p. 372.
⑥ Ibid., p. 362.
⑦ Ibid., p. 363.
⑧ Woolf, *A Room of One's Own/Three Guineas*, pp. 318—320.

为阴性书写预示着政治、文化和变革的可能性。

（二）西方女性主义者对伍尔夫女性语句的批评

伍尔夫女性语句的概念吸引了批评家的极大关注。桑德拉·吉尔伯特（Sandra Gilbert）和苏珊·古芭（Susan Gubar）认为伍尔夫的女性语句是"本质上关于乌托邦式语言结构的幻想"，目的是为了"界定（也许也包括掩饰）她**要修改的不是女性语言，而是女性与语言关系的欲望**"①（黑体字在原文中为斜体）。吉尔伯特和古芭似乎对伍尔夫的态度漠不关心、直率甚至残忍。"幻想"和"乌托邦式"这两个词证明吉尔伯特和古芭坚信这样的研究过于理想化，无法产生任何实际效果。它只能在纯粹的理论层面上存在，正如吉尔伯特指出的那样，"没有任何经验语言学的严肃研究揭露了可能称为女性语句的特殊特点，甚至没有揭示伍尔夫界定的常规的男性语句的次要性别特征"②。

除此之外，吉尔伯特和古芭视女性语句为女性想改变她们与语言的无力关系的努力，而与语言的关系完全由男性主导。因此，通过与"争夺语言优势的两性斗争"而斗争，女性语句比仅仅"一个新的作为语法单位的句子"具有更大意义；吉尔伯特和古芭视其为"女性合法语句"的"面纱"③。更具体地说，吉尔伯特和古芭说，女性曾经被男性"拘禁和剥夺财产"，女性语句则"判处"女性"自由和每年500英镑"。④ 吉尔伯特和古芭在这里暗示了女性语句将赋予女性更多的精神和经济独立。但她们的解读是没有根据的，因为她们没有指出为何这是女性语句的结果。

尽管本书同意吉尔伯特和古芭的看法，即伍尔夫的女性语句并不仅仅是关于女性语言的语言学定义，而是"女性与语言的关系"，但是本书发现很难接受她们的假定，即这样的女性语句是"女性语言幻想的一种模式"⑤。"语言的"和"语言"两个词的重复显示了吉尔伯特和古芭将伍尔夫的女性语句理解为字面意义上包含了普遍的和可识别的语言单位。事实上，伍尔夫的女性语句概念代表女性书写，而非狭义的语法单位。尽管将男性语句和女性语句的例子进行比较确实显示出男性和女性书写在语言上的一些明显区别，但伍

---

① Sandra M. Gilbert and Susan Gubar, "Sexual Linguistics: Gender, Language, Sexuality," *New Literary History* 16.3 (Spring 1985): 523.
② Sandra M. Gilbert, "Woman's Sentence, Man's Sentencing: Linguistic Fantasies in Woolf and Joyce," in *Virginia Woolf and Bloomsbury: A Centenary Celebration*, ed. Jane Marcus (Hampshire and London: MacMillan, 1987), pp. 208—209.
③ Gilbert and Gubar, "Sexual Linguistics," p. 523.
④ Ibid.
⑤ Ibid.

尔夫并没有明确地得出关于女性语句语言特征的结论。

在本书看来,伍尔夫并不呼吁只有女性才能使用的句子本身或语言。相反,正如本章前面所讨论的,她的女性语句更多地围绕着主题或内容。正如帕特里克·麦吉所说的那样,伍尔夫的女性语句构成了"反对权威、反对常规"的挑战,以及"对幻想常规性的、通用语言的攻击"的挑战,而这种语言"仅仅是一种服务于父权制政权的文化构建"①。换言之,现行的句子是男性为自己构建的。女性的思想无法被现成的男性语句所容纳。唯一的办法就是构建包含自然表征女性经历的女性语句,这是传达女性独特的经历、视角和思想的适当工具。

鲍尔比也对伍尔夫的女性语句进行了评论。在她的专著《弗吉尼亚·伍尔夫:女性主义目的地》(Virginia Woolf: Feminist Destinations, 1988)中,她引用了伍尔夫在《一间自己的房间》中提供的男性语句的例子,得出结论:"性别差异和语言之间存在明确的联系。"②在鲍尔比对伍尔夫的阅读之中,作者的性别与他/她所使用的语言之间存在文体上的对应关系。鲍尔比继续补充说:"有可能根据作者的性别识别语言风格的差异,或根据文体上的证据来确定作者的性别。"③对鲍尔比而言,语言——而不是文体特征——成为伍尔夫界定男性语句的主要决定因素。鲍尔比继续提出自己的观点:"男性语句/女性语句将语言世界分为两部分:作家要么是男性,要么是女性,句子本身就足以证明其作家的性别。"④在鲍尔比的眼里,语言领域可以整齐地被划分为两个相对部分,其中一个由男性占据,而另一个则由女性占据。

在本书看来,鲍尔比的二元语言体系过于简单、难以执行,而她对伍尔夫女性语句的解释在很大程度上过于简化、过于笼统且存在缺陷。最大的问题是生物学意义上的区别与语言或文体区别之间的关系是一个非常复杂的问题,需要进一步的科学调查。此外,在一定程度上,鲍尔比的解读具有误导性,因为本章所讨论的女性语句不仅仅是一个语言关注的问题。本书相信伍尔夫的重点是主题,而非形式。此外,鲍尔比论点背后的假设,即所有女性或所有男性都可以以类似的方式进行写作,完全忽略了女性或男性作为个体的性别差异或其他差异。

另一个谬误是,鲍尔比对伍尔夫女性语句的理解仅仅是从一句引用发展出来的,这远远不足以产生伍尔夫男性语句或女性语句的全景式观点。伍尔

---

① Patrick McGee, "Reading Authority: Feminism and Joyce," p. 427.
② Rachel Bowlby, *Virginia Woolf: Feminist Destinations*, p. 28.
③ Ibid.
④ Ibid., p. 29.

夫并没有声称已经制定了关于写作的任何理论。本书宁愿将伍尔夫对任何诗学问题的讨论看作是一幅拼贴画,也就是说,作为散文家的伍尔夫必须首先在她的作品中找出那些零散的说法,然后找出那些零散的说法的正确顺序以完成整个图画。因此,鲍尔比对伍尔夫女性语句的误解再次造成了过于笼统的谬误。

乔伊斯·卡罗尔·欧茨(Joyce Carol Oates)是美国小说家和文学评论家,她对伍尔夫的女性语句概念的立场与吉尔伯特和古芭以及蕾切尔·鲍尔比有很大不同。欧茨提出了一个问题:"如果存在明显的'女性声音'——如果存在明显的'男性'声音——这肯定是劣等艺术的症状吗?"欧茨继续评论道:"内容仅仅是原材料。女性的问题——女性的洞见——女性的非常特殊的冒险,这些都是实质性的;在严肃艺术中,重要的是最终执行力的技术和视觉的独特性。"[1]欧茨正确地理解了伍尔夫的"句子"主要是关于主题本质的问题,即关于主题的问题。然而,欧茨似乎暗示,这些内容并不像手工艺和独特的视觉效果那样重要。

欧茨之后补充说:"当然,严肃的艺术声音是个人风格之一,而且没有性别;但可能要有一个性别决定的声音,或被认为有这样的声音,毕竟总比没有声音要好。"[2]欧茨对"女性声音"或"男性声音"的可能性或可行性表示怀疑,她怀疑这可能是"劣等"艺术的证据。欧茨坚信文体的独特性是批评性评估的唯一标准。如果是这样,欧茨显然忘记考虑一个关键问题,即不可能有一个通用且可识别的标准来评估"个人风格"。此外,萨拉·米尔斯认为欧茨选择的"无性别的"一词相当于"雌雄同体"[3]。米尔斯错误地认为当伍尔夫使用雌雄同体这个术语来表示作家的精神状态,而不是具有雌雄同体大脑的作家创作的作品时,伍尔夫的这个术语是指一种无性别的作者的写作。

如果说上述批评者坚持认为男性和女性书写之间的文学差异是他们性别差异的体现,那么米尔斯则表达了截然不同的观点,她认为女性语句"与生物学上的性别差异没有多大关系,但在很大程度上与权力主张有关"[4]。米尔斯并不相信女性或男性语句的存在,"除了常规形式或作为性别差异的理

---

[1] Joyce Carol Oates, "Is There a Female Voice? Joyce Carol Oates Replies," in *Feminist Literary Theory: A Reader*, 2nd ed., ed. Mary Eagleton (Oxford and New York: Blackwell, 1996), p. 292.
[2] Ibid., pp. 292—293.
[3] Mills, *The Feminist Stylistics*, p. 47.
[4] Ibid., p. 57.

想表征"①。对米尔斯而言,女性语句的界定等于女性意识形态的构建。② 由于价值体系的不同,女性书写和男性书写的阅读方式不同。

本质上,米尔斯的观点与西苏关于阴性书写的说法有着显著的相似性,因为两者都认为语言与政治权力或社会变革紧密相关。本书不同意她们的观点,因为本书相信,伍尔夫提出女性语句的本意是为了实现诗学理念,而非表达对权力的实际关注。

除了语言和政治上的阐释外,史蒂芬·希斯(Stephen Heath)还从方法论角度对伍尔夫的女性语句概念提出了批评。希斯注意到这种思维模式存在一个问题:"强调男性/女性范式中的差异和女性(与男性一样)的特殊性是现有制度术语中的一种姿态,这正是女性不同于男性的地方"(黑体字在原文中为斜体)。③ 玛丽·伊格尔顿(Mary Eagleton)在评论希斯的说法时认为,女性语句只会加强西方思想的二元论,伍尔夫陷入了她打算解构的系统陷阱中。④ 本书不同意伊格尔顿的观点,因为本书相信伍尔夫从未试图解构根深蒂固的二元体系,相反,她坚持认为男性和女性应该坚持其根深蒂固的差异。因此女性小说应该真实地展现她们的生活和经历;她们应该缩短生活与艺术之间的距离。女性在艺术中应该大胆地以不同的方式表达自己。

(三)女性语句的实质

总而言之,女性语句表明伍尔夫对女性书写可以与男性书写不同的可能性和潜力充满信心,这也可以从伍尔夫在其他作品中的言论中找到证据。伍尔夫在 1937 年 4 月 30 日写给斯蒂芬·斯彭德的信中写道:"性别差异带来了不同观点。"⑤在她的文章《浪漫与心》("Romance and Heart", 1926)中,伍尔夫写道:"女性容易与众不同。"⑥她补充说:"要考虑到男性和女性就什么是构成任意主题的重要性的不同看法,是一个非常棘手的问题。从这个问题衍生出情节和事件的显著差异,而且在选择、方法和风格上的差异也无穷无尽。"⑦伍尔夫在这里认为,女性语句/女性书写与男性语句/男性书写在观点和主题上的不同会导致情节、事件、选择和风格上的差异。

---

① Mills, *The Feminist Stylistics*, p. 65.
② Ibid., p. 57.
③ Stephen Heath, "The Sexual Fix," in *Feminist Literary Theory: A Reader*, 2nd ed., ed. Mary Eagleton (Oxford and New York: Blackwell, 1996), p. 314.
④ Mary Eagleton ed., *Feminist Literary Theory: A Reader*, 2nd ed. (Oxford and New York: Blackwell, 1996), p. 287.
⑤ Woolf, *The Letters of Virginia Woolf*, vol. 6, p. 122.
⑥ Woolf, *Contemporary Writers*, p. 26.
⑦ Ibid., p. 27.

伍尔夫提议女性语句是为了呼吁女性作家在与男性权威主义的、持久的声音作斗争[正如罗伯特·骚塞(Robert Southey)写给夏洛蒂·勃朗特的话]时明确说道:"文学不能成为女性一生的事情,也不应该成为。"①伍尔夫在这里的例子是有选择性的,但她的观点是,为了获得思想和主题上的自主权,鼓励女性忽略"永恒的教育者的持久训诫——写这个,想那个"②。伍尔夫认为,简·奥斯丁和艾米莉·勃朗特无视"霸道"声音所设立的限制,极大地促进了她们作为女性作家的巨大成功。对伍尔夫来说,女性自由选择主题是实现其独特愿景必不可少的一步,正如她指出:"小说的未来很大程度上取决于男性在被教育后可以忍受女性言论自由的程度。"③

伍尔夫鼓励女性侵入本质上是父权制文学传统的领地:"文学对所有人开放"④,"让我们立即侵入。文学不是任何人的私家领地,文学是公共领地"⑤。女性和男性一样拥有文学创作的权利和自由。正如戈德曼观察到的那样,伍尔夫视文学为"公共领地"的观点"标志着未来平等主义的、共和主义的文学民主,似乎超越了性别关注"⑥。

虽然伍尔夫在其小说中不断地实践女性语句,但她拒绝界定,也不可能清晰界定"什么是女人"⑦以及"阴性指的是什么"⑧两个关键问题。因此,如果女性或女性气质没有清晰界定的话,那么女性语句也不可能得以明确界定。最终,女性语句并非成品,而是一种进行中的语句(sentence in the making)。

本书认为,伍尔夫对女性语句的提议符合她对女性书写中独特个性的呼吁。伍尔夫鼓励女性作家采取主动行动颠覆男性对女性的一厢情愿的表征,并将女性的真实经历和情感转化为艺术。女性的经历和她们的视野都将构成其独特的个性,从而可以识别和区分她们的写作。

从另一个角度看,伍尔夫女性语句的概念与对本质上属于女性的文学传统的呼吁紧密相关。事实上,伍尔夫的女性语句涉及对女性文学传统的承

---

① 转引自 Sandra M. Gilbert and Susan Gubar, *The Madwoman in the Attic: The Woman Writer and the Nineteenth-Century Literary Imagination* (New Haven: Yale University Press, 1979), p. 195.
② Woolf, *A Room of One's Own/Three Guineas*, p. 97.
③ Barrett, "Introduction," p. 13.
④ Woolf, *A Room of One's Own/Three Guineas*, p. 98.
⑤ Woolf, *The Collected Essays*, vol. 2, p. 181.
⑥ Jane Goldman, "The Feminist Criticism of Virginia Woolf," p. 81.
⑦ Woolf, *The Collected Essays*, vol. 2, p. 286.
⑧ Woolf, *Contemporary Writers*, p. 26.

认,正如她所说,"杰作并不是单一和孤独的出生",但它们是"多年人们共同思考、对身体的思考的结果,因此大众的体验在单一声音的背后"。① 伊莱恩·肖瓦尔特在这一点上很赞同伍尔夫的观点,因为她指出:"女性一直以来都有自己的文学……我们可以看到一个富有想象力的连续体,某些图案、主题、问题和图像一代又一代地重复出现。"②因此,简·奥斯丁和艾米莉·勃朗特,甚至是伍尔夫本人等女性作家的成就都建立在她们前辈之上,并成为她们之后的女性作家的遗产。伍尔夫的断言"如果我们是女性,我们会通过我们的母亲们回顾过去"③,证明了与占主导地位的男性文学传统不同的杰出女性文学传统的必要性。伍尔夫坚持认为"女性写作通过她们的母亲回顾过去"④来重申这一信念。当伍尔夫断言"诗歌应该既有父亲又有母亲"⑤时,她在《一间自己的房间》中第三次强调了同样的想法。"女性必须为自己创造"⑥女性语句。再次,伍尔夫的观点是,女性作家可以而且应该与男性不一样地创作。女性的经历和身份都可能成为她们书写的明显特征和她们独特个性的生动体现。女性作家既是女性书写传统的继承者,亦是创新者,而女性语句的构建需要女性作家们的持续努力和革新。借用伍尔夫在《现代小说》("Modern Novels",1919)中的话,就女性语句而言,"我们仍然努力并继续前进"⑦。

因此,伍尔夫的女性语句概念可以从三个角度进行阐释。首先,女性语句与男性语句有偏差。通过挑战男性语句的权威和统治地位,伍尔夫清晰表达了女性书写可能不同于男性书写的预见性愿景。其次,女性语句涉及"作者和文本之间关系"⑧以及"作者融入她们自己文本中的可能性"⑨。女性语句的实质在于女性作家通过女性视角书写女性的真实体验和感受,表达女性的特质、情感和自我。在女性语句中,女性同时是作者、创造者和自己的代理人。她们既是表征的主体,又是表征的对象。更准确地说,女性经历、观点和洞见在她们自己文本中的融入达成其独特个性的妥协,而读者可以通过这种

---

① Woolf, *A Room of One's Own/Three Guineas*, p. 85.
② Showalter, *A Literature of Their Own*, pp. 10—11.
③ Woolf, *A Room of One's Own/Three Guineas*, p. 99.
④ Ibid., p. 127.
⑤ Ibid., p. 134.
⑥ Woolf, *The Collected Essays*, vol. 2, p. 145.
⑦ Woolf, *The Essays of Virginia Woolf*, vol. 3, p. 31.
⑧ Mary Jacobus, "The Difference of View," in *The Feminist Reader: Essays in Gender and the Politics of Literary Criticism*, 2nd ed., eds. Catherine Belsey and Jane Moore (Hampshire and London: MacMillan, 1997), p. 72.
⑨ Ibid., p. 73.

独特个性轻松地识别出并欣赏她们的女性身份。作为女性自我和独特视角的表达，女性语句构成了女性作家的独特个性必不可少的组成部分，这也是伍尔夫辩证式非个人诗学观念中不可或缺的组成部分。最后，鉴于以上两点，女性语句旨在重新发现或加强女性的独特文学传统，从而挑战占有绝对优势且排他的男性文学传统。

　　女性语句既是女性的一种语言，也是女性书写的一种美学观以及政治隐喻。其发展与女性的权利发展紧密相关。当女性的情形得以改观时，女性语句会越发成熟，当"女性将不再是受保护的性别"[1]且"恐惧和仇恨几乎消失了"[2]，当女性作家"不再痛苦""不再愤怒""不再抱怨和抗议"时，当她们"不再受到外界干扰"，当她们保持"疏远"（aloofness）时，她们创作的语句将"更加真实"（"far more genuine"）地表征女性的经历、心理和情感，从而使她们的作品变得更加"阴柔"（"feminine"）。在此，伍尔夫强调了女性语句是非个人化女性作家的产物。就女性语句而言，"如果尚未到达，我们在接近"[3]。

---

[1] Woolf, *A Room of One's Own/Three Guineas*, p. 52.
[2] Ibid., p. 120.
[3] Woolf, *Contemporary Writers*, pp. 124—125.

第六章　伍尔夫非个人化诗学与中国当代作家陈染①

在过去的三十年中,伍尔夫在中国是一个标志性存在。随着她的作品越来越多地被译成中文并被更多的中国读者熟知,而且随着越来越好的译文的出现,伍尔夫在中国的受欢迎程度超越了任何其他外国女作家。这些趋势极大地促进了中国对伍尔夫的学术研究,越来越多地从多个方面阐释伍尔夫的文章和专著相继出版。②

伍尔夫作品的日益流行也显示出她,尤其是她的女性主义思想和诗学,对现当代中国小说家,尤其是女性作家③等产生了更深刻、更广泛的影响。陈染(1962—　)便是其中一位,她将伍尔夫当成自己的文学之母。

陈染是中国当代前卫的女性主义作家和散文家,她曾于1998年获得"首届中国当代女性文学创作奖"。陈染以其个性化的、主观的和内省的写作而知名,这些在她最受称赞的长篇小说《私人生活》(1996)中得到了印证。《私人生活》于2004年被译成英文,并赢得了好评。索菲亚·唐格拉斯(Sofia

---

① 这一章的英文版本(稍作修改)作为章节发表在以下图书中,详见:Huang Zhongfeng, "Rooms of Their Own: A Cross-Cultural Voyage between Virginia Woolf and the Contemporary Chinese Woman Writer Chen Ran," in *The Edinburgh Companion to Virginia Woolf and Contemporary Global Literature*, eds. Jeanne Dubino, et al. (Edinburgh: Edinburgh University Press, 2021), pp. 297—313.

② 自20世纪20年代伍尔夫被首次引入中国以来,根据中国知网(CNKI)数据显示,一共有1500多篇与伍尔夫相关的文章和论文发表,30多部专著出版。吕洪灵通过研究伍尔夫"其他性别"的概念,提出伍尔夫对性别和身份多元性的理解解构了性别的二元论,并揭示了身份的复杂性。(请参见吕洪灵:《伍尔夫〈海浪〉中的性别与身份解读》,载《外国文学研究》2005年第5期)綦亮坚持认为伍尔夫的阶级和种族身份的混杂性削弱了她对帝国主义民族身份的批评,有着"既抗拒又迎合帝国主义"的特征。(请参见綦亮:《民族身份的建构与解构——论伍尔夫的文化帝国主义》,载《国外文学》2012年第2期,第67页)就伍尔夫作品的翻译而言,叶公超于1932年翻译了伍尔夫的短篇小说《墙上的斑点》。1935年石璞翻译了伍尔夫的《弗拉西》。20世纪40年代谢庆垚和王还分别翻译了伍尔夫的《到灯塔去》和《一间自己的屋子》。20世纪80年代以来,更多和更好的伍尔夫译本出现。2001年,四卷本的《伍尔芙随笔全集》由中国社会科学出版社出版。2003年,12卷的《吴尔夫文集》,包括伍尔夫所有小说和大部分散文,由人民文学出版社出版。

③ 其他现当代女性作家,如铁凝(1957—　)、赵玫(1954—　)、徐小斌(1953—　)和海男(1962—　)等也受到了伍尔夫的影响。铁凝是现任中国文联主席和中国作家协会主席。

Tangalos,2004)、艾莉森·布洛克(Allison Block,2004)、拉瑞萨·N. 海恩里希(Larissa N. Heinrich,2005)、凯·谢弗(Kay Schaffer)和宋宪琳(Song Xianlin)(2006)以及杨欣(Yang Xin,2011)从不同角度对《私人生活》进行研究。陈染的主要作品出版于20世纪90年代。这十年被视为一个多元化的时代,见证了中国经济的日益开放、妇女更多的教育机会、快速城市化和商业化、西方文学理论的引入以及与外界的交流,所有这些均催生了陈染多部优秀作品。陈染对女性自我和主观性的探索与20世纪90年代中国的性别化趋势相吻合。降红燕认为中国的快速商业化和市场化极大地促进了女性作家探索女性性别身份的兴趣,这也成为引起读者注意的一个噱头①。

陈染的作品具有非常明显的特点,即她的大多数主角都是年轻、受过教育的城市女性,她们常常与家庭疏远,脱离繁华的世界,但受到社会动荡不安的困扰。结果,他们撤退到自己的"房间"中,在那里,她们作为现代中国年轻女性的个人和感官的经验得到了充分而生动的表达。尽管这些女性独立自由,但她们常被一种强烈的孤独感和空虚感所包围和侵袭。由于无法从男人身上获取满足感,她们常常求助于与她们建立牢固关系的女性,这种关系常常是同性情谊。通过姐妹情谊,这些女性最后获得了性别唤醒以及独特的自我身份。

陈染对中国女性的性别、精神、身体和自我身份的书写,毫无疑问将她确立为许多知名当代中国女作家中独特而重要的女性声音,但这同时让她游离于中国主流文学之外②。张颐武(1962—)认为,陈染"似乎是无法定位地徘徊于文化的潮流之外"③。同样,戴锦华(1959—)评论道:"在某种意义上来说,陈染的写作始终是个人的,而她由个人化而女性书写的过程,使她及其作品的位置变得愈加难于指认与辨识。"④正如《私人生活》的英文译者霍华(John Howard-Gibbon)在该小说的序言中简短地说道:"在她的整个写作生涯中,她一直是中国主流文学边缘的一种困扰,一种独特而重要的女性声音。"⑤

这一章将讨论伍尔夫对陈染的四方面影响,重点是两位女性作家对性别

---

① 降红燕:《关于"超性别意识"的思考》,载《文艺争鸣》1997年第5期,第30页。
② 20世纪90年代中国流行世俗文学着眼于日常生活,强调文学的娱乐功能,有很强的市场化趋势。
③ 张颐武:《话语的辩证中的"后浪漫"——陈染的小说》,载《文艺争鸣》1993年第3期,第50页。
④ 戴锦华:《陈染:个人和女性的书写》,载《当代作家评论》1996年第3期,第56页。
⑤ Ran Chen, *A Private Life*, trans. J. Howard-Gibbon (New York: Columbia University Press, 2004), p. xii.

和女性书写的相似观点。首先,伍尔夫的《一间自己的房间》为陈染的作品奠定了理论和隐喻的女性主义基础。其次,伍尔夫的雌雄同体观激发了陈染的"超性别意识"概念。再次,伍尔夫的"克洛伊喜欢奥利维亚"这个表达成为陈染"姐妹情谊"概念的文学渊源和灵感。最后,陈染生动详细的女性主观和内省的经历,尤其是她们的身体和性欲的表征是伍尔夫呼吁女性书写的例证。前两点构成了陈染作品的女性主义基础,后两者则是前两点的例证。简言之,陈染深受伍尔夫影响,创造了许多叛逆和具有深刻洞见的中国女性新形象,例如《破开》中的殒楠和《私人生活》中的倪拗拗。这一章将研究这些作品如何体现了陈染的前卫概念"超性别意识"和"姐妹情谊",而这些概念主要源于伍尔夫的《一间自己的房间》。

一、伍尔夫《一间自己的房间》和陈染的"一间自己的屋子"

正如陈染坦然承认的那样,她是伍尔夫的门徒。伍尔夫"一间自己的房间"这个概念为陈染作品中开创性的女性角色奠定了牢固的女性主义基础。在1995年的一次采访中,陈染表达了自己对伍尔夫的钦佩和认同:

> 这是我十分欣赏的女性,我读过她不少笔记、文章①都非常漂亮,特别是我们共同的女性心理角度,使我们的许多想法格外贴近。比如,她说,一个女人如果要写小说,一定要有一些钱,有一间自己的屋子。②

陈染高度赞赏伍尔夫作为女性主义作家的才华。她在伍尔夫和她的作品中找到共鸣,特别是她们关于性别和女性书写的共同看法。伍尔夫的女性主义宣言,即一个女作家如果想写作,就必须在经济上、空间上和精神上独立,极大地鼓舞和启发了陈染。

伍尔夫一间自己的房间的想法可以被理解为一个字面意义和隐喻意义上表征女性经历的创造性空间。伍尔夫强调了物理空间、财务稳定、隐私和自由对女性作家的重要性,她还强调了房间内部的重要性:"不同的房间存在很大差异:它们可以是宁静的或声响很大的;面对大海的,或相反,通往监狱的院子;晾着衣物的;或充满猫眼石和丝绸的;像马毛一样坚硬或如羽毛一样柔软。"③伍尔夫建议女性应该根据自己的喜好布置和装饰自己的房间,这会

---

① 除了1989年被译成中文的《一间自己的房间》外,很难确定陈染读过的伍尔夫的其他作品。《到灯塔去》和《达洛维夫人》中译本于1988年出版。《伍尔夫散文》于1993年被译成中文。陈染很可能读过伍尔夫的这些作品。
② 陈染:《不可言说》,北京:作家出版社,2000年,第198页。
③ Woolf, *A Room of One's Own / Three Guineas*, p.114.

产生无限的可能性。正如谢海亚尔·B. 谢赫（Sheheryar B. Sheikh）指出的那样，伍尔夫的房间概念"看起来同时是抽象和具体的"①，是"可协调的物理空间和可协商的大脑空间"②的结合。显然，这是一个比它表面上看起来更为复杂的问题，单一的定义无法阐释清楚。在甘秋华（Wendy Gan）看来，伍尔夫的房间概念涉及私人和公共之间的不同谈判。伍尔夫选择"房间"而不是"书房"显示她需要"排外和包容、孤独和社群"③。换言之，维多利亚式家庭中的房间具有与社会结构相符合的性别目的。例如，书房保证了"隔离和隐私"，通常被认为是男性空间，而女性通常在起居室这个更"社交和开放"的空间里保持权力。④ 作为政治和文化空间的象征，不受干扰的房间也暗示着女性侵入了以前由男性占据的空间。⑤

同样，陈染重申，她"所理解的'屋子'，已经不仅仅是屋子，而是一种安全、一种自立、一种生活的保障"⑥。陈染和伍尔夫的"房间"概念都涉及身体、精神和心理方面。这是一个精神的和象征性的房间，没有男性的强大声音、话语和压倒性的意识。在这个私人"空间"中，女性可以思考自己的私人经历，回顾过去和展望未来。换言之，如果伍尔夫的房间象征着作家创作所需的自由和隐私的必要保证的话，那么陈染的屋子可以扩展到每一个男性或女性所需的私人空间和自己自由的象征。

陈染接着说，"拥有一间如伍尔夫所说的'自己的屋子'，用来读书、写作和完成我每日必需的大脑与心的交谈……"⑦是她梦寐以求的事情。伍尔夫的房间似乎适用于女性作家以及那些还没有写作机会的人，而陈染的屋子则对作为独立思想者的任何女性都至关重要。七十年后，陈染将伍尔夫的房间置于另一个背景，并赋予它新的意义。

与陈染同时代的著名中国当代女作家徐坤（1965— ），就伍尔夫对陈染的深刻影响评论道：

> 陈染始终是一个潜在的女性主义者。她给自己的创作寻找到的理

---

① Sheheryar B. Sheikh, "The Walls That Emancipate: Disambiguation of the 'Room' in *A Room of One's Own*," *Journal of Modern Literature* 42.1 (2018): 24.

② Ibid., p.29.

③ Wendy Gan, "Solitude and Community: Virginia Woolf, Spatial Privacy and *A Room of One's Own*," *Literature and History* 18.1 (2006): 69.

④ Victoria Rosner, *Modernism and the Architecture of Private Life* (New York: Columbia University Press, 2005), p.63.

⑤ Goldman, "The Feminist Criticism of Virginia Woolf," p.71.

⑥ 陈染：《不可言说》，北京：作家出版社，2000年，第198页。

⑦ 陈染：《潜性逸事》，石家庄：河北教育出版社，1995年，第359页。

论立足点,就是直接承袭于弗吉尼亚·伍尔芙的诸如"私人房间"和"两性同体"观念,将"一间自己的屋子"与"超性别"观点作为自己女性主义思想的最基本原则。陈染对于那些理论有着个人化的理解和应用。①

例如,正如以上所讨论的,与同性恋接近的同性欲望在陈染的作品中较为突出。从1978年改革开放开始,中国学者慢慢开始研究同性恋。2001年,第三版《中国精神疾病分类》出版,"自我认同困难同性恋"不再被分类为"疾病"。

二、伍尔夫的雌雄同体观和陈染的超性别意识

在《一间自己的房间》中,伍尔夫的雌雄同体概念旨在解决对男性和女性艺术家的创造力都构成威胁的强烈个人情感问题,例如愤怒,以及强势的性别意识。② 伍尔夫称:"成为一个单纯的男人或女人都是致命的,一个人必须是女性—男性化的或男性—女性化的。"③伍尔夫使用"女性—男性化"和"男性—女性化"这两个词来暗示具有异性某一些特性,但仍与作者的生理性别保持一致的创造性心态的可能性和重要性④。换言之,作家应该采取一种精神上雌雄同体和超然的心态,以抵制随其个人怨恨和偏见而来的负面影响。正如伍尔夫称赞简·奥斯丁的那样:"她作为一个女人写作,但却忘记了自己是一个女人,所以她的纸页间充满了只有当性别处于无意识状态时才有的好奇的性别特质。"⑤因此,在伍尔夫看来,只有当作家达到性别无意识状态时,他们的性别特征才能毫无障碍地传达出来。

伍尔夫雌雄同体的概念成为陈染"超性别意识"概念的主要文学来源。陈染于1994年在牛津大学、伦敦大学、爱丁堡大学和其他地方发表的题为《超性别意识与我的创作》的演讲中首次使用了这个词。陈染认为,她从伍尔夫的雌雄同体概念中得到了灵感:

---

① 徐坤:《双调夜行船——九十年代的女性写作》,太原:山西教育出版社,1999年,第54页。
② 布兰达·海尔特对伍尔夫的雌雄同体观持有不同观点。在她看来,伍尔夫首先提出雌雄同体的概念,但后来又放弃,"正是因为伴随着具体化的社会现实"(请参见 Brenda Helt, "Passionate Debates on 'Odious Subjects'", p. 120),艺术家不可能达到雌雄同体。海尔特认为尽管"目前女性无法"达到雌雄同体的状态是因为她们的大脑不可能保持"完整"(ibid., p. 126),很可能"自由自在地漫游,公开地思考所有欲望,甚至那些被社会禁止的欲望",以实现"充分的知识和艺术自由"(ibid., p. 127),这是艺术家雌雄同体状态的最终目标。值得注意的是,伍尔夫的早期,而非后来的雌雄同体观吸引了陈染。
③ Woolf, *A Room of One's Own/Three Guineas*, p. 136.
④ Ibid., p. 128.
⑤ Ibid., p. 121.

第六章　伍尔夫非个人化诗学与中国当代作家陈染

沃尔夫在《一间自己的屋子》里,曾借用柯勒瑞治的话说:"伟大的脑子是半雌半雄的。"我认为,这话的意思不仅仅指一个作家只有把男性和女性两股力量融洽地在精神上结合在一起,才能毫无隔膜地把情感与思想传达得炉火纯青的完整。此外,我以为还有另外一层意思:一个具有伟大人格力量的人,往往首先是脱离了性别来看待他人的本质的。欣赏一个人的时候,往往是无性的。单纯地只看到那是一个女性或那是一个男性,未免肤浅。①

从以上引文可以明显看出,陈染受到了伍尔夫雌雄同体概念的影响。雌雄同体被视为来自男性和女性双方的精神气质的结合,以达到最有利的创作状态并最好地展示作家的创造才能。尽管陈染的新词"超性别意识"源于雌雄同体,但超性别意识也可运用于人际交往中。陈染指出,与性别无意识为特征的作家的创造性状态不同,超性别意识也应被当作对待和欣赏人的公平标准。

在同一篇文章中,陈染还认为:"真正的爱超越于性别之上,就像纯粹的文学艺术超越于政治而独立"。② 陈染解释道:

> 爱情、情爱与做爱、性爱是两回事。情爱远远高于性爱,它包含了心灵、思想以及肉体。这才是人类情感中最令人心动不已的东西,是真正能使一个现代女性全身心激动的东西。③

在陈染看来,情爱与做爱、性爱之间存在区别,前者具有更大的意义,因为它涉及精神上的东西,并且深深地唤起了女人的身体和精神感受。

值得一提的是,陈染在2007年一个采访中再次提到了柯勒律治的名言,但稍作修改:"伍尔夫曾在《一间自己的屋子》里提到'伟大的脑子是半雌半雄的',……这并不意味着缩减或隐藏我们作为女性的特质,恰恰相反,我以为这是更加扩展和光大了我们作为女性的荣光。"④

最后这两个句子表明了陈染对伍尔夫雌雄同体大脑的理解和肯定,这样的大脑可以展现作家的独特性别特质和特征。

受伍尔夫雌雄同体观的启发,陈染使用超性别意识这个概念来证明同性友谊的存在,或简称为"姐妹情谊"。"姐妹情谊"被定义为一种包含了女性亲密友谊和同性爱的女性纽带。换言之,超性别意识为姐妹情谊奠定了理论基

---

① 陈染:《爆竹炸碎冬梦》,《独自在家》,西安:陕西师范大学出版社,1998年,第35页。
② 陈染:《超性别意识与我的创作》,载《钟山》1994年总第93期,第106页。
③ 同上。
④ 林宋瑜:《陈染:破开? 抑或和解?》,载《艺术评论》2007年第3期,第26页。

础,进而证明了女性之间真爱的可能性。正如陈染主张的那样:"我的想法是:真正的爱超于性别之上……是否可以这样理解:越是思想深刻的女性和男性,越是难于找到对等的异性伴侣。"①在陈染看来,真爱是建立在相互的爱、欣赏和尊重之上的。这与性别无关。因此,同性情谊成为女性和男性爱情的另一个重要来源。

因此,她认为"人类有权利按自身的心理倾向和构造来选择自己的爱情。这才是真正的人道主义!这才是真正符合人性的东西!"②也就是说,心理上的亲密感、精神上的交流和理解应该成为选择爱情的主要考虑因素。基于类似的理由,陈染指出:"真正优秀的艺术家、文学家,不会轻易被异性或同性所迷惑,她(他)有自己内心的情感追求和独立的艺术探索。"③在陈染看来,对于杰出艺术家,包括作家而言,寻求情感和追求艺术胜过与任何性别的亲密关系。

陈染的超性别意识是相对于性别意识。陈染对性欲的理解超越了社会严格规定并强加于男性和女性身上的性别界限。陈染提倡的爱情是不受异性恋的严格规定约束的:"异性爱霸权地位终将崩溃,从废墟上将升起超性别意识。"④陈染预测当女性更好地控制自己的身体,当生殖自由和经济独立意味着女性的进一步解放,当真爱建立在相互欣赏和理解的基础之上,而没有其他附加条件的限制,那么传统的异性恋规范最终将灭亡,这也将是超性别意识的成熟时机。

简言之,对伍尔夫而言,雌雄同体的概念是一个"多面性"的术语,追求"多种性质的混合体",例如性别(gender)和性(sexuality)等。它呼吁"承认自我中的其他特质"⑤,以直截了当地展示作家的性和性别特质。它为男性和女性作家提供了作为男性或女性的平等创作机会。与伍尔夫相似,陈染的超性别意识概念并非旨在彻底消除性别或性意识。恰恰相反,它是建立在对性别意识的清晰认识上的。正如陈染所说:"我不再在乎男女性别,也不在乎身边'少数',而且并不以为'异常'。"⑥陈染的超性别意识概念为当代女性作家和公众提供了一个建设女性话语而不被男性话语融入的新出发点和视角。

---

① 陈染:《超性别意识与我的创作》,第 106—107 页。
② 同上,第 107 页。
③ 陈染:《断片残简》,昆明:云南人民出版社,1995 年,第 127 页。陈染:《超性别意识与我的创作》,第 107 页。
④ 陈染:《超性别意识与我的创作》,第 107 页。
⑤ Karen Kaivola, "Revisiting Woolf's Representations of Androgyny: Gender, Race, Sexuality, and Nation," in *Tulsa Studies in Women's Literature* 18.2 (1999): 256.
⑥ 陈染:《破开》,《碎音》,北京:新世界出版社,2002 年,第 235 页。

更重要的是,超性别意识呼吁普通大众在日常生活中超越性别。

因此,伍尔夫强调作家大脑中来自两性的精神气质的合作,并建议作家在创作过程中采用雌雄同体和超然的大脑,以避免强烈的个人情感和强烈的性别意识的负面影响。相比之下,尽管陈染的超性别意识是伍尔夫雌雄同体观的衍生,但它可能借鉴了中国古代哲学中通常以男性和女性和谐为特征的阴阳特性。阴阳观作为一个基本原则,强调自然界中的万物都是作为互补和相互依存的对立面存在的,例如女性和男性、黑暗和光明、消极和积极、无为与有为。陈染相信尽管每个人都受到来自两性的力量支配,真正的超性别意识只有当人们采用一种与自己性别无关,而与作为人的本质相关的态度时才能真正得以实现。陈染预测异性恋的霸权最终将消失,并被超性别的爱所取代。因此,她建议性别意识的淡化和性别意识的模糊,以实现性别平等。此外,陈染认为最理想的爱情是精神上的理解和身体上的亲密感,与性别无关。陈染熟读西方经典作家,也造访过其他国家①,这使她对边缘化的社会群体,例如同性恋等的权利更为敏感。她在2007年的一个采访中说道:"我理解、尊重并维护世界上所有文明的同性恋的权利,正如同我维护所有文明的异性恋权利一样。"②因此,陈染运用伍尔夫抵制20世纪90年代中国的异性恋规范。

三、伍尔夫的书写女性观与陈染的"姐妹情谊"及"超性别意识"

在《一间自己的房间》和散文《女性小说家》中,伍尔夫断言女性书写应该表达女性的特定经历和思想。伍尔夫解释道,女性有不同的经历和观点,这导致她们的写作有不同的焦点和风格。③ 换言之,伍尔夫鼓励女性作家写出"与她思想的自然形状[相符],而没有使其变形或扭曲"的作品④,并"毫无畏惧地与男性表现不一样,以及公开表达她们的不同"⑤,强调女性作家与男性可以不同书写的潜力和能力。伍尔夫重申女性作家可以与男性作家不同创作的可能性和重要性:

> 如果女性也像男性那样写作,或像男性一样生活,或看起来像男性,

---

① 陈染在20世纪80年代访问过澳大利亚、英国和德国。她熟读西方经典作品,比如豪尔赫·路易斯·博尔赫斯、詹姆斯·乔伊斯、弗拉基米尔·纳博科夫、玛格丽特·尤瑟纳尔、威廉·福克纳、蒙田、索伦·克尔凯郭尔、维特根斯坦和荣格。

② 林宋瑜:《陈染:破开? 抑或和解?》,第25页。

③ Woolf, *A Room of One's Own/Three Guineas*, p. 96. Virginia Woolf, "Women Novelists," in *Contemporary Writers* (New York and London: Harvest, 1965), pp. 26—27.

④ Woolf, *The Collected Essays*, vol. 2, p. 145.

⑤ Woolf, *The Diary of Virginia Woolf*, vol. 2, p. 342.

那将让人大为惋惜。想想世界的浩瀚和繁复,两个性别尚且不足,只剩一个性别又怎么行?难道教育不是应该发掘和强化两性差异,而不是其共同点吗?①

在伍尔夫看来,由于语言和以男性为中心的文学价值和传统与女性的经历和观点相矛盾,女性作家应该创建一种可以表达她们独特思想和经历的写作。

关于女性书写的合适主题,伍尔夫鼓励女性作家书写关于女性的事物:

> 由于小说与现实生活有对应关系,因此它的价值在某种程度上与现实生活的价值相对应。很明显的是女性的价值观与异性已经创造的价值观存在差异,这很自然。然而,是男性价值观占主导。简而言之,足球和运动"很重要",对时尚的崇拜、服装的购买是"琐碎的"。这些价值不可避免地从生活转移到小说中去。评论家认为,这本书很重要,因为它涉及战争。这本书微不足道,因为它涉及了客厅中女性的情感。②

伍尔夫声称生活的价值决定小说的价值。尽管男性价值观和女性价值观之间存在巨大差异,但总是男性价值观占主导,因为社会群体中占主导的男性为事物赋予价值。他们赋予"足球和运动"以及"战争"以男性价值观,而赋予"对时尚的崇拜、衣物的购买"以及"女性的情感"以女性价值观,前者比后者具有更大的意义和重要性。在生活和文学中,女性的生活、经历和声音都被排除在外,并且是贬值的。伍尔夫呼吁女性作家在文学中记录"所有这些极其无名的生活"③。

在散文《女性职业》中,叙述者表达了对书写性欲的渴望,但她担心这会面临来自社会的巨大挑战,尤其是来自男性的挑战,正如她写道:

> 她直截了当地说想到了一些事,一些关于身体的事情,关于不适合女人言说的激情。她的理性告诉她,男性会感到震惊。男性会对一个说出自己激情的女性说什么呢?这种意识激怒了处于艺术家无意识状态的她。她无法再写作了。④

叙述者渴望探索和仔细观察女性的身体及其欲望,但对社会的恐惧,尤其是男性的劝阻和不赞成使她无法进行这项工作。

---

① Woolf, *A Room of One's Own/Three Guineas*, p.114.
② Ibid., pp.95—96.
③ Ibid., p.116.
④ Woolf, *The Collected Essays*, vol.2, pp.287—288.

此外,伍尔夫还在《一间自己的房间》中写道:"如果克洛伊喜欢奥利维亚,且她们共享一个实验室……因为如果克洛伊喜欢奥维利亚,而玛丽·卡迈克尔知道如何表达这种[女性之间亲密]情感的话,她将在那间没人去过的大房间里点燃火把。"①值得注意的是,克洛伊和奥利维亚两个女人在同一个实验室一起工作,这暗示着女性接触到家庭"房间"之外的更宽阔的和不同的"房间"。女性在那个实验室里有趣而又从未表征过的经历,特别是未被记录的备受压抑的女性之间的亲密感和爱,将被赋予革命性的重大意义。两个女人共享一个实验室,是实验性工作空间而非家庭工作空间,这一事实可能表明这是一种新关系的测试。此外,正如布兰达·海尔特(Brenda Helt)洞察到的那样:

> 伍尔夫明确指出,这一事实并不排除她们喜欢男性。奥利维亚有两个孩子和丈夫,并把克洛伊留在实验室,自己回家和孩子及丈夫在一起。……对大多数女人来说,女性对其他女性的爱是一种很普遍的、高度可取的和增强情感的力量,而不是稀有性别类型的特征。②

因此,"克洛伊喜欢奥利维亚"是伍尔夫对女性与女性之间关系,包括同性恋关系探索的一种隐喻表达,这一领域仍有待女性作家充分探索。这种隐喻性的表达对传统的将女性描绘成母亲、妻子和女儿的形象构成了挑战,并改变了传统的性别规范和价值观。它还批评了男性作家们将女性作为天使或怪物的根深蒂固且有失偏颇的表征。它开创了一个尚待探索的关于女性之间分享和理解整个世界的想象和可能性。女性们不再被表征为顺从和温柔的房中天使,而是从其与女性之间关系的视角被表征。女性对她们自己经历的阐释和重新评估是重建她们易于识别的独特声音和自我身份的重要一步。

伍尔夫呼吁未来女性作家以她们真实的身份而不是社会期待她们应该拥有的身份表征女性,这让陈染感到共鸣。在了解伍尔夫的表达"克洛伊喜欢奥利维亚"之后,陈染没有直接采用现成的"同性恋友谊"一词,而是创造了"姐妹情谊"这个常见的词,用来表征诸如友谊和亲密关系等女性之间的经历和感情。陈染对姐妹情谊而非女性同性恋关系的偏爱出于两个原因。首先,女性同性恋主义是一个西方术语。在中文里,"同"的字面意思是"相同/家",

---

① Woolf, *A Room of One's Own/Three Guineas*, p. 109.
② Brenda Helt, "Passionate Debates on 'Odious Subjects': Bisexuality and Woolf's Opposition to Theories of Androgyny and Sexual Identity," in *Queer Bloomsbury*, eds. Brenda Helt and Madelyn Detloff (Edinburgh: Edinburgh University Press, 2016), p. 119.

而"志"的字面意思是"理想""志向""意志"和"精神"。同性恋者的中文直译是"同性恋"。"同志"这个词变成一个指代同性恋的流行词语,主要是因为它的"积极的文化指涉、性别中立、对同性恋作为一种污名的去性别化,其超越同性—异性二元对立主义的政治,以及将性别纳入社会的本地化文化认同"①。其次,中国女性之间的亲密关系源于信任、支持和牢固的情感联系。处于这种亲密关系的女性有很多可以分享,比如怀孕、生育、婚姻、育儿、婆媳关系、放弃了的抱负、忧虑和幸福、烦恼和成功等。这些共同的经历帮助女性找到意气相投的友谊和情感。在很大程度上,这种关系集中在情感依恋上,而不是与性相关的同性恋主义上。当今中国社会喜欢用"闺蜜"这个特定的词来描述这种姐妹情谊。"闺"指的是传统中国社会中女性的闺房,而"蜜"与"密"同音,形也相似,指的是秘密或亲密关系。因此,闺蜜是闺中密友的简称,指的是最亲密和无话不谈的女性朋友,她们愿意彼此分享任何东西,例如悲伤、喜乐、恋爱、情感甚至性生活和心理变化。她们的对话似乎没有禁忌。

作为一个更具包容性的词,超性别意识为姐妹情谊奠定了理论基础,这为陈染"爱超越性别"的观点提供了有说服力的例子。姐妹情谊在陈染短篇小说《破开》(1995)中得到了详尽阐释。戴锦华视该故事为"中国女性文学的真正宣言"②。《破开》中的两个主角,即第一人称叙述者和她的闺蜜殒楠是两位受过良好教育的中国现代独立女性。叙述者黛二是一位作家,而殒楠是"一位杰出而敏锐的艺术评论家"③。殒楠并非普通的女性名字。字面意义上,殒在中文中是"丧失"或"死亡"的意思;楠与中文中"男"的读音一样。两位女性不满性别歧视和性别偏见,并决心与性别敌视和疏忽作斗争,打算成立一个名叫"破开"的女性协会。这个协会没有性别歧视,性别问题被人性的问题代替了,正如殒楠坚称的那样:

> 性别意识的淡化应该说是人类文明的一种进步。我们首先是一个人,然后才是一个女人。……性沟,是未来人类最大的争战。④

陈染在此重申了超性别意识的重要意义,她预测这将极大地促进未来和平。

叙述者和殒楠通过相互之间的姐妹情谊、钦佩、尊重和支持来追求女性

---

① Wah-Shan Chou, "Homosexuality and the Cultural Politics of *Tongzhi* in Chinese Societies," *Journal of Homosexuality* 40.3—4 (2001): 28.
② 转引自陈染:《不可言说》,北京:作家出版社,2000年,第79页。
③ 陈染:《破开》,第232页。
④ 同上,第231—232页。

身份。殷楠甚至建议不要在动物的名称前加上形容词"母",例如"母狼"中的"母",因为这个母字暗示性别偏见,并且通常与诸如愚蠢、懦弱、被动和无能等联系在一起或等同。① 在中文中,"母"经常被用作雌性家畜的性别指示前缀。与改良主义者的意图一致,叙述者黛二和殷楠坚决反对采用"第二性"作为全国妇女协会的头衔,因为这是对第一性,即男性所建立的常规的肯定和支持。② "第二性"一词与伍尔夫的"局外人社会"(the Society of Outsiders)的概念类似,后者由"受过教育的人的女儿"组成,通过"私下里的私人手段"进行试验以实现"自由、平等、和平"。③

叙述者和殷楠对妇女协会的名称更倾向于使用"破开"而非"第二性",这并不意味着拒绝西蒙娜·德·波伏娃(Simone de Beauvoir)"第二性"的概念。相反,"破开"字面意义上是"分成两半",表示作者渴望实现男女平等的强烈愿望。这个名称也暗指中国的阴阳哲学原则,即万物同时具有既相互矛盾又互补的阴阳两面。妇女协会的建立是为了"打破生活、文化和艺术中长期存在、根深蒂固且完全是男性的规则和标准"④,试图在没有吹嘘"女性主义"的情形下追求真正的性别平等和超性别意识。同样,伍尔夫在《三个基尼金币》中也主张"女性主义"一词是"一个恶毒而腐败的词,在当时造成了很大伤害,现在已经过时了",应因其狭隘定义阻碍男性为同一个事业奋斗而被人类抛弃并销毁。⑤

叙述者反思自己放弃了社会规定的性别结构,支持女性伴侣:

> 后来我放弃了性别要求,我以为作为一个女人只能或者必须期待一个男人这个观念,无非是几千年遗传下来的约定俗成的带有强制性的习惯,为了在这个充满对抗性的世界生存下去,一个女人必须选择一个男人,以加入"大多数"成为"正常",这是一种别无选择的选择。但是,我并不以为然,我更愿意把一个人的性别放在他(她)本身的质量后边……我觉得人与人之间的亲和力,不仅体现在男人与女人之间,它其实也是我们女人之间长久以来被荒废了的一种生命力潜能。⑥

当迫使女性成为异性恋者的制度压力不再存在时,当性别不再是人际关系中的首要问题时,女性最终将可以自由地发展与其他女性的亲密和可持续

---

① 陈染:《破开》,第 228 页。
② 同上,第 236 页。
③ Woolf, *A Room of One's Own/Three Guineas*, pp. 320—321.
④ 陈染:《破开》,第 236 页。
⑤ Woolf, *A Room of One's Own/Three Guineas*, pp. 302—303.
⑥ 陈染:《破开》,第 235 页。

性依恋,这可能暗示着性亲密关系。

叙述者评论自己和殒楠之间的亲密关系:"相信我和我的朋友殒楠之间的姐妹情谊一点不低于爱情的质量。"①殒楠同意叙述者的观点:"……我们在一起,好像都没有性别了"②,"那个问题……好像已退居到不重要的地位"③。为了测试她们的友谊,叙述者设想如果飞机失事,殒楠将怎么办。殒楠回答道:"我会说我很爱你","我会亲你"。④ 这是一个性爱之吻,第一人称叙述者的话巧妙地暗示了这一点:"活到我们这个份上,的确已没有什么是禁锢了,这是一个玻璃的时代,许多规则肯定会不断地被向前的脚步声哗哗剥剥地捣毁。"⑤这表明这个话题与当时仍然敏感的同性恋问题相关。她们后来达成了一个默契,即"只有女人最懂得女人,最怜惜女人"⑥。陈染通过"同性之间的亲近是一种心灵的关系,更简洁、更单纯一些"⑦暗示自己对同性之间的默契、信任和移情,而非异性恋关系的偏爱。同样,陈染断言:

> 情爱来自何方? 异性之间肯定会有,同性之间也可能出现。……有时同性比异性更容易构成理解和默契,顺乎天性,自然而然,就像水理解鱼,空气理解人类一样。⑧

在陈染看来,女性倾向于在女性之间培养情感和精神上的爱情,这种爱情的品质比身体的爱或性爱更高。陈染姐妹情谊的概念表明女性之间有更多的亲和力,这可以看作是另一种具有重大潜力的长期关系的形式。陈染注重解决女性之间的亲密关系、伙伴关系、女性的性与性欲等与当代中国女性的性觉醒和自我身份相关的问题。《破开》和《私人生活》描绘了现代中国知识女性的性和身份,呼吁女性情感欲望和身体性欲合法化,这与传统的异性恋和强迫性生殖规范不符。

《私人生活》还以姐妹情谊的形式阐释了超性别意识。女主角倪拗拗的名字"拗拗"的意思是"执拗",她与禾寡妇形成了情感上、身体上、知识上的亲密关系,正在经历动荡变化的倪拗拗在禾寡妇那儿获得了慰藉、安全感和能

---

① 陈染:《破开》,第239页。
② 同上,第242页。
③ 同上。
④ 同上,第250页。
⑤ 同上。
⑥ 同上,第254页。
⑦ 林舟,齐红:《女性个体经验的书写与超越——陈染访谈录》,载《花城》1996年第2期,第92页。
⑧ 陈染:《超性别意识与我的创作》,第106页。

量。倪拗拗与禾寡妇的亲密关系从倪拗拗的沉思中可见一斑：

> 禾……是我乏味的内心生活的一种光亮，她使我在这个世界上找到了一个温暖可亲的朋友，一个可以取代我母亲的特殊的女人。只要她在我身边，即使她不说话，所有的安全、柔软与温馨的感觉，都会向我围拢过来，那感觉是一种无形的光线，覆盖或者辐射在我的皮肤上。而且，这种光线的力量可以穿越我们俩之间的障碍物……①

倪拗拗经常在禾寡妇那里寻求安慰和内心的平静，特别是遭受父亲压迫下的情感动荡和痛苦之后。倪拗拗视禾寡妇为可信赖的朋友和替代母亲，从她那里不仅得到了关怀、爱和理解，而且还得到了慰藉和同情。倪拗拗和禾寡妇建立了亲密关系，禾寡妇成为倪拗拗延伸女性网络中的一个重要人物，帮助倪拗拗获取"身份和独立的斗争"②。倪拗拗甚至将禾寡妇当作帮凶。小说中一个极富象征意义的事件是倪拗拗叛逆地剪下父亲珍爱的灰色毛呢裤子的一条裤腿，显示了她对父亲统治和压迫的强烈反对。倪拗拗的母亲是一个在暴力和压迫性的丈夫面前温柔、顺从和不幸的女性。母亲的尖叫声显示她对女儿的叛逆行为感到震惊和对丈夫的恐惧，但她根本没有责怪倪拗拗，因为她和女儿都是丈夫残暴和暴政的受害者。她对倪拗拗充满了理解，就好像这一切从未发生过。尽管她花了一整天缝补那条裤腿，但黑色的缝线仍然很明显。裤子事件激起了倪拗拗未被命名的父母之间的激烈斗争。倪拗拗在叛逆事件后无法释放她内心复杂的情绪和被遗弃的感觉，她进入了禾寡妇的家。禾寡妇"美妙的性磁场音质"对倪拗拗动荡的内心世界产生了奇妙的影响。在禾寡妇的怀里，倪拗拗的"忐忑便一步步安谧宁静下来。从我的脚底升起一股不知从何而来的与禾的共谋感"③。后来，当倪拗拗与她的第一个男友尹楠分手时，她很渴望与禾寡妇分享自己的动荡情绪。她知道"无论什么事，只要能够与她分担，所有的激动或困惑都会烟消云散。禾在我的心目中永远是一个心照不宣的最亲密的共谋者"④。

实际上，禾寡妇是一个女性气质太完美的体现，在现实生活中并不存在。陈染在一次采访中说："最理想的女性是我的小说《私人生活》里的禾寡

---

① 陈染：《私人生活》，北京：作家出版社，1996 年，第 98—99 页。
② Carroll Smith-Rosenberg, "The Female World of Love and Ritual: Relations between Women in Nineteenth-Century America," *Signs* 1.1 (1975): 17.
③ Ibid., pp. 48—49.
④ Carroll Smith-Rosenberg, "The Female World of Love and Ritual: Relations between Women in Nineteenth-Century America," *Signs* 1.1 (1975), p. 173.

妇。"①无论生死,禾寡妇在倪拗拗的心中都占据着重要位置。她反思禾寡妇在其心中的特殊位置,说道:"禾,才是属于我内心的一座用镜子做成的房子,我在其中无论从哪一个角度,都可以照见自己。"②禾寡妇悲剧性的突然死亡对倪拗拗造成了创伤性影响,使她的"身心几个月来几乎陷入瘫痪状态"③。

对陈染的女性角色而言,真爱源于真诚的欣赏和相互理解,以及"女性认同的经历",可以扩展为"分享丰富的内心生活,联合起来反抗男性专横,给予与接受实际的和政治的支持"④。在陈染看来,超性别意识打破了传统异性恋的性别规范,将女性从与异性恋和传统性别规范紧密相连的生殖价值中解放出来。因此,女性能够"按自身的心理倾向和构造"⑤选择爱。这种新关系以身体和情感上的爱为中心,超越了规定的性别角色和与之相关的性别刻板印象;同时承认正是在女性的同性友谊中,她们才获得了情感觉醒和性觉醒,这也标志着女性气质、女性自我实现和重生的情感之旅。除了姐妹情谊之外,陈染还着重于女性的多重主观经历,以及对女性身份的肯定,这使她成为个性化写作风格的前驱,为伍尔夫的女性书写思想提供了例证。

《私人生活》还与倪拗拗从女孩到女人的成长过程中在情感和觉醒方面的进步有关。陈染旨在揭示,对于女性而言,性欲是实现女性自我认同的突破点。倪拗拗经常检查自己的身体和照镜子。在小说结尾处,倪拗拗迷恋浴缸中自己的身体,这是对一个只能退缩到内心寻求力量和身份的女子的简单描述:

> 浴缸的对面是一扇大镜子,从镜子中我看见一个年轻的女子正侧卧在一只摇荡的小白船上,我望着她,她脸上的线条十分柔和,皮肤光洁而细嫩,一头松软的头发蓬在后颈上方,像是漂浮在水池里的一簇浓艳浑圆的花朵,芬芳四散。身体的轮廓掩埋在水波一般的绸面被子里纤纤的一束,轻盈而温馨。⑥

有趣的是,在这个关于镜子的场景中倪拗拗发现自己在镜子里的反射是一个陌生人,这表明她的身体被视为与她分离的一个实体。镜子允许她从观察者的角度观察和检查她的身体。倪拗拗最初将自己幻想成禾寡妇,然后是

---

① 陈染:《不可言说》,第 9 页。
② 陈染:《私人生活》,第 154 页。
③ 同上书,第 216 页。
④ Adrienne Rich, "Compulsory Heterosexuality and Lesbian Existence," *Signs* 5.4 (1980): 648—649.
⑤ 陈染:《超性别意识与我的创作》,第 107 页。
⑥ 陈染:《私人生活》,第 264 页。

尹楠,她开始对着自己自慰。倪拗拗的性欲自我探索和满足暗示了女性性欲的流动性和没有男人在场的情形下女性自我满足的可能性。

陈染呼吁一种可以表达女性独特的身体、经历和思想的女性话语。她关于女性身体和经历的书写与埃莱娜·西苏的阴性书写相呼应。西苏倡导旨在抵制父权制统治的书写:"写你自己。你的身体必须被听到。只有那样无意识的巨大资源才会涌现出来。"①对西苏和陈染而言,女性身体成为抵抗主流男性话语的强大场所。倪拗拗大声说道:"只有我的身体本身是我的语言。"②

在陈染的个性化书写中,她的女性角色开始对自己的身体拥有控制权,她们现在是自己身体的主人。她们对自己身体的检查是一种与男性作家对女性身体描述明显不同的叙述起点。这个过程也是一个创造与女性自我疏远了很久的自我身份的过程。通过描述女性身体和她们的性欲,陈染的女性角色获得了解放她们身体的很大主动性,这也是她们获得性觉醒关键的一步。

陈染的开创性风格和视角以及她对女性主体性的探索为她赢得了关注。陈染不仅在作品中特别细化了女性身体,而且还充分展现了女性性欲。女性的身体早已由男性定义和控制。她们对自己身体的反思性欣赏是她们获得女性意识和对自己身体控制权的重要一步。在短篇小说《与往事干杯》中,陈染运用了"两朵美丽的花朵"③和"小鸟的伴唱"④来比喻年轻女主人公肖濛的性欲和快感。

在《一间自己的房间》中,伍尔夫密切关注了女性,尤其是受过良好教育的女性,质疑传统的和根深蒂固的婚姻观念,以及她们为摆脱社会对她们成为纯洁和天真的"房中天使"的期待而进行的挣扎。

陈染的超性别意识是伍尔夫雌雄同体观点的本地化表现。陈染通过姐妹情谊大胆地探究了女性感官体验,反抗了主流话语和父权制价值观。陈染断言"恰恰是最个人的才是最为人类的"⑤。陈染通过书写女性讨论了当代中国女性常见的问题。

---

① Cixous,"The Laugh of the Medusa," p. 880.
② 陈染:《私人生活》,第154页。
③ 陈染:《与往事干杯》,《与往事干杯》,北京:作家出版社,2001年,第18页。
④ 同上,第61页。
⑤ 陈染:《不可言说》,第181页。

结　语

伍尔夫将自己作为女性作家、作为一个多产的散文家的经历以及她与同时代其他艺术家的互动等都融入非个人化中。结果就是伍尔夫的非个人化观以强烈的性别意识为特征。本书认为伍尔夫的非个人化观更具有包容性，更全面。它为男性和女性作家以他们原本的身份，而非社会强加的身份创造非个人化艺术提供了平等机会。在伍尔夫的辩证性非个人化观看来，非个人化和个人化"并不处于二元关系"①中。它们是相互关联的。这种辩证性关系从伍尔夫在散文《散文选》（"A Book of Essays"，1918）中的以下这句话中得到了更清楚的体现："传达任何高度个人化的信息都需要最高级艺术的非个人化。"②这里的重点是作者的非个人化激发其个人化。伍尔夫的断言"永远不要做自己，但永远要做自己"③就清楚地概括了这种非个人化和个人化之间的辩证关系。此外，伍尔夫的非个人化诗学旨在同时充分展现作者的非个人化和个人化。

最后，借用丹尼尔·奥尔布赖特（Daniel Albright）的话，伍尔夫的辩证性非个人化可以被描述为"自我揭露和自我逃避"④的复合体。伍尔夫坚决主张将非个人化作为男性和女性作家的理想目标，仅仅是因为非个人化为他们指出了准确和公正描写人类共同经历的清晰道路，同时保留他们作为个体的特点。更重要的是，伍尔夫的非个人化并不排除个人化的表达。辩证地看，只有当个人的被提炼为艺术的和具有普遍性的，非个人化和个人化才能同时被完全地展现出来。因此，艺术家的个人化或自我并没有被完全消除或拒绝，而是成为一种实现普通大众的更伟大自我的手段。

《到灯塔去》中的女性艺术家莉丽·布里斯科在小说结尾处阐明："我终于找到了属于自己的塔尖的光。"⑤同样的一句话可以被运用到伍尔夫身上：她的非个人化诗学构成了她作为女性艺术家独特的塔尖之光。

---

① Cameron, *Impersonality*, p. ix.
② Woolf, *The Essays of Virginia Woolf*, vol. 2, p. 214.
③ Woolf, *The Collected Essays*, vol. 2, p. 46.
④ Daniel Albright, *Personality and Impersonality: Lawrence, Woolf, and Mann* (Chicago and London: The University of Chicago Press, 1978), p. 14.
⑤ Woolf, *To the Lighthouse*, p. 170.

参考书目

英文

Abel, Elizabeth. "Narrative Structure(s) and Female Development: The Case of *Mrs. Dalloway*." In *Virginia Woolf: A Collection of Critical Essays*. Ed. Margaret Homans. New Jersey: Prentice Hall, 1993, pp. 93—114.

Abrams, M. H. and Geoffrey Galt Harpham. *A Glossary of Literary Terms*. 10th ed. Boston: Wadworth, 2011.

Albright, Daniel. *Personality and Impersonality: Lawrence, Woolf, and Mann*. Chicago and London: The University of Chicago Press, 1978.

Allan, Tuzyline Jita. "A Voice of One's Own: Implications of Impersonality in the Essays of Virginia Woolf and Alice Walker." In *The Politics of the Essay: Feminist Perspectives*. Eds. Ruth-Ellen Boetcher Joeres and Elizabeth Mittman. Bloomington and Indianapolis: Indiana University Press, 1993, pp. 131—147.

Annan, Noel Gilroy. *Leslie Stephen: His Thought and Character in Relation to His Time*. London: Macgibbon & Kee, 1951.

Auerbach, Eric. "Brown Stocking." *Mimesis: The Representation of Reality in Western Literature*. Princeton: Princeton University Press, 1974, pp. 525—557.

Baldick, Chris. *The Concise Oxford Dictionary of Literary Terms*. 2nd ed. Oxford: Oxford University Press, 2001.

Barrett, Michèle. "Introduction." In *Virginia Woolf, Women and Writing*. By Virginia Woolf. San Diego, New York and London: A Harvest/HBJ Book, 1979, pp. 1—39.

Batchelor, J. B. "Feminism in Virginia Woolf." In *Virginia Woolf: A Collection of Critical Essays*. Ed. Claire Sprague. New Jersey: Prentice-Hall, 1971, pp. 169—179.

Bazin, Nancy Topping. "The Concept of Androgyny: A Working Bibliography." *Women's Studies* 2 (1974): 217—235.

Beer, Gillian, et al. "Panel Discussion." In *Virginia Woolf's To the Lighthouse*. Ed. Harold Bloom. New York: Chelsea, 1988.

Beja, Morris, ed. *Virginia Woolf: To the Lighthouse: A Casebook*. London: MacMillan, 1970.

Bell, Quentin. *Virginia Woolf: A Biography*. New York: Harcourt, 1972.

Bennett, Arnold. "Is the Novel Decaying?" *Cassell's Weekly* (28 March 1923). Rpt. in *Virginia Woolf: The Critical Heritage*. Eds. Robin Majumdar and Allen McLaurin. London and Boston: Routledge & Kegan Paul, 1975, pp. 112–114.

——. "Review." *Evening Standard* (23 June 1927, 5). Rpt. in *Virginia Woolf: The Critical Heritage*. Eds. Robin Majumdar and Allen McLaurin. London and Boston: Routledge & Kegan Paul, 1975, pp. 200–201.

Bennett, Joan. *Virginia Woolf: Her Art as a Novelist*. 2nd ed. London and New York: Cambridge University Press, 1964.

Benson, E. F. *Charlotte Brontë*. London, New York, Toronto: Longmans, Green and Co., 1933.

Bergson, Henri. "Duration." In *Creative Evolution*. Trans. Arthur Mitchell. New York: Henry Holt, 1911. Rpt. in *The Stream-of-Consciousness Technique in the Modern Novel*. Ed. Erwin R. Steinberg. Port Washington, New York and London: National University Publications; Kennikat Press, 1979, pp. 56–60.

Blackstone, Bernard. *Virginia Woolf: A Commentary*. London: The Hogarth Press, 1949.

Bloom, Harold. "Introduction." In *Virginia Woolf's To the Lighthouse*. Ed. Harold Bloom. New York: Chelsea, 1988.

Booth, Alison. *Greatness Engendered: George Eliot and Virginia Woolf*. Ithaca and London: Cornell University Press, 1992.

Bowlby, Rachel. *Virginia Woolf: Feminist Destinations*. New York and Oxford: Basil Blackwell, 1988.

Bradbrook, Frank. W. "Virginia Woolf: The Theory and Practice of Fiction." In *The New Pelican Guide to English Literature: From James to Eliot*. vol. 7. Ed. Boris Ford. Middlesex: Penguin, 1983, pp. 342–355.

Bradshaw, David. "Introduction." In *Mrs. Dalloway*. By Virginia Woolf. Ed. David Bradshaw. Oxford: Oxford University Press, 2000.

——. "Introduction." In *To the Lighthouse*. By Virginia Woolf. Ed. David Bradshaw. Oxford: Oxford University Press, 2008.

Brooker, Jewel Spears. "Writing the Self: Dialectic and Impersonality in T. S. Eliot." In *T. S. Eliot and the Concept of Tradition*. Eds. Giovanni Cianci and Jason Harding. Cambridge: Cambridge University Press, 2007, pp. 41—57.

Cameron, Deborah. "Introduction." *The Feminist Critique of Language: A Reader*. Ed. Deborah Cameron. London and New York: Routledge, 1990, pp. 1—28.

Cameron, Sharon. *Impersonality: Seven Essays*. Chicago and London: The University of Chicago Press, 2007.

Chen, Ran. *A Private Life*. Trans. J. Howard-Gibbon. New York: Columbia University Press, 2004.

Chou, Wah-Shan. "Homosexuality and the Cultural Politics of *Tongzhi* in Chinese Societies." *Journal of Homosexuality* 40. 3—4 (2001): 27—46.

Cianci, Giovanni and Jason Harding, eds. *T. S. Eliot and the Concept of Tradition*. Cambridge and New York: Cambridge University Press, 2007.

——. "Castration or Decapitation?" *Signs* 7. 1 (Autumn 1981): 41—55.

Cobbett, William. *Rural Rides*. Ed. George Woodcock. Middlesex: Penguin, 1967.

Cixous, Hélène. "The Laugh of the Medusa." *Signs* 1. 4 (Summer 1976): 875—893.

Cohn, Dorrit. *Transparent Minds: Narrative Modes for Presenting Consciousness in Fiction*. Princeton: Princeton University Press, 1978.

——. *Biographia Literaria*. Ed. J. Shawcross. 2nd ed. vol. 1. Oxford: Oxford University Press, 1958.

Coleridge, Samuel Taylor. *The Table Talk and Omniana of Samuel Taylor Coleridge*. With a note on Coleridge by Coventry Patmore. Humphrey Milford: Oxford University Press, 1917.

——. *Collected Letters of Samuel Taylor Coleridge*. Ed. Earl Leslie Griggs. vol. 3: 1807—1814. Oxford: Clarendon Press, 1959.

——. *Collected Letters of Samuel Taylor Coleridge*. Ed. Earl Leslie Griggs. vol. 1: 1785—1800. Oxford: Clarendon Press, 1956.

——. *The Complete Poetical Works of Samuel Taylor Coleridge: Including*

Poems and Versions of Poems Now Published for the First Time. vol. 1. Ed. Ernest Hartley Coleridge. Oxford: Clarendon Press, 1957.

——. *The Notebooks of Samuel Taylor Coleridge*. Ed. Kathleen Coburn. vol. 3: 1808—1819. Princeton: Princeton University Press, 1973.

Cook, Jennifer. "Radical Impersonality: from Aesthetics to Politics in the Work of Virginia Woolf." In *Impersonality and Emotion in Twentieth-Century British Literature*. Eds. Christine Reynier and Jean-Michel Garteau. Montpellier: Université Paul-Valéry-Montpellier III, 2005, pp. 75—85.

Cresswell, Julia, ed. *Oxford Dictionary of Word Origins*. 2nd ed. Oxford: Oxford University Press, 2011. http://www.oxfordreference.com, 访问日期:2011—10—30。

Dahl, Liisa. *Linguistic Features of the Stream-of-Consciousness Techniques of James Joyce, Virginia Woolf and Eugene O'Neill*. Turku: Turun Yliopisto, 1970.

Daiches, David. "Symbolic Pattern in *To the Lighthouse*." In *Critics on Virginia Woolf*. Ed. Jacqueline E. M. Latham. London: George Allen and Unwin, 1970, pp. 70—71.

Dalgarno, Emily. "Reality and Perception: Philosophical Approaches to *To the Lighthouse*." In *The Cambridge Companion to* To the Lighthouse. Ed Allison Pease. Cambridge: Cambridge University Press, 2014, pp. 69—79.

Domestico, Anthony. "On Impressionism." The Modernism Lab at Yale University. http://modernism.research.yale.edu/wiki/index.pphp/On_Impressionism, 访问日期:2011—07—07。

Donovan, Josephine. "Feminist Style Criticism." In *Images of Women in Fiction: Feminist Perspectives*. Ed. Susan Koppelman Cornillon. Ohio: Bowling Green University Popular Press, 1973, pp. 341—354.

Dubino, Jeanne. "From 'Greece' to '[A Dialogue upon Mount Pentelicus]': From Diary Entry to Traveler's Tale." *Virginia Woolf Miscellany* 79 (2011): 21—23.

Eagleton, Mary, ed. *Feminist Literary Theory: A Reader*. 2nd ed. Oxford and New York: Blackwell, 1996.

Edel, Leon. *The Modern Psychological Novel*. New York: Grosset & Dunlap, 1964.

Eliot, George. *Middlemarch: An Authoritative Text, Backgrounds, Criticism.* 2nd ed. Ed. Bert G. Hornback. New York: Norton, 2000.

——. *Four Quartets.* London: Faber and Faber, 1959.

——. "Hamlet and His Problems." *The Sacred Wood: Essays on Poetry and Criticism.* London: Methuen; New York: Barnes & Noble, 1960, pp. 95—103.

——. "Shakespeare and the Stoicism of Seneca." *Selected Essays.* London: Faber and Faber, 1951, pp. 126—140.

——. *The Use of Poetry and the Use of Criticism.* London: Faber and Faber, 1964.

——. "The Waste Land." In *The Norton Anthology of English Literature.* 8th ed. Eds. Stephen Greenblatt et al. New York and London: Norton, 2006. 2295—2308.

Eliot, T. S. "Tradition and the Individual Talent." *The Norton Anthology of English Literature.* 8th ed. Eds. Stephen Greenblatt and et al. New York and London: Norton, 2006, pp. 2319—2325.

——. "Yeats." *On Poetry and Poets.* London: Faber and Faber, 1957, pp. 252—262.

Ellmann, Mary. *Thinking about Women.* London: Virago, 1979.

Ellmann, Maud. *The Poetics of Impersonality: T. S. Eliot and Ezra Pound.* Sussex: The Harvester Press, 1987.

Ellmann, Richard. *James Joyce.* London: Oxford University Press, 1966.

Farwell, Marilyn R. "Virginia Woolf and Androgyny." *Contemporary Literature* 16.4 (Autumn 1975): 433—451.

Fludernik, Monika. *The Fictions of Language and the Language of Fiction: The Linguistic Representation of Speech and Consciousness.* Abingdon and New York: Routledge, 1993.

Ford, Ford Madox. *Critical Writings of Ford Madox Ford.* Ed. Frank MacShane. Lincoln: The University of Nebraska Press, 1964.

Foster, E. M. "Anonymity: An Enquiry." *Two Cheers for Democracy.* New York: Harvest, 1951, pp. 77—88.

——. *E. M. Forster: The Critical Heritage.* Ed. Philip Gardner. London and New York: Routledge, 1973.

Fowler, Rowena. "Moments and Metamorphoses: Virginia Woolf's Greece."

Comparative Literature 51.3 (Summer, 1999): 217—242.

Gan, Wendy. "Solitude and Community: Virginia Woolf, Spatial Privacy and *A Room of One's Own*." *Literature and History* 18.1 (2006): 68—80.

Gilbert, Sandra M. "Woman's Sentence, Man's Sentencing: Linguistic Fantasies in Woolf and Joyce." *Virginia Woolf and Bloomsbury: A Centenary Celebration*. Ed. Jane Marcus. Hampshire and London: MacMillan, 1987, pp. 208—224.

Gilbert, Sandra M. and Susan Gubar. "Sexual Linguistics: Gender, Language, Sexuality." *New Literary History* 16.3 (Spring 1985): 515—543.

——. *The Madwoman in the Attic: The Woman Writer and the Nineteenth-Century Literary Imagination*. New Haven: Yale University Press, 1979.

Giroux, Henry A. "Postmodernism as Border Pedagogy: Redefining the Boundaries of Race and Ethnicity." In *Postmodernism, Feminism, and Cultural Politics: Redrawing Educational Boundaries*. Ed. Henry A. Giroux. Albany: State University of New York Press, 1991, pp. 217—256.

Goldman, Jane. *The Cambridge Introduction to Virginia Woolf*. Cambridge and New York: Cambridge University Press, 2006.

——. "The Feminist Criticism of Virginia Woolf." In *A History of Feminist Literary Criticism*. Eds. Gill Plain and Susan Sellers. Cambridge and New York: Cambridge University Press, 2007, pp. 66—84.

——. "*To the Lighthouse*'s Use of Language and Form." *The Cambridge Companion to To the Lighthouse*. Ed. Allison Pease. New York: Cambridge University Press, 2015, pp. 30—46.

Goldman, Mark. "Virginia Woolf and the Critic as Reader." *PMLA* 80.3 (1965): 275—284.

Habib, M. A. R. *A History of Literary Criticism: From Plato to the Present*. Malden, Mass.: Blackwell, 2005.

Harris, Daniel A. "Androgyny: The Sexist Myth in Disguise." *Women's Studies* 2 (1974): 171—184.

Harrison, Brian. *Separate Spheres: The Opposition to Women's Suffrage in Britain*. London: Croom Helm, 1978.

Haule, James. "*To the Lighthouse* and the Great War: The Evidence of Virginia Woolf's Revisions of 'Time Passes'." In *Virginia Woolf and*

War: Fiction, Reality and Myth. Ed. Mark Hussey. Syracuse, N. Y.: Syracuse University Press, 1991, pp. 164—179.

Hawthorn, Jeremy. *A Glossary of Contemporary Literary Theory*. 4th ed. London: Arnold, 2000.

Hazlitt, William. *Lectures on the English Poets*. London: Oxford University Press, 1924.

——. *The Plain Speaker: Opinions on Books, Men and Things*. Ed. William Carew Hazlitt. London: G. Bell, 1914.

Heath, Stephen. "The Sexual Fix." In *Feminist Literary Theory: A Reader*. 2nd ed. Ed. Mary Eagleton. Oxford and New York: Blackwell, 1996, pp. 311—316.

Heilbrun, Carolyn. "Further Notes toward a Recognition of Androgyny." *Women's Studies* 2 (1974): 143—149.

——. *Toward a Recognition of Androgyny*. New York, Hagerstown, San Francisco, London: Harper Colophon Books, 1974.

Hellerstein, Marjorie H. *Virginia Woolf's Experiments with Consciousness, Time and Social Values*. New York: The Edwin Mellen Press, 2001.

Helt, Brenda. "Passionate Debates on 'Odious Subjects': Bisexuality and Woolf's Opposition to Theories of Androgyny and Sexual Identity." In *Queer Bloomsbury*. Eds. Brenda Helt and Madelyn Detloff. Edinburgh: Edinburgh University Press, 2016, pp. 114—131.

Holtby, Winifred. *Virginia Woolf*. London: Wishart & Co, 1932.

Humphrey, Robert. *Stream of Consciousness in the Modern Novel: A Study of James Joyce, Virginia Woolf, Dorothy Richardson, William Faulkner, and Others*. Berkeley and Los Angeles: University of California Press, 1959.

Jacobus, Mary. "The Difference of View." In *The Feminist Reader: Essays in Gender and the Politics of Literary Criticism*. 2nd ed. Eds. Catherine Belsey and Jane Moore. Hampshire and London: MacMillan, 1997, pp. 66—76.

James, David. "Realism, Late Modernist Abstraction, and Sylvia Townsend Warner's Fictions of Impersonality." *Modernism/Modernity* 12.1 (January 2005): 111—131.

James, William. *The Principles of Psychology*. Massachusetts: Harvard

University Press, 1983.

Joe, Bray. "The Effects of Free Indirect Discourse: Empathy Revisited." In *Contemporary Stylistics*. Eds. Marina Lambrou and Peter Stockwell. London and New York: Continuum, 2007, pp. 56—67.

Johnson, Samuel. *Samuel Johnson on Shakespeare*. Ed. H. R. Woudhuysen. Middlesex: Penguin, 1989.

Jones, Ann Rosalind. "Writing the Body: Toward an Understanding of l'Écriture Féminine." In *The New Feminist Criticism: Essays on Women, Literature, and Theory*. Ed. Elaine Showalter. London: Virago, 1986, pp. 361—377.

Jones, Christine Kenyon and Anna Snaith. "'Tilting at Universities': Woolf at King's College London." *Woolf Studies Annual* 16 (2010): 1—44.

Joyce, James. *A Portrait of the Artist as a Young Man*. Ed. John Paul Riquelme. New York and London: Norton, 2007.

Kaivola, Karen. "Revisiting Woolf's Representations of Androgyny: Gender, Race, Sexuality, and Nation." *Tulsa Studies in Women's Literature* 18.2 (1999): 235—261.

Keats, John. *Selected Letters*. Ed. Robert Gittings. Revised with a new Introduction and Notes by Jon Mee. Oxford: Oxford University Press, 2002.

Kenner, Hugh. *The Poetry of Ezra Pound*. Lincoln, NE: University of Nebraska Press, 1985.

Kenyon, Olga. *Writing Women*. London and Concord, Mass: Pluto Press, 1991.

Koulouris, Theordore. "Introduction to Virginia Woolf's 'Greek Notebook' (VS Greek and Latin studies): An Annotated Transcription." *Virginia Woolf Studies Annual* 25 (2019): 1—12.

Koutsantoni, Katerina. *Virginia Woolf's Common Reader*. Farnham and Burlington: Ashgate, 2009.

Kumar, Shiv K. *Bergson and the Stream of Consciousness Novel*. Glasgow: Blackie & Son, 1962.

Leavis, F. R. "After *To the Lighthouse*." In *Twentieth Century Interpretations of* To the Lighthouse. Ed. Thomas A. Vogler. Englewood Cliffs, N. J.: Prentice-Hall, 1970.

Lee, Brian. *Theory and Personality: The Significance of T. S. Eliot's Criticism*. London: Athlone Press, 1979.

Lee, Hermione. *Body Parts: Essays on Life-Writing*. London: Chatto & Windus, 2005.

———. *Virginia Woolf*. New York: Vintage, 1999.

Leeming, David. *The Oxford Companion to World Mythology*. Oxford: Oxford University Press, 2010. http://www.oxfordreference.com, 访问日期:2011-09-20。

Levenback, Karen L. *Virginia Woolf and the Great War*. Syracuse, N. Y.: Syracuse University Press, 1999.

Lewis, Pericles. *The Cambridge Introduction to Modernism*. Cambridge and New York: Cambridge University Press, 2007.

Li, Ou. *Keats and Negative Capability*. London and New York: Continuum, 2009.

Litz, A. Walton, Louis Menand and Lawrence Rainey, eds. *The Cambridge History of Literary Criticism*. vol. 7: *Modernism and the New Criticism*. Cambridge and New York: Cambridge University Press, 2000.

Lodge, David. *After Bakhtin: Essays on Fiction and Criticism*. London and New York: Routledge, 1990.

Low, Lisa. "Refusing to Hit Back: Virginia Woolf and the Impersonality Question." In *Virginia Woolf and the Essay*. Eds. Carole Rosenbery and Jeanne Dubino. London: MacMillan, 1997, pp. 257-273.

———. "Review of *The Measure of Life: Virginia Woolf's Last Years* by Herbert Marder." *Criticism* 43.2 (2001): 221-224.

Mansfield, Katherine. *Journal of Katherine Mansfield*. Ed. J. Middleton Murry. London: Constable, 1954.

Marcus, Jane. "'No more horses': Virginia Woolf on Art and Propaganda." *Women's Studies* 4 (1977): 265-290.

———. *Art and Anger: Reading Like a Woman*. Columbus: Ohio State University Press, 1988.

Marcus, Laura. *Virginia Woolf*. Plymouth: Northcote House, 1997.

Maxim, Hudson and William Oberhardt. *The Science of Poetry and the Philosophy of Language*. New York: Funk & Wagnalls Company, 1910.

McGavran, James Holt, Jr., "Coleridge, the Wordsworths, and Androgyny:

A Reading of 'The Nightingale'." *South Atlantic Review* 53. 4 (Nov. 1988): 57—75.

McGee, Patrick. "Reading Authority: Feminism and Joyce." *Modern Fiction Studies* 35. 3 (Autumn 1989): 421—436.

McIntire, Gabrielle, "Feminism and Gender in *To the Lighthouse*." In *The Cambridge Companion to To the Lighthouse*. Ed. Allison Pease. Cambridge: Cambridge University Press, 2015.

McKible, Adam. *The Space and Place of Modernism: The Russian Revolution, Little Magazines, and New York*. London and New York: Routledge, 2002.

McLaurin, Allen. *Virginia Woolf: The Echoes Enslaved*. Cambridge: Cambridge University Press, 1973.

McNeillie, Andrew. "Bloomsbury." In *The Cambridge Companion to Virginia Woolf*. 2nd ed. Ed. Susan Sellers. Cambridge: Cambridge University Press, 2010.

Meisel, Perry. *The Absent Father: Virginia Woolf and Walter Pater*. New Haven and London: Yale University Press, 1980.

Miller, J. Hillis. *Fiction and Repetition: Seven English Novels*. Oxford: Basil Blackwell, 1982.

Mills, Sara. *The Feminist Stylistics*. London and New York: Routledge, 1995.

Minow-Pinkney, Makiko. *Virginia Woolf and the Problem of the Subject: Feminine Writing in the Major Novels*. Sussex: The Harvester Press, 1987.

Miracky, James J. *Regenerating the Novel: Gender and Genre in Woolf, Forster, Sinclair, and Lawrence*. New York and London: Routledge, 2003.

Moi, Toril. *Sexual/Textual Politics: Feminist Literary Theory*. 2nd ed. London and New York: Routledge, Taylor & Francis Group, 2003.

Moore, Madeline. *The Short Season between Two Silences: The Mystical and the Political in the Novels of Virginia Woolf*. Boston: George Allen & Unwin, 1984.

Murry, J. Middleton. *The Problem of Style*. London: Oxford University Press, 1960.

Nicolson, Harold. "The Writing of Virginia Woolf." In *Virginia Woolf: Critical Assessments*. Ed. Eleanor McNees. vol. 1. East Sussex: Helm Information, 1994, pp. 194—196.

Oates, Joyce Carol. "Is There a Female Voice? Joyce Carol Oates Replies." In *Feminist Literary Theory: A Reader*. 2nd ed., Ed. Mary Eagleton. Oxford and New York: Blackwell, 1996, pp. 292—293.

Ousby, Ian, ed. *The Cambridge Guide to Literature in English*. Cambridge and New York: Cambridge University Press, 1993.

Ovid. *Metamorphoses*. Trans. A. D. Melville. Oxford and New York: Oxford University Press, 1986.

Pamuk, Orhan. *The Naïve and the Sentimental Novelist*. Cambridge: Oxford University Press, 2010.

Parsons, Deborah L. *Theorists of the Modernist Novel: James Joyce, Dorothy Richardson, Virginia Woolf*. New York and Abingdon: Routledge, 2007.

Peters, Joan Douglas. "Performing Texts: Woman and Polyphony in *Mrs. Dalloway*." In *Feminist Metafiction and the Evolution of the British Novel*. Florida: University Press of Florida, 2002, pp. 127—158.

Phillips, Brian. "Reality and Virginia Woolf." *The Hudson Review* 56.3 (2003): 1—16.

Plato. *The Symposium*. Eds. M. C. Howatson and Frisbee C. C. Sheffield. Trans. M. C. Howatson. Cambridge and New York: Cambridge University Press, 2008.

Podnieks, Elizabeth. *Daily Modernism: The Literary Diaries of Virginia Woolf, Antonia White, Elizabeth Smart, and Anaïs Nin*. Montreal: McGill-Queen's University Press, 2000.

Poole, Roger. "'We all put up with you Virginia': Irreceivable Wisdom about War." In *Virginia Woolf and War: Fiction, Reality and Myth*. Ed. Mark Hussey. New York: Syracuse University Press, 1991, pp. 79—100.

Pozzi, Silvia. "Leaving Taboos Behind: Notes on Two Novels by Chen Ran and Lin Bai." *Annali Dell'Università Degli Studi Di Napoli L'Orientale* 64 (2004): 237—245.

Prince, Gerald. *A Dictionary of Narratology*. Revised ed. Lincoln: University of Nebraska Press, 2003.

Quinn, Edward. *A Dictionary of Literary and Thematic Terms*. 2nd ed.

New York: Facts on File Library of American Literature, 2006.

Rado, Lisa. "Would the Real Virginia Woolf Please Stand Up? Feminist Criticism, the Androgyny Debates, and *Orlando*." *Women's Studies* 26 (1997): 147—160.

Reynier, Christine. *Virginia Woolf's Ethics of the Short Story*. Hampshire and New York: Palgrave MacMillan, 2009.

Rich, Adrienne. "Compulsory Heterosexuality and Lesbian Existence." *Signs* 5.4 (1980): 631—660.

——. "When We Dead Awaken: Writing as Re-Vision." In *Feminist Literary Theory and Criticism: A Norton Reader*. Eds. Sandra M. Gilbert and Susan Gubar. New York and London: Norton, 2007, pp. 188—200.

Rosenbaum, P. S. *Edwardian Bloomsbury: The Early History of the Bloomsbury Group*. London: MacMillan, 1994.

——. *Victorian Bloomsbury: The Early Literary History of the Bloomsbury Group*. New York: Palgrave MacMillan, 1987.

Rosner, Victoria. *Modernism and the Architecture of Private Life*. New York: Columbia University Press, 2005.

Saloman, Randi. *Virginia Woolf's Essayism*. Edinburgh: Edinburgh University Press, 2012.

Schorer, Mark. "Virginia Woolf." *The Yale Review* 32 (December 1942): 379.

Secor, Cynthia. "Androgyny: An Early Reappraisal." *Women's Studies* 2 (1974): 161—169.

Sheehan, Paul. "Time as Protagonist in *To the Lighthouse*." In *The Cambridge Companion to* To the Lighthouse. Ed. Allison Pease. New York: Cambridge University Press, 2015, pp. 47—57.

Sheikh, Sheheryar B. "The Walls That Emancipate: Disambiguation of the 'Room' in *A Room of One's Own*." *Journal of Modern Literature* 42.1 (2018): 19—31.

Shiach, Morag, ed. *The Cambridge Companion to the Modernist Novel*. Cambridge and New York: Cambridge University Press, 2007.

Short, Mick. *Exploring the Language of Poems, Plays and Prose*. Essex: Pearson, 1996.

Showalter, Elaine. *A Literature of Their Own: British Women Novelists from*

Brontë to Lessing. Princeton: Princeton University Press, 1977.

Silver, Brenda R., ed. *Virginia Woolf's Reading Notebooks*. Princeton: Princeton University Press, 1983.

Sim, Lorraine. *Virginia Woolf: The Patterns of Ordinary Experience*. Surrey and Burlington: Ashgate, 2010.

Simpson, John, ed. *Oxford English Dictionary*. Oxford: Oxford University Press, 2010. http://www.oed.com,访问日期:2012—04—10。

Sinclair, May. "The Novels of Dorothy Richardson." *The Egotist* 5 (April 1918): 57—59. Rpt. in *The Stream-of-Consciousness Technique in the Modern Novel*. Ed. Erwin R. Steinberg. Port Washington, New York and London: National University Publications; Kennikat Press, 1979, pp. 91—98.

Smith-Rosenberg, Carroll. "The Female World of Love and Ritual: Relations between Women in Nineteenth-Century America." *Signs* 1.1 (1975): 1—29.

Snaith, Anna. *Virginia Woolf: Public and Private Negotiations*. London: MacMillan Press; New York: St. Martin's Press, 2000.

——. "Virginia Woolf's Narrative Strategies: Negotiating between Public and Private Voices." *Journal of Modern Literature* 20.2 (Winter 1996): 133—148.

Stephen, Leslie and Sidney Lee, eds. *The Dictionary of National Biography*. vol. 4. Oxford: Oxford University Press, 1921—1922.

Stevenson, Randall. *Modernist Fiction: An Introduction*. Kentucky: University Press of Kentucky, 1992.

Tidwell, Joanne Campbell. *Politics and Aesthetics in* The Diary of Virginia Woolf. New York: Routledge, 2008.

Toolan, Michael J. "Language." In *The Cambridge Companion to Narrative*. Ed. David Herman. Cambridge and New York: Cambridge University Press, 2007, pp. 231—244.

——. *Narrative: A Critical Linguistic Introduction*. 2nd ed. New York: Routledge, 2001.

Transue, Pamela J. *Virginia Woolf and the Politics of Style*. Albany: State University of New York Press, 1986.

Trilling, Diana. "Virginia Woolf's Special Realm." *The New York Times*

Book Review (21 March 1948): 28.

Trobridge, G. *Swedenborg: Life and Teaching*. London: Swedenborg Society, 1935.

Wallraven, Miriam. *A Writing Half Way between Theory and Fiction: Mediating Feminism from the Seventeenth to the Twentieth Century*. Würzburg: Königshausen & Neumann, 2007.

Waugh, Patricia. *Feminine Fictions: Revisiting the Postmodern*. London and New York: Routledge, 1989.

Whitworth, Michael H., ed. *Modernism*. Malden, MA: Blackwell, 2007.

——. *Virginia Woolf*. Oxford and New York: Oxford University Press, 2005.

Wolfreys, Julian, ed. *Modern British and Irish Criticism and Theory: A Critical Guide*. Edinburgh: Edinburgh University Press, 2006.

Wolfson, Susan. "Gendering the Soul." In *Romantic Women Writers: Voices and Countervoices*. Eds. Paula R. Feldman and Theresa M. Kelley. Hanover: University Press of New England, 1995, pp. 33—68.

Woolf, Leonard. *Downhill All the Way: An Autobiography of the Years 1919—1939*. London: The Hogarth Press, 1967.

——. *Sowing: An Autobiography of the Years 1880—1904*. London: The Hogarth Press, 1960.

Woolf, Virginia. *The Voyage Out*. Ed. Pagan Harleman. New York: Barnes & Noble, 2004.

——. "A Dialogue upon Mount Pentelicus." In *The Complete Shorter Fiction of Virginia Woolf*. 2nd ed. Ed. Susan Dick. San Diego, New York and London: Harvest, Harcourt, 1989, pp. 63—68.

——. "American Fiction." In *The Essays of Virginia Woolf*. vol. 4. Ed. Andrew McNeillie. London: The Hogarth Press, 1994, pp. 269—280.

——. "'Anon' and 'The Reader': Virginia Woolf's Last Essays." *Twentieth Century Literature* 25. 3/4 (1979), with an introduction and commentary by Brander R. Silver: 356—441.

——. *A Passionate Apprentice: The Early Journals, 1897—1909*. Ed. Mitchell A. Leaska. San Diego, New York and London: Harvest, 1992.

——. *A Room of One's Own/Three Guineas*. Ed. Morag Shiach. Oxford: Oxford University Press, 2008.

——. *Contemporary Writers*. With a preface by Jean Guiguet. New York and London: A Harvest Book (Harcourt Brace Javanovich), 1965.

——. "Is This Poetry?" In *The Essays of Virginia Woolf*. vol. 3. Ed. Andrew McNeillie. London: The Hogarth Press, 1988, pp. 54—57.

——. *Jacob's Room*. Ed. Kate Flint. Oxford: Oxford University Press, 2008.

——. *Moments of Being*. 2nd ed. Ed. Jeanne Schulkind. San Diego, New York, London: Harvester, Harcourt, 1985.

——. *Mrs. Dalloway*. Ed. David Bradshaw. Oxford: Oxford University Press, 2000.

——. *Night and Day*. Ed. Suzanne Raitt. Oxford: Oxford University Press, 2009.

——. "On Not Knowing Greek." In *The Common Reader. First Series*. Ed. Andrew McNeillie. London: The Hogarth Press, 1984, pp. 23—38.

——. "On Not Knowing Greek." In *The Essays of Virginia Woolf*. vol. 4. Ed. Andrew McNeillie. London: The Hogarth Press, 1994, pp. 38—53.

——. *Orlando: A Biography*. Ed. Rachel Bowlby. Oxford: Oxford University Press, 2008.

——. "Personalities." *Collected Essays*. vol. 2. London: The Hogarth Press, 1966, pp. 273—277.

——. "Professions for Women." In *The Collected Essays*. vol. 2. Ed. Leonard Woolf. London: The Hogarth Press, pp. 284—289.

——. *Roger Fry: A Biography*. San Diego, New York, London: A Harvest/HBJ Book, 1968.

——. *The Collected Essays*. 4 vols. London: The Hogarth Press, 1966—1967.

——. *The Complete Shorter Fiction of Virginia Woolf*. Ed. Susan Dick. San Diego: Harcourt Brace Jovanovich, 1989.

——. *The Diary of Virginia Woolf*. 5 vols. Ed. Anne Olivier Bell, assisted by Andrew McNeillie. New York and London: Harcourt Brace Jovanovich, 1977—1984.

——. *The Essays of Virginia Woolf*. 6 vols. Eds. Andrew McNeillie (1—4 vols); Stuart N. Clarke (5—6 vols). London and New York: The Hogarth Press, 1986—2011.

——. "The Feminine Note in Fiction." In *The Essays of Virginia Woolf*. vol. 1. Ed. Andrew McNeillie. London: The Hogarth Press, 1986.

——. "The Intellectual Status of Women." In *The Diary of Virginia Woolf*. vol. 2. Ed. Anne Olivier Bell, assisted by Andrew McNeillie. New York and London: Harcourt Brace Jovanovich, 1978, pp. 339—342.

——. *The Letters of Virginia Woolf*. 6 vols. Ed. Nigel Nicolson, assisted by Joanne Trautmann. New York: Harcourt Brace Javanovich, 1975—1980.

——. "The Lives of the Obscure." In *The Essays of Virginia Woolf*. vol. 4. Ed. Andrew McNeillie. London: The Hogarth Press, 1994, pp. 118—145.

——. "The Perfect Language." *The Essays of Virginia Woolf*, vol. 2. Ed. Andrew McNeillie. London: The Hogarth Press, 1987, pp. 114—119.

——. *To the Lighthouse*. Ed. David Bradshaw. Oxford: Oxford University Press, 2008.

——. *To the Lighthouse*. London: Everyman Library, 1938.

——. *To the Lighthouse*. London: The Hogarth Press, 1927.

——. *To the Lighthouse*. New York: Harcourt Brace, 1927.

——. *To the Lighthouse: The Original Holograph Draft*. Transcribed and edited by Susan Dick. Toronto and Buffalo: University of Toronto Press, 1982.

——. *To the Lighthouse*. With a foreword by Eudora Welty. New York: Mariner, 1981.

——. "Virginia Woolf's 'Greek Notebook' (VS Greek and Latin studies): An Annotated Transcription." *Virginia Woolf Studies Annual* 25 (2019): 13—72.

——. *Virginia Woolf, Women and Writing*. Ed. Michèle Barrett. San Diego, New York and London: A Harvest/HBJ Book, 1979.

——. *Women & Fiction: The Manuscript Versions of A Room of One's Own*. Ed. S. P. Rosenbaum. Oxford: Blackwell, 1992.

——. "Women Novelists." In *Contemporary Writers*. New York and London: Harvest, 1965, pp. 24—27.

Worman, Nancy. *Virginia Woolf's Greek Tragedy*. London: Bloomsbury Academic, 2019.

Wu, Jingwu. "From '*Long Yang*' and '*Dui Shi*' to Tongzhi: Homosexuality in China." *Journal of Gay & Lesbian Psychotherapy* 7 (2003): 117—143.

Wyatt, Jenn. "The Celebration of Eros: Greek Concepts of Love and Beauty in *To the Lighthouse*." *Philosophy and Literature* 2.2 (1978): 160—175.

Zwerdling, Alex. *Virginia Woolf and the Real World*. Berkeley and Los Angeles: University of California Press, 1986.

The New English Bible: The Old Testament. Cambridge: Oxford University Press and Cambridge University Press, 1970.

中文

陈染:《爆竹炸碎冬梦》,《独自在家》,西安:陕西师范大学出版社,1998年,第33—43页。

陈染:《不可言说》,北京:作家出版社,2000年。

陈染:《超性别意识与我的创作》,载《钟山》1994年总第93期,第105—107页。

陈染:《断片残简》,昆明:云南人民出版社,1995年。

陈染,萧刚:《另一扇开启的门》,《独自在家》,西安:陕西师范大学出版社,1998年,第237—264页。

陈染:《另一只耳朵的敲击声》,《另一只耳朵的敲击声》,北京:作家出版社,2001年,第37—96页。

陈染:《破开》,《碎音》,北京:新世界出版社,2002年,第227—259页。

陈染:《潜性逸事》,石家庄:河北教育出版社,1995年。

陈染:《私人生活》,北京:作家出版社,1996年。

陈染:《无处告别》,《与往事干杯》,北京:作家出版社,2001年,第91—158页。

陈染:《与往事干杯》,《与往事干杯》,北京:作家出版社,2001年,第1—90页。

戴锦华:《陈染:个人和女性的书写》,载《当代作家评论》1996年第3期,第47—56页。

冯文坤:《论T. S. 艾略特的"非个人化"诗学理论》,载《外国文学研究》2003年第2期,第86—90页。

高奋:《中西诗学观照下的伍尔夫"现实观"》,载《外国文学》2009年第5期,第37—44页。

高奋:《走向生命诗学——弗吉尼亚·伍尔夫小说理论研究》,北京:人民出版社,2016年。

黄强:《诗歌的个人化与去个人化:评〈T. S. 艾略特传:不完美的一生〉》,载

《英语文学研究》2020年第1期,第117—123页。

降红燕:《关于"超性别意识"的思考》,载《文艺争鸣》1997年第5期,第25—30页。

李维屏:《伍尔夫的创新精神与小说艺术的变革》,载《英美文学研究论丛》2010年第1期,第66—77页。

林宋瑜:《陈染:破开？抑或和解？》,载《艺术评论》2007年第3期,第24—27页。

林舟,齐红:《女性个体经验的书写与超越——陈染访谈录》,载《花城》1996年第2期,第92—97页。

吕洪灵:《走出"愤怒"的困扰——从情感的角度看伍尔夫的妇女写作观》,载《外国文学研究》2004年第3期,第88—92页。

吕洪灵:《伍尔夫〈海浪〉中的性别与身份解读》,载《外国文学研究》2005年第5期,第72—79页。

潘建:《弗吉尼亚·伍尔夫:性别差异与女性写作研究》,北京:人民文学出版社,2013年。

綦亮:《民族身份的建构与解构——论伍尔夫的文化帝国主义》,载《国外文学》2012年第2期,第67—76页。

瞿世镜:《意识流小说家伍尔夫》,上海:上海文艺出版社,1989年。

王钦峰:《福楼拜"非个人化"原则的哲学基础》,载《外国文学研究》2005年第1期,第60—63页。

徐坤:《双调夜行船——九十年代的女性写作》,太原:山西教育出版社,1999年。

杨莉馨:《异域性与本土化:女性主义诗学在中国的流变与影响》,北京:北京大学出版社,2005年。

张楠:《"文明的个体":弗吉尼亚·伍尔夫和布鲁姆斯伯里文化团体研究》,上海:复旦大学出版社,2018年。

张松建:《艾略特"非个性化"理论溯源》,载《外国文学评论》1999年第3期,第57—63页。

张颐武:《话语的辩证中的"后浪漫"——陈染的小说》,载《文艺争鸣》1993年第3期,第50—53页。

赵枚:《在他们中穿行》,载《外国文学评论》1990年第4期,第121—124页。

中华医学会精神科分会编:《CCMD-3中国精神障碍分类与诊断标准》(第三版),济南:山东科学技术出版社,2001年。

朱海峰:《弗吉尼亚·伍尔夫历史观研究》,北京:中国社会科学出版社,2017年。